SCIENCE FICTION

Herausgegeben
von Wolfgang Jeschke

Von **Lois McMaster Bujold** erschienen in der Reihe
HEYNE SCIENCE FICTION & FANTASY:

Die Quaddies von Cay Habitat · 0605243 (in Vorb.)

DER BARRAYAR-ZYKLUS:

Scherben der Ehre · 0604968
Barrayar · 0605061
Der Kadett · 0605020
Der Prinz und der Söldner · 0605109
Ethan von Athos · (in Vorb.)
Grenzen der Unendlichkeit · (in Vorb.)
Waffenbrüder · (in Vorb.)
Spiegeltanz · (in Vorb.)

Lois McMaster Bujold

SCHERBEN DER EHRE

Erster Roman des
BARRAYAR-ZYKLUS

Aus dem Amerikanischen übersetzt
von
MICHAEL MORGENTAL

Deutsche Erstveröffentlichung

WILHELM HEYNE VERLAG
MÜNCHEN

HEYNE SCIENCE FICTION & FANTASY
Band 06/4968

Titel der amerikanischen Originalausgabe
SHARDS OF HONOR
Deutsche Übersetzung von Michael Morgental
Das Umschlagbild malte Michael Hasted

Redaktion: Wolfgang Jeschke

Erstausgabe by Baen Books, Riverdale, N.Y.

Printed in Germany 1994
Umschlaggestaltung: Atelier Ingrid Schütz, München
Technische Betreuung: Manfred Spinola
Satz: Schaber, Satz- und Datentechnik, Wels
Druck und Bindung: Elsnerdruck, Berlin

ISBN 3-453-07744-X

KAPITEL 1

Nebelschwaden trieben durch den Wald in den Wolken, weich, grau, mit einem fahlen Schimmer. Droben auf den Bergkämmen lichtete sich der Nebel, die Morgensonne begann den Dunst zu erwärmen und aufzusaugen. Unten in der Schlucht jedoch herrschte noch eine kühle, lautlose Düsterkeit, Zwielicht vor der Morgendämmerung.

Kommandantin Cordelia Naismith warf einen Blick auf den Botaniker ihres Teams und stellte die Tragriemen ihrer biologischen Sammelausrüstung ein bißchen bequemer ein, bevor sie ihre atemberaubende Kletterei fortsetzte. Sie strich eine lange Strähne nebelfeuchten kupferroten Haars aus ihren Augen und schob sie ungeduldig zu der Spange in ihrem Nacken. Das nächste zu erkundende Gebiet würde bestimmt nicht so hoch liegen. Die Schwerkraft auf diesem Planeten war etwas geringer als auf ihrer Heimatwelt, Kolonie Beta, aber dieser Unterschied glich die physiologische Belastung durch die dünne Bergluft nicht ganz aus.

Dichtere Vegetation markierte die Obergrenze des Waldstücks. Sie folgten dem plätschernden Lauf des Bachs aus der Schlucht, bückten sich und krochen durch den lebenden Tunnel hindurch, dann drangen sie ins Freie vor.

Eine morgendliche Brise wehte die letzten Nebelfetzen von dem goldenen Hochland, das sich endlos ausdehnte, Höhe um Höhe, bis zu den großen grauen Schultern einer Bergspitze, die mit glitzerndem Eis gekrönt war. Die Sonne dieser Welt schien in einem Himmel von tiefem Türkis auf eine überwältigende Fülle von goldenen Gräsern, winzigen Blumen und den Büscheln einer silbrigen Pflanze, mit denen die Wiesen übersät waren. Die beiden Forscher blickten hingerissen zu dem Berg hinauf, umgeben von Schweigen.

Der Botaniker, Fähnrich Dubauer, lächelte über die Schulter Cordelia zu und fiel neben einem der silbrigen Büschel auf die Knie. Sie ging gemächlich zur nächsten Anhöhe, um einen Blick auf das Panorama der anderen Seite zu werfen. Der schüttere Wald wurde die sanften Abhänge hinunter dichter. Fünfhundert Meter unter ihnen dehnten sich Wolkenbänke wie ein weißes Meer bis zum Horizont. Fern im Westen brach gerade der kleinere Bruder dieses Berges durch die Wolkengipfel.

Cordelia wünschte sich gerade, sie wäre unten auf der Ebene, um zu sehen, wie Wasser vom Himmel fiel (das war für sie als Bewohnerin von Kolonie Beta etwas Ungewöhnliches), da wurde sie aus ihrer Träumerei gerissen. »Was, zum Teufel, verbrennt Rosemont denn da, daß es einen solchen Gestank gibt?« murmelte sie.

Eine ölige schwarze Rauchsäule stieg hinter dem nächsten Bergausläufer empor und wurde von den Höhenwinden auseinandergerissen. Cordelia betrachtete sie aufmerksam. Sie kam zweifellos vom Ort ihres Basislagers.

Ein fernes Winseln, das zu einem Heulen anstieg, durchdrang das Schweigen. Ihr Planetenshuttle schoß hinter dem Hügelkamm hervor, stieg über ihnen schnell in den Himmel empor und zog eine funkelnde Spur aus ionisierten Gasen hinter sich her.

»Was für ein Start!« rief Dubauer. Seine Aufmerksamkeit war jetzt zum Himmel gerichtet.

Cordelia aktivierte den Kurzbereichskommunikator an ihrem Handgelenk und sprach hinein: »Naismith an Basis Eins. Bitte kommen.«

Ein schwaches, nichtssagendes Zischen war die einzige Antwort. Sie rief wieder und wieder, mit dem gleichen Ergebnis. Fähnrich Dubauer war besorgt neben sie getreten.

»Versuch's mal mit deinem«, sagte sie. Aber er hatte auch nicht mehr Glück als sie. »Pack dein Zeug zusammen, wir gehen zurück ins Lager«, befahl sie. »Im Eiltempo.«

Sie trotteten auf den nächsten Hügelkamm zu, wobei ihnen die Anstrengung fast den Atem nahm, und tauchten wieder in den Wald ein. In dieser Höhe waren viele der hohen, dünnen, mit Moos überzogenen Bäume umgestürzt und ineinander verkeilt. Beim Aufstieg hatte dies romantisch wild gewirkt; beim Abstieg wurde daraus eine gefährliche Hindernisstrecke. Cordelias Gedanken kreisten um mehr als ein Dutzend möglicher Katastrophen, eine bizarrer als die andere. Auf diese Weise brütet das Unbekannte die Drachen auf den Rändern alter Landkarten aus, kam es ihr in den Sinn, und sie unterdrückte ihre Panik.

Sie rutschten durch das letzte Waldstück hinab, bis sie eine ungehinderte Sicht auf die große Lichtung hatten, wo sich ihr Hauptbasislager befand. Cordelia blieb vor Schock der Mund offen stehen. Die Wirklichkeit übertraf alle Vorstellungen.

Rauch stieg von fünf verschlackten und verklumpten Haufen auf, die vorher einen schmucken Kreis von Zelten gebildet hatten. Eine schwelende Narbe war dort in die Gräser gebrannt, wo das Shuttle geparkt gewesen war, an der Schlucht gegenüber dem Lager. Zertrümmerte Geräte lagen überall umher. Ihre bakteriologisch abgeschlossenen sanitären Einrichtungen waren direkt unten am Hang gewesen: sogar die Toilette hatte man in Brand gesteckt.

»Mein Gott«, flüsterte Fähnrich Dubauer und ging los wie ein Schlafwandler. Cordelia packte ihn am Kragen.

»Duck dich und gib mir Deckung«, befahl sie und ging vorsichtig auf die stummen Trümmer zu.

Im ganzen Lager war das Gras niedergetrampelt und plattgewalzt. Verwirrt suchte sie nach einer Erklärung für die Verwüstung. Bisher unentdeckte Ureinwohner? Nein, nichts außer einem Plasmabogen konnte den

Stoff ihrer Zelte geschmolzen haben. Die technisch fortgeschrittenen Außerirdischen, nach denen man so lange Ausschau gehalten hatte, die jedoch bisher noch nicht entdeckt worden waren? Vielleicht der unerwartete Ausbruch einer Krankheit, dem ihre monatelange mikrobiologische Untersuchung durch Roboter und ihre Immunisierungen nicht vorgebeugt hatten – handelte es sich um einen Versuch der Sterilisierung? Ein Angriff durch die Regierung eines anderen Planeten? Ihre Angreifer konnten kaum durch denselben Wurmlochausgang gekommen sein, den sie entdeckt hatten, jedoch hatte ihre Expedition erst etwa zehn Prozent des Raumes im Bereich eines Lichtmonats um dieses System kartographisch erfaßt. Außerirdische?

Sie war sich kläglich bewußt, daß ihr Denken im Kreis lief, wie eines der Tiere, die der Zoologe ihres Teams gefangen hatte und die hektisch in einem Laufrad herumrannten. Mit grimmigem Gesicht durchstocherte sie die Trümmer nach einem Hinweis.

Sie fand ihn in dem hohen Gras auf halbem Weg zur Schlucht. Der lange Körper in der ausgebeulten gelbbraunen Arbeitsuniform des Betanischen Astronomischen Erkundungsdienstes lag in voller Länge ausgestreckt da, Arme und Beine abgewinkelt, als wäre er getroffen worden, als er schutzsuchend auf den Wald zulief. Im Schmerz des Erkennens hielt sie den Atem an und drehte ihn sanft herum.

Es war der gewissenhafte Leutnant Rosemont. Seine Augen waren glasig und starr und wirkten irgendwie geängstigt, als spiegelte sich in ihnen immer noch sein Geist. Cordelia drückte sie ihm zu.

Sie untersuchte ihn nach der Ursache seines Todes. Kein Blut, keine Verbrennungen, keine Knochenbrüche – ihre langen weißen Finger erforschten seine Kopfhaut. Die Haut unter seinem blonden Haar war mit Blasen bedeckt: das war die verräterische Signatur eines Nervendisruptors. Damit waren die Außerirdischen aus dem Spiel. Sie wiegte einen Augenblick lang seinen Kopf in ihrem Schoß und streichelte seine vertrauten Züge, hilflos wie eine Blinde. Für Trauer war jetzt keine Zeit.

Sie kehrte auf Händen und Füßen in den geschwärzten Ring zurück und begann das Durcheinander nach Kommunikationsgeräten zu durchsuchen. Die Angreifer waren in dieser Beziehung sehr gründlich gewesen, wie die verdrehten Klumpen aus Plastik und Metall zeigten, die sie fand. Viele wertvolle Geräte schienen überhaupt zu fehlen.

Im Gras raschelte es. Sie riß ihren Betäuber hoch und erstarrte. Das verkrampfte Gesicht von Fähnrich Dubauer schob sich durch die strohfarbenen Büschel.

»Nicht schießen, ich bin's«, rief er in einem gewürgten Ton, der ein Flüstern sein sollte.

»Beinahe hätte ich geschossen. Warum bist du nicht in Deckung geblieben?« zischte sie zurück. »Na ja, schon gut, hilf mir nach einer Kommunikationseinheit suchen, mit der ich das Schiff erreichen kann. Und bleib unten, sie könnten jeden Augenblick zurückkommen.«

»Wer könnte? Wer hat das getan?«

»Da gibt es mehrere Möglichkeiten, such dir eine aus: Leute von Nuovo Brasil, Barrayaraner, Cetagandaner, sie alle könnten es gewesen sein. Reg Rosemont ist tot. Nervendisruptor.«

Cordelia kroch zu dem Haufen, der einmal das Zelt für ihre Proben gewesen war, und beäugte die einzelnen Klumpen sorgfältig. »Gib mir die Stange dort drüben herüber«, flüsterte sie.

Sie stocherte versuchsweise an dem Klumpen herum, der am meisten versprach. Die Zelte hatten aufgehört zu rauchen, aber Wellen von Hitze stiegen immer noch von ihnen auf und trafen auf Cordelias Gesicht wie die Strahlen ihrer heimatlichen Sommersonne. Der zerstörte Stoff blätterte ab wie verkohltes

Papier. Sie hakte die Stange an einem halbgeschmolzenen Laborschränkchen fest und zog es heraus. Die unterste Schublade war nicht geschmolzen, aber schlimm verzogen, und als Cordelia ihren Hemdzipfel um ihre Hand wickelte und an dem Griff zog, merkte sie, daß die Schublade festklemmte.

Nach ein paar Minuten weiterer Suche entdeckte sie einen notdürftigen Ersatz für Hammer und Meißel: eine flache Metallscherbe und einen schweren Klumpen, der, wie sie traurig erkannte, einmal ein empfindliches und sehr teures meteorologisches Aufzeichnungsgerät gewesen war. Mit diesen primitiven Werkzeugen und etwas brutaler Gewalt von seiten Dubauers rissen sie die Schublade mit einem Ruck heraus. Es gab ein Geräusch wie einen Pistolenknall, das sie beide hochschrecken ließ.

»Volltreffer!« sagte Dubauer.

»Nehmen wir sie rüber in die Schlucht und probieren wir mal«, sagte Cordelia. »Ich bekomme Gänsehaut. Oben vom Hang aus könnte uns jeder sehen.«

Immer noch geduckt, suchten sie schnell Deckung und hasteten an Rosemonts Leiche vorbei. Dubauer blickte empört und zornig zurück. »Wer auch immer das getan hat, verdammt noch mal, der muß dafür büßen.« Cordelia schüttelte nur den Kopf.

Sie knieten in dem farnähnlichen Gestrüpp nieder und probierten den Kommunikator aus. Das Gerät gab statisches Rauschen und traurig winselnde Pfeiftöne von sich, verstummte, und hustete dann, nachdem sie beide darauf geklopft und es geschüttelt hatten, die akustische Hälfte seines Signals hervor. Cordelia fand die richtige Frequenz und begann den Blindruf.

»Kommandantin Naismith an das Erkundungsschiff *René Magritte*. Bitte bestätigen.« Nach einer qualvollen Wartezeit kam eine schwache, vom Rauschen verzerrte Antwort.

»Hier Leutnant Stuben. Sind Sie wohlauf, Captain?«

Cordelia atmete erleichtert auf. »Im Augenblick geht es. Wie steht es bei Ihnen? Was ist passiert?«

Jetzt meldete sich die Stimme von Dr. Ullery, dem rangnächsten Offizier in der Erkundungsgruppe nach Rosemont. »Eine barrayaranische Militärpatrouille hat das Lager umzingelt und uns aufgefordert, uns zu ergeben. Sie sagten, sie beanspruchten den Ort aufgrund des Rechtes der früheren Entdeckung. Dann feuerte ein schießwütiger Irrer auf ihrer Seite einen Plasmabogen ab, und da war der Teufel los. Reg trieb sie mit seinem Betäuber zurück, und wir übrigen rannten zum Shuttle. Hier oben ist ein barrayaranisches Schiff der Generalsklasse, mit dem wir Versteck spielen, wenn Sie verstehen, was ich meine ...«

»Erinnern Sie sich daran, daß Sie unverschlüsselt senden«, erinnerte ihn Cordelia scharf.

Dr. Ullery zögerte, dann fuhr er fort: »Richtig. Sie verlangen immer noch, daß wir uns ergeben. Wissen Sie, ob sie Reg gefangen haben?«

»Dubauer ist bei mir. Wird jemand anderer vermißt?«

»Niemand außer Reg.«

»Reg ist tot.«

Ein Knistern statischen Rauschens zischte in Stubens Fluch.

»Stu, Sie haben das Kommando«, unterbrach Cordelia ihn. »Hören Sie gut zu. Diesen hitzköpfigen Militaristen dürft ihr nicht, ich wiederhole: nicht trauen. Übergebt unter keinen Umständen das Schiff. Ich habe die geheimen Berichte über die Kreuzer der Generalsklasse gesehen. Sie sind euch überlegen an Feuerkraft, Panzerung und Mannschaftsstärke, aber ihr seid mindestens doppelt so schnell. Also begebt euch aus der Reichweite dieses Kreuzers und bleibt dort. Zieht euch ganz bis Kolonie Beta zurück, wenn nötig, aber riskieren Sie keinesfalls meine Leute. Verstanden?«

»Wir können Sie nicht zurücklassen, Captain!«

»Ihr könnt kein Shuttle starten, um uns abzuholen,

solang ihr nicht die Barrayaraner vom Hals habt. Und falls wir gefangen werden, dann stehen die Chancen besser, daß wir über politische Kanäle heimgeholt werden, anstatt durch ein verrücktes Befreiungsmanöver, aber *nur*, wenn ihr es bis nach Hause schafft, um euch dort zu beschweren. Ist das absolut klar? Bitte bestätigen!« forderte sie.

»Bestätigt«, antwortete er widerstrebend. »Aber Captain – was glauben Sie wirklich, wie lange Sie sich diesen verrückten Mistkerlen entziehen können? Sie werden Sie schließlich doch aufspüren, mit Teleskopen.«

»Solang wie möglich. Was euch angeht – schaut, daß ihr fortkommt!« Sie hatte sich gelegentlich vorgestellt, daß ihr Schiff auch ohne sie funktionierte, aber niemals ohne Rosemont. Sie mußte, so dachte sie, Stuben davon abhalten, den Soldaten zu spielen. Die Barrayaraner waren keine Amateure. »Dort oben hängen von Ihnen fünfundsechzig Menschenleben ab. Sie können zählen. Fünfundsechzig sind mehr als zwei. Denken Sie immer daran, ja? Naismith Ende.«

»Cordelia … Viel Glück. Stuben Ende.«

Cordelia lehnte sich zurück und starrte auf den kleinen Kommunikator. »Puh! Was für eine seltsame Geschichte.«

Fähnrich Dubauer schnaubte. »Das ist eine Untertreibung.«

»Es ist eine exakte Feststellung. Ich weiß nicht, ob du gemerkt hast …«

Eine Bewegung am schattigen Waldrand. Cordelia sprang auf und griff nach ihrem Betäuber. Der große adlergesichtige barrayaranische Soldat in dem grün und grau gefleckten Tarnanzug bewegte sich schneller. Dubauer bewegte sich noch schneller und stieß sie automatisch hinter sich. Sie hörte das Knistern eines Nervendisruptors, als sie rückwärts in die Schlucht stürzte und ihr der Betäuber und der Kommunikator aus der Hand fielen. Wald, Erde, Fluß und Himmel drehten sich wild um sie herum, ihr Kopf schlug mit einem gräßlichen Knall auf etwas auf, sie sah lauter Sterne, und dann wurde ihr schwarz vor den Augen.

Waldboden drückte gegen Cordelias Wange. Der feuchte, erdige Geruch kitzelte ihre Nase. Sie atmete tiefer ein, füllte ihren Mund und ihre Lungen mit Luft, und dann drehte ihr der Gestank von Fäulnis den Magen um. Sie wandte ihr Gesicht vom Sumpfboden ab. Schmerz zuckte strahlenförmig durch ihren Kopf.

Sie stöhnte. Dunkle, funkelnde Wirbel versperrten ihr die Sicht, verzogen sich dann. Sie zwang ihre Augen, sich auf das nächste Objekt einzustellen, etwa einen halben Meter von ihrem Kopf entfernt.

Schwere schwarze Stiefel im Morast, darüber grün und grau gefleckte Hosen eines Tarnanzugs, die Beine in geduldiger Rührt-euch-Stellung leicht gespreizt. Sie unterdrückte ein mattes Wimmern. Ganz sanft legte sie ihren Kopf wieder auf den schwarzen, feuchten Boden und rollte sich vorsichtig auf die Seite, damit sie den barrayaranischen Offizier besser sah.

Ihr Betäuber! Sie starrte auf die kleine graue rechteckige Mündung, die eine breite, schwere Hand unbeweglich auf sie richtete. Ihre Augen suchten ängstlich den Nervendisruptor des Mannes. Am Gürtel des Offiziers hingen viele Geräte, aber das Disruptorhalfter an seiner rechten Hüfte war leer, ebenso an seiner linken das Halfter für den Plasmabogen.

Der Mann war kaum größer als sie selbst, aber stämmig und kraftvoll. Das unordentliche dunkle Haar hing fast bis in die grauen, kühl aufmerksamen Augen – tatsächlich war seine ganze Erscheinung unordentlich, wenn man die strengen militärischen Maßstäben der Barrayaraner in Betracht zog. Sein Kampfanzug war fast so zerknittert und verdreckt und von Pflanzensäften besudelt wie ihre eigene Uniform, und er hatte eine offene Quetschung über seinem rechten Backenknochen. Er sieht aus, als hätte auch er einen schlimmen Tag gehabt, dachte sie benommen. Dann erschienen wieder diese funkelnden schwarzen Wirbel vor ihren Augen, und sie verlor aufs neue das Bewußtsein.

Als sie wieder klar sehen konnte, waren die Stiefel weg – nein. Da war er, saß bequem auf einem Baumstamm. Sie versuchte, sich auf etwas anderes zu konzentrieren als auf ihren rebellierenden Magen, doch der überwältigte sie mit einem heftigen Ruck.

Der feindliche Kapitän zuckte unwillkürlich zusammen, als sie sich erbrach, aber er blieb sitzen. Sie kroch die wenigen Meter zu dem kleinen Fluß am Boden der Schlucht und wusch in dem eiskalten Wasser ihren Mund und ihr Gesicht.

Jetzt, da sie sich etwas besser fühlte, setzte sie sich auf und krächzte: »Also?«

Der Offizier neigte den Kopf in einer Andeutung von Höflichkeit. »Ich bin Kapitän Aral Vorkosigan, Kommandant des Kaiserlich Barrayaranischen Kampfkreuzers *General Vorkraft*. Bitte identifizieren Sie sich.«

»Kommandantin Cordelia Naismith vom Betanischen Astronomischen Erkundungsdienst. Wir sind eine wissenschaftliche Expedition«, betonte sie vorwurfsvoll, »Nichtkombattanten.«

»Das habe ich bemerkt«, sagte er trocken. »Was ist mit Ihrer Expedition passiert?«

Cordelias Augen verengten sich. »Waren Sie nicht an Ort und Stelle? Ich war oben auf dem Berg und half dem Botaniker meines Teams.« Und dann fragte sie heftiger: »Haben Sie meinen Botaniker gesehen – meinen Fähnrich? Er stieß mich in die Schlucht, als wir überfallen wurden ...«

Er blickte zum Rand der Schlucht hoch, zu der Stelle, wo sie heruntergestürzt war – wie lang war das her? »War er ein Junge mit braunem Haar?«

Ihr Herz krampfte sich zusammen in Erwartung der schlechten Nachricht. »Ja.«

»Für den können Sie jetzt nichts mehr tun.«

»Das war Mord! Alles, was er hatte, war ein Betäuber!« Sie blickte den Barrayaraner zornig an. »Warum der Angriff auf meine Leute?«

Er klopfte nachdenklich auf ihren Betäuber in seiner Hand. »Ihre Expedition«, sagte er vorsichtig, »sollte interniert werden, wenn möglich friedlich, wegen Verletzung des barrayaranischen Raums. Es gab eine heftige Auseinandersetzung. Ich wurde von einem Betäuberstrahl in den Rücken getroffen. Als ich wieder zu mir kam, fand ich Ihr Lager so vor wie Sie auch.«

»Gut.« Sie hatte einen bitter galligen Geschmack im Mund. »Ich bin froh, daß Reg einen von euch erwischt hat, bevor ihr ihn auch umgebracht habt.«

»Wenn Sie damit diesen fehlgeleiteten, aber zugegebenermaßen mutigen blonden Jungen auf der Lichtung meinen, der hätte nicht einmal die Wand eines Hauses treffen können. Ich weiß nicht, warum ihr Betaner Soldatenuniformen anzieht. Ihr seid nicht besser trainiert als Kinder auf einem Picknick. Falls eure Ränge noch etwas anderes bedeuten als Gehaltsstufen, so habe ich nichts davon gemerkt.«

»Er war Geologe, kein angeheuerter Killer«, versetzte sie. »Was meine ›Kinder‹ angeht, Ihre Soldaten konnten sie ja nicht einmal fangen.«

Er zog seine Augenbrauen zusammen. Cordelia schloß abrupt ihren Mund. Ach, großartig, dachte sie. Er hat noch nicht einmal begonnen, mir den Arm auszurenken, und ich verrate ihm schon Fakten gratis.

»Haben sie's also nicht geschafft«, überlegte Vorkosigan. Er zeigte mit dem Betäuber flußaufwärts, dorthin, wo der Kommunikator aufgebrochen im Wasser lag. Aus den Trümmern kräuselte Dampf empor. »Was für Befehle haben Sie Ihrem Schiff gegeben, als Ihre Leute Sie über ihre Flucht informierten?«

»Ich habe ihnen gesagt, sie sollten die Initiative ergreifen«, murmelte sie vage und suchte nach einer Idee, während es in ihrem umnebelten Kopf pochte.

Er prustete. »Ein sicherer Befehl, wenn man ihn einem Betaner gibt. Wenigstens können Sie sicher sein, daß er befolgt wird.«

O nein. Jetzt bin ich an der Reihe. »He. Ich weiß, warum meine Leute mich zurückließen – warum aber haben die Ihren Sie zurückgelassen? Ist nicht ein kommandierender Offizier, sogar ein barrayaranischer, nicht zu wichtig, als daß man ihn übersieht?« Sie setzte sich aufrecht hin. »Wenn Reg nicht die Wand eines Hauses treffen konnte, wer hat Sie dann erwischt?«

Das hat ihn getroffen, dachte sie, als er den Betäuber, mit dem er zerstreut gestikuliert hatte, wieder auf sie richtete. Aber er sagte nur: »Das geht Sie nichts an. Haben Sie einen anderen Kommunikator?«

Oho – hatte es dieser strenge barrayaranische Kommandant mit einer Meuterei zu tun? Na schön, soll beim Feind ruhig Verwirrung herrschen! »Nein. Ihre Soldaten haben alles zertrümmert.«

»Macht nichts«, murmelte Vorkosigan. »Ich weiß, wo ich einen anderen bekommen werde. Können Sie schon gehen?«

»Ich bin mir nicht sicher.« Sie rappelte sich auf die Beine und drückte dann die Hand gegen den Kopf, um die stechenden Schmerzen zurückzudrängen.

»Das ist nur eine Gehirnerschütterung«, sagte Vorkosigan ohne Mitgefühl. »Es wird Ihnen guttun zu gehen.«

»Wie weit?« keuchte sie.

»Etwa zweihundert Kilometer.«

Sie fiel wieder auf die Knie. »Dann gute Reise.«

»Allein zwei Tage. Ich nehme an, mit Ihnen wird es länger dauern, da Sie Geologin sind oder sowas.«

»Astrokartographin.«

»Stehen Sie auf, bitte.« Er legte seine Zurückhaltung so weit ab, daß er ihr mit einer Hand unter dem Ellbogen half. Er schien seltsam zu zögern, sie zu berühren. Sie fror und fühlte sich steif; sie spürte die Wärme seiner Hand durch den schweren Stoff ihres Ärmels. Vorkosigan schob sie entschlossen den Hang hinauf.

»Sie sind so todernst«, sagte sie. »Was machen Sie mit einem Gefangenen auf einem erzwungenen Marsch? Angenommen, ich schlag mit einem Stein auf Ihren Schädel, während Sie schlafen?«

»Das Risiko gehe ich ein.«

Als sie die Höhe erreichten, klammerte sich Cordelia an einen der kleinen Bäume, ganz außer Atem. Vorkosigan atmete nicht einmal schwer, bemerkte sie neidisch. »Also, ich werde nirgendwo hingehen, solange ich nicht meine Offiziere begraben habe.«

Er blickte irritiert drein. »Das ist Verschwendung von Zeit und Energie.«

»Ich werde sie nicht wie Tierkadaver den Aasfressern überlassen. Ihre barrayaranischen Killer mögen ja mehr übers Töten wissen, aber tapferer hätte keiner von ihnen sterben können.«

Er starrte sie einen Augenblick lang mit ausdruckslosem Gesicht an, dann zuckte er die Achseln. »Also gut.«

Cordelia begann sich entlang der Schlucht einen Weg zu bahnen. »Ich dachte, es war hier«, sagte sie verwirrt. »Haben Sie ihn weggeschafft?«

»Nein. Aber in seinem Zustand kann er nicht weit gekrochen sein.«

»Sie haben gesagt, er wäre tot.«

»Das ist er auch. Sein Körper hat sich jedoch noch bewegt. Der Disruptor muß sein Kleinhirn verfehlt haben.«

Cordelia verfolgte die Fährte aus abgebrochenen Pflanzen über eine kleine Anhöhe hinweg, Vorkosigan folgte ihr schweigend.

»Dubauer!« Sie rannte zu der gelbbraun gekleideten Gestalt, die in den Farnen zusammengerollt lag. Als sie neben ihm niederkniete, drehte er sich um und streckte sich steif aus, dann begann er am ganzen Leib in langsamen Wellen zu zittern, seine Lippen waren zu einem seltsamen Grinsen verzogen. Ist ihm kalt? dachte sie wirr, dann begriff sie, was vor ihren Augen geschah. Sie riß ihr Taschentuch aus ihrer Tasche, faltete es und schob es zwischen seine Zähne. Sein Mund war schon voller Blut, von einem vorausgegangenen Krampf. Nach etwa drei Minuten seufzte er und erschlaffte.

Sie atmete in ihrer Qual heftig aus und untersuchte ihn voller Sorge. Er öffnete die Augen und schien den Blick auf sie zu richten. Er packte sie kraftlos am Arm und gab Laute von sich, Stöhnen und aneinander gereihte Vokale. Sie versuchte, seine animalische Erregung zu besänftigen, indem sie seinen Kopf sanft streichelte und den blutigen Speichel von seinem Mund abwischte. Er beruhigte sich.

Sie wandte sich Vorkosigan zu, Tränen der Wut und des Schmerzes verschleierten ihre Sicht. »Nicht tot! Sie Lügner! Nur verletzt! Er braucht medizinische Hilfe.«

»Sie sind unrealistisch, Kommandantin Naismith. Von Disruptorverletzungen erholt man sich nicht.«

»So? Sie können nicht von außen beurteilen, welchen Schaden Ihre dreckige Waffe angerichtet hat. Er kann immer noch sehen und hören und fühlen – Sie können ihn nicht nach Ihrem Belieben zu einer Leiche degradieren!«

Sein Gesicht war wie eine Maske. »Wenn Sie es wünschen«, sagte er vorsichtig, »kann ich ihn von seinen Leiden erlösen. Mein Kampfmesser ist sehr scharf. Wenn es schnell geführt wird, dann durchtrennt es seine Kehle fast schmerzlos. Oder wenn Sie meinen, daß das Ihre Pflicht als Kommandantin ist, dann leihe ich Ihnen das Messer, und Sie können es tun.«

»Ist es das, was Sie für einen Ihrer Männer tun würden?«

»Gewiß. Und sie würden das Gleiche für mich tun.

Kein Mensch könnte wünschen, in diesem Zustand weiterzuleben.«

Sie stand auf und blickte ihn sehr fest an. »Ein Barrayaraner zu sein, das muß sein, wie wenn man unter Kannibalen lebt.«

Ein langes Schweigen legte sich zwischen sie. Dubauer brach es mit einem Stöhnen. Vorkosigan rührte sich. »Was sollen wir dann Ihrer Meinung nach mit ihm machen?«

Sie rieb sich müde die Schläfen und suchte nach einem Appell, der diese ausdruckslose Fassade durchdringen würde. Ihr Magen zog sich in Wellen zusammen, ihre Zunge fühlte sich an wie Wolle, ihre Beine zitterten vor Erschöpfung, niedrigem Blutzucker und der Reaktion auf den Schmerz. »Wohin wollen Sie eigentlich gehen?« fragte sie schließlich.

»Es gibt ein geheimes Nachschublager – an einem Ort, den ich kenne. Versteckt. Es enthält Kommunikationsgeräte, Waffen, Nahrung – mit alldem wäre ich in der Lage, die... hm... Probleme in meinem Kommando zu beheben.«

»Gibt es dort auch medizinisches Material?«

»Ja«, gab er widerstrebend zu.

»Also gut.« Hier kann man sowieso nichts tun. »Ich werde mit Ihnen kooperieren – Ihnen mein Ehrenwort geben, als Gefangene –, Ihnen in jeder Weise helfen, wie ich kann, soweit dies nicht faktisch mein Schiff gefährdet – wenn ich Fähnrich Dubauer mit uns nehmen kann.«

»Das ist unmöglich. Er kann nicht einmal laufen.«

»Ich denke schon, daß er's kann, wenn man ihm hilft.«

Er starrte sie verwirrt und gereizt an. »Und wenn ich mich weigere?«

»Dann können Sie entweder uns beide zurücklassen oder uns beide umbringen.« Sie wandte ihren Blick von seinem Messer ab, hob ihr Kinn und wartete.

»Ich töte keine Gefangenen.«

Sie war erleichtert, daß er den Plural gebraucht hatte. Im Denken des seltsamen Mannes, der sie gefangen genommen hatte, war Dubauer offensichtlich wieder in den Rang eines Menschen befördert worden. Sie kniete sich nieder, um ihm auf die Beine zu helfen, und betete dabei darum, daß Vorkosigan nicht beschloß, die Auseinandersetzung zu beenden, indem er sie betäubte und ihren Botaniker einfach umbrachte.

»Also gut«, kapitulierte er, wobei er sie eigenartig aufmerksam anblickte. »Nehmen Sie ihn mit. Aber wir müssen schnell vorankommen.«

Es gelang ihr, den Fähnrich hochzubringen. Mit seinem Arm schwer auf ihrer Schulter brachte sie ihn zu einem watschelnden Gehen. Es schien, daß er zwar hören, aber nicht die Bedeutungen der Worte begreifen konnte. »Sehen Sie«, verteidigte sie ihn verzweifelt, »er kann gehen. Er braucht nur ein bißchen Hilfe.«

Sie erreichten den Rand der Lichtung, als das letzte horizontale Licht des Abends sie mit langen schwarzen Schattenstreifen überzog, wie das Fell eines Tigers. Vorkosigan hielt an.

»Wenn ich allein wäre«, sagte er, »dann würde ich für den Weg zum Nachschublager mit den Notrationen in meinem Gürtel auskommen. Weil wir zu dritt sind, werden wir es riskieren müssen, Ihr Lager nach mehr Nahrung zu durchsuchen. Sie können Ihren anderen Offizier begraben, während ich mich umsehe.«

Cordelia nickte. »Schauen Sie auch, ob Sie etwas finden, womit man graben kann. Ich muß mich zuerst um Dubauer kümmern.«

Er nahm dies mit einer Handbewegung zur Kenntnis und ging auf den verwüsteten Ring zu. Cordelia konnte aus den Überresten des Frauenzeltes ein paar halb verbrannte zusammengerollte Betten ausgraben, aber keine Kleider, keine Medikamente, keine

Seife, nicht einmal einen Eimer, um Wasser zu holen und zu erhitzen. Schließlich brachte sie den Fähnrich durch gutes Zureden bis zur Quelle, wusch ihn, seine Wunden und seine Hose in dem puren kalten Wasser, so gut sie konnte, trocknete ihn mit einer Bettdecke ab, zog ihm wieder sein Unterhemd und seine Uniformjacke an und wickelte ihm dann die anderen Bettdecke wie einen Sarong um. Er zitterte und stöhnte, widersetzte sich aber ihren Maßnahmen nicht.

Vorkosigan hatte in der Zwischenzeit zwei Schachteln mit Proviantpackungen gefunden, an denen zwar die Etiketten weggebrannt waren, die aber sonst kaum beschädigt waren. Cordelia riß einen silbrigen Beutel auf, fügte Wasser von der Quelle hinzu und fand heraus, daß es sich um Hafermehl, verstärkt mit Soja, handelte.

»Was für ein Glück«, bemerkte sie. »Das wird er essen können. Was ist in der anderen Schachtel?«

Vorkosigan gab Wasser in seinen Beutel, mischte das Ganze, indem er es drückte und knetete, und schnüffelte an dem Ergebnis.

»Ich bin mir nicht wirklich sicher«, sagte er und reichte ihr den Beutel. »Es riecht ziemlich seltsam. Ist es vielleicht verdorben?«

Es war eine weiße Paste mit einem scharfen Aroma. »Das ist in Ordnung«, versicherte ihm Cordelia. »Das ist künstliches Blaukäse-Salatdressing.« Sie lehnte sich zurück und dachte über ihren Speiseplan nach. »Wenigstens enthält es viele Kalorien«, ermutigte sie sich selbst. »Wir werden Kalorien brauchen. Haben Sie zufällig einen Löffel in Ihrem Mehrzweckgürtel?«

Vorkosigan nahm ein Objekt von seinem Gürtel und überreichte es ihr kommentarlos. Es waren mehrere kleine nützliche Utensilien, die an einem Griff umgeklappt waren, darunter auch ein Löffel.

»Danke«, sagte Cordelia und war auf absurde Weise erfreut, als wäre die Erfüllung ihres gemurmelten Wunsches der Trick eines Zauberers gewesen.

Vorkosigan zuckte die Achseln und ging davon, um in der zunehmenden Dämmerung seine Suche fortzusetzen, und sie begann Dubauer zu füttern. Er schien gierig vor Hunger zu sein, sich aber nicht selbst behelfen zu können.

Vorkosigan kehrte zur Quelle zurück. »Das hier habe ich gefunden.« Er reichte ihr eine kleine Geologenschaufel, etwa einen Meter lang, die sie zum Ausgraben von Bodenproben benutzt hatten. »Ein armseliges Werkzeug für diesen Zweck, aber ich habe noch nichts Besseres gefunden.«

»Das war Regs Schaufel«, sagte Cordelia und nahm sie. »Sie wird ausreichen.«

Sie führte Dubauer an einen Platz in der Nähe der Stelle, wo Rosemont gefallen war, und brachte ihn dazu, sich hinzusetzen. Sie fragte sich, ob sie mit etwas Farn aus dem Wald ihn vor der Kälte schützen könnte, und entschloß sich, später welchen zu holen. Sie markierte die Umrisse eines Grabes und begann, mit der kleinen Schaufel auf den schweren Rasen einzuhauen. Der Boden war hart und von zähen Wurzeln durchzogen und leistete ihren Bemühungen Widerstand. Sie war bald außer Atem.

Vorkosigan erschien aus der Dunkelheit. »Ich habe ein paar Kaltlichter gefunden.« Er brach ein bleistiftgroßes Röhrchen auf und legte es neben das Grab auf den Boden, wo es ein unheimliches, aber helles blaugrünes Licht abgab. Er beobachtete ihre Anstrengungen kritisch.

Sie stach heftig auf den Boden ein, weil sie sich über Vorkosigans prüfende Blicke ärgerte. Gehen Sie weg, dachte sie, und lassen Sie mich meinen Freund in Frieden begraben. Sie wurde befangen, als ihr ein neuer Gedanke kam: Vielleicht wird er mich nicht zu Ende graben lassen – ich brauche zu lange ... Sie grub noch angestrengter.

»Bei diesem Tempo werden wir noch nächste Woche hier sein.«

Wenn ich mich schnell genug bewege, fragte sie sich gereizt, kann ich ihm dann eins mit der Schaufel überziehen? Nur einmal ...

»Gehen Sie und setzen Sie sich zu Ihrem Botaniker.« Er streckte ihr seine Hand entgegen, und endlich ging es ihr auf, daß er freiwillig Hilfe beim Graben anbot.

»Oh ...« Sie ließ das Werkzeug los. Er zog sein Kampfmesser und schnitt dort, wo sie ihr Rechteck markiert hatte, die Graswurzeln durch, dann begann er zu graben, viel wirkungsvoller, als sie es getan hatte.

»Was für Arten von Aasfressern haben Sie hier in der Gegend gefunden?« fragte er sie zwischen zwei Würfen Erde aus dem Grab. »Wie tief muß das hier werden?«

»Ich bin mir nicht sicher«, erwiderte sie. »Wir sind nur drei Tage hier unten gewesen. Das Ökosystem ist jedoch ziemlich komplex, und die meisten Nischen, die man sich vorstellen kann, scheinen gefüllt zu sein.«

»Hm.«

»Leutnant Stuben, mein Chefzoologe, hat ein paar dieser grasfressenden Sechsfüßler gefunden, tot und schon ziemlich weit aufgefressen. Bei einem der Tierkadaver hat er ganz kurz etwas gesehen, das er als struppige Krabbe bezeichnete.«

»Wie groß war das Ding?« fragte Vorkosigan neugierig.

»Das hat er nicht gesagt. Ich habe Bilder von Krabben von der Erde gesehen, sie scheinen nicht sehr groß zu sein – so groß wie Ihre Hand vielleicht.«

»Ein Meter dürfte reichen.« Er setzte mit kurzen kraftvollen Stößen der unzureichenden Schaufel das Graben fort. Das Kaltlicht beleuchtete sein Gesicht von unten und warf Schatten seiner schweren Kinnbacken, der geraden breiten Nase und der dicken Augenbrauen nach oben. Auf der linken Seite seines Kinns hatte er eine alte, verblichene Narbe in der Form eines L, bemerkte Cordelia. Er erinnerte sie an einen Zwergenkönig aus einer nordischen Saga, der in unergründlicher Tiefe grub.

»Drüben bei den Zelten gibt es eine Stange. Ich könnte das Licht oben dran befestigen«, bot sie an, »damit es Ihnen bei der Arbeit leuchtet.«

»Das wäre hilfreich.«

Sie ging zu den Zelten, außerhalb des Kreises aus kaltem Licht, und fand die Stange, wo sie sie am Morgen hatte fallen lassen. Sie kehrte zu der Grabstelle zurück, befestigte das Licht mit ein paar starken Grashalmen an der Stange und steckte sie aufrecht in die Erde. Dadurch wurde der Lichtkreis weiter. Sie erinnerte sich an ihren Plan, Farn für Dubauer zu sammeln und wandte sich dem Wald zu, doch dann hielt sie an.

»Haben Sie das gehört?« fragte sie Vorkosigan.

»Was?« Selbst er begann jetzt zu keuchen. Er hielt inne, bis zu den Knien in dem Loch, und horchte mit ihr.

»Eine Art trippelndes Geräusch, es kam aus dem Wald.«

Er wartete eine Minute lang, dann schüttelte er den Kopf und setzte seine Arbeit fort.

»Wie viele Kaltlichter gibt es hier?«

»Sechs.«

So wenige. Sie wollte sie nicht verschwenden, indem sie zwei auf einmal leuchten ließ. Sie wollte ihn gerade fragen, ob es ihm etwas ausmachte, eine Zeitlang im Dunkeln zu graben, da hörte sie das Geräusch wieder, diesmal deutlicher.

»Da draußen *ist* was.«

»Sie wissen eben, daß da was sein kann«, sagte Vorkosigan. »Die Frage ist …«

Die drei Kreaturen stürzten gleichzeitig in den Lichtkreis. Cordelia sah schnelle, niedrige Körper, ganz und gar zu viele haarige schwarze Beine, halslose Köpfe mit jeweils vier kleinen, runden, glänzenden schwarzen Augen und rasiermesserscharfen gelben Schnäbeln, die klapperten und zischten. Die Tiere hatten die Größe von Schweinen.

Vorkosigan reagierte auf der Stelle und hieb dem Tier, das ihm am nächsten kam, mit dem Schaufelblatt genau auf den Kopf. Ein zweites Tier warf sich auf den Körper von Rosemont, biß tief in den Stoff und das Fleisch eines Armes und versuchte, ihn aus dem Licht zu ziehen. Cordelia packte ihre Stange und rammte sie mit voller Wucht in das Tier, versetzte ihm einen harten Stoß zwischen die Augen. Sein Schnabel biß das Ende des Aluminiumstabes ab. Es zischte und zog sich vor ihr zurück.

Jetzt hatte Vorkosigan sein Kampfmesser gezogen. Er ging mit aller Kraft auf das dritte Tier los, brüllte, stach zu und stieß mit seinen schweren Stiefeln danach. Blut spritzte, als Krallen in sein Bein fuhren, aber ihm gelang ein Stoß mit seinem Messer, der die Kreatur kreischend und zischend wieder die Zuflucht des Waldes suchen ließ, zusammen mit seinen Rudelgenossen. Er nutzte die Verschnaufpause, um Cordelias Betäuber vom Boden des zu großen Disruptorhalfters zu holen, wohin die Waffe, nach Vorkosigans gemurmelten Flüchen zu schließen, gerutscht und steckengeblieben war, dann guckte er in die Nacht hinaus.

»Struppige Krabben, ha?« keuchte Cordelia. »Stuben, ich werde Ihnen den Hals umdrehen.« Ihre Stimme wurde piepsig, und sie biß die Zähne aufeinander.

Vorkosigan wischte am Gras das dunkle Blut von seiner Klinge und steckte sie wieder in die Scheide. »Ich denke, das Grab sollte besser volle zwei Meter tief sein«, sagte er ernst. »Vielleicht noch ein bißchen tiefer.«

Cordelia seufzte zustimmend und brachte die jetzt

gekürzte Stange wieder in ihre ursprüngliche Stellung. »Wie geht es Ihrem Bein?«

»Darum kümmere ich mich schon. Sie sollten lieber nach Ihrem Fähnrich schauen.«

Dubauer, der geschlummert hatte, war durch den Aufruhr geweckt worden und versuchte, davonzukriechen. Cordelia bemühte sich, ihn zu beruhigen, dann fand sie sich mit einem neuen Anfall konfrontiert. Als er um war, schlief Dubauer zu ihrer Erleichterung ein.

Vorkosigan hatte in der Zwischenzeit seine Kratzer versorgt, wozu er den Erste-Hilfe-Beutel an seinem Gürtel verwendete, und machte sich wieder ans Graben, nur wenig langsamer als zuvor. Als er in Schultertiefe angelangt war, nötigte er sie, Erde aus dem Grab hochzuhieven. Dazu benutzte sie den ausgeleerten Kasten für die botanischen Proben als behelfsmäßigen Eimer. Es war fast Mitternacht, als Vorkosigan aus der dunklen Grube rief: »Das dürfte der letzte sein!« und herauskletterte. »Mit einem Plasmabogen hätte ich das in fünf Sekunden erledigen können«, keuchte er und rang um Luft. Er war schmutzig und schwitzte in der kalten Nachtluft. Nebelfäden stiegen aus der Schlucht und von der Quelle empor.

Zusammen schleiften sie Rosemonts Leiche an den Rand des Grabes. Vorkosigan zögerte.

»Wollen Sie nicht seine Kleider nehmen, für Ihren Fähnrich?«

Das war ein praktischer Vorschlag, der sich geradezu aufdrängte. Cordelia war es zuwider, Rosemont würdelos nackt in die Erde zu senken, aber zugleich wünschte sie sich, sie hätte schon früher daran gedacht, als es Dubauer so kalt war. Sie zerrte die Uniform von den steifen Gliedern mit der makabren Empfindung, eine Riesenpuppe zu entkleiden, und dann kippten sie ihn in das Grab. Er landete mit einem dumpfen Bums auf dem Rücken.

»Nur einen Augenblick.« Sie holte Rosemonts Taschentuch aus seiner Uniformjacke und sprang in das Grab hinab. Dabei rutschte sie über dem Körper aus. Sie breitete das Taschentuch über sein Gesicht – eine kleine Geste, die der Realität trotzte, aber sie fühlte sich danach besser. Vorkosigan packte ihre Hand und zog sie wieder heraus.

»In Ordnung.« Sie schaufelten und schoben die lose Erde wieder in das Loch und stampften sie fest, so gut sie konnten.

»Gibt es irgendeine Zeremonie, die Sie vollziehen wollen?« fragte Vorkosigan.

Cordelia schüttelte den Kopf, denn sie fühlte sich nicht imstande, die vage offizielle Begräbnisliturgie aufzusagen. Aber sie kniete sich für einige Minuten neben dem Grab nieder und vollzog ein ernsteres, weniger gewisses, inneres Gebet für ihre Toten. Es schien aufwärts zu fliegen und in der Leere zu verschwinden, ohne Echo, wie eine Feder.

Vorkosigan wartete geduldig, bis sie sich erhob. »Es ist ziemlich spät«, sagte er, »und wir haben gerade drei gute Gründe dafür gesehen, nicht in der Dunkelheit herumzustolpern. Wir können genauso gut hier bis zur Morgendämmerung ausruhen. Ich übernehme die erste Wache. Wollen Sie mir immer noch den Kopf mit einem Felsbrocken einschlagen?«

»Im Augenblick nicht«, sagte sie ehrlich.

»Sehr gut. Ich wecke Sie später.«

Vorkosigan begann seine Wache mit einem Patrouillengang am Rand der Lichtung entlang. Dazu nahm er das Kaltlicht mit sich. Es flackerte in der Dunkelheit wie ein gefangenes Glühwürmchen. Cordelia legte sich neben Dubauer auf den Rücken nieder. Die Sterne schimmerten schwach durch den aufkommenden Nebel. Konnte einer davon noch ihr Schiff sein, oder das von Vorkosigan? Wahrscheinlich nicht, bei der Entfernung, in der sie jetzt zweifellos schon waren.

Sie fühlte sich leer. Energie, Wille, Verlangen rannen

durch ihre Finger wie eine glänzende Flüssigkeit, aufgesogen von einem unendlichen Sand. Sie blickte auf Dubauer neben sich und riß ihre Gedanken aus dem bequemen Wirbel der Verzweiflung. Ich bin immer noch eine Kommandantin, sagte sie sich scharf, ich habe ein Kommando. Du dienst mir noch, Fähnrich, auch wenn du dir nicht selbst dienen kannst…

Der Gedanke schien der Faden zu irgendeiner großen Einsicht zu sein, aber er zerrann, als sie ihn festhalten wollte, und sie schlief ein.

KAPITEL 2

Sie verteilten die mageren Überreste aus dem Lager auf behelfsmäßige Rucksäcke und begannen im grauen Morgennebel den Berg hinabzugehen. Cordelia führte Dubauer an der Hand und half ihm, wenn er stolperte. Sie war sich nicht sicher, wie klar er sie erkannte, aber er hielt sich an sie und ging Vorkosigan aus dem Weg.

Der Wald wurde dichter, und die Bäume wurden höher, als sie hinabstiegen. Eine Zeitlang bahnte Vorkosigan mit seinem Messer einen Weg durch das Gestrüpp, dann hielten sie sich an das Flußbett. Flecken von Sonnenlicht begannen durch den Baldachin des Waldes zu dringen und hoben leuchtend grüne, samtige Moosbrocken hervor, funkelnde Rinnsale und Steine, die wie eine Schicht bronzener Münzen auf dem Flußbett lagen.

Radiale Symmetrie war weit verbreitet unter den winzigen Kreaturen, welche diejenigen ökologischen Nischen besetzt hielten, die auf der Erde die Insekten ausfüllten. Einige in der Luft lebende Arten, die gasgefüllten Quallen glichen, schwebten in schillernden Wolken über dem Fluß wie Scharen von zarten Seifenblasen und erfreuten Cordelias Augen. Auch auf Vorkosigan schienen sie eine besänftigende Wirkung zu haben, denn er schlug eine Rast vor.

Sie tranken aus dem Fluß und blieben eine Weile sitzen; dabei beobachteten sie die kleinen Radiallebewesen, wie sie in den Sprühnebel eines Wasserfalls schossen und sich darin aufblähten. Vorkosigan schloß die Augen und lehnte sich gegen einen Baum. Auch er war am Rande der Erschöpfung, erkannte Cordelia. Zeitweilig unbeobachtet, musterte sie ihn neugierig. Sein Verhalten war die ganze Zeit von einem kurz angebundenen, aber würdevollen militärischen Professionalismus gekennzeichnet gewesen. Trotzdem beunruhigte Cordelia eine unterschwellige Warnung, ein dauerndes Empfinden, daß sie etwas Wichtiges vergessen hätte. Plötzlich sprang es in ihrem Gedächtnis hervor wie ein Ball, der zunächst unter Wasser gehalten wurde, dann aber losgelassen die Oberfläche des Wassers durchbricht und in die Luft schnellt.

»Ich weiß, wer Sie sind. Vorkosigan, der Schlächter von Komarr.« Sofort wünschte sie, sie hätte nicht gesprochen, denn er öffnete die Augen und starrte sie an. Eine eigenartige Folge von Ausdrücken huschte über sein Gesicht.

»Was wissen Sie über Komarr?« Sein Ton klang, als wolle er hinzufügen: »Sie, eine unwissende Betanerin.«

»Einfach das, was jeder weiß. Es war eine wertlose Felskugel, die Ihre Leute mit militärischer Gewalt annektierten, um ihre Anhäufung von Wurmlöchern zu beherrschen. Der regierende Senat kapitulierte zu bestimmten Bedingungen und wurde kurz darauf ermordet. Sie haben die Expedition befehligt, oder...?« Sicherlich war der Vorkosigan von Komarr ein Admiral gewesen. »Waren Sie das? Ich dachte, Sie sagten, daß Sie keine Gefangenen töteten.«

»Das war ich.«

»Hat man Sie dafür degradiert?« fragte sie überrascht. Sie hatte gedacht, daß eine solche Art Kriegführung der barrayaranische Standard wäre.

»Nicht dafür. Für das, was folgte.« Es schien ihm zu widerstreben, mehr zu sagen, aber er überraschte sie wieder, indem er fortfuhr: »Das Nachspiel wurde wirksamer unterdrückt. Ich hatte mein Wort gegeben – *mein* Wort als Vorkosigan –, daß sie geschont würden. Mein Politischer Offizier widerrief meinen Befehl und ließ sie hinter meinem Rücken umbringen. Dafür habe ich ihn hingerichtet.«

»Gütiger Gott!«

»Ich brach ihm mit meinen eigenen Händen den

Hals, auf der Brücke meines Schiffes. Es war eine persönliche Angelegenheit, verstehen Sie, die meine Ehre berührte. Ich konnte keinem Exekutionskommando den Befehl geben – sie fürchteten sich alle vor dem Ministerium für Politische Bildung.«

Das war, erinnerte sich Cordelia, der offizielle Euphemismus für die berüchtigte Geheimpolizei, deren militärischer Zweig die Politischen Offiziere waren. »Und Sie fürchten es nicht?«

»Die fürchten mich.« Er lächelte säuerlich. »Wie diese Aasfresser letzte Nacht rennen sie vor einem mutigen Angriff davon. Aber man darf ihnen nicht den Rücken zukehren.«

»Ich bin überrascht, daß man Sie nicht aufhängen ließ.«

»Es gab einen großen Aufruhr, hinter verschlossenen Türen«, gab er in der Erinnerung daran zu und fingerte an seinen Kragenabzeichen herum. »Aber einen Vorkosigan kann man nicht einfach in der Nacht verschwinden lassen, noch nicht. Ich habe mir allerdings ein paar mächtige Feinde gemacht.«

»Darauf würde ich wetten.« Diese nüchterne Geschichte, ohne Ausschmückung oder Entschuldigung erzählt, klang ihrem Empfinden nach wahr, obwohl sie keinen logischen Grund hatte, ihm zu trauen. »Haben Sie… hm… gestern einem dieser Feinde den Rücken zugekehrt?«

Er blickte sie scharf an. »Möglicherweise«, sagte er langsam. »Mit dieser Theorie gibt es allerdings ein paar Probleme.«

»Wie zum Beispiel?«

»Ich lebe noch. Ich hätte nicht gedacht, daß sie es riskieren würden, diese Sache anzufangen, ohne sie zu Ende zu führen. Sicherlich hätte diese Gelegenheit sie in Versuchung geführt, meinen Tod euch Betanern in die Schuhe zu schieben.«

»Puh! Und ich dachte, ich hätte Kommandoprobleme

dabei, bloß einen Haufen betanischer intellektueller Primadonnen zu monatelanger Zusammenarbeit anzuhalten. Gott bewahre mich vor der Politik.«

Vorkosigan lächelte leicht. »Nach dem zu schließen, was ich über die Betaner gehört habe, ist das auch keine einfache Aufgabe. Ich glaube nicht, daß ich mit Ihnen tauschen möchte. Es würde mich irritieren, wenn über jeden Befehl gestritten würde.«

»Sie streiten nicht über *jeden* Befehl.« Sie grinste, denn sein Seitenhieb hatte ein paar eigenartige Erinnerungen wachgerufen. »Man lernt, wie man sie zum Mitmachen überredet.«

»Wo ist Ihr Schiff jetzt, Ihrer Meinung nach?«

Mit einem Schlag verwandelte sich ihr Amüsement in Wachsamkeit. »Ich glaube, das hängt davon ab, wo Ihr Schiff jetzt ist.«

Vorkosigan zuckte die Achseln, stand auf und befestigte seinen Rucksack sicherer an seinen Schultern. »Dann sollten wir vielleicht keine Zeit mehr mit dem Versuch verschwenden, es herauszufinden.« Er reichte ihr die Hand, um sie hochzuziehen, und die soldatische Maske erschien wieder auf seinem Gesicht.

Sie brauchten den ganzen langen Tag, um von dem großen Berg zur Ebene abzusteigen. Aus der Nähe sahen sie jetzt, daß der rötliche Boden von Wasserläufen durchschnitten und durchfurcht war, die von den Regengüssen der letzten Tage schlammig aufgewühlt dahinströmten, und daß das Flachland mit nackten Felsbuckeln übersät war. Sie erspähten auch Gruppen sechsbeiniger Grasfresser. Aus dem wachsamen Verhalten der Herden schloß Cordelia, daß in der Nähe Raubtiere lauerten.

Vorkosigan wäre eilends weitermarschiert, aber Dubauer wurde von einem gefährlichen und lang anhaltenden Krampf geschüttelt, auf den Lethargie und Schläfrigkeit folgten. Cordelia bestand unnachgiebig auf einer Rast für die Nacht. Sie lagerten sich in einer offenen Lichtung zwischen den Bäumen, vielleicht dreihundert Meter über der Ebene, und teilten sich ihr einfaches Abendessen aus Hafergrütze und Blaukäsedressing. Die Erschöpfung machte sie schweigsam. Vorkosigan knackte ein weiteres Kaltlicht, als die letzten Farben eines grellen Sonnenuntergangs am Himmel verblaßten, und setzte sich auf einen großen flachen Felsblock. Cordelia legte sich nieder und beobachtete den Barrayaraner, wie er Wache hielt, bis der Schlaf sie von den Schmerzen in ihren Beinen und ihrem Kopf befreite.

Er weckte sie nach Mitternacht. Ihre Muskeln schienen vor angesammelter Milchsäure zu quietschen und zu knarren, als sie sich steif hochrappelte, um ihre Wache zu übernehmen. Diesmal gab Vorkosigan ihr den Betäuber.

»Ich habe nichts in der Nähe gesehen«, bemerkte er, »aber irgend etwas da draußen macht von Zeit zu Zeit einen Höllenlärm.« Dies schien ihm eine angemessene Erklärung für diese Geste des Vertrauens.

Sie sah nach Dubauer, dann nahm sie ihren Platz auf dem Felsblock ein, lehnte sich zurück und blickte zu der dunklen Masse des Berges empor. Dort oben lag Rosemont in seinem tiefen Grab, sicher vor den Schnäbeln und Bäuchen der Aasfresser, aber verurteilt zu langsamer Verwesung. Sie lenkte ihre nachtwandelnden Gedanken statt dessen auf Vorkosigan, der in ihrer Nähe an der Grenze des blaugrünen Lichts unsichtbar in seinem Tarnanzug lag.

Er war ein Rätsel in einem Rätsel. Offensichtlich war er einer der barrayaranischen Kriegeraristokraten der alten Schule und lag im Streit mit den aufsteigenden neuen Männern der Bürokratie. Die Militaristen beider Seiten erhielten eine unnatürliche, unsichere Allianz aufrecht, die sowohl die Regierungspolitik wie die Streitkräfte kontrollierte, aber im Kern waren sie von Natur aus Feinde. Der Kaiser stabilisierte geschickt das unsichere Gleichgewicht der Macht, das zwischen ihnen herrschte, aber es bestand nicht viel Zweifel, daß nach dem Tod des klugen alten Mannes Barrayar eine Periode des politischen Kannibalismus bevorstand, wenn nicht sogar ein offener Bürgerkrieg, es sei denn, sein Nachfolger bewiese mehr Stärke, als man zur Zeit erwartete. Cordelia wünschte, sie wüßte mehr über das Geflecht der Blutsverwandtschaften und der Macht auf Barrayar. Sie kannte den Familiennamen des Kaisers, Vorbarra, der mit dem Namen des Planeten verknüpft war, aber darüber hinaus waren ihre Kenntnisse sehr vage.

Sie fingerte gedankenverloren an dem kleinen Betäuber herum und quälte sich mit der Frage: Wer war jetzt der Gefangene, wer der Bewacher? Aber für sie war es nahezu unmöglich, in dieser Wildnis allein für Dubauer zu sorgen. Sie mußte Proviant für ihn haben, und da Vorkosigan so vorsichtig gewesen war, nicht genau zu sagen, wo sein Nachschubversteck lag, brauchte sie den Barrayaraner, damit er sie dorthin brächte. Außerdem hatte sie ihm ihr Ehrenwort gegeben. Es gab einen eigentümlichen Einblick in Vorkosigans Charakter, daß er ihr bloßes Wort so automatisch als bindend annahm; offensichtlich dachte er in den gleichen Kategorien auch für sich selbst.

Endlich begann der Osten grau zu werden, dann pfirsichfarben, grün und golden in einer pastellfarbenen Wiederholung des theatralischen Sonnenuntergangs des Abends vorher. Vorkosigan bewegte sich, setzte sich auf und half ihr, Dubauer zu dem Wasserlauf zum Waschen zu bringen. Dann nahmen sie ein weiteres Frühstück aus Hafergrütze und Blaukäsedressing ein. Diesmal versuchte Vorkosigan zur Abwechslung, sein Frühstück aus beiden Bestandteilen zusammenzumischen. Cordelia probierte es mit abwechselnden Bissen, um zu sehen, ob das helfen würde. Keiner von beiden äußerte sich laut über sein Menü.

Vorkosigan führte sie in Richtung Nordwesten über

die sandige, ziegelrote Ebene. In der trockenen Jahreszeit würde sie beinahe zu einer Wüste werden. Jetzt war sie hell geschmückt mit frischer grüner und gelber Vegetation und Dutzenden von Arten niedrig wachsender Wildblumen. Dubauer schien sie nicht wahrzunehmen, wie Cordelia traurig beobachtete.

Nach etwa drei Stunden in einer lebhaften Gangart kamen sie zum ersten Hindernis des Tages, einem tiefen, felsigen Tal, durch das ein Fluß in der Farbe von Milchkaffee rauschte. Sie gingen am Rand der Uferböschung entlang und suchten eine Furt.

»Der Fels dort unten hat sich bewegt«, bemerkte Cordelia plötzlich.

Vorkosigan holte seinen Feldstecher aus seinem Gürtel und blickte genauer hin. »Sie haben recht.«

Ein halbes Dutzend milchkaffeebrauner Klumpen, die aussahen wie Felsen auf einer Sandbank, entpuppten sich als niedrig gebaute Sechsfüßler mit kräftigen Gliedmaßen, die sich in der Morgensonne wärmten.

»Sie scheinen eine Art von Amphibien zu sein. Ich wüßte gerne, ob sie Fleischfresser sind«, sagte Vorkosigan.

»Ich wünschte mir, Sie hätten meine Erkundungen nicht so früh unterbrochen«, beklagte sich Cordelia. »Dann hätte ich all diese Fragen beantworten können. Da schweben noch ein paar von diesen Seifenblasendingern – meine Güte, ich hätte nicht gedacht, daß sie so groß werden und noch fliegen können.«

Eine Schar von etwa einem Dutzend großer Radiallebewesen, durchsichtig wie Weingläser und gut dreißig Zentimeter im Durchmesser, kam wie ein Schwarm losgerissener Ballons über den Fluß geschwebt. Ein paar von ihnen ließen sich zu den Sechsfüßlern treiben, landeten sanft auf deren Rücken und legten sich flach auf die Nacken der Tiere wie unheimliche Mützen. Cordelia borgte sich das Fernglas aus, um sie besser sehen zu können.

»Verhalten die sich vielleicht ähnlich wie diese Vögel auf der Erde, die den Rindern die Schmarotzer von der Haut picken? O nein. Ich glaube nicht.«

Die Sechsfüßler erhoben sich mit Zischen und Pfeifen, krümmten ihre fetten Körper, als wollten sie sich aufbäumen, und glitten in den Fluß. Die Radiallebewesen blähten sich auf und entwichen in die Luft. Ihre Farbe erinnerte jetzt an Weingläser voller Burgunder.

»Vampirballons?« fragte Vorkosigan.

»Anscheinend.«

»Was für entsetzliche Kreaturen.«

Cordelia mußte fast lachen über seinen mit Abscheu erfüllten Blick. »Da Sie selbst ein Fleischesser sind, können Sie sie nicht wirklich verdammen.«

»Verdammen nicht, vermeiden ja.«

»Da bin ich Ihrer Meinung.«

Sie gingen weiter flußaufwärts, vorbei an einem schäumenden, gelbbraun trüben Wasserfall. Nach etwa anderthalb Kilometern kamen sie zu den Einmündungen zweier Nebenflüsse und stolperten an den seichtesten Stellen, die sie finden konnten, hinüber. Bei der Überquerung des zweiten Nebenflusses verlor Dubauer den Halt, als sich ein Felsbrocken unter ihm drehte, und mit einem wortlosen Schrei sank er ins Wasser.

Cordelia verstärkte krampfhaft den Griff an seinem Arm und fiel zwangsläufig mit ihm. Sie glitten in einen tieferen Bereich ab. Ein jäher Schrecken durchzuckte Cordelia, daß Dubauer flußabwärts getrieben würde, außerhalb ihrer Reichweite, dorthin, wo Gefahren drohten: die amphibienhaften Sechsfüßler, die scharfen Felsen – der Wasserfall! Ohne sich um das Wasser zu kümmern, das ihr in den Mund drang, packte sie Dubauer mit beiden Händen. Und da trieben sie schon davon – nein.

Etwas zerrte an ihrem Körper mit enormer Gegenwirkung gegen die reißende Strömung des Wassers.

Vorkosigan hatte Cordelia an der Rückseite ihres Gürtels gepackt und zog beide mit der Kraft und Geschicklichkeit eines Schiffsstauers ins Seichte.

Cordelia rappelte sich hoch und schob Dubauer, der heftig hustete, auf das andere Ufer hinauf. Sie fühlte sich beschämt, empfand aber gleichzeitig Dankbarkeit.

»Danke«, sagte sie keuchend zu Vorkosigan.

»Was? Haben Sie etwa gedacht, ich ließe Sie ertrinken?« fragte er sarkastisch und entleerte seine Stiefel.

Cordelia zuckte verlegen die Achseln. »Nun ja – wenigstens würden wir Sie nicht aufhalten.«

»Hm.« Er räusperte sich, sagte aber nichts mehr. Sie fanden einen felsigen Platz zum Sitzen, aßen ihren Hafer und ihr Salatdressing und ließen sich eine Weile trocknen, bevor sie sich wieder auf den Weg machten.

Sie legten Kilometer um Kilometer zurück, während das Panorama des großen Berges zu ihrer Rechten sich kaum zu verändern schien. An einer Stelle peilte Vorkosigan die Richtung auf eine Weise, die nur er selber verstand, und führte sie dann mehr nach Westen, mit dem Berg in ihrem Rücken, und die Sonne begann sich jetzt in ihr Blickfeld zu neigen.

Sie überquerten einen anderen Wasserlauf. Als sie über den Rand seiner Uferböschung hochkam, stolperte Cordelia fast über einen Sechsfüßler mit rotem Fell, der ganz still in einer Bodensenke lag und vollkommen mit seiner Umgebung verschmolz. Er war ein zart gebautes Wesen, so groß wie ein mittelgroßer Hund, und floh in graziösen Sprüngen über die rote Ebene davon.

Cordelia wurde plötzlich hellwach. »Das Ding ist eßbar!«

»Den Betäuber, den Betäuber!« rief Vorkosigan. Sie drückte ihm die Waffe hastig in die Hand. Er fiel auf ein Knie, zielte und fällte die Kreatur mit einem Schuß.

»Oh, ein guter Schuß!« rief Cordelia entzückt.

Vorkosigan grinste sie über die Schulter an wie ein Junge und lief nach seiner Beute.

»Oh«, murmelte sie, selbst betäubt durch die Wirkung dieses Grinsens, das diesen kurzen Augenblick lang sein Gesicht erhellt hatte wie die Sonne. Oh, machen Sie das noch mal, dachte sie; dann schüttelte sie den Gedanken ab. Pflicht! Halte dich an die Pflicht!

Sie folgte ihm zu der Stelle, wo das Tier lag. Vorkosigan hatte sein Messer gezogen und überlegte, wo er beginnen sollte. Er konnte ihm nicht die Kehle durchschneiden, denn es hatte keinen Hals.

»Das Gehirn liegt direkt hinter den Augen. Vielleicht können Sie es töten, indem Sie das Rückenmark durchbohren, wenn Sie zwischen dem ersten Paar Schulterblätter einstechen«, schlug Cordelia vor.

»Das wäre schnell genug«, stimmte Vorkosigan zu und machte es so. Das Tier zitterte, ächzte und starb. »Es ist eigentlich noch zu früh, um schon das Lager aufzuschlagen, aber hier gibt es Wasser und Treibholz aus dem Fluß für ein Feuer. Das sind dann allerdings morgen etliche Kilometer extra«, warnte er.

Cordelia beäugte den Kadaver und dachte an gebratenes Fleisch. »Das geht schon in Ordnung.«

Vorkosigan hob die Jagdbeute auf die Schultern und stand auf. »Wo ist Ihr Fähnrich?«

Cordelia blickte sich um. Dubauer war nicht zu sehen. »O Gott«, sie holte tief Luft und lief zu der Stelle zurück, wo sie gestanden waren, als Vorkosigan das Abendessen geschossen hatte. Dort war er nicht. Sie trat an den Rand der Uferböschung.

Dubauer stand mit herabhängenden Armen am Fluß und blickte nach oben, verdutzt und hingerissen. Auf sein aufwärts gerichtetes Gesicht schwebte ein großes durchsichtiges Radialwesen sanft herab.

»Dubauer, nein!« kreischte Cordelia und kletterte das Ufer zu ihm hinab. Vorkosigan sprang an ihr vorbei und sie eilten an das Wasser. Das Radialwesen ließ sich auf Dubauers Gesicht nieder und begann, sich flachzumachen; der Fähnrich warf mit einem Schrei seine Hände hoch.

Vorkosigan kam als erster an. Er packte das halb erschlaffte Ding mit seiner bloßen Hand und zog es von Dubauers Gesicht weg. Ein Dutzend dunkler, rankenartiger Fortsätze hatten sich in Dubauers Fleisch verhakt, sie dehnten sich und rissen durch, als die Kreatur von ihrer Beute weggezogen wurde. Vorkosigan schleuderte das Ding in den Sand und stampfte darauf herum, während Dubauer zu Boden fiel und sich auf der Seite liegend zusammenkrümmte. Cordelia versuchte, seine Hände von seinem Gesicht wegzuziehen. Er gab seltsame, heisere Laute von sich, und sein Körper schüttelte sich. Ein neuer Anfall, dachte sie – aber dann erkannte sie mit einem Schock, daß er weinte.

Sie hielt seinen Kopf in ihren Schoß, um das wilde Schütteln zu unterdrücken. Die Stellen, wo die Ranken in seine Haut eingedrungen waren, waren in der Mitte schwarz und von Ringen rohen Fleisches umgeben, das alarmierend anzuschwellen begann. Eine besonders häßliche Stelle war am Winkel des einen Auges. Sie zupfte eine der verbliebenen eingehakten Ranken aus seiner Haut und stellte fest, daß diese ihre Finger ätzend brannte. Anscheinend war die Kreatur gänzlich mit dem gleichen Gift überzogen gewesen, denn Vorkosigan kniete am Fluß und hielt seine Hand ins Wasser. Sie zog schnell die restlichen Ranken heraus und rief den Barrayaraner an ihre Seite.

»Haben Sie etwas in Ihrem Beutel, was dagegen hilft?«

»Nur das Antibiotikum.« Er reichte ihr eine Tube, und sie schmierte etwas davon auf Dubauers Gesicht. Es war keine richtige Brandsalbe, aber es mußte im Augenblick genügen. Vorkosigan starrte Dubauer einen Augenblick lang an, dann holte er widerstrebend eine kleine weiße Pille hervor.

»Das ist ein starkes Schmerzmittel. Ich habe nur vier davon. Es könnte ihn über den Abend bringen.«

Cordelia legte die Pille auf Dubauers Zunge. Sie schmeckte offensichtlich bitter, denn er versuchte sie auszuspucken, aber Cordelia fing die Pille auf und zwang ihn, sie zu schlucken. Nach ein paar Minuten gelang es ihr, ihn auf die Beine zu bringen und zu dem Lagerplatz mitzunehmen, den Vorkosigan ausgewählt hatte. Von dort aus hatten sie einen guten Ausblick auf das sandige Flußbett.

In der Zwischenzeit sammelte Vorkosigan eine hübsche Menge Treibholz für ein Feuer.

»Wie werden Sie das anzünden?« wollte Cordelia wissen.

»Als ich ein kleiner Junge war, mußte ich lernen, wie man ein Feuer durch Reiben entzündet«, erinnerte sich Vorkosigan. »Militärisches Sommerschullager. Es war nicht einfach. Man brauchte den ganzen Nachmittag dazu. Wenn ich mich recht erinnere, habe ich es nie auf diese Weise zum Brennen gebracht. Ich habe es angezündet, indem ich einen Kommunikator zerlegte, um an die Energiezellen zu kommen.« Er durchsuchte seinen Gürtel und seine Taschen. »Der Instruktor war wütend. Ich glaube, es muß sein Kommunikator gewesen sein.«

»Keine chemischen Zünder?« fragte Cordelia und nickte in Richtung auf seinen Mehrzweckgürtel, den er gerade einer Inventur unterzog.

»Angeblich feuert man seinen Plasmabogen ab, wenn man Hitze haben möchte.« Er klopfte mit seinen Fingern auf das leere Halfter. »Ich habe eine andere Idee. Ein bißchen drastisch, aber ich denke, es wird funktionieren. Sie sollten sich lieber zu Ihrem Botaniker setzen. Es wird laut werden.«

Er nahm eine der bisher nutzlosen Energiepatronen für den Plasmabogen aus einer Munitionstasche an der Rückseite seines Gürtels.

»O je«, sagte Cordelia und zog sich zurück. »Ist das

nicht zuviel? Und was machen Sie mit dem Krater? Den wird man aus der Luft kilometerweit sehen können.«

»Wollen Sie hier hocken und zwei Stöcke aneinanderreiben? Allerdings sollte ich wegen des Kraters etwas unternehmen.«

Er überlegte einen Augenblick, dann trottete er zum Flußufer hinab. Cordelia setzte sich neben Dubauer nieder, legte einen Arm um seine Schultern und machte vorsichtshalber einen Buckel.

Vorkosigan kam schnell wie der Wind über den Rand der Uferböschung gefegt und warf sich mit einer Rolle vorwärts auf den Boden. Es gab einen leuchtenden blauweißen Blitz und einen Knall, der den Boden erzittern ließ. Eine große Säule von Rauch, Staub und Dampf stieg in die Luft, und ein Regen von Kieselsteinen, loser Erde und Stücken von geschmolzenem Sand prasselte herab. Vorkosigan verschwand wieder über den Rand und kehrte kurz darauf mit einer hübsch brennenden Fackel zurück.

Cordelia ging, um sich den Schaden anzuschauen, den die Plasmabogenpatrone angerichtet hatte. Vorkosigan hatte die kurzgeschlossene Patrone etwa hundert Meter flußaufwärts plaziert, am äußeren Rand einer Biegung, wo der schnelle kleine Fluß sich nach Osten wand. Die Explosion hatte einen imposanten Krater von etwa fünfzehn Meter Durchmesser und fünf Meter Tiefe hinterlassen, der noch rauchte und mit Glasschmelze gesäumt war. Während Cordelia noch schaute, nagte der Fluß den Rand des Kraters durch und strömte hinein. Dampf stieg auf. In einer Stunde würde der Krater zu einem natürlich aussehenden Altwasser ausgehöhlt sein.

»Nicht schlecht«, murmelte sie anerkennend.

Als das Feuer zu einer Schicht glühender Kohlen herabgebrannt war, hatten sie Würfel von dunklem, rotem Fleisch zum Braten fertig.

»Wie wollen Sie die Ihren?« fragte Vorkosigan. »Blutig? Medium?«

»Ich glaube, wir sollten sie lieber durchbraten«, riet Cordelia. »Wir hatten die Parasitenuntersuchung noch nicht abgeschlossen.«

Vorkosigan blickte auf seinen Würfel mit neuen Zweifeln.

»Aha. Ganz recht«, sagte er zaghaft.

Sie brieten das Fleisch ganz durch, dann setzten sie sich neben dem Feuer nieder und verzehrten das rauchende Fleisch in fröhlicher Barbarei. Selbst Dubauer gelang es, kleine Stücke allein zu essen. Es schmeckte nach Wild und war zäh, an der Außenseite verbrannt und mit einem bitteren Nebengeschmack, aber niemand schlug als Beilage Hafergrütze oder Blaukäsedressing vor.

Cordelia geriet in eine nachdenkliche Stimmung. Vorkosigans Uniform war schmutzig, feucht und mit getrocknetem Blut von der Zubereitung ihres Abendessens bespritzt, genau wie ihre eigene. Er hatte einen Dreitagesbart, sein Gesicht glänzte im Licht des Feuers von dem Fett des Sechsfüßlers, und er roch nach getrocknetem Schweiß. Sie hatte den Verdacht, daß sie – abgesehen von dem Bart – nicht besser aussah, und sie wußte, daß sie nicht besser roch. Sie stellte fest, daß sie auf beunruhigende Weise sich seines Körpers bewußt war, der muskulös, stämmig und atemberaubend männlich war und in ihr Empfindungen weckte, von denen sie dachte, sie hätte sie schon unterdrückt. Sie sollte besser an etwas anderes denken …

»Vom Raumfahrer zum Höhlenmenschen in drei Tagen«, überlegte sie laut. »Wie wir uns vorstellen, daß unsere Zivilisation in uns selbst ist, wo sie doch in Wirklichkeit in unseren Geräten steckt.«

Vorkosigan blickte mit einem schiefen Lächeln auf den sorgfältig gepflegten Dubauer. »Sie scheinen Ihre Zivilisation im Innern mit sich tragen zu können.«

Cordelia war froh, daß das Licht des Feuers nicht erkennen ließ, wie sie errötete. »Man tut seine Pflicht.«

»Manche Leute sehen ihre Pflicht elastischer. Oder – waren Sie in ihn verliebt?«

»In Dubauer? Lieber Himmel, nein! Ich vergreif' mich doch nicht an kleinen Kindern! Er war jedoch ein guter Junge. Ich würde ihn gern zu seiner Familie heimbringen.«

»Haben Sie eine Familie?«

»Sicher. Meine Mutter und meinen Bruder, daheim auf Kolonie Beta. Mein Vater war auch beim Erkundungsdienst.«

»War er einer von denen, die nie zurückkehren?«

»Nein, er starb bei einem Unfall in einem Shuttlehafen, keine zehn Kilometer von daheim entfernt. Er war im Urlaub zu Hause gewesen und hatte sich gerade wieder zum Dienst gemeldet.«

»Mein Beileid.«

»Ach, das war vor vielen Jahren.« Er wird ein bißchen persönlich, oder? dachte sie. Aber es war besser so, als wenn sie versuchen mußte, eine militärische Vernehmung abzulenken. Sie hoffte inständig, daß nicht die Frage etwa nach der neuesten betanischen Ausrüstung auftauchen würde. »Wie steht es mit Ihnen? Haben Sie eine Familie?« Ihr wurde plötzlich klar, daß diese Redewendung auch eine höfliche Methode war zu fragen: »Sind Sie verheiratet?«

»Mein Vater lebt noch. Er ist Graf Vorkosigan. Meine Mutter war halbe Betanerin, müssen Sie wissen«, gestand er zögernd.

Vorhin hatte Cordelia noch den Impuls gehabt, das Gespräch abzuwürgen, aber jetzt siegte ihre Neugierde. »Das ist ungewöhnlich. Wie kam das zustande?«

»Mein Großvater mütterlicherseits war Prinz Xav Vorbarra, der Diplomat. Er hatte eine Zeitlang den Posten des Botschafters auf Kolonie Beta inne, in seinen jungen Jahren, vor dem Ersten Cetagandanischen

Krieg. Ich glaube, meine Großmutter arbeitete in Ihrem Büro für Interstellaren Handel.«

»Kannten Sie sie gut?«

»Nachdem meine Mutter – gestorben war und Yuri Vorbarras Bürgerkrieg vorbei, verbrachte ich einige Schulferien im Haus des Prinzen in der Hauptstadt. Er befand sich allerdings im Streit mit meinem Vater, vor und nach diesem Krieg, weil sie verschiedenen politischen Parteien angehörten. Xav war zu seiner Zeit die führende Persönlichkeit der Liberalen, und mein Vater war – ist – natürlich Teil des letzten Aufgebots der alten Militäraristokratie.«

»War Ihre Großmutter glücklich auf Barrayar?« Cordelia schätzte, daß Vorkosigans Schultage vielleicht dreißig Jahre zurücklagen.

»Ich glaube, sie hat sich nie richtig an unsere Gesellschaft angepaßt. Und natürlich, Yuris Krieg...« Er brach ab, begann dann von neuem. »Außenseiter – besonders die Betaner – haben diese seltsame Vorstellung von Barrayar als einem Monolithen, aber wir sind eine grundlegend gespaltene Gesellschaft. Meine Regierung kämpft immer gegen diese zentrifugalen Tendenzen.«

Vorkosigan beugte sich vor und warf ein neues Stück Holz ins Feuer. Funken wirbelten auf wie ein Schwarm kleiner orangefarbener Sterne, die heimwärts in den Himmel flogen. Cordelia empfand ein heftiges Verlangen, mit ihnen wegzufliegen.

»Zu welcher Partei halten Sie?« fragte sie, in der Hoffnung, das Gespräch auf eine Ebene zu bringen, die weniger irritierend persönlich war. »Halten Sie zu Ihrem Vater?«

»Solange er lebt. Ich wollte immer ein Soldat sein und allen Parteien aus dem Weg gehen. Ich habe eine Abneigung gegen Politik. Sie hat meiner Familie immer Unglück und Tod gebracht. Aber es ist höchste Zeit, daß jemand es einmal mit diesen verdammten Bürokraten und ihren gehätschelten Spionen aufnimmt. Sie bilden sich ein, sie seien die Woge der Zukunft, aber sie sind nur ein Abwasser, das den Hügel hinabfließt.«

»Wenn Sie diese Meinungen so nachdrücklich zu Hause vertreten, dann ist es kein Wunder, daß die Politik Sie heimsucht.« Sie stocherte mit einem Stock im Feuer herum und schickte noch mehr Funken auf die Reise.

Dubauer, der mit dem Schmerzmittel sediert war, schlief schnell ein, aber Cordelia lag lange wach und wiederholte das beunruhigende Gespräch in ihren Gedanken. Doch was kümmerte es sie, wenn dieser Barrayaraner sich dafür entschied, seinen Kopf in irgendwelche Schlingen zu stecken? Es gab keinen Grund, warum sie sich da einmischen sollte. Überhaupt keiner. Bestimmt nicht. Selbst wenn die Form seiner rechteckigen starken Hände ein Traum von Macht in Gestalt…

Sie wachte tief in der Nacht plötzlich auf. Aber es war nur das Feuer, das hoch aufloderte, als Vorkosigan eine ungewöhnlich große Armladung von Holz darauf warf. Sie setzte sich auf, und er kam zu ihr herüber.

»Ich bin froh, daß Sie wach sind. Ich brauche Sie.« Er drückte ihr sein Kampfmesser in die Hand. »Dieser Kadaver scheint irgend etwas anzulocken. Ich werde ihn in den Fluß werfen. Halten Sie mir eine Fackel?«

»Aber sicher!« Sie streckte sich, stand auf und wählte einen passenden Feuerbrand aus. Dann folgte sie ihm hinab an den Wasserlauf und rieb sich dabei ihre Augen. Das flackernde orangefarbene Licht erzeugte unruhige schwarze Schatten, in die zu sehen fast schwieriger war als ins gewöhnliche Sternenlicht. Als sie den Rand des Wassers erreichten, sah sie aus den Augenwinkeln eine Bewegung und hörte etwas zwischen den Felsen umherkriechen und dazu ein wohlbekanntes Zischen.

»Huh! Da ist eine Schar von diesen Aasfressern genau flußaufwärts links.«

»Genau!« Vorkosigan warf die Überreste ihres

Abendessens in die Mitte des Flusses, wo sie mit einem schwachen Glucksen verschwanden. Es gab ein weiteres, lautes Platschen, und das war kein Echo des ersten Geräusches. Aha! dachte Cordelia – ich sah Sie auch zusammenzucken, Barrayaraner! Aber was auch immer da geplatscht hatte, es zeigte sich nicht über der Wasserfläche, und die Wellen, die das Ding geschlagen hatte, verloren sich in der Strömung. Es war noch mehr Zischen zu hören, und flußabwärts ertönte ein ohrenbetäubendes Kreischen. Vorkosigan zog den Betäuber.

»Da ist eine ganze Horde von denen dort drüben«, bemerkte Cordelia nervös. Sie standen Rücken an Rücken und versuchten, mit ihren Blicken die Finsternis zu durchdringen. Vorkosigan stützte den Betäuber auf seinem Handgelenk auf und feuerte einen sorgfältig gezielten Schuß ab. Es sirrte leise, und eine der dunklen Gestalten sank zu Boden. Die anderen vom Rudel schnüffelten neugierig daran herum und rückten näher.

»Ich wünschte, Ihre Kanone würde lauter knallen.« Er zielte wieder und fällte zwei weitere Tiere, was aber keine abschreckende Wirkung auf die übrigen hatte. Er räusperte sich. »Wissen Sie, daß Ihr Betäuber fast entladen ist?«

»Nicht genug, um auch noch den Rest niederzumachen, oder?«

»Nein.«

Einer von den Aasfressern, der verwegener war als die übrigen, stürzte vor. Vorkosigan beantwortete diesen Angriff mit einem Schrei und eigenem Vorwärtsstürmen. Das Tier zog sich für einen Moment zurück. Die Aasfresser, die die Ebenen durchstreiften, waren etwas größer als ihre Vettern in den Bergen und, wenn möglich, noch häßlicher. Offensichtlich wanderten sie auch in größeren Gruppen. Der Ring der Tiere zog sich enger zusammen, als die beiden Menschen versuchten, sich die Uferböschung hinauf zurückzuziehen.

»Oh, verdammt«, sagte Vorkosigan, »jetzt sind wir

erledigt!« Ein Dutzend schweigender, geisterhafter Kugeln schwebte von oben herab. »Was für eine üble Art zu sterben. Also, dann sollen außer uns noch möglichst viele dran glauben.« Er warf ihr einen Blick zu, schien noch mehr sagen zu wollen, aber dann schüttelte er nur den Kopf und nahm die Kräfte für den Ansturm zusammen.

Cordelias Herz pochte heftig. Sie blickte zu den herabkommenden Radialwesen empor, und plötzlich kam ihr eine glänzende Idee.

»O nein«, flüsterte sie. »Das ist nicht das Ende. Das ist die Heimatflotte, die zur Hilfe kommt. Kommt her, meine Hübschen«, lockte sie, »kommt zu Mama.«

»Haben Sie den Verstand verloren?« fragte Vorkosigan.

»Sie wollten doch einen Knall, oder? Ich werde Ihnen einen Knall geben. Was, meinen Sie, hält diese Dinger da in der Luft?«

»Hab ich noch nicht nachgedacht. Aber natürlich müßte es wohl …«

»Wasserstoff sein! Sie können jede Wette eingehen, daß diese hübschen kleinen Chemieapparate Wasser zerlegen. Merken Sie, wie die sich immer in der Nähe von Flüssen und Bächen herumtreiben? Ich wünschte mir, ich hätte Handschuhe.«

»Erlauben Sie.« Sein Grinsen funkelte ihr aus der vom Feuer durchflackerten Dunkelheit entgegen. Er sprang hoch und holte ein Radialwesen an den sich windenden kastanienbraunen Ranken aus der Luft und schleuderte es vor den heranrückenden Aasfressern auf den Boden. Cordelia, die ihre Fackel wie ein Florett vor sich hielt, stieß mit voll ausgestrecktem Arm gegen das Ding am Boden. Funken stoben auf, als sie zwei-, dreimal zustieß.

Das Radialwesen explodierte in einem blendenden Flammenball mit einem mächtigen, tiefen *Bumm* und einem erstaunlichen Gestank. Cordelias Augenbrauen wurden versengt. Orangefarbene und grüne Nachbilder tanzten über ihre Netzhaut. Sie wiederholte den Trick mit Vorkosigans nächstem Fang. Das Fell eines der Aasfresser fing Feuer, und das Tier führte kreischend und zischend den Rückzug an. Sie stieß wiederum nach einem Radialwesen in der Luft. Es barst in einem Blitz, der die ganze Gegend am Flußtal erleuchtete, auch die gekrümmten Rücken des fliehenden Aasfresserrudels.

Vorkosigan klopfte Cordelia wie verrückt auf den Rücken; erst als sie den Geruch wahrnahm, erkannte sie, daß sie ihr eigenes Haar angezündet hatte. Er hatte es gelöscht. Die übrigen Radialwesen segelten hoch in die Luft und davon, ausgenommen eines, das Vorkosigan gefangen hatte und festhielt, indem er auf seinen Ranken stand.

»Ha!« Cordelia führte um ihn herum einen triumphalen Kriegstanz auf, der Adrenalinstoß erzeugte in ihr einen närrischen Drang zu kichern. Sie holte tief Luft. »Ist Ihre Hand in Ordnung?«

»Sie ist ein bißchen verbrannt«, gab er zu. Er zog sein Hemd aus und wickelte das Radialwesen darin ein. Es pulsierte und stank. »Wir könnten es später gebrauchen.« Er spülte seine Hand kurz im Fluß, und dann rannten sie zu ihrem Lager zurück. Dubauer lag dort ungestört. Einige Minuten später tauchte jedoch ein umherstreifender Aasfresser am Rand des Feuerscheins auf, schnüffelnd und zischend. Vorkosigan schlug ihn mit Fackel, Messer und Flüchen in die Flucht – geflüsterten Flüchen, um den Fähnrich nicht aufzuwecken.

»Ich denke, wir sollten lieber für den Rest des Weges von den Feldrationen leben«, sagte er, als er zurückkehrte.

Cordelia nickte in tief empfundener Zustimmung.

Sie weckte die Männer beim ersten grauen Licht der Morgendämmerung, denn jetzt war sie ebenso bestrebt wie Vorkosigan, die Reise zur Sicherheit des Nachschubverstecks so schnell wie möglich zu Ende zu bringen. Das Radialwesen, das in Vorkosigans Hemd gefangen gewesen war, war in der Nacht eingegangen und erschlafft und hatte sich in einen scheußlichen, eiskalten, formlosen Klumpen verwandelt. Notgedrungen nahm sich Vorkosigan ein paar Minuten Zeit, um sein Hemd im Fluß auszuwaschen, aber die unangenehmen Gerüche und Flecken, die zurückblieben, machten ihn zum unbestrittenen Champion im Schmutzwettbewerb. Sie nahmen einen schnellen Imbiß ihrer langweiligen, aber sicheren Hafergrütze-und-Blaukäsedressing-Diät ein und machten sich auf den Weg, als die Sonne aufging. Ihre langen Schatten eilten ihnen auf der rostbraunen, von Blumen übersäten Ebene voraus.

Kurz vor ihrem Mittagshalt machte Vorkosigan eine Pause und verschwand aus biologischer Notwendigkeit hinter einem Busch. Ein paar Augenblicke später erscholl ein Schwall von Flüchen aus dem Gestrüpp, kurz darauf folgte der Fluchende selbst, hüpfte von einem Fuß auf den anderen und schüttelte die Beine seiner Hose aus. Cordelia blickte ihn mit unschuldiger Wißbegier an.

»Erinnern Sie sich an diese hellgelben Sandkegel, die wir gesehen haben?« sagte Vorkosigan und schnallte seine Hose auf.

»Ja ...«

»Stellen Sie sich nicht auf einen davon drauf, um zu pinkeln.«

Cordelia konnte ein Kichern nicht unterdrücken. »Was haben Sie gefunden? Oder sollte ich sagen, was hat Sie gefunden?«

Vorkosigan drehte seine Hose von innen nach außen und begann, die kleinen runden weißen Kreaturen herauszuklauben, die auf bewimperten Beinen in den Falten der Hose herumliefen. Cordelia nahm eine und setzte sie auf ihre Handfläche, um sie näher anzuschauen. Es war eine weitere Variante der Radialwesen, diesmal eine unterirdische Art.

»Au!« Sie fegte sie hastig fort.

»Sticht, nicht wahr?« knurrte Vorkosigan.

Eine Welle Gelächter stieg in ihr auf. Aber sie wurde davor bewahrt, ihre Beherrschung zu verlieren, als sie etwas an ihm bemerkte, was sie wieder ernüchterte.

»He, der Kratzer sieht nicht allzu gut aus, oder?«

Das Mal der Klaue des Aasfressers auf seinem rechten Bein, das Vorkosigan sich in jener Nacht geholt hatte, als sie Rosemont begruben, war angeschwollen und bläulich, mit häßlichen roten Streifen, die hoch bis zum Knie gingen.

»Das ist in Ordnung«, sagte er bestimmt und begann, seine von den Radialwesen befreite Hose wieder anzuziehen.

»Das sieht nicht aus, als wenn's in Ordnung wäre. Lassen Sie mich mal sehen.«

»Hier können Sie nichts dafür tun«, protestierte er, aber er unterwarf sich einer kurzen Untersuchung. »Zufrieden?« fragte er sarkastisch und zog sich vollends an.

»Ich wünschte mir, Ihre Mikrobiologen wären etwas gründlicher gewesen, als sie diese Salbe zusammenmischten«, sagte Cordelia und zuckte die Achseln. »Aber Sie haben recht. Jetzt kann man nichts tun.«

Sie stapften weiter. Cordelia beobachtete ihn jetzt aufmerksamer. Von Zeit zu Zeit begann er das Bein zu schonen, dann bemerkte er ihren forschenden Blick und marschierte wieder mit einem entschlossen gleichmäßigen Schritt voran. Aber am Ende des Tages gab er auf, es zu vertuschen, und hinkte offen. Trotzdem führte er weiter voran, in den Sonnenuntergang hinein, in das Nachglühen des Sonnenuntergangs und in die hereinbrechende Nacht, bis der kraterartige Berg, in dessen Richtung sie abgebogen waren, als schwarze Masse am Horizont aufragte. Schließlich gab Vorkosigan auf, als er in der Dunkelheit zu stolpern begann, und hielt an. Cordelia war froh, denn Dubauer wurde immer schlaffer, stützte sich schwer auf sie und versuchte immer wieder, sich hinzulegen. Sie schliefen, wo sie auf dem roten sandigen Boden angehalten hatten. Vorkosigan knackte ein Kaltlicht und übernahm seine gewöhnliche Wache, während Cordelia auf der Erde lag und beobachtete, wie über ihr die unerreichbaren Sterne ihre Kreisbahn zogen.

Vorkosigan hatte gebeten, vor der Morgendämmerung geweckt zu werden, aber sie ließ ihn schlafen, bis es ganz hell war. Ihr gefiel nicht, wie er aussah, abwechselnd bleich und gerötet, und auch sein flacher, schneller Atem gefiel ihr nicht.

»Meinen Sie nicht, Sie sollten lieber einen von Ihren Schmerzstillern nehmen?« fragte sie ihn, als er sich erhob, denn er schien kaum Gewicht auf das Bein legen zu können, das jetzt noch viel stärker geschwollen war.

»Noch nicht. Ich muß mir welche für das Ende aufheben.« Er schnitt sich statt dessen einen langen Stock, und die drei begannen ihre Tagesaufgabe: ihre Schatten einzuholen.

»Wie weit ist es bis zum Ziel?« fragte Cordelia.

»Ich schätze einen Tag, vielleicht anderthalb Tage, je nach der Strecke, die wir schaffen können.« Er verzog das Gesicht. »Machen Sie sich keine Sorgen. Sie werden mich nicht tragen müssen. Ich bin einer der fittesten Männer in meinem Kommando.« Er hinkte weiter. »Von denen über vierzig.«

»Und wie viele Männer über vierzig gibt es in Ihrem Kommando?«

»Vier.«

Cordelia prustete.

»Auf jeden Fall, wenn es notwendig werden sollte, dann habe ich noch ein Stimulans in meinem Beutel, das eine Leiche wiederbeleben würde. Aber ich möchte es mir auch für den Schluß aufheben.«

»Welche Art von Schwierigkeiten erwarten Sie?«

»Es hängt alles davon ab, wer meinen Ruf auffängt. Ich weiß, daß Radnov – mein Politischer Offizier – mindestens zwei Agenten in meiner Kommunikationsabteilung hat.« Er verzog die Lippen und blickte Cordelia wieder abschätzend an. »Wie Sie sehen, denke ich nicht, daß es eine allgemeine Meuterei war. Ich glaube, es war ein spontaner Attentatsversuch von seiten Radnovs und ein paar anderen. Indem sie euch Betaner benutzten, dachten sie, sie könnten mich loswerden, ohne daß sie selbst damit in Verbindung gebracht werden würden. Wenn ich recht habe, dann denken alle an Bord des Schiffes, ich sei tot. Alle bis auf einen.«

»Welchen?«

»Das wüßte ich ja gerne. Es ist derjenige, der mich auf den Kopf schlug und mich im Farn versteckte, anstatt mir die Kehle durchzuschneiden und mich in das nächste Loch zu werfen. Leutnant Radnov scheint einen Doppelagenten in seiner Gruppe zu haben. Und doch – wenn dieser Doppelagent mir gegenüber loyal wäre, dann wäre alles, was er tun müßte, es Gottyan zu erzählen, meinem Ersten Offizier, und der hätte schon längst eine loyale Patrouille heruntergeschickt, um mich zu holen. Also, wer in meinem Kommando ist jetzt so verwirrt in seinem Denken, daß er beide Seite zugleich betrügt? Oder gibt es etwas, das mir entgeht?«

»Vielleicht jagen sie alle noch mein Schiff«, mutmaßte Cordelia.

»Wo ist Ihr Schiff?«

Ehrlichkeit wäre jetzt sicher bloß akademisch, überlegte Cordelia. »Weit auf seinem Rückweg nach Kolonie Beta.«

»Es sei denn, es wurde gekapert.«

»Nein. Es war außerhalb eurer Reichweite, als ich mit meinen Leuten sprach. Sie mögen nicht bewaffnet sein, aber hinsichtlich der Geschwindigkeit können sie Ihren Schlachtkreuzer in die Tasche stecken.«

»Hm. Na ja, das ist möglich.«

Er ist nicht überrascht, bemerkte Cordelia. Ganz bestimmt bekämen unsere Leute von der Gegenspionage Bauchweh, wenn sie seine geheimen Berichte über unsere Ausrüstung lesen könnten. »Wie weit werden sie es verfolgen?«

»Das liegt bei Gottyan. Wenn er zu dem Schluß kommt, daß er nicht mehr die Möglichkeit hat, Ihr Schiff einzuholen, dann wird er auf die Vorpostenstellung zurückkehren. Wenn er aber meint, er kann es einholen, dann wird er die größten Anstrengungen unternehmen.«

»Weshalb?«

Er warf ihr einen Seitenblick zu. »Darüber kann ich nicht reden.«

»Ich sehe nicht ein, warum nicht. Ich werde nirgendwo anders hingehen als in eine barrayaranische Gefängniszelle, für eine Weile. Komisch, wie die eigenen Maßstäbe sich ändern. Nach diesem Marsch wird mir die Zelle wie ein Ort des Luxuslebens erscheinen.«

»Ich werde versuchen dafür zu sorgen, daß es nicht dazu kommt«, sagte er lächelnd.

Seine Augen beunruhigten sie, und sein Lächeln. Seiner Schroffheit konnte sie mit ihrer eigenen Schnoddrigkeit begegnen und Paroli bieten, mit der sie sich wie mit einem Florett verteidigte. Seine Freundlichkeit war wie ein Fechtkampf mit dem Meer. Ihre Schläge wurden weich und verloren alle Willenskraft. Sie zuckte vor seinem Lächeln zurück, und er machte ein langes Gesicht, dann wurde er wieder verschlossen und ernst.

KAPITEL 3

Nach dem Frühstück stapften sie einige Zeit in Schweigen dahin. Vorkosigan brach es als erster. Sein Fieber schien an seiner ursprünglichen Schweigsamkeit zu nagen.

»Unterhalten Sie sich mit mir. Das wird meine Gedanken von meinem Bein ablenken.«

»Worüber?«

»Über irgend etwas.«

Sie überlegte. »Unterscheidet sich Ihrer Meinung nach das Kommando über ein Kriegsschiff sehr vom Kommando über gewöhnliche Schiffe?«

Er dachte darüber nach. »Es ist nicht das Schiff, das anders ist. Es sind die Männer. Führerschaft ist meistens Macht über die Gedanken, und das nirgendwo mehr als im Kampf. Auf sich allein gestellt ist der tapferste Mann vielleicht nicht mehr als ein bewaffneter Irrer. Die wirkliche Kraft liegt in der Fähigkeit, andere zu veranlassen, Ihre Arbeit zu erledigen. Finden Sie das nicht auch sogar in den Flotten von Kolonie Beta?«

Cordelia lächelte. »Wenn überhaupt, dann noch mehr. Wenn es je dazu käme, daß ich meine Macht mit Gewalt durchsetzen müßte, dann würde das bedeuten, daß ich sie schon verloren hätte. Ich ziehe es vor, mit leichter Hand zu leiten. Dann bin ich im Vorteil, denn ich finde, ich kann immer meine Ruhe oder was sonst gerade noch ein bißchen länger bewahren als der erste beste Mann.« Sie blickte sich in der frühlingshaften Wüste um. »Ich glaube, die Zivilisation wurde zum Vorteil der Frauen erfunden, sicherlich zum Vorteil der Mütter. Ich kann mir nicht vorstellen, wie meine Urahninnen bei den Höhlenmenschen unter primitiven Bedingungen für ihre Familien gesorgt haben.«

»Ich nehme an, sie haben in Gruppen zusammengearbeitet«, sagte Vorkosigan. »Ich würde wetten, Sie hätten es geschafft, wenn Sie damals geboren worden wären. Sie haben die Fähigkeiten, die man von einer Mutter von Kriegern erwartet.«

Cordelia überlegte, ob Vorkosigan sie auf den Arm nehmen wollte. Er schien eine Ader trockenen Humors zu besitzen. »Bewahren Sie mich davor! Achtzehn oder zwanzig Jahre des eigenen Lebens in Söhne investieren und sie sich dann von der Regierung wegnehmen und sie vergeuden lassen bei den Aufräumarbeiten nach einem Fehlschlag der Politik – nein danke.«

»So habe ich es wirklich noch nie betrachtet«, gab Vorkosigan zu. Er war eine Zeitlang still und stapfte mit seinem Stock dahin. »Nehmen wir mal an, die Söhne melden sich freiwillig? Haben Ihre Leute kein Ideal des Dienstes?«

»Noblesse oblige?« Aber jetzt war sie an der Reihe mit einem leicht verlegenen Schweigen. »Ich nehme an, wenn sie sich freiwillig meldeten, dann wäre es anders. Jedoch habe ich keine Kinder und werde deshalb glücklicherweise mit diesen Entscheidungen nicht konfrontiert werden.«

»Sind Sie froh darüber oder tut es Ihnen leid?«

»Bezüglich der Kinder?« Sie blickte auf sein Gesicht. Er schien sich nicht bewußt zu sein, daß er genau auf einen wunden Punkt gestoßen war. »Ich habe einfach keine bekommen, nehme ich an.«

Der Faden ihres Gesprächs riß ab, als sie eine Strecke durch felsiges Ödland zurücklegten, das voll war mit Spalten, die sich vor ihren Füßen auftaten. Allerhand schwierige Kletterei war notwendig, und es erforderte Cordelias ganze Aufmerksamkeit, Dubauer sicher hindurchzubringen. Auf der gegenüberliegenden Seite machten sie in einem unausgesprochenen gegenseitigen Einverständnis eine Pause und saßen erschöpft an einen Felsen gelehnt. Vorkosigan rollte sein Hosenbein hoch und lockerte die Stulpe seines Stiefels, um nach der eitrig geschwollenen Wunde zu schauen, die ihn empfindlich langsamer zu machen drohte.

»Sie scheinen eine gute Krankenschwester zu sein. Meinen Sie, es würde helfen, die Wunde zu öffnen und zu drainieren?« fragte er Cordelia.

»Ich weiß es nicht. Ich fürchte, wenn man daran herumfummelt, wird sie nur noch schmutziger.« Aus seiner Frage schloß sie, daß die Verletzung ihm jetzt viel mehr zu schaffen machte, und ihr Verdacht wurde bestätigt, als er eine halbe Schmerztablette aus seinem kostbaren und beschränkten Vorrat nahm.

Sie marschierten weiter, und Vorkosigan begann wieder zu reden. Er erzählte einige sarkastische Anekdoten aus seiner Kadettenzeit und beschrieb seinen Vater, der seinerzeit ein General von Bodentruppen gewesen war, ein Zeitgenosse und Freund des listigen alten Mannes, der jetzt Kaiser war. Cordelia bekam das undeutliche Bild eines kühlen Vaters vermittelt, dem es ein junger Sohn nie ganz richtig machen konnte, nicht einmal mit seinen heftigsten Bemühungen, der aber mit ihm in einer grundlegenden Loyalität verbunden war. Sie beschrieb ihre Mutter, eine nüchterne Medizinerin, die sich dem Ruhestand widersetzte, und ihren Bruder, der gerade seine zweite Kinderlizenz erworben hatte.

»Erinnern Sie sich gut an Ihre Mutter?« fragte Cordelia. »Aus Ihren Erzählungen schließe ich, daß sie starb, als Sie noch sehr jung waren. War es ein Unfall, wie bei meinem Vater?«

»Kein Unfall. Politik.« Sein Gesicht wurde nüchtern und distanziert. »Hatten Sie noch nicht von Yuri Vorbarras Massaker gehört?«

»Ich … ah … weiß nicht viel über Barrayar.«

»Ach so. Nun ja, in den letzten Jahren seines Wahnsinns wurde Kaiser Yuri extrem paranoid gegenüber seinen Verwandten. Schließlich wurde sein Verfolgungswahn zu einer sich selbst erfüllenden Prophezeiung. Er schickte seine Todeskommandos aus, alle in einer Nacht. Das Kommando, das er zu Prinz Xav schickte, kam nie an dessen Livrierten vorbei. Und aus einem dunklen Grund schickte er kein Kommando zu meinem Vater, vermutlich, weil der kein Nachkomme von Kaiser Dorca Vorbarra war. Ich kann mir nicht vorstellen, was sich der alte Yuri dabei dachte, meine Mutter umzubringen, meinen Vater aber am Leben zu lassen. In dem Bürgerkrieg, der dann folgte, stellte mein Vater sein Korps hinter Ezar Vorbarra.«

»Oh.« Cordelias Kehle war trocken und heiser von der staubigen Nachmittagsluft. Vorkosigan schwitzte, doch bei seinen Erinnerungen ging eine solche Kälte von ihm aus, daß der Schweiß auf seiner Stirn plötzlich wie Frost wirkte.

»Es hat mich beschäftigt… Sie hatten zuvor schon einmal über die seltsamen Dinge gesprochen, die Menschen in Panik tun, und ich habe mich daran erinnert. Als Yuris Männer die Tür einschlugen…«

»Mein Gott, Sie waren doch nicht etwa *dabei zugegen?*«

»O doch! Ich stand natürlich auch auf der Liste. Jedem Attentäter war ein bestimmtes Opfer zugeteilt. Derjenige, der auf meine Mutter losgehen sollte… – ich packte das Messer, ein Tischmesser neben meinem Teller, und stieß nach ihm. Aber direkt vor mir auf dem Tisch lag ein gutes Tranchiermesser. Wenn ich doch nur nach dem gegriffen hätte statt nach dem anderen… Ich hätte ihn genauso gut mit einem Löffel schlagen können. Er hob mich einfach hoch und warf mich durch das Zimmer…«

»Wie alt waren Sie?«

»Elf. Klein für mein Alter. Ich war immer klein für mein Alter. Er drängte sie gegen die gegenüberliegende Wand. Er feuerte eine…« Er nahm seine Unterlippe zwischen die Zähne und kaute so heftig auf ihr herum, daß sie fast zu bluten begann. »Komisch, wie viele Details einem wieder in den Sinn kommen, wenn man über etwas redet. Ich dachte, ich hätte schon mehr davon vergessen.«

Er blickte in ihr bleiches Gesicht und wurde plötzlich zerknirscht. »Ich habe Sie mit diesem Geplapper beunruhigt. Es tut mir leid. Es geschah alles vor langer Zeit. Ich weiß nicht, warum ich soviel rede.«

Ich weiß es, dachte Cordelia. Er war bleich und schwitzte nicht mehr, trotz der Hitze. Halb unbewußt knöpfte er das Oberteil seines Hemdes zu. Ihm ist kalt, dachte sie, das Fieber steigt. Wie hoch? Und dazu die Wirkung dieser Pillen. Das konnte sehr schlimm werden.

Ein unklarer Impuls ließ sie sagen: »Ich weiß allerdings sehr gut, was Sie damit meinen, daß das Reden Erinnerungen zurückbringt. Zuerst war da das Shuttle, es stieg wie gewohnt wie eine Gewehrkugel in die Luft, und mein Bruder winkte, was töricht war, denn mein Vater hatte ja keine Möglichkeit, uns zu sehen – und dann war auf einmal diese Lichtglut am Himmel, wie eine zweite Sonne, und ein Feuerregen. Und dieses *dumme* Gefühl des totalen Begreifens. Man wartet, daß der Schock einsetzt und einen erleichtert – und er kommt nicht. Dann sieht man nichts mehr. Keine Schwärze, sondern dieses silbrig-purpurne Leuchten, noch Tage danach. Ich hatte fast vergessen, wie es ist, geblendet zu sein, bis gerade eben.«

Er starrte sie an. »Das ist es genau – ich war gerade dabei zu sagen, er feuerte eine Schallgranate in ihren Bauch. Ich konnte danach für eine ganze Zeit nichts mehr hören. Als wenn alle Geräusche aus dem Bereich der menschlichen Wahrnehmung herausgenommen worden wären. Totales Rauschen, bedeutungsleerer als das Schweigen.«

»Ja ...« Wie seltsam, daß er genau wissen sollte, was ich gefühlt habe – er drückt es allerdings besser aus ...

»Ich nehme an, mein Entschluß, Soldat zu werden,

ist damals entstanden. Ich meine damit das Wesentliche, nicht die Paraden und die Uniformen und den Glanz, sondern die Logistik, den Vorteil beim Angriff, die Geschwindigkeit und die Überraschung – die Macht. Ein besser vorbereiteter, stärkerer, härterer, schnellerer und gemeinerer Mistkerl zu sein als jeder, der damals durch diese Tür gekommen war. Meine erste Kampferfahrung. Nicht sehr erfolgreich.«

Jetzt zitterte er. Aber sie zitterte auch. Sie gingen weiter, und sie versuchte das Thema zu wechseln.

»Ich bin nie in einem Kampf gewesen. Wie ist das?«

Er hielt nachdenklich inne. Er schätzt mich wieder ab, dachte Cordelia. Und er schwitzt: das Fieber muß, für den Augenblick zumindest, seinen Höhepunkt hinter sich haben, dem Himmel sei Dank.

»Aus der Entfernung, im Weltall, gibt es die Illusion eines sauberen und glorreichen Kampfes. Fast abstrakt. Er könnte eine Simulation sein oder ein Spiel. Die Realität dringt nicht herein, solange das eigene Schiff nicht getroffen wird.« Er blickte vor sich auf den Boden, als müßte er seinen Pfad suchen, aber der Boden war hier sehr eben. »Mord – Mord ist anders. Jener Tag in Komarr, als ich meinen Politischen Offizier umbrachte – ich war an diesem Tag zorniger als an dem Tag, wo ich... – als das andere Mal. Aber wenn man nahe daran ist, wenn man spürt, wie das Leben unter den eigenen Händen entweicht, wenn man diese ausdruckslose leere Leiche sieht, dann sieht man im Gesicht seines Opfers seinen eigenen Tod. Aber der Mann hatte meine Ehre verraten.«

»Ich bin mir nicht sicher, daß ich das ganz verstehe.«

»Zorn scheint Sie stärker zu machen, nicht schwächer, wie mich. Ich wünschte, ich wüßte, wie Sie das machen.«

Das war ein weiteres seiner seltsamen, schwer einzuordnenden Komplimente. Sie verfiel in Schweigen, blickte auf ihre Füße, auf den Berg vor ihnen, zum Himmel hinauf, überall hin, nur nicht in sein verschlossenes Gesicht. Und so bemerkte sie als erste den Kondensstreifen, der in der sich westwärts neigenden Sonne leuchtete.

»He, sieht das dort oben nicht wie ein Shuttle aus?«

»Wirklich, das ist eins. Verstecken wir uns schnell hinter dem großen Busch dort drüben«, drängte Vorkosigan sie, »von dort aus können wir es beobachten.«

»Wollen Sie nicht versuchen, es auf uns aufmerksam zu machen?«

»Nein.« Als Reaktion auf ihren fragenden Blick drehte er seine Handfläche nach oben. »Meine besten Freunde und meine tödlichsten Feinde tragen alle die gleiche Uniform. Ich möchte auf Nummer sicher gehen, wem ich meine Anwesenheit verrate.«

Sie konnten jetzt das ferne Dröhnen der Motoren des Shuttles hören, als es hinter dem grau-grün bewaldeten Berg im Westen verschwand.

»Sie scheinen zu dem Nachschublager unterwegs zu sein«, merkte Vorkosigan an. »Das macht die Dinge kompliziert.« Er preßte die Lippen zusammen. »Was tun sie dort hinten, frage ich mich. Hat Gottya möglicherweise die versiegelten Befehle gefunden?«

»Er hat doch sicherlich alle Ihre Befehle geerbt?«

»Ja, aber ich hatte meine Unterlagen nicht an den üblichen Platz getan, da ich nicht wollte, daß der Ministerrat in alle meine Angelegenheiten Einsicht bekommt. Ich glaube nicht, daß Korabik Gottyan das finden kann, was Radnov entgeht. Radnov ist nämlich ein raffinierter Spion.«

»Ist Radnov ein großer, breitschultriger Mann mit einem Gesicht wie eine Axtklinge?«

»Nein, das klingt eher nach Sergeant Bothari. Wo haben Sie ihn gesehen?«

»Er war der Mann, der im Wald an der Schlucht Dubauer niederschoß.«

»Oh, wirklich?« Vorkosigans Augen leuchteten auf, und er grinste wölfisch. »Jetzt wird vieles klar.«

»Nicht für mich«, versetzte Cordelia.

»Sergeant Bothari ist ein sehr seltsamer Mensch. Ich mußte ihn letzten Monat ziemlich streng bestrafen.«

»Streng genug, um ihn zu einem Kandidaten für Radnovs Verschwörung zu machen?«

»Ich wette, daß Radnov das dachte. Ich bin nicht sicher, ob ich Ihnen Bothari verständlich machen kann. Niemand anderer scheint ihn zu verstehen. Er ist ein ausgezeichneter Soldat im Bodenkampf. Und er haßt mich wie die Pest, wie ihr Betaner das ausdrücken würdet. Es macht ihm *Spaß,* mich wie die Pest zu hassen. Es scheint irgendwie für sein Ego notwendig zu sein.«

»Würde er Sie in den Rücken schießen?«

»Nie. Mich ins Gesicht schlagen, ja. Tatsächlich ist er letztesmal dafür bestraft worden, daß er mich zusammengeschlagen hat.« Vorkosigan rieb sich nachdenklich sein Kinn. »Aber es wäre vollkommen sicher, ihn bis zu den Zähnen zu bewaffnen und mit ihm in meinem Rücken in den Kampf zu ziehen.«

»Es klingt, als wäre er absolut verrückt.«

»Seltsam, eine Reihe von Leuten haben das schon gesagt. Aber ich mag ihn.«

»Und Sie beschuldigen uns Betaner, wir hätten einen Zirkus.«

Vorkosigan zuckte amüsiert die Achseln. »Nun ja, es ist nützlich für mich, jemanden zu haben, mit dem ich trainieren kann und der sich dabei nicht zurückhält. Einzelkampfübungen mit Bothari zu überleben bringt mich wirklich in Schwung. Ich ziehe es allerdings vor, diesen Aspekt unserer Beziehung auf den Übungsring zu beschränken. Ich kann mir vorstellen, wie sich Radnov wohl getäuscht hat, als er Bothari dazunahm, ohne dessen Einstellung allzu genau zu überprüfen. Bothari benimmt sich genau wie einer, dem man die Drecksarbeit überlassen könnte – bei Gott, ich wette, das war genau, was Radnov tat! Guter alter Bothari.«

Cordelia blickte auf Dubauer, der verständnislos neben ihr stand. »Ich fürchte, ich kann Ihre Begeisterung nicht teilen. Er hat mich fast umgebracht.«

»Ich kann nicht behaupten, er sei ein moralischer oder intellektueller Held. Er ist ein sehr komplexer Mann mit einem sehr beschränkten Ausdrucksvermögen, der einige sehr schlimme Erfahrungen gemacht hat. Aber auf seine eigene, verdrehte Weise ist er ehrenhaft.«

Als sie sich dem Fuß des Berges näherten, stieg der Boden fast unmerklich an. Der Wechsel wurde sichtbar an der stufenweisen Zunahme der Vegetation: dünne Wälder, die von einer Vielzahl kleiner Quellen aus den geheimen Vorräten des Berges gespeist wurden. Sie wandten sich nach Süden, am Fuß des staubigen grünen Kegels entlang, der sich etwa 1500 Meter hoch steil über das Hügelland erhob.

Während sie den stolpernden Dubauer mit sich zog, verfluchte Cordelia wohl schon zum tausendsten Mal in ihren Gedanken Vorkosigans Waffenwahl. Als der Fähnrich hinfiel und sich an der Stirn verletzte, brachen ihr Kummer und ihre Gereiztheit in Worten aus.

»Warum könnt ihr denn keine zivilisierten Waffen verwenden? Ich würde eher einem Schimpansen einen Disruptor geben als einem Barrayaraner. Schießwütige Rabauken!« Dubauer saß ganz benommen da. Sie wischte das Blut mit ihrem schmutzigen Taschentuch ab, dann setzte sie sich auch.

Vorkosigan ließ sich unbeholfen neben ihnen auf den Boden nieder, das verletzte Bein ausgestreckt, und war stillschweigend mit der Pause einverstanden. Er blickte auf ihr angespanntes, unglückliches Gesicht und versuchte eine ernsthafte Antwort.

»Ich habe eine Abneigung gegen Betäuber, in dieser Art von Situation«, sagte er langsam. »Niemand zögert, gegen einen Betäuber anzustürmen, und wenn genügend Gegner da sind, dann können sie einem den

Betäuber am Ende immer abnehmen. Ich habe gesehen, wie Männer getötet wurden, die sich auf Betäuber verließen, und die mit einem Disruptor oder einem Plasmabogen hätten direkt durchmaschieren können. Ein Disruptor hat echte Autorität.«

»Andrerseits zögert niemand, einen Betäuber *abzufeuern*«, erinnerte ihn Cordelia. »Und man hat Spielraum für einen Fehler.«

»Was, würden Sie zögern, einen Disruptor abzufeuern?«

»Ja. Ich würde am liebsten überhaupt keinen haben.«

»Aha.«

Die Neugier stachelte sie an, als sie über seine Worte nachdachte. »Wie, in aller Welt, hat man ihn mit einem Betäuber getötet, den Mann, den Sie gesehen haben?«

»Sie haben ihn nicht mit dem Betäuber getötet. Nachdem sie ihm den Betäuber weggenommen hatten, haben sie ihn zu Tode getreten.«

»Oh.« Cordelias Magen zog sich zusammen. »Kein ... kein Freund von Ihnen, hoffe ich.«

»Zufällig war er einer. Er hatte teilweise die gleiche Einstellung zu Waffen wie Sie. Er war weich.« Er blickte mit gerunzelter Stirn ins Weite.

Sie rappelten sich hoch und stapften weiter durch die Wälder. Der Barrayaraner versuchte einmal, ihr bei Dubauer mehr zu helfen. Aber Dubauer schrak von ihm zurück, und angesichts Dubauers Widerstand und seines eigenen bösen Beins scheiterte der Versuch kläglich.

Vorkosigan zog sich in sich selbst zurück und wurde danach weniger gesprächig. Seine ganze Konzentration schien sich darauf zu richten, sich selber gerade immer einen Schritt weiterzubringen, aber auf beunruhigende Weise führte er gemurmelte Selbstgespräche. Cordelia hatte eine häßliche Angstvorstellung von Kollaps und Fieberdelirium und keinerlei Vertrauen in ihre eigene Fähigkeit, seine Rolle zu übernehmen und loyale Mitglieder seiner Mannschaft herauszufinden und zu kontaktieren. Es war offensichtlich, daß ein Fehler in der Beurteilung fatal wäre, und während sie nicht behaupten konnte, daß alle Barrayaraner für sie gleich aussahen, so wurde sie doch wider Willen an das alte Paradoxon erinnert, das mit der Prämisse beginnt: »Alle Kreter sind Lügner.«

Kurz vor Sonnenuntergang kamen sie nach der Durchquerung eines dichteren Waldstücks plötzlich auf eine Lichtung von erstaunlicher Schönheit. Über schwarze Felsen, die wie Obsidian schimmerten, stürzte in funkelnden Kaskaden ein Wasserfall herab. Im Leuchten der tiefstehenden Sonne wirkte das Gras am Flußbett wie durchscheinendes Gold. Die Bäume ringsum, hoch, dunkelgrün und dämmerig, faßten die Lichtung wie eine Gemme ein.

Vorkosigan lehnte sich auf seinen Stock und blickte eine Weile auf das Bild. Cordelia war, als hätte sie noch nie einen müder aussehenden Menschen gesehen als ihn, aber schließlich hatte sie keinen Spiegel zur Hand.

»Wir haben noch etwa fünfzehn Kilometer zu gehen«, sagte er. »Ich möchte mich dem Versteck nicht im Dunkeln nähern. Wir werden hier haltmachen für die Nacht, uns ausruhen und es dann am Morgen in Angriff nehmen.«

Sie plumpsten in das weiche Gras und beobachteten schweigend den großartigen, farbenprächtigen Sonnenuntergang, wie ein altes Ehepaar, das zu müde war, aufzustehen und ihn abzuschalten. Schließlich zwang das nachlassende Licht sie zum Handeln. Sie wuschen Hände und Gesicht in dem Fluß, und Vorkosigan teilte endlich seine barrayaranischen Feldrationen unter sie auf. Aber selbst nach vier Tagen Hafergrütze und Blaukäsedressing war das eine Enttäuschung.

»Sind Sie sicher, daß dies keine gekochten Stiefel sind?« fragte Cordelia matt, denn nach Farbe, Geschmack und Geruch hatten die Schnitten beträchtliche

Ähnlichkeit mit pulverisiertem Schuhleder, das zu Waffeln gepreßt worden war.

Vorkosigan grinste sardonisch. »Sie sind organisch, nahrhaft und halten sich jahrelang – wahrscheinlich haben sie sich wirklich schon jahrelang gehalten.«

Cordelia lächelte, den Mund voll mit dem trockenen und zähen Zeug. Sie fütterte Dubauer eigenhändig mit seiner Portion – er neigte dazu, sie auszuspucken –, dann wusch sie ihn und bettete ihn für die Nacht. Er hatte an diesem Tag keine Anfälle gehabt, und sie hoffte, daß dies ein Zeichen für eine teilweise Verbesserung seines Zustandes war.

Nach der Hitze des Tages strahlte die Erde immer noch eine angenehme Wärme aus, und der Fluß plätscherte sanft in der Stille. Sie wünschte sich, sie könnte hundert Jahre lang schlafen, wie eine verzauberte Prinzessin. Aber sie stand auf und meldete sich freiwillig für die erste Wache.

»Ich glaube, Sie sollten lieber heute nacht extra Schlaf bekommen«, sagte sie zu Vorkosigan. »In zwei von drei Nächten hatte ich die kurze Wache. Jetzt sind Sie an der Reihe.«

»Es besteht keine Notwendigkeit …«, begann er.

»Wenn Sie es morgen nicht schaffen, dann schaffe ich es auch nicht«, erklärte sie offen. »Und er auch nicht.« Sie zeigte mit dem Daumen auf den ruhenden Dubauer. »Ich möchte dafür sorgen, daß Sie es morgen schaffen.«

Vorkosigan gab nach, nahm eine weitere halbe Schmerzpille und legte sich dort nieder, wo er saß. Trotzdem blieb er ruhelos, der Schlaf floh ihn, und er beobachtete sie in der Dunkelheit. Seine Augen schienen fiebrig zu glänzen. Schließlich stützte er sich auf einem Ellbogen auf, als sie einen Rundgang entlang des Randes der Lichtung beendete und sich mit überkreuzten Beinen auf dem Boden neben ihm niederließ.

»Ich …«, begann er und brach dann ab. »Sie sind

nicht so, wie ich es von einem weiblichen Offizier erwartet habe.«

»Oh? Nun ja, Sie sind auch nicht so, wie ich es von einem barrayaranischen Offizier erwartet habe, und damit sind wir quitt.« Sie fügte neugierig hinzu: »Was haben Sie denn erwartet?«

»Ich bin mir – nicht sicher. Sie sind so professionell wie jeder beliebige Offizier, mit dem ich je gedient habe, ohne daß Sie ein einziges Mal versucht haben, eine Nachahmung eines Mannes zu sein. Das ist außergewöhnlich.«

»An mir gibt es überhaupt nichts Außergewöhnliches«, wehrte sie ab.

»Dann muß Kolonie Beta ein sehr ungewöhnlicher Ort sein.«

»Es ist einfach meine Heimat. Nichts Besonderes. Lausiges Klima.«

»Das habe ich gehört.« Er hob einen Zweig auf und zog damit kleine Furchen in dem Boden, bis er abbrach. »Es gibt auf Kolonie Beta keine arrangierten Heiraten, nicht wahr?«

Sie starrte ihn an. »Gewiß nicht! Was für eine bizarre Vorstellung. Das klingt für uns fast wie die Verletzung eines bürgerlichen Rechtes. Himmel – Sie wollen doch nicht etwa sagen, daß es das auf Barrayar gibt?«

»In meiner Kaste fast immer.«

»Widerspricht da niemand?«

»Sie werden nicht *gezwungen*. Arrangiert, gewöhnlich von den Eltern. Es – scheint zu funktionieren. Für viele Leute.«

»Nun ja, ich nehme an, es ist möglich.«

»Wie ... hm ... wie arrangiert ihr euch? Ohne Vermittler muß es ziemlich peinlich sein. Ich meine, jemanden abzulehnen, von Angesicht zu Angesicht.«

»Ich weiß es nicht. Es ist etwas, das die Liebenden unter sich ausmachen, nachdem sie einander gewöhnlich schon eine ganze Zeit kennen und sich um eine

Kinderlizenz bemühen wollen. Bei dieser Art von Vermittlung, die Sie da beschreiben, da muß es ja sein, wie wenn man einen völlig Fremden heiratet. Natürlich wäre das peinlich.«

»Hm.« Er fand einen anderen Zweig. »Wenn in der Zeit der Isolation ein Mann auf Barrayar eine Frau aus der Kriegerkaste als Geliebte nahm, so galt dies als Diebstahl ihrer Ehre, und er mußte dafür den Tod eines Diebes sterben. Eine Sitte, die mehr verletzt als respektiert wurde, bin ich mir sicher, obwohl sie ein beliebtes Thema für Dramen war. Heute sind wir so zwischendrin. Die alten Sitten sind tot, und wir versuchen, uns neue anzueignen, wie schlecht sitzende Kleider. Es ist schwer zu wissen, was überhaupt noch richtig ist.« Nach einem Moment fügte er hinzu: »Was hatten Sie erwartet?«

»Von einem Barrayaraner? Ich weiß es nicht. Etwas Kriminelles, nehme ich an. Ich war nicht sonderlich scharf darauf, gefangengenommen zu werden.«

Er schlug die Augen nieder. »Ich habe … verstanden, worüber Sie reden, natürlich. Ich kann nicht leugnen, daß es das gibt. Es ist eine Infektion der Vorstellung, die sich von Mann zu Mann ausbreitet. Es ist am schlimmsten, wenn sie sich von oben nach unten ausbreitet. Schlecht für die Disziplin, schlecht für die Moral … Am meisten hasse ich die Wirkung auf die jüngeren Offiziere, wenn sie dieser Einstellung in den Männern begegnen, nach denen sie sich formen sollten. Sie haben nicht das Gewicht der Erfahrung, sie in ihrem eigenen Denken zu bekämpfen oder zu erkennen, wann ein Mann die Autorität des Kaisers stiehlt, um seine eigenen Gelüste zu tarnen. Und so sind sie verdorben, noch bevor sie wissen, was geschieht.« Seine Stimme klang in der Dunkelheit sehr heftig.

»Ich selbst hatte tatsächlich darüber nur vom Standpunkt des Gefangenen nachgedacht. Ich glaube, ich hatte Glück in der Wahl meiner Fänger.«

»Solche Männer sind der Abschaum der Streitkräfte. Aber Sie müssen mir glauben, das ist nur eine kleine Minderheit. Obwohl ich nichts von denen halte, die vorgeben, es nicht zu sehen, und sie sind keine solche Minderheit wie ... Aber täuschen Sie sich nicht. Es ist keine leichte Ansteckung, die man da bekämpfen muß. Aber von mir haben Sie nichts zu fürchten. Das verspreche ich Ihnen.«

»Das hatte ich – schon herausgefunden.«

Sie saßen eine Weile schweigend da, bis die Nacht aus den Niederungen heraufgekrochen kam und die letzten Türkistöne am Himmel verschlang und der Wasserfall im Sternenlicht perlte. Cordelia dachte, Vorkosigan sei eingeschlafen, aber er bewegte sich und sprach erneut. Sie konnte sein Gesicht kaum sehen, abgesehen von einem schwachen Schimmer aus dem Weiß seiner Augen und seiner Zähne.

»Eure Sitten erscheinen mir so frei und gelassen. So unschuldig wie das Sonnenlicht. Kein Kummer, kein Schmerz, keine unwiderruflichen Fehler. Keine Jungen, die aus Angst kriminell wurden. Keine dumme Eifersucht. Kein Verlust der Ehre.«

»Das ist eine Illusion. Man kann immer noch seine Ehre verlieren. Es geschieht nur nicht in einer einzigen Nacht. Es kann Jahre dauern, bis sie tropfenweise vertrocknet.« Sie hielt in der freundlichen Dunkelheit inne. »Ich kannte einmal eine Frau – eine sehr gute Freundin von mir. Im Erkundungsdienst. Sie war ziemlich – ungeschickt in gesellschaftlichen Dingen. In ihrer Umgebung schien jeder seinen Seelengefährten zu finden, und je älter sie wurde, desto mehr geriet sie in Panik, übrig zu bleiben. Sie hatte ganz jämmerliche Angst.

Schließlich verliebte sie sich in einen Mann, der das erstaunlichste Talent dafür besaß, Gold in Blei zu verwandeln. Sie konnte kein Wort wie Liebe oder Vertrauen oder Ehre in seiner Gegenwart benutzen, ohne daß sie raffinierten Spott hervorrief. Pornographie war erlaubt, Poesie nie.

Sie hatten zufällig den gleichen Rang, als der Kapitänsposten auf ihrem Schiff frei wurde. Sie hatte Blut geschwitzt um dieses Kommando, wie eine Irre dafür gearbeitet – nun ja, ich bin sicher, Sie wissen, wie das ist. Kommandos gibt es wenige, und jeder will eines haben. Ihr Liebhaber überredete sie, teilweise mit Versprechungen, die sich später als Lügen entpuppten – tatsächlich ging es um Kinder –, ihm zuliebe zurückzustehen, und er bekam das Kommando. Ganz der Stratege. Die Sache endete bald danach. Ganz nüchtern.

Sie hatte danach keine Lust mehr auf einen anderen Liebhaber. Also sehen Sie, vielleicht haben Ihre alten Barrayaraner dennoch etwas kapiert. Die Ungeschickten – brauchen Regeln, zu ihrem eigenen Schutz.«

Der Wasserfall flüsterte in das Schweigen. »Ich – kannte einmal einen Mann«, ertönte Vorkosigans Stimme aus der Dunkelheit. »Er wurde im Alter von zwanzig mit einem achtzehnjährigen Mädchen von hohem Stand verheiratet. Eine arrangierte Ehe natürlich, aber er war sehr glücklich damit.

Er war die meiste Zeit von zu Hause fort, im Dienst. Sie fand sich frei, reich, allein in der Hauptstadt – in der Gesellschaft von Leuten, die nicht gänzlich unmoralisch waren, aber doch älter als sie selbst. Reiche Parasiten sowie deren Parasiten und Nutznießer. Sie wurde hofiert, und das stieg ihr zu Kopf. Es ging ihr nicht zu Herzen, glaube ich. Sie nahm sich Liebhaber, wie in ihren Kreisen üblich. Wenn ich zurückblicke, dann glaube ich, daß sie keine anderen Gefühle für sie hegte als Eitelkeit und Stolz über die Eroberung, aber zu jener Zeit... Er hatte sich in seinen Gedanken ein falsches Bild von ihr aufgebaut, und plötzlich wurde es zertrümmert... Dieser junge Mann konnte sich sehr schlecht beherrschen. Das war sein besonderer Fluch.

Er entschloß sich zu einem Duell mit den Liebhabern seiner Frau.

Sie hatte zwei an der Leine, oder war sie an ihren Leinen? Ich kann nicht sagen, wie es wirklich war. Es war ihm gleich, wer überlebte oder ob er verhaftet wurde. Er arrangierte es so, daß jeder von den beiden ihn an einem verlassenen Ort traf, etwa eine halbe Stunde auseinander.«

Er machte eine lange Pause. Cordelia wartete, kaum atmend und unsicher, ob sie ihn ermutigen sollte fortzufahren oder nicht. Schließlich fuhr er fort, aber seine Stimme war ausdrucksloser als zuvor, und er sprach sehr schnell.

»Der erste war ein anderer dickköpfiger junger Aristokrat wie er selbst und spielte das Spiel nach den Regeln bis zum Ende. Dieser Mann wußte mit den beiden Schwerten umzugehen, focht geschickt und tötete m-meinen Freund fast. Das letzte, was er sagte, war, daß er immer von einem eifersüchtigen Ehemann getötet werden wollte, allerdings erst im Alter von achtzig Jahren.«

Zu diesem Zeitpunkt war der kleine Versprecher keine Überraschung mehr für Cordelia, und sie fragte sich, ob ihre Geschichte für ihn ebenso durchsichtig gewesen war. Anscheinend schon.

»Der zweite war ein hoher Minister der Regierung, ein älterer Mann. Er wollte nicht kämpfen, obwohl sein Gegner ihn einigemale niederschlug und wieder aufrichtete. Nach... nach dem anderen, der mit einem Witz auf den Lippen gestorben war, konnte mein Freund es kaum ertragen. Schließlich erschlug er ihn mitten in seiner Bettelei und ließ die beiden Leichen da zurück.

Er machte bei der Wohnung seiner Frau halt, um ihr zu sagen, was er getan hatte, und kehrte zu seinem Schiff zurück, um dort auf seine Verhaftung zu warten. Dies alles geschah an einem einzigen Nachmittag. Sie war wütend, voll von verletztem Stolz – sie hätte sich mit ihm duelliert, wenn sie gekonnt hätte – und tötete sich selbst. Schoß sich in den Kopf, mit einem Plasmabogen, seiner Dienstwaffe. Ich hätte nicht gedacht, daß es eine Waffe für eine Frau wäre. Gift oder die Pulsader aufschneiden oder irgend so was – ja. Aber sie war eine wirkliche Vor-Frau. Ihr Gesicht wurde völlig weggebrannt. Sie hatte das schönste Gesicht gehabt, das man sich vorstellen konnte …

Die Dinge gingen sehr seltsam aus. Man nahm an, die beiden Liebhaber hätten sich gegenseitig umgebracht – ich schwöre, er hatte das nie geplant – und die Frau hätte sich aus Verzweiflung getötet. Niemand stellte ihm auch nur eine Frage.«

Seine Stimme wurde langsamer und eindringlicher. »Er ging durch diesen ganzen Nachmittag wie ein Schlafwandler oder ein Schauspieler, sagte die Sätze, die man von ihm erwartete, vollführte die erwarteten Bewegungen, und am Ende stand seine Ehre nicht besser da. Keiner Sache war damit gedient, kein Punkt war bewiesen. Es war alles so falsch wie ihre Liebesaffären, außer den beiden Toten. Die waren echt.« Er machte eine Pause. »Also sehen Sie, ihr Betaner habt einen Vorteil. Ihr erlaubt einander wenigstens aus euren Fehlern zu lernen.«

»Es tut mir – leid, für Ihren Freund. Ist das sehr lange her?«

»Einige Zeit. Über zwanzig Jahre. Man sagt, daß senile Menschen Dinge aus ihrer Jugend deutlicher erinnern als Ereignisse der letzten Woche. Vielleicht wird er senil.«

»Ich verstehe.« Sie nahm die Geschichte auf wie ein seltsames, stachliges Geschenk: zu zerbrechlich, um es fallen zu lassen, zu schmerzlich, um es in der Hand zu halten. Er legte sich zurück und schwieg wieder; sie machte sich zu einem weiteren Rundgang um die Lichtung auf und lauschte am Rand des Waldes einem

Schweigen, das so tief war, daß das Rauschen des Blutes in ihren Ohren es zu übertönen schien. Als sie ihre Runde vollendet hatte, war Vorkosigan eingeschlafen, ruhelos und zitternd in seinem Fieber. Sie klaute Dubauer eine der halb verbrannten Bettrollen und deckte Vorkosigan damit zu.

KAPITEL 4

Vorkosigan wachte ungefähr drei Stunden vor der Morgendämmerung auf und veranlaßte sie, sich hinzulegen, damit sie noch ein paar Stunden Schlaf bekäme. In der grauen Stunde vor Sonnenaufgang weckte er sie wieder. Er hatte offensichtlich im Fluß gebadet und das Einmalpäckchen von Enthaarungsmittel benutzt, das er in seinem Gürtel aufgehoben hatte, um den juckenden Viertagesbart aus seinem Gesicht zu entfernen.

»Ich brauche etwas Hilfe mit diesem Bein. Ich möchte es öffnen und drainieren und dann wieder zudecken. Das wird bis heute nachmittag halten, und danach spielt es keine Rolle mehr.«

»In Ordnung.«

Vorkosigan streifte Stiefel und Socken ab, und Cordelia ließ ihn sein Bein unter einen Wasserstrahl halten, der am Rand des Wasserfalls herabschoß. Sie wusch sein Kampfmesser ab und öffnete dann mit einem tiefen, schnellen Schnitt die dick geschwollene Wunde. Vorkosigan wurde weiß um die Lippen, aber er sagte nichts. Es war Cordelia, die zusammenzuckte. Aus dem Schnitt quollen Blut und Eiter und übelriechendes verklumptes Gewebe, und der Fluß wusch alles weg. Sie versuchte nicht daran zu denken, welche neuen Mikroben sie mit dieser Prozedur einschleppen mochten. Das Ganze sollte nur eine vorübergehende Linderung gewähren.

Sie bestrich die Wunde mit dem Rest seines ziemlich wirkungslosen Antibiotikums und kratzte die Tube mit Plastikverband leer, um die Wunde abzudecken.

»Es fühlt sich besser an.« Aber Vorkosigan stolperte und fiel fast hin, als er versuchte, normal zu gehen. »Okay«, sagte er, »der Augenblick ist gekommen.« Zeremoniell holte er den letzten Schmerzkiller und eine kleine blaue Pille aus seinem Erste-Hilfe-Beutel, schluckte sie und warf die leere Schachtel weg. Cordelia hob sie leicht geistesabwesend auf, fand keinen Platz, wohin sie sie hätte tun sollen, und ließ sie verstohlen wieder fallen.

»Diese Dinger funktionieren großartig«, sagte er ihr, »bis ihre Wirkung zu Ende geht; dann fällt man hin wie eine Marionette mit abgeschnittenen Schnüren. Jetzt halte ich etwa sechzehn Stunden durch.«

Als sie mit den Feldrationen fertig waren und Dubauer für den Tagesmarsch vorbereitet hatten, sah Vorkosigan tatsächlich nicht nur normal aus, sondern frisch und ausgeruht und voller Energie. Keiner von beiden knüpfte an das Gespräch der vergangenen Nacht an.

Er führte sie in einem weiten Bogen um den Fuß des Berges herum, so daß sie sich gegen Mittag der Kraterseite fast genau von Westen näherten. Sie bahnten sich ihren Weg durch Wälder und Lichtungen zu einem Bergsporn, der sich gegenüber einer großen Mulde erhob und das letzte Überbleibsel eines niedrigeren Bergrückens aus den Tagen vor einer urzeitlichen Vulkankatastrophe war. Vorkosigan robbte auf einen baumlosen Vorsprung hinaus und achtete darauf, sich nicht über dem hohen Gras zu zeigen. Dubauer, schwach und erschöpft, rollte sich in ihrem Versteck auf der Seite zusammen und schlief ein. Cordelia beobachtete ihn, bis sein Atem langsam und gleichmäßig war, dann kroch sie zu Vorkosigan hinaus. Der barrayaranische Kapitän hatte seinen Feldstecher in der Hand und suchte das dunstige grüne Amphitheater ab.

»Dort ist das Shuttle. Sie kampieren in den Höhlen des Nachschublagers. Sehen Sie den dunklen Streifen neben dem langen Wasserfall? Das ist der Eingang.« Er lieh ihr das Fernglas für einen genaueren Blick.

»Oh, da kommt jemand heraus. Bei dieser starken Vergrößerung kann man die Gesichter erkennen.«

Vorkosigan nahm das Glas zurück. »Koudelka. Er ist in Ordnung. Aber der hagere Mann bei ihm ist Darobey, einer von Radnovs Spionen in meiner Kommunikationsabteilung. Prägen Sie sich sein Gesicht ein – Sie werden wissen müssen, wann Sie Ihren Kopf gesenkt halten sollten.«

Cordelia fragte sich, ob Vorkosigans vergnügte Miene eine künstliche Wirkung des Aufputschmittels war oder eine primitive Vorwegnahme des Zusammenstoßes, der ihm bevorstand. Seine Augen schienen zu funkeln, während er beobachtete, zählte und rechnete.

Er zischte durch die Zähne, fast wie die hiesigen Fleischfresser. »Da ist Radnov, bei Gott! Ich würde ihn gern in meine Finger bekommen. Aber diesmal kann ich die Leute vom Ministerium vor Gericht bringen. Ich würde gerne sehen, wie sie versuchen, einen ihrer Lieblinge vor einer echten Anklage wegen Meuterei zu retten. Diesmal werden das Oberkommando und der Rat der Grafen auf meiner Seite sein. Nein, Radnov, du wirst am Leben bleiben – und es bereuen.« Er ließ sich auf Bauch und Ellbogen nieder und verschlang die Szene mit den Augen.

Plötzlich grinste er. »Diesmal hat sich mein Glück gewendet. Da ist Gottyan, bewaffnet, also muß er die Führung innehaben. Wir sind fast daheim. Kommen Sie.«

Sie krochen wieder in die Deckung der Bäume zurück. Dubauer war nicht mehr dort, wo sie ihn zurückgelassen hatten.

»O Gott«, keuchte Cordelia und spähte in allen Richtungen ins Gestrüpp, »wo ist er bloß hin?«

»Er kann nicht weit gegangen sein«, versuchte Vorkosigan sie zu beruhigen, obwohl er selbst besorgt dreinschaute. Jeder von beiden schlug einen Kreis von etwa hundert Metern durch den Wald. Idiotin! schalt sich Cordelia wütend in ihrer Panik. Du mußtest ja gucken gehen... Sie trafen sich wieder am Ausgangsort, ohne daß sie eine Spur des herumwandernden Fähnrichs gefunden hatten.

»Hören Sie, wir haben nicht die Zeit, um jetzt nach ihm zu suchen«, sagte Vorkosigan. »Sobald ich das Kommando zurückgewonnen habe, werde ich eine Patrouille ausschicken, die ihn suchen soll. Mit den passenden Suchferngläsern könnte die ihn schneller finden als wir.«

Cordelia dachte an Fleischfresser, Klippen, tiefe Teiche, barrayaranische Patrouillen mit zuckenden Fingern am Abzug. »Wir sind doch so weit gekommen…«, begann sie.

»Und wenn ich nicht bald mein Kommando zurückgewinne, dann wird sowieso keiner von uns überleben.«

Hin- und hergerissen, aber schließlich der Vernunft gehorchend, ließ sie zu, daß Vorkosigan sie am Arm nahm. Er stützte sich nur leicht auf sie und suchte einen Weg hinab durch die Wälder. Als sie sich dem Lager der Barrayaraner näherten, legte er einen Finger auf seine Lippen.

»Gehen Sie so leise, wie Sie können. Ich bin nicht so weit gekommen, um von einem meiner eigenen Vorposten erschossen zu werden. Ah, legen Sie sich hier hin.« Er plazierte sie an einer Stelle hinter ein paar umgefallenen Baumstämmen und kniehohem Gestrüpp, von wo aus man undeutlich einen neuen Pfad überblicken konnte, der durchs Gebüsch geschlagen worden war.

»Sie gehen nicht einfach los und klopfen an die Vordertür?«

»Nein.«

»Warum nicht, wenn Ihr Gottyan in Ordnung ist?«

»Weil etwas anderes da nicht stimmt. Ich weiß nicht, warum diese Landungsgruppe hier ist.« Er überlegte einen Augenblick lang, dann gab er ihr den Betäuber zurück. »Wenn Sie eine Waffe benutzen müssen, dann sollte es lieber eine sein, mit der Sie umgehen können.

Er ist noch ein bißchen geladen – ein oder zwei Schüsse. Dieser Pfad verläuft zwischen verschiedenen Wachposten, und früher oder später wird jemand hier entlangkommen. Behalten Sie Ihren Kopf unten, bis ich Sie rufe.«

Er lockerte sein Messer in der Scheide und versteckte sich auf der anderen Seite des Pfades. Sie warteten eine Viertelstunde, dann eine weitere Viertelstunde. Das Waldland döste in der warmen, sanften, klaren Luft.

Dann waren vom Pfad her Stiefelschritte zu hören, die durch das herumliegende Laub schlurften. Cordelia hielt sich starr und still und versuchte dabei durch die Gräser zu lugen, ohne ihren Kopf zu heben. Eine große Gestalt in der wunderbar wirkungsvollen barrayaranischen Tarnuniform, ein grauhaariger Offizier. Als er vorbeiging, erhob sich Vorkosigan aus seinem Versteck, als wäre er plötzlich von den Toten auferstanden.

»Korabik«, sagte er sanft, aber mit echter Wärme in der Stimme. Er stand grinsend da, mit verschränkten Armen, und wartete.

Gottyan wirbelte herum und zog mit einer Hand den Nervendisruptor von seiner Hüfte. Nach einem Herzschlag erschien Überraschung auf seinem Gesicht. »Aral! Die Landungsgruppe hat berichtet, die Betaner hätten dich getötet«, sagte er und trat nicht vorwärts, wie es Cordelia nach dem Klang von Vorkosigans Stimme erwartet hatte, sondern zurück. Der Disruptor war immer noch in seinen Händen, als hätte er vergessen, ihn beiseite zu tun, aber er ließ ihn nicht herunterbaumeln, sondern hielt ihn fest im Griff. Cordelia wurde flau im Magen.

Vorkosigan blickte etwas verwirrt drein, als wäre er enttäuscht von dem kühlen, zurückhaltenden Empfang. »Ich bin froh zu wissen, daß du nicht abergläubisch bist«, scherzte er.

»Ich hätte es besser wissen sollen, statt zu denken, du wärest tot, solange ich dich nicht mit einem Pfahl im Herzen begraben gesehen habe«, sagte Gottyan mit düsterer Ironie.

»Was ist los mit dir, Korabik?« fragte Vorkosigan ruhig. »Du bist doch nicht der Speichellecker eines Ministers.«

Auf diese Worte hin hob Gottyan den Disruptor hoch und zielte unverhohlen. Vorkosigan stand ganz still.

»Nein«, antwortete er offen. »Ich dachte mir, an der Geschichte, die Radnov über dich und die Betaner erzählt hatte, war etwas faul. Und ich war verdammt entschlossen, das Ganze vor einen Untersuchungsausschuß zu bringen, sobald wir nach Hause kämen.« Er hielt inne. »Aber dann – hätte ich das Kommando gehabt. Nach sechs Monaten als amtierender Kapitän wäre ich sicher in der Stellung bestätigt worden. Wie, meinst du, sind die Chancen für ein Kommando in meinem Alter? Fünf Prozent? Zwei? Null?«

»Sie sind nicht so schlecht, wie du denkst«, sagte Vorkosigan, immer noch ruhig. »Es werden einige Dinge geschehen, von denen noch sehr wenige Leute gehört haben. Mehr Schiffe, mehr freie Posten.«

»Die üblichen Gerüchte«, tat Gottyan ab.

»Also glaubtest du nicht, ich sei tot?« forschte Vorkosigan.

»Ich war sicher, daß du es warst. Ich übernahm … – wohin hast du übrigens die versiegelten Befehle getan? Wir haben deine Kabine danach durchsucht und auf den Kopf gestellt.«

Vorkosigan lächelte trocken und schüttelte den Kopf. »Ich werde deine Versuchung nicht vergrößern.«

»Das macht nichts.« Gottyan zielte weiter ohne zu schwanken. »Dann kam vorgestern dieser psychopathische Idiot Bothari zu mir in meine Kabine. Er berichtete mir die wahre Geschichte über das, was im Lager der Betaner geschehen war. Eine Mordsüberraschung – ich hätte ja gedacht, er hätte sich gefreut über seine Chance, dir den Hals durchzuschneiden. Also kamen wir hierher zurück, um Bodentraining zu absolvieren. Ich war sicher, du würdest früher oder später auftauchen – ich hatte dich eigentlich schon eher erwartet.«

»Ich wurde aufgehalten.« Vorkosigan veränderte seine Position leicht und trat aus Cordelias Schußlinie auf Gottyan heraus. »Wo ist Bothari jetzt?«

»In Einzelhaft.«

Vorkosigan zuckte zusammen. »Das ist sehr schlecht für ihn. Ich nehme an, du hast die Nachricht von meinem knappen Entkommen noch nicht verbreitet?«

»Nicht einmal Radnov weiß es. Er denkt immer noch, Bothari hätte dich aufgeschlitzt.«

»Er ist sehr selbstgefällig, nicht wahr?«

»Selbstgefällig wie eine Katze. Ich hätte großes Vergnügen daran gehabt, ihm vor dem Ausschuß die Maske vom Gesicht zu reißen, wenn du nur so nett gewesen wärest, auf deiner Wanderung einen Unfall zu haben.«

Vorkosigan verzog bitter sein Gesicht. »Mir scheint, du hast dich noch nicht ganz entschlossen, was du tun willst. Darf ich darauf hinweisen, daß es noch nicht zu spät ist, selbst jetzt noch nicht, den Kurs zu ändern?«

»Du könntest niemals über das hier hinwegsehen«, stellte Gottyan unsicher fest.

»In meinen jüngeren und halsstarrigeren Jahren vielleicht nicht. Aber um dir die Wahrheit zu sagen, ich werde es ein bißchen müde, meine Feinde zu erschlagen, um ihnen eine Lektion zu erteilen.« Vorkosigan hob sein Kinn und blickte Gottyan in die Augen. »Wenn du willst, kannst du mein Wort haben. Du weißt, was es wert ist.«

Der Disruptor zitterte leicht in Gottyans Hand, als er am Rande seiner Entscheidung schwankte. Cordelia, die kaum atmete, sah, daß Wasser in seinen Augen stand. Man weint nicht um die Lebenden, dachte sie, sondern um die Toten; in diesem Moment, als Vorkosigan noch zweifelte, wußte sie, daß Gottyan die Absicht hatte zu feuern.

Sie hob ihren Betäuber, zielte sorgfältig und feuerte eine Ladung ab. Er sirrte schwach, aber es reichte aus, um Gottyan, der auf die plötzliche Bewegung hin den Kopf drehte, auf die Knie zu zwingen. Vorkosigan sprang auf den Disruptor zu, dann nahm er Gottyan seinen Plasmabogen ab und schlug ihn zu Boden.

»Verdammt«, krächzte Gottyan, halb gelähmt, »bist du noch nie ausmanövriert worden?«

»Wenn ja, dann wäre ich nicht hier«, sagte Vorkosigan und zuckte die Achseln. Er unterzog Gottyan einer schnellen Durchsuchung und konfiszierte sein Messer und eine Anzahl anderer Gegenstände. »Wen hast du als Vorposten aufgestellt?«

»Sens im Norden, Koudelka im Süden.«

Vorkosigan nahm Gottyan den Gürtel ab und fesselte ihm damit die Hände hinter dem Rücken. »Du hattest wirklich Schwierigkeiten, dich zu entscheiden, nicht wahr?« In einer Nebenbemerkung zu Cordelia erklärte er: »Sens ist einer von Radnovs Leuten, Koudelka ist einer von meinen. Ziemlich wie Münzenwerfen.«

»Und der hier war Ihr Freund?« Cordelia hob ihre Augenbrauen. »Mir scheint, der einzige Unterschied zwischen Ihren Freunden und Ihren Feinden besteht darin, wie lange sie herumstehen und plaudern, bevor sie auf Sie schießen.«

»Ja«, stimmte Vorkosigan zu, »ich könnte mit dieser Armee das Universum erobern, wenn ich nur jemals erreichte, daß alle ihre Waffen in dieselbe Richtung zeigen. Da Ihre Hosen auch ohne halten werden, Kommandantin Naismith, dürfte ich mir bitte Ihren Gürtel ausborgen?« Er fesselte damit Gottyans Beine und knebelte ihn, dann stand er auf und blickte einen Augenblick lang den Pfad hinauf, dann hinab.

»Alle Kreter sind Lügner«, murmelte Cordelia, dann sagte sie etwas lauter: »Nord oder Süd?«

»Eine interessante Frage. Wie würden Sie sie beantworten?«

»Ich hatte einen Lehrer, der meine Fragen auf diese Weise zurückzugeben pflegte. Ich dachte, es sei die sokratische Methode, und es beeindruckte mich ungeheuer, bis ich herausfand, daß er sie immer dann anwandte, wenn er die Antwort nicht wußte.« Cordelia blickte auf Gottyan, den sie an der Stelle abgelegt hatten, wo sie so wirkungsvoll versteckt gewesen war, und sie fragte sich, ob seine Richtungsangaben eine Rückkehr zur Loyalität waren oder ein allerletzter Versuch, Vorkosigans verpfuschte Ermordung noch zu vollenden. Er erwiderte ihren Blick verwirrt und feindselig.

»Norden«, sagte sie schließlich widerstrebend. Sie und Vorkosigan tauschten einen Blick des Verstehens, und er nickte kurz.

»Also dann los!«

Sie begannen ruhig den Pfad hinaufzugehen, über eine Anhöhe und durch eine Senke voll mit grau-grünem Dickicht. »Kennen Sie Gottyan schon lange?«

»Wir haben die letzten vier Jahre zusammen gedient, seit meiner Degradierung. Er war ein guter Karriereoffizier, dachte ich. Durch und durch unpolitisch. Er hat eine Familie.«

»Denken Sie, Sie könnten – ihn zurückgewinnen, später?«

»Vergeben und vergessen? Ich gab ihm eine Chance dafür. Er hat mich abgewiesen. Zweimal, wenn Sie mit Ihrer Wahl der Richtung recht haben.« Sie stiegen einen weiteren Hang hinauf. »Der Wachtposten ist dort oben. Wer auch immer dort ist, wird uns im nächsten Moment mit dem Fernglas erspähen. Bleiben Sie hier und geben Sie mir Deckung. Wenn Sie hören, daß gefeuert wird ...« – er machte eine kleine Pause –, »dann ergreifen Sie die Initiative.«

Beinahe hätte Cordelia aufgelacht. Vorkosigan lockerte den Disruptor in seinem Halfter und ging offen auf dem Pfad weiter, wobei er jede Menge Lärm machte.

»Wache, machen Sie Meldung!« hörte sie ihn mit fester Stimme rufen.

»Nichts Neues seit – guter Gott, es ist der *Kapitän!*«, darauf folgte ein Lachen, das so ehrlich erfreut klang, wie sie es ihrem Gefühl nach seit Jahrhunderten nicht mehr gehört hatte. Sie fühlte sich plötzlich schwach und lehnte sich gegen einen Baum. Und wann war das genau, fragte sie sich selbst, wo du aufhörtest, Angst vor ihm zu haben, und anfingst, Angst um ihn zu haben? Und warum dreht dir diese neue Angst den Magen so viel mehr um als die alte? Du scheinst bei diesem Tausch nichts gewonnen zu haben, oder?

»Sie können jetzt herauskommen, Kommandantin Naismith«, drang Vorkosigans Stimme zu ihr. Sie umrundete das letzte Stück Gebüsch und kletterte eine grasbewachsene Hügelkuppe empor. Dort kampierten zwei junge Männer, die in ihren sauberen Arbeitsuniformen sehr schneidig und militärisch aussahen. Der eine war einen Kopf größer als Vorkosigan und hatte auf seinem Männerkörper einen Jungengesicht. Sie erkannte ihn von ihrem Blick durch das Fernglas wieder: Koudelka. Er schüttelte die Hand seines Kapitäns mit unverhüllter Begeisterung und vergewisserte sich auf diese Weise, daß er kein Gespenst vor sich hatte. Die Hand des anderen Mannes griff zum Disruptor, als er Cordelias Uniform sah.

»Uns wurde gesagt, daß die Betaner Sie getötet hätten«, sagte er mißtrauisch.

»Ja, das ist ein Gerücht, das ich nur mit Schwierigkeiten widerlegen konnte«, sagte Vorkosigan. »Aber wie ihr seht, es ist nicht wahr.«

»Ihre Totenfeier war großartig«, sagte Koudelka. »Sie hätten dabeisein sollen.«

»Das nächstemal vielleicht«, sagte Vorkosigan grinsend.

»Oh, Sie wissen doch, ich habe es nicht so gemeint,

Sir. Leutnant Radnov hat eine sehr gute Ansprache gehalten.«

»Dessen bin ich mir sicher. Er hatte vermutlich schon seit Monaten an ihr gearbeitet.«

Koudelka, der ein bißchen schneller von Begriff war als sein Kamerad, sagte: »Oh.« Der andere schaute nur verwirrt drein.

Vorkosigan fuhr fort: »Erlaubt mir, euch Kommandantin Cordelia Naismith vom Betanischen Astronomischen Erkundungsdienst vorzustellen. Sie ist...« – er hielt inne, und Cordelia wartete interessiert darauf, welcher Status ihr zugeschrieben werden sollte –, »... äh ...«

»Klingt wie?« murmelte sie hilfsbereit.

Vorkosigan schloß die Lippen fest und unterdrückte ein Lächeln. »Meine Gefangene«, entschied er schließlich. »Auf Ehrenwort. Abgesehen vom Zugang zu sicherheitsrelevanten Bereichen soll ihr jede Höflichkeit zuteil werden.«

Die beiden jungen Männer sahen beeindruckt und unbändig neugierig aus. »Sie ist bewaffnet«, stellte Koudelkas Kamerad fest.

»Und das ist auch gut so.« Vorkosigan ließ sich dazu nicht weiter aus, sondern ging zu dringenderen Sachen über. »Wer gehört zur Landungsgruppe?«

Koudelka rasselte eine Liste von Namen herunter, wobei sein Begleiter gelegentlich seinem Gedächtnis nachhalf.

»Also gut«, seufzte Vorkosigan. »Radnov, Darobey, Sens und Tafas sollen so ruhig und sauber wie möglich entwaffnet und wegen Meuterei unter Arrest gestellt werden. Einige andere werden später folgen. Ich möchte keinerlei Kommunikation mit der *General Vorkraft*, bis sie hinter Schloß und Riegel sind. Wissen Sie, wo Leutnant Buffa ist?«

»In den Höhlen. Sir?« Koudelka begann etwas unglücklich dreinzuschauen, als ihm allmählich aufging, was gerade geschah.

»Ja?«

»Sind Sie sich sicher bezüglich Tafas?«

»Nahezu.« Vorkosigans Stimme wurde sanfter. »Alle werden einen Prozeß bekommen. Das ist ja der Zweck eines Prozesses, die Schuldigen von den Unschuldigen zu trennen.«

»Jawohl, Sir.« Mit einer kleinen Verneigung seines Kopfes nahm Koudelka diese beschränkte Garantie für das Wohlergehen eines Mannes an, von dem Cordelia vermutete, daß er sein Freund war.

»Beginnen Sie zu begreifen, warum ich gesagt habe, daß die Statistiken über Bürgerkriege den größten Teil der Realität verschleiern?«

»Ja, Sir.« Koudelka blickte ihm direkt in die Augen, und Vorkosigan nickte; er war sich seines Mannes sicher.

»In Ordnung. Ihr beiden kommt mit mir.«

Sie gingen los. Vorkosigan nahm wieder ihren Arm und hinkte kaum, wobei er geschickt verheimlichte, wieviel Gewicht er auf sie stützte. Sie folgten einem Pfad durch das Waldland, auf und ab über unebenen Boden, und kamen in Sichtweite der getarnten Tür zu den Höhlen des Nachschublagers heraus.

Der Wasserfall, der daneben herunterwirbelte, traf auf einen kleinen Teich, der in einem hübschen Bach abfloß, der seinerseits in den Wald strömte. Eine sonderbare Gruppe war neben dem Teich versammelt. Cordelia konnte zuerst nicht erkennen, was sie taten. Zwei Barrayaraner standen aufrecht und beobachteten zwei andere, die neben dem Wasser knieten. Während sie näherkamen, standen die bisher Knienden auf und hoben eine tropfnasse, gelbbraun gekleidete Gestalt, deren Hände hinter dem Rücken gefesselt waren, aus der Bauchlage auf die Füße. Der Mann hustete und rang keuchend nach Atem.

»Das ist Dubauer!« rief Cordelia. »Was machen die mit ihm?«

Vorkosigan, der sofort genau zu wissen schien, was sie mit ihm anstellten, murmelte »Oh, verdammt!« und rannte los. »Das ist mein Gefangener!« brüllte er, als sie sich der Gruppe näherten, »Hände weg von dem Mann!«

Die Barrayaraner nahmen so schnell Haltung an, daß es wie ein spinaler Reflex aussah. Dubauer wurde losgelassen und fiel auf seine Knie; er rang immer noch in langen Schluchzern nach Atem. Cordelia rannte an ihnen vorbei zu Dubauer. Ihr kam es vor, als hätte sie noch nie eine Ansammlung von Männern gesehen, die überraschter dreinschauten als diese hier. Dubauers Haare, sein geschwollenes Gesicht, sein spärlicher neuer Bart und sein Kragen waren völlig naß, seine Augen waren rot, und er hustete und nieste weiterhin. Entsetzt erkannte sie schließlich, daß die Barrayaraner ihn durch Untertauchen des Kopfes gefoltert hatten.

»Was hat das zu bedeuten, Leutnant Buffa?« Vorkosigan blickte den ältesten der Gruppe zornig an.

»Ich dachte, die Betaner hätten Sie umgebracht, Sir!« sagte Buffa.

»Haben sie nicht«, sagte Vorkosigan kurz angebunden. »Was macht ihr mit diesem Betaner?«

»Tafas hat ihn im Wald gefangengenommen, Sir. Wir haben versucht, ihn zu verhören – herauszufinden, ob noch mehr in der Gegend sind ...«, er warf einen Blick auf Cordelia, »aber er weigert sich zu sprechen. Hat kein einziges Wort gesagt. Und ich dachte immer, Betaner wären so weich.«

Vorkosigan rieb sich einen Moment lang mit der Hand über das Gesicht, als ob er um Stärke betete.

»Buffa«, sagte er geduldig, »dieser Mann ist vor fünf Tagen von Disruptorfeuer getroffen worden. Er kann nicht sprechen, und wenn er könnte, dann würde er sowieso nichts wissen.«

»Barbaren!« schrie Cordelia, die auf dem Boden kniete. Dubauer hatte sie erkannt und klammerte sich an sie. »Ihr Barrayaraner seid nichts als Barbaren, Schurken und Mörder!«

»Und Narren. Lassen Sie nicht die Narren aus.« Vorkosigan warf Buffa einen vernichtenden Blick zu. Einige der Männer waren so anständig, ziemlich betreten und auch beunruhigt dreinzuschauen. Vorkosigan seufzte vernehmlich. »Ist er in Ordnung?«

»Es scheint so«, gab sie widerstrebend zu. »Aber er ist ziemlich durcheinander.« Sie zitterte selber in ihrer Empörung.

»Kommandantin Naismith, ich entschuldige mich für meine Männer«, sagte Vorkosigan formell und laut, so daß es keinem von ihnen entgehen konnte, daß sich ihr Kapitän vor seiner Gefangenen um ihretwillen demütigte.

»Schlagen Sie nicht Ihre Hacken vor mir zusammen«, murmelte Cordelia wütend, nur für sein Ohr bestimmt. Auf seinen düsteren Blick hin wurde sie etwas nachgiebiger und sagte etwas lauter: »Es war ein Mißverständnis.« Ihr Blick fiel auf Leutnant Buffa, der versuchte, mit seiner beträchtlichen Größe im Boden zu versinken. »Jedem blinden Mann hätte es unterlaufen können. Oh, verdammt«, fügte sie an, denn Dubauers Schreck und Qual lösten einen neuen Krampf aus. Die meisten der Barrayaraner blickten weg, auf unterschiedliche Weise verlegen. Vorkosigan, der allmählich Übung hatte, kniete nieder, um ihr die Hilfe zu geben, die sie brauchte. Als der Anfall nachließ, stand er auf.

»Tafas, übergeben Sie Ihre Waffen an Koudelka«, befahl er. Tafas zögerte, blickte um sich, dann leistete er langsam dem Befehl Folge.

»Ich wollte nicht mitmachen, Sir«, sagte er verzweifelt, »aber Leutnant Radnov sagte, es sei schon zu spät.«

»Sie werden später eine Chance bekommen, für sich zu sprechen«, sagte Vorkosigan müde.

»Was ist los?« fragte der verwirrte Buffa. »Haben Sie Oberstleutnant Gottyan gesehen, Sir?«

»Ich habe Oberstleutnant Gottyan – separate Befehle gegeben. Buffa, Sie haben jetzt den Befehl über die Landungsgruppe.« Vorkosigan wiederholte seine Befehle für die Festnahme der Leute auf seiner kurzen Liste und kommandierte eine Gruppe ab, die diese Aufgabe ausführen sollte.

»Fähnrich Koudelka, bringen Sie *meine* Gefangenen zu der Höhle und sorgen Sie dafür, daß sie etwas Anständiges zu essen bekommen und was sonst Kommandantin Naismith braucht. Dann sorgen Sie dafür, daß das Shuttle startbereit ist. Wir werden zum Schiff starten, sobald die – anderen Gefangenen sichergestellt sind.« Er vermied das Wort ›Meuterer‹, als wäre es zu stark, wie eine Blasphemie.

»Wohin gehen Sie?« fragte Cordelia.

»Ich werde mich mit Oberstleutnant Gottyan unterhalten. Allein.«

»Hm. Nun gut, bringen Sie mich nicht dazu, meinen eigenen Rat zu bereuen.« Direkter konnte sie im Augenblick das nicht ausdrücken, was sie eigentlich sagen wollte: »Seien Sie vorsichtig!«

Vorkosigan zeigte mit einer Handbewegung, daß er sie in jeder Hinsicht verstanden hatte, und machte kehrt in Richtung auf den Wald. Er hinkte jetzt merklicher.

Sie half Dubauer auf die Füße, und Koudelka führte sie zum Eingang der Höhle. Der junge Mann erschien ihr so sehr als Gegenstück zu Dubauer, daß sie es schwer fand, ihre Feindseligkeit aufrechtzuerhalten.

»Was ist mit dem Bein des Alten passiert?« fragte Koudelka und schaute über die Schulter zurück.

»Er hat einen infizierten Kratzer«, sagte sie verharmlosend, denn sie neigte dazu, ihn in seiner offensichtlichen Absicht zu unterstützen, angesichts seiner unzuverlässigen Mannschaft eine gute Figur zu machen. »Die Sache sollte medizinisch vorrangig behandelt werden, sobald Sie ihn dazu bringen können, daß er dafür eine Pause einlegt.«

»Ja, so ist der Alte. Ich habe noch niemand in diesem Alter gesehen mit soviel Energie.«

»In diesem Alter?« Cordelia hob die Augenbrauen.

»Nun ja, natürlich würde er Ihnen nicht alt erscheinen«, räumte Koudelka ein und sah verwirrt drein, als sie in Lachen ausbrach. »Allerdings ist Energie nicht ganz das, was ich sagen wollte.«

»Wie wäre es mit Kraft«, schlug sie vor und war auf seltsame Weise erfreut, daß Vorkosigan wenigstens einen Bewunderer hatte. »Energie eingesetzt zur Arbeit.«

»Das ist sehr gut«, stimmte er dankbar zu. Cordelia beschloß, auch die kleine blaue Pille nicht zu erwähnen.

»Er scheint eine interessante Person zu sein«, sagte sie, um die Ansicht eines anderen Menschen über Vorkosigan zu erfahren. »Wie ist er überhaupt in diese Klemme geraten?«

»Sie meinen die Sache mit Radnov?«

Sie nickte.

»Nun ja, ich möchte den Alten nicht kritisieren, aber – ich kenne niemanden anderen, der einem *Politischen* Offizier, wenn der an Bord kommt, sagen würde, er solle ja ihm aus den Augen bleiben, wenn er das Ende der Reise noch erleben wolle.« Koudelka verstummte respektvoll.

Als Cordelia hinter Koudelka die zweite Abzweigung in den Höhlen nahm, wurde sie plötzlich von ihrer Umgebung alarmiert. *Äußerst* eigenartig, dachte sie. Vorkosigan hat mich in die Irre geführt. Die labyrinthische Folge von kühlen, feuchten und trübe beleuchteten Kavernen war teilweise natürlich, aber zum größten Teil doch mit Plasmabögen aus dem Fels herausgebrannt. Die großen Räume waren mit Vorräten vollgestopft. Dies war kein Nachschubversteck, dies war ein umfassendes Flottendepot. Cordelia verzog lautlos ihre Lippen und blickte um sich: sie war sich plötzlich einer ganz neuen Skala unangenehmer Möglichkeiten bewußt.

In einer Ecke stand eine barrayaranische Feldunterkunft, eine halbkreisförmige Kuppel aus Streben, die wie die Zelte der Betaner mit Stoff überzogen war. Sie diente als Feldküche und als primitiver, kahler Speisesaal. Ein einzelner Küchensoldat räumte die Überbleibsel des Mittagessens auf.

»Der Alte ist gerade wieder aufgetaucht, lebendig!« grüßte Koudelka ihn.

»Hah! Ich dachte, die Betaner hätten ihm den Hals durchgeschnitten«, sagte der Küchensoldat überrascht. »Und wir hatten ein so feines Traueressen angerichtet.«

»Die beiden hier sind die *persönlichen* Gefangenen des Alten«, stellte Koudelka sie dem Koch vor, von dem Cordelia vermutete, daß er mehr Kampfsoldat als Gourmetkoch war, »und du weißt, wie er über dieses Thema denkt. Der Kerl hier hat einen Disruptorschaden abbekommen. Der Alte hat gesagt, sie sollten richtiges Essen bekommen, also versuch nicht, sie mit dem üblichen Saufraß zu vergiften.«

»Jeder kritisiert rum«, murmelte der Koch, während Koudelka verschwand, um sich um seine anderen Aufgaben zu kümmern. »Was wollen Sie haben?«

»Egal, was. – Alles außer Hafergrütze oder Blaukäse«, fügte sie hastig an.

Der Koch verschwand im hinteren Raum und kam ein paar Minuten später wieder mit zwei dampfenden Schüsseln Eintopf und wirklichem Brot mit einem Brotaufstrich aus echtem Pflanzenöl. Cordelia fiel mit Wolfshunger darüber her.

»Wie schmeckt es?« fragte der Küchensoldat tonlos mit eingezogenen Schultern.

»Köstlich«, sagte sie mit vollem Mund, »wunderbar.«

»Wirklich?« Er straffte sich. »Ihnen schmeckt es wirklich?«

»Wirklich.« Sie hielt inne, um dem benommenen Dubauer ein paar Löffelvoll in den Mund zu schieben. Der Geschmack des warmen Essens durchbrach seine Schläfrigkeit nach dem Anfall, und er kaute mit ähnlicher Begeisterung wie sie.

»Kann ich Ihnen helfen, ihn zu füttern?« bot der Küchensoldat an.

Cordelia strahlte ihn an wie die Sonne. »Sicher können Sie das.«

In weniger als einer Stunde hatte sie erfahren, daß der Name des Kochs Nilesa war, hatte den größten Teil seiner Lebensgeschichte gehört und die vollständige, wenn auch empfindlich begrenzte Auswahl an Leckerbissen angeboten bekommen, die eine barrayaranische Feldküche bereithielt. Der Koch hatte offensichtlich ein so starkes Verlangen nach Lob wie seine Kameraden nach heimatlicher Küche, denn er folgte ihr auf Schritt und Tritt und überlegte angestrengt, welche kleinen Dienste er ihr erweisen könnte.

Schließlich kam Vorkosigan selber herein und setzte sich müde neben Cordelia.

»Willkommen zurück, Sir«, grüßte ihn der Koch. »Wir hatten gedacht, die Betaner hätten Sie umgebracht.«

»Ja, ich weiß«, winkte Vorkosigan ab. Er war diese Begrüßung jetzt schon gewohnt. »Haben Sie was zu essen für mich?«

»Was wollen Sie haben, Sir?«

»Alles außer Hafergrütze.«

Auch er bekam Brot und Eintopf, aß jedoch lustlos, denn das Fieber und das Aufputschmittel hatten zusammen seinen Appetit vertrieben.

»Wie ging es mit Oberstleutnant Gottyan aus?« fragte Cordelia ihn ruhig.

»Nicht schlecht. Er ist wieder in Dienst.«

»Wie haben Sie das gemacht?«

»Ich habe ihn losgebunden und ihm meinen Plasmabogen gegeben. Ich sagte ihm, ich könnte nicht mit einem Mann arbeiten, der meine Schulterblätter jucken macht, und daß dies die letzte Chance für sofortige Beförderung wäre, die ich ihm geben würde. Dann setzte ich mich mit dem Rücken zu ihm nieder. Saß dort etwa zehn Minuten lang. Wir sprachen kein einziges Wort. Dann gab er mir den Bogen zurück, und wir gingen wieder ins Lager.«

»Ich habe überlegt, ob so etwas funktionieren könnte. Jedoch bin ich mir nicht sicher, ob ich es hätte tun können, wenn ich Sie wäre.«

»Ich glaube auch nicht, daß ich es hätte tun können, wenn ich nicht so verdammt müde wäre. Es war ein gutes Gefühl, sich hinzusetzen.« Seine Stimme klang etwas angeregter. »Sobald die Verhaftungen erfolgt sind, starten wir zur *General Vorkraft*. Es ist ein hübsches Schiff. Ich werde Ihnen die Kabine des Gastoffiziers zuweisen – sie wird Admiralsquartier genannt, obwohl sie sich nicht von den anderen unterscheidet.« Vorkosigan schob die letzten Bissen Eintopf auf dem Boden seines Tellers umher. »Wie war Ihr Essen?«

»Wunderbar.«

»Das sagen nur wenige.«

»Küchenchef Nilesa war außerordentlich freundlich und aufmerksam.«

»Sprechen wir über denselben Mann?«

»Ich denke, er braucht einfach ein bißchen Anerkennung für seine Arbeit. Sie sollten es einmal damit versuchen.«

Vorkosigan stellte die Ellbogen auf den Tisch, stützte sein Kinn in die Hände und lächelte. »Ich werde es mir durch den Kopf gehen lassen.«

Sie saßen beide schweigend und müde an dem einfachen Metalltisch und verdauten das Essen. Vorkosigan lehnte sich mit geschlossenen Augen auf seinem Stuhl zurück. Cordelia stützte sich auf dem Tisch auf und legte ihren Kopf auf den Arm. Nach etwa einer halben Stunde kam Koudelka herein.

»Wir haben Sens geschnappt, Sir«, berichtete er. »Aber wir hatten – haben – etwas Schwierigkeiten mit Radnov und Darobey. Sie haben irgendwie etwas spitzgekriegt und sind in die Wälder geflohen. Ich habe einen Suchtrupp hinterhergeschickt.«

Vorkosigan sah aus, als wollte er fluchen. »Hätte selbst gehen sollen«, murmelte er. »Hatten sie Waffen?«

»Sie hatten beide ihre Disruptoren dabei. Wir haben ihre Plasmabögen an uns genommen.«

»Also gut. Ich will hier unten keine Zeit mehr vergeuden. Rufen Sie Ihre Patrouille zurück und verschließen Sie alle Höhleneingänge. Die beiden können herausfinden, wie es ihnen gefällt, ein paar Nächte in den Wäldern zu verbringen.« Seine Augen funkelten bei dieser Vorstellung. »Wir können sie später aufsammeln. Sie können nirgendwohin abhauen.«

Cordelia schob Dubauer vor sich her in das Shuttle, einen nackten und ziemlich klapprigen Truppentransporter, und setzte ihn auf einen freien Platz. Mit der Ankunft der letzten Patrouille schien das Shuttle mit Barrayaranern vollgestopft zu sein. Dazu gehörte auch der Haufen resignierter Gefangener; den glücklosen Untergebenen der entflohenen Rädelsführer waren die Hände auf den Rücken gefesselt. Die Soldaten schienen alle große und muskulöse junge Männer zu sein. Tatsächlich war Vorkosigan der kleinste, den sie bis jetzt zu Gesicht bekommen hatte.

Die Barrayaraner starrten Cordelia neugierig an, und sie schnappte Gesprächsfetzen in zwei oder drei Sprachen auf. Es war nicht schwer, ihren Inhalt zu erraten, und sie lächelte etwas grimmig. Die Jugend, so schien es, war voller Illusionen darüber, wieviel sexuelle Energie zwei Leute übrig hatten, während sie vierzig oder mehr Kilometer am Tag marschierten, mit einer Gehirnerschütterung, benommen, erkrankt, mit ungenügender Ernährung und wenig Schlaf, wobei sie sich abwechselnd um einen Verwundeten kümmern und dafür Sorge tragen mußten, daß sie nicht zum Abendfraß aller Fleischfresser in der Umgegend wurden – und dabei noch einen Überraschungscoup für das Ende planten. Alte Leute noch dazu, dreiunddreißig und über vierzig. Sie lachte bei sich, schloß die Augen und damit alle anderen aus.

Vorkosigan kam aus dem Cockpit zurück und ließ sich auf den Sitz neben ihr gleiten. »Geht es Ihnen gut?«

Sie nickte ihm zu. »Ja. Ich bin ziemlich überwältigt von all diesen Horden von Jungen. Ich glaube, ihr Barrayaraner seid die einzigen, die keine gemischten Mannschaften haben. Ich frage mich, warum.«

»Teils Tradition, teils um eine aggressive Einstellung wachzuhalten. Die haben Sie doch nicht etwa belästigt?«

»Nein, nur amüsiert. Ich frage mich, ob sie erkennen, wie sie benutzt werden?«

»Nicht im geringsten. Sie denken, sie seien die Kaiser der Welt.«

»Die armen Lämmer.«

»So würde ich sie nicht bezeichnen.«

»Ich dachte an die Tieropfer.«

»Ach ja. Das trifft es schon eher.«

Die Motoren des Shuttles begannen zu heulen, und sie stiegen in die Luft. Sie umrundeten einmal den Bergkrater, dann flogen sie nach Osten und hinauf in den Himmel. Cordelia beobachtete durch das Fenster, wie das Land, das sie so qualvoll zu Fuß durchquert hatten, unter ihnen in soviel Minuten vorbeihuschte, wie sie Tage gebraucht hatten. Sie stiegen über jenem großen Berg in die Höhe, wo Rosemont lag und verweste. Cordelia konnte noch sehen, wie die Schneekappe und die Gletscher in der untergehenden Sonne orangerot schimmerten. Sie flogen weiter gen Osten durch die Abenddämmerung und durch die dunkle Nacht. Der Horizont krümmte sich weg, und dann drangen sie in den ewigen Tag des Weltraums ein.

Als sie sich dem Warteorbit der *General Vorkraft* näherten, verließ Vorkosigan Cordelia wieder, um nach vorn zu gehen und die Aufsicht zu übernehmen. Er schien sich von ihr zurückzuziehen, war wieder eingefügt in das Geflecht von Männern und Pflichten, aus dem er gerissen worden war. Nun ja, sicherlich würden sie einige ruhige Stunden miteinander haben in den Monaten, die vor ihnen lagen. Eine ganze Menge Monate, nach dem, was Gottyan gesagt hatte. Tu so, als wärest du Anthropologin, sagte sie zu sich selbst, die die wilden Barrayaraner studiert. Nimm es als einen Urlaub – du wolltest nach dieser Erkundungsfahrt sowieso einen langen Urlaub nehmen. Nun gut, hier ist er. Ihre Finger zogen unwillkürlich lose Fäden aus dem Sitz, und mit einem Stirnrunzeln unterdrückte sie diese Bewegung.

Sie dockten sehr sauber an, und die Schar der massigen Soldaten stand auf, sammelte ihre Ausrüstung ein und polterte hinaus. Koudelka erschien neben ihr und teilte ihr mit, daß er ihr als Führer zugeteilt sei. Wohl eher als Wächter, dachte sie, oder Babysitter – sie kam sich in diesem Augenblick nicht sehr gefährlich vor. Sie nahm Dubauer und folgte Koudelka an Bord von Vorkosigans Schiff.

Es roch anders als ihr Erkundungsschiff und war kälter. Überall nacktes, unbemaltes Metall und kostensparender Verzicht auf Bequemlichkeit und Ausstattung: ein Unterschied wie zwischen einem Wohnzimmer und einem Umkleideraum. Ihr erstes Ziel war die Krankenstation, um Dubauer dort unterzubringen. Die Station war eine Folge von sauberen, nüchternen Räumen, viel größer – selbst proportional – als die Krankenstation ihres Schiffs und für die Behandlung einer Menge Leute eingerichtet. Jetzt war sie fast leer, abgesehen vom leitenden Sanitätsoffizier, ein paar Sanitätern, die ihre Dienststunden mit Inventur totschlugen, und einem einzelnen Soldaten mit gebrochenem Arm, der sich die Beine in den Bauch stand und zuschaute. Der Arzt, von dem Cordelia vermutete, daß er mehr Erfahrungen mit Disruptorverletzungen hatte als ihr eigener Sanitätsoffizier, untersuchte Dubauer, dann wurde der Fähnrich den Sanitätern übergeben, damit sie ihn wuschen und zu Bett brachten.

»Sie werden bald noch einen Patienten bekommen«, sagte Cordelia zu dem Arzt, der einer von Vorkosigans vier Männern über vierzig war. »Ihr Kapitän hat eine wirklich üble Infektion an seinem Schienbein. Sie ist systemisch geworden. Und dann, ich weiß zwar nicht, was diese kleinen blauen Pillen sind, die ihr in euren Medizinbeuteln habt, aber nach dem, was er sagte, dürfte die, die er heute morgen genommen hat, jetzt bald ihre Wirkung verlieren.«

»Dieses verdammte Gift«, murrte der Arzt. »Sicherlich, es ist wirksam, aber man könnte etwas weniger Ermüdendes finden. Gar nicht zu reden von den Schwierigkeiten, die wir damit haben, wenn einer nicht mehr davon loskommt.«

Cordelia hatte den Verdacht, daß letzteres die Crux der Sache war. Der Arzt machte sich daran, den Antibiotika-Synthesizer in Betrieb zu nehmen und ihn für die Programmierung vorzubereiten. Cordelia beobachtete, wie der ausdruckslose Dubauer zu Bett gebracht wurde; dies war für ihn der Beginn, überlegte sie, einer endlosen Folge von Krankenhaustagen, so gerade und gleichförmig wie ein Tunnel, bis ans Ende seines Lebens. Der kalt flüsternde Zweifel, ob sie ihm einen Dienst erwiesen hatte, würde von jetzt an immer zu ihrem Vorrat an Gedanken für schlaflose Nächte gehören. Sie trödelte eine Weile bei ihm herum, denn sie wartete heimlich auf die Ankunft ihres anderen Expatienten.

Vorkosigan kam schließlich herein, begleitet oder tatsächlich schon gestützt von ein paar anderen Offizieren, denen sie noch nicht begegnet war, und erteilte Befehle. Er hatte offensichtlich seine Zeit zu knapp kalkuliert, denn er sah jetzt erschreckend schlecht aus. Er war weiß im Gesicht, schwitzte und zitterte, und Cordelia dachte, sie könnte jetzt schon sehen, wo die Falten sein Gesicht durchziehen würden, wenn er siebzig wäre.

»Hat man sich noch nicht um Sie gekümmert?« fragte er, als er sie sah. »Wo ist Koudelka? Ich dachte, ich hätte ihm gesagt... – oh, da sind Sie ja. Sie bekommt die Admiralskabine. Hatte ich das schon gesagt? Und gehen Sie bei der Kleiderkammer vorbei und besorgen Sie ihr etwas zum Anziehen. Und ein Abendessen. Und eine neue Ladung für ihren Betäuber.«

»Mir geht es gut. Sollten Sie sich nicht lieber selbst hinlegen?« sagte Cordelia besorgt.

Vorkosigan, immer noch auf den Beinen, wanderte im Kreis herum wie ein Aufziehspielzeug mit einer beschädigten Spiralfeder. »Ich muß Bothari rauslassen«, murmelte er. »Er wird jetzt schon Halluzinationen haben.«

»Sie haben das gerade veranlaßt, Sir«, erinnerte ihn einer der Offiziere. Der Sanitätsoffizier fing seinen Blick auf und nickte vielsagend in Richtung auf den Untersuchungstisch. Zusammen unterbrachen sie Vorkosigan in seinem Rundgang, beförderten ihn mit sanfter Gewalt auf den Untersuchungstisch und brachten ihn dazu, sich hinzulegen.

»Es sind diese verdammten Pillen«, erklärte der Arzt Cordelia, aus Mitleid mit ihrem besorgten Blick. »Er wird am Morgen in Ordnung sein, abgesehen von Lethargie und höllischen Kopfschmerzen.«

Der Arzt wandte sich wieder seiner Aufgabe zu, schnitt die stramme Hose von dem geschwollenen Bein weg und fluchte leise über das, was er darunter vorfand. Koudelka warf einen Blick über die Schulter des Arztes und wandte sich dann wieder Cordelia zu, mit einem falschen Lächeln im grünen Gesicht.

Cordelia nickte und zog sich widerstrebend zurück; sie überließ Vorkosigan den Händen seiner Fachleute. Koudelka, der seine Rolle als Kurier zu genießen schien, obwohl ihm dadurch das Schauspiel der Rückkehr seines Kapitäns an Bord entgangen war, führte sie zum Materiallager, wo sie neue Kleidung bekam, verschwand mit ihrem Betäuber und brachte ihn pflichtgemäß voll aufgeladen zurück. Das schien ihm allerdings gegen den Strich zu gehen.

»Ich kann damit sowieso nicht viel anstellen«, sagte sie auf seinen mißtrauischen Blick hin.

»Nein, nein, der Alte hat gesagt, daß Sie ihn haben sollten. Ich werde mich mit ihm nicht über Gefangene streiten. Das ist bei ihm ein heikles Thema.«

»Das habe ich schon gehört. Ich darf darauf hinweisen, wenn Ihnen das hilft, die Dinge im richtigen Rahmen zu sehen, daß unsere beiden Regierungen sich nicht im Krieg miteinander befinden, soweit ich weiß, und daß ich unrechtmäßig in Haft gehalten werde.«

Koudelka zerbrach sich den Kopf über diesen Versuch einer Berichtigung seines Standpunktes, dann ließ er ihn unschuldig an seiner unerschütterlichen Denkweise abprallen. Er nahm ihre neue Ausstattung und führte sie zu ihrem Quartier.

KAPITEL 5

Als Cordelia am nächsten Morgen aus ihrer Kabine trat, fand sie einen Wächter davor postiert. Sie reichte ihm gerade bis zu seinen breiten Schultern. Sein Gesicht erinnerte sie an einen überzüchteten Barsoi: es war schmal, hatte eine Hakennase und zu nahe beieinanderstehende Augen. Sie erinnerte sich sofort, wo sie diesen Mann schon einmal gesehen hatte: von weitem an einem schattigen Waldrand, und einen Augenblick lang spürte sie die Angst, die von dieser Begegnung zurückgeblieben war.

»Sergeant Bothari?« sagte sie auf gut Glück.

Er salutierte vor ihr, der erste Barrayaraner, der dies tat. »Madame«, sagte er und fiel wieder in Schweigen.

»Ich will zur Krankenstation gehen«, sagte sie unsicher.

»Jawohl, Madame.« Seine Stimme war ein tiefer Baß, und er sprach in einem monotonem Tonfall. Er machte eine schneidige Kehrtwendung und ging voran. Cordelia vermutete, daß er Koudelka in der Rolle ihres Führers und Aufsehers abgelöst hatte, und so trottete sie hinter ihm her. Sie war noch nicht ganz darauf vorbereitet, mit ihm eine zwanglose Unterhaltung zu führen, deshalb stellte sie ihm unterwegs keine Fragen. Er blieb bei seinem Schweigen. Als sie ihn beobachtete, kam ihr der Gedanke, daß der Wachtposten vor ihrer Tür vielleicht nicht nur mit ihrer Kontrolle beauftragt war, sondern ebenso sehr mit ihrem Schutz. Sie spürte plötzlich das Gewicht des Betäubers an ihrer Hüfte.

In der Krankenstation saß Dubauer, in eine schwarze Arbeitsuniform ohne Abzeichen gekleidet, wie Cordelia sie auch bekommen hatte. Sein Haar war geschnitten, und man hatte ihn rasiert. Sicher war die leibliche Pflege, die er bekam, in Ordnung. Sie sprach eine Weile zu ihm, bis ihre eigene Stimme in ihren Ohren albern klang. Er blickte sie an, zeigte aber sonst kaum eine Reaktion.

Auf dem Rückweg erblickte sie zufällig Vorkosigan in einem privaten Zimmer abseits vom Haupttrakt. Er winkte ihr, sie solle hereinkommen. Er hatte einen einfachen grünen Pyjama im Standardschnitt an, saß im Bett und fingerte mit einem Lichtgriffel an einem Computerterminal herum, das über sein Bett geschwenkt war. Obwohl er fast zivil gekleidet war und weder Stiefel noch Waffen trug, machte er seltsamerweise den gleichen Eindruck auf sie wie zuvor. Er hätte vielleicht auch splitternackt weitermachen können und dabei den Leuten um ihn herum nur das Gefühl vermittelt, sie seien zu förmlich gekleidet. Als sie sich diese Szene insgeheim vorstellte, mußte sie lächeln; sie grüßte ihn mit einer flüchtigen Handbewegung. Neben dem Bett stand einer der Offiziere, die ihn am Abend zuvor zur Krankenstation begleitet hatten.

»Kommandantin Naismith, dies ist Major Vorkalloner, mein Zweiter Offizier. Entschuldigen Sie mich einen Moment; Kapitäne mögen kommen und gehen, aber der Verwaltungskram höret niemals auf.«

»Amen.«

Vorkalloner schaute aus wie der typische barrayaranische Berufssoldat; er hätte direkt einer Werbeanzeige entstiegen sein können. Aber in seinen Gesichtszügen zeigte sich auch ein gewisser ursprünglicher Humor, der Cordelia wünschen ließ, Fähnrich Koudelka möge in zehn oder zwölf Jahren ähnlich aussehen.

»Kapitän Vorkosigan spricht sehr gut von Ihnen«, sagte Vorkalloner im Plauderton. Es entging ihm, daß sein Kapitän bei dieser Eröffnung die Stirn leicht runzelte. »Ich nehme an, wenn wir schon nur einen einzigen Betaner fangen konnten, dann waren Sie die beste Wahl.«

Vorkosigan zuckte zusammen. Cordelia signalisierte ihm mit einem leichten Kopfschütteln, er solle den

Fauxpas ignorieren. Er zuckte die Achseln und begann, etwas auf seiner Tastatur einzutippen.

»Solange alle meine Leute sicher nach Hause unterwegs sind, werde ich es als einen fairen Tausch betrachten. Fast alle, jedenfalls.« Es war ihr, als spürte sie einen kalten Hauch von Rosemonts Geist, und Vorkalloner erschien ihr plötzlich weniger unterhaltsam. »Warum waren Sie alle überhaupt so scharf darauf, uns einzufangen?«

»Das war natürlich ein Befehl«, sagte Vorkalloner einfach, wie ein Fundamentalist aus alten Zeiten, der jede Frage mit der Tautologie beantwortete: »Weil Gott es so gemacht hat.« Dann schien ein leichter agnostischer Zweifel über sein Gesicht zu huschen. »Tatsächlich dachte ich, der Wachdienst hier sei für uns eine Art Bestrafung«, scherzte er.

Diese Bemerkung weckte Vorkosigans Humor. »Etwa für deine Sünden? Dein Weltbild ist zu egozentrisch, Aristede.« Er überließ es Vorkalloner, diesen Einwurf zu enträtseln, und wandte sich Cordelia zu: »Ihre Verhaftung sollte ohne Blutvergießen erfolgen. Das hätte auch geklappt, wenn nicht diese andere kleine Geschichte dazwischengekommen wäre. Für manchen hat diese Entschuldigung keine Bedeutung mehr«, er dachte dabei offensichtlich daran, wie sie Rosemont in kalter Finsternis begraben hatten, »aber das ist die einzige Wahrheit, die ich Ihnen anzubieten habe. Meine Verantwortung wird trotz alledem nicht geringer. Ich bin sicher, irgend jemand im Oberkommando wird auf diesen Punkt hinweisen, wenn das hier ankommt.« Er lächelte säuerlich und setzte sein Tippen fort.

»Nun, ich kann nicht sagen, daß ich es bedauere, die Invasionspläne Ihrer Oberen durcheinandergebracht zu haben«, sagte sie kühn. Mal sehen, was das für Reaktionen hervorruft...

»Was für eine Invasion?« fragte Vorkalloner, mit einemmal hellwach.

»Ich hatte befürchtet, daß Sie sich das zusammenreimen würden, sobald Sie die Lagerhöhlen sehen«, sagte Vorkosigan zu ihr gewandt. »Als wir losflogen, wurde noch heiß darüber debattiert, und die Expansionisten benützten das Argument vom günstigen Vorsprung durch einen Überraschungscoup als großen Knüppel, um auf die Friedenspartei einzudreschen. Wenn ich als Privatperson spreche – nun ja, das Recht dazu habe ich nicht, solange ich in Uniform bin. Lassen wir das also.«

»Was für eine Invasion?« bohrte Vorkalloner erwartungsvoll nach.

»Wenn wir Glück haben, keine«, antwortete Vorkosigan und erlaubte sich ein wenig Offenheit. »Eine davon hat für ein ganzes Leben gereicht.« Er schien seinen Blick nach innen zu richten, auf unangenehme persönliche Erinnerungen.

Vorkalloner kam diese Haltung des Helden von Komarr offensichtlich rätselhaft vor. »Es war ein großer Sieg, Sir. Mit sehr wenigen tödlichen Verlusten.«

»Auf unserer Seite, ja.« Vorkosigan tippte seinen Bericht zu Ende und signierte ihn, dann rief er ein anderes Formular auf und begann, mit dem Lichtgriffel darauf etwas einzugeben.

»Das ist doch der Sinn des Ganzen, oder?«

»Das hängt davon ab, ob man dort bleiben oder nur durchmarschieren will. Auf Komarr bleibt eine sehr heikle politische Erblast zurück. Nicht die Art von Erbe, die ich der nächsten Generation anvertrauen möchte. Wie sind wir eigentlich auf dieses Thema gekommen?« Er beendete die Eingabe am Formular.

»Wo sollte eine Invasion stattfinden?« fragte Cordelia hartnäckig.

»Warum habe ich nichts darüber gehört?« fragte Vorkalloner.

»Laut Befehl ist das eine geheime Information, und sie darf nur im Generalstab, im Zentralausschuß der beiden Räte und beim Kaiser erörtert werden. Das bedeutet, dieses Gespräch macht hier halt, Aristede.«

Vorkalloner warf Cordelia einen scharfen Blick zu. »*Sie* gehört nicht zum Generalstab. Wenn ich daran denke …«

»Auch ich gehöre nicht mehr dazu«, gestand Vorkosigan ein. »Was unseren Gast angeht, ich habe ihr nichts gesagt, worauf sie nicht durch eigene Schlüsse kommen könnte. Was mich angeht, so hatte man meine Meinung wissen wollen über bestimmte Aspekte. Sie gefiel den Herren nicht, als sie sie erfuhren, aber sie hatten ja danach gefragt.« Sein Lächeln war alles andere als nett.

»Ist das der Grund, warum Sie in die Wildnis geschickt wurden?« fragte Cordelia scharfsichtig; sie hatte das Gefühl, daß sie zu kapieren begann, wie die Dinge auf Barrayar liefen. »Also hatte Major Vorkalloner doch recht mit dem, was er übers Wacheschieben sagte. Hat ein … hm … gewisser alter Freund Ihres Vaters Sie nach Ihrer Meinung gefragt?«

»Sicherlich hat nicht der Ministerrat danach gefragt«, sagte Vorkosigan, aber er ließ sich nicht mehr entlocken und wechselte entschlossen das Thema. »Haben meine Männer Sie korrekt behandelt?«

»Ja, alles okay.«

»Mein Arzt schwört, er wird mich heute nachmittag entlassen, wenn ich brav bin und heute vormittag im Bett bleibe. Darf ich später an Ihrer Kabine vorbeikommen, um mit Ihnen unter vier Augen zu sprechen? Es gibt da einiges, was ich klären muß.«

»Sicher«, erwiderte sie und dachte, daß diese Bitte sehr ominös klang.

Der Arzt kam herein und beschwerte sich: »Sie sollten sich ausruhen, Sir.« Er warf Cordelia und Vorkalloner ungehaltene Blicke zu.

»Oh, ist schon gut. Schicken Sie das mit dem nächsten Kurier mit, Aristede«, Vorkosigan zeigte auf den

Schirm, »zusammen mit den Aussagen und den formellen Beschuldigungen.«

Der Doktor trieb sie hinaus. Vorkosigan begann wieder zu tippen.

Cordelia wanderte den Rest des Vormittags im Schiff herum und erkundete die Grenzen ihrer Bewegungsfreiheit. Vorkosigans Schiff war ein verwirrendes Labyrinth von Korridoren, abschottbaren Ebenen, Rohren und engen Türen, die man, wie sie schließlich erkannte, dafür entworfen hatte, daß sie auch im Einzelkampf gegen Prisenkommandos verteidigt werden konnten. Sergeant Bothari ging mit langsamen Schritten neben ihr her, stumm wie der Schatten des Todes. Wenn sie sich jedoch anschickte, in eine verbotene Tür oder einen verbotenen Korridor einzubiegen, blieb er abrupt stehen und sagte: »Nein, Madame.« Es war ihr allerdings auch nicht erlaubt, irgend etwas anzurühren, wie sie herausfand, als sie leicht mit der Hand über eine Steuertafel streifte, was ein weiteres monotones »Nein, Madame« von Bothari hervorrief. Sie kam sich dabei vor wie ein zweijähriges Kind, das man auf einen Spaziergang mitgenommen hat.

Sie machte einen Versuch, ihn aus seiner Reserve zu locken.

»Haben Sie schon lange unter Kapitän Vorkosigan gedient?« fragte sie munter.

»Ja, Madame.«

Schweigen. Sie versuchte es noch einmal. »Mögen Sie ihn?«

»Nein, Madame.«

Schweigen.

»Warum nicht?« Darauf wenigstens konnte er nicht mit Ja oder Nein antworten. Eine Zeitlang dachte sie, er würde überhaupt nicht antworten, aber schließlich rückte er heraus mit: »Er ist ein Vor.«

»Ein Klassenkonflikt?« wollte sie wissen.

»Ich mag keine Vors.«

»Ich bin keine Vor«, gab sie zu bedenken.

Er blickte düster durch sie hindurch. »Sie sind wie eine Vor, Madame.«

Entnervt gab sie auf.

Am Nachmittag machte sie es sich auf ihrem schmalen Bett bequem und begann zu erforschen, was der Bibliothekscomputer ihr anzubieten hatte. Sie wählte ein Vid mit dem harmlosen Grundschultitel ›Menschen und Gegenden von Barrayar‹ und rief es auf.

Seine Schilderung war so banal, wie der Titel es versprochen hatte. Nach ihren betanischen Maßstäben war Barrayar eine grüne, angenehme, sonnenbeschienene Welt. Die Menschen bewegten sich im Freien ohne Nasenfilter, Atemgeräte oder Hitzeschilde im Sommer. Das Klima und der Boden waren außerordentlich vielseitig, es gab echte Ozeane mit einer von einem Mond beeinflußten Tide, ganz im Gegensatz zu den flachen Salzpfützen, die bei ihr zu Hause schon als Seen galten.

An ihrer Tür klopfte es. Sie rief: »Herein.« Vorkosigan erschien und grüßte sie mit einem Nicken. Seltsame Tageszeit für die Ausgehuniform, dachte sie, aber ich muß schon sagen, er macht was her. Hübsch, sehr hübsch. Sergeant Bothari begleitete ihn und blieb gleichmütig außerhalb der halb geöffneten Tür stehen. Vorkosigan ging einen Moment im Zimmer herum, als suchte er etwas. Schließlich räumte er ihr Lunchtablett ab und benutzte es, um die Tür einen schmalen Spalt offenzuhalten. Bei dieser Maßnahme runzelte Cordelia die Stirn.

»Ist das wirklich notwendig?«

»Ich glaube schon. Es wird jetzt schon soviel geklatscht, daß ich bestimmt bald mit einem Witz über die Privilegien des Ranges konfrontiert wäre, und dann könnte ich nicht so tun, als hätte ich ihn überhört, und ich müßte den unglücklichen … hm … Witzbold in die

Pfanne hauen. Aber ich habe sowieso eine Aversion gegen geschlossene Türen. Man weiß ja nie, was auf der anderen Seite los ist.«

Cordelia lachte geradeheraus. »Das erinnert mich an den alten Witz, wo das Mädchen sagt: ›Tun wir's nicht, aber erzählen wir allen, wir hätten's getan.‹«

Vorkosigan schnitt eine zustimmende Grimasse, setzte sich auf den festgeschraubten Drehstuhl an dem Metalltisch, der an der Wand befestigt war, und drehte sich so herum, daß er ihr das Gesicht zuwandte. Er lehnte sich zurück, streckte die Beine vor sich aus und machte ein ernstes Gesicht. Cordelia reckte den Kopf und lächelte erwartungsvoll. Er begann das Gespräch indirekt, indem er mit dem Kopf auf den Bildschirm zeigte, der über ihr Bett geschwenkt war. »Was haben Sie sich angeschaut?«

»Barrayaranische Geographie. Eine schöne Welt. Waren Sie je an den Ozeanen?«

»Als ich ein kleiner Junge war, pflegte meine Mutter mich jeden Sommer nach Bonsanklar mitzunehmen. Es war eine Art Erholungsort der Oberklasse, mit einer Menge jungfräulicher Wälder, die sich hinter der Stadt bis in die Berge hinaufzogen. Mein Vater war meistens fort, in der Hauptstadt oder bei seinem Korps. Der Mittsommertag war der Geburtstag des alten Kaisers, und da gab es immer das phantastischste Feuerwerk – zumindest erschien es mir damals so – draußen über dem Ozean. Die ganze Stadt begab sich hinaus auf die Esplanade. Niemand war bewaffnet, denn am Geburtstag des Kaisers waren keine Duelle erlaubt. Und ich durfte in der ganzen Gegend frei herumlaufen.« Er blickte über die Spitzen seiner Stiefel auf den Boden. »Ich bin seit Jahren nicht mehr dort gewesen. Ich würde Sie dorthin gern einmal mitnehmen, zum Mittsommerfest, falls sich dazu Gelegenheit bieten sollte.«

»Mir würde das sehr gefallen. Kehrt Ihr Schiff bald nach Barrayar zurück?«

»Vorerst nicht, fürchte ich. Ihnen steht eine lange Frist der Gefangenschaft bevor. Aber wenn wir in Anbetracht der Flucht Ihres Schiffes heimkehren, dann dürfte es keinen Grund mehr für die Fortsetzung Ihrer Internierung geben. Sie werden vermutlich entlassen; dann können Sie sich in der betanischen Botschaft melden und heimreisen. Falls Sie es wünschen.«

»Falls ich es wünsche!« Sie lachte ein bißchen und lehnte sich gegen ihr hartes Kissen. Er betrachtete aufmerksam ihr Gesicht. Seine Haltung wirkte ziemlich entspannt, aber einer der gestiefelten Füße klopfte nervös auf den Boden. Sein Blick glitt zu den Stiefelspitzen, er runzelte die Stirn, und die Bewegung hörte auf. »Warum sollte ich es nicht wünschen?«

»Ich dachte, wenn wir auf Barrayar ankommen und Sie frei sind, dann könnten Sie es sich vielleicht überlegen und dableiben.«

»Für Besuche in – wie heißt es noch mal? – Bonsanklar, und so weiter? Ich weiß nicht, wieviel Urlaub ich noch haben werde, aber … – sicherlich, ich sehe gerne neue Orte. Ich würde mir gern Ihren Planeten anschauen.«

»Ich meine keinen Besuch. Sondern für dauernd. Als … als Lady Vorkosigan.« Sein Gesicht hellte sich auf, aber er lächelte gequält. »Ach, ich verpfusche es noch. Ich verspreche Ihnen, ich werde nie wieder über die Betaner denken, daß sie Feiglinge sind. Und Ihre Sitten erfordern mehr Mut als die selbstmörderischsten Mutproben unserer Jungs.«

Sie ließ ihren Atem langsam durch ihre geschürzten Lippen entweichen. »Sie geben sich nicht mit Kleinigkeiten zufrieden, nicht wahr?« Sie fragte sich, woher wohl die Redewendung käme von dem Herzen, das einem im Leibe hüpft. Ihr kam es jetzt eher vor, als fiele ihr Magen ins Bodenlose. Ein Schwindelgefühl packte sie, und jäh erwachte ihr Körperempfinden; seiner Körperlichkeit war sie sich schon überwältigend bewußt.

Er schüttelte den Kopf. »Ich will keine Kleinigkeiten, nicht für Sie, nicht mit Ihnen. Sie sollten das Beste bekommen. Ich bin wohl kaum der Beste, das müssen Sie ja jetzt schon wissen. Aber zumindest kann ich Ihnen das Beste anbieten, was ich habe. Liebe K-Kommandantin, bin ich zu plötzlich, nach betanischen Maßstäben? Schon seit Tagen warte ich auf die passende Gelegenheit, aber es schien nie eine zu kommen.«

»Tage! Wie lange haben Sie so etwas schon gedacht?«

»Der Gedanke kam mir zum erstenmal, als ich Sie in der Schlucht sah.«

»Was, als ich in den Schlamm kotzte?«

Er mußte grinsen. »Mit großartiger Haltung. Als wir Ihren Offizier begraben hatten, war ich mir sicher.«

Sie rieb sich über die Lippen. »Hat Ihnen schon einmal jemand gesagt, daß Sie verrückt sind?«

»Nicht in diesem Zusammenhang.«

»Ich ... Sie haben mich aus der Fassung gebracht.«

»Nicht Sie beleidigt?«

»Nein, natürlich nicht.«

Er entspannte sich ganz leicht. »Sie müssen natürlich nicht jetzt sofort Ja oder Nein sagen. Es wird Monate dauern, bis wir zu Hause sind. Aber ich wollte nicht, daß Sie denken – es macht die Dinge etwas peinlich, da Sie meine Gefangene sind. Ich wollte nicht, daß Sie denken, ich wollte Sie demütigen.«

»Überhaupt nicht«, sagte sie matt.

»Es gibt noch ein paar andere Dinge, die ich Ihnen sagen sollte«, fuhr er fort. Seine Aufmerksamkeit war anscheinend wieder von seinen Stiefeln gefesselt. »Es wäre kein einfaches Leben. Seit ich Ihnen begegnet bin, habe ich darüber nachgedacht, daß eine Karriere, die sich damit beschäftigt, hinter dem Versagen der Politik aufzuräumen, wie Sie es formulierten, vielleicht alles in allem doch nicht die höchste Ehre bringt. Vielleicht sollte ich versuchen, das Versagen an seiner Wurzel zu verhindern. Das wäre gefährlicher als der Soldatenberuf – Risiken von Verrat, falschen Beschuldigungen, Attentaten, vielleicht sogar Exil, Armut, Tod. Faule Kompromisse mit schlimmen Menschen um eines bescheidenen guten Ergebnisses willen, und nicht einmal das wäre garantiert. Kein gutes Leben, aber wenn man Kinder hätte – besser ich als sie.«

»Sie verstehen es wirklich, einem Mädchen eine rosige Zukunft auszumalen«, sagte sie hilflos, rieb sich das Kinn und lächelte.

Vorkosigan blickte auf, seiner Hoffnung nicht sicher.

»Wie startet man eine politische Karriere auf Barrayar?« tastete Cordelia sich vorsichtig vor. »Ich nehme an, Sie denken daran, in den Fußstapfen Ihres Großvaters Prinz Xav zu folgen, aber wie bekommen Sie ein Amt ohne den Vorzug, ein kaiserlicher Prinz zu sein?«

»Es gibt drei Möglichkeiten: Kaiserliche Ernennung, Erbe, Aufstieg in der Hierarchie. Der Ministerrat bekommt seine besten Männer mit der dritten Methode. Das ist seine große Stärke, aber mir ist sie verschlossen. Der Rat der Grafen bekommt seine durch Erbfolge. Das ist mein sicherster Weg, aber da muß ich auf den Tod meines Vaters warten. Das kann lange dauern. Der Rat der Grafen ist sowieso eine zum Aussterben verurteilte Körperschaft, heimgesucht vom engstirnigsten Konservativismus und vollgestopft mit alten Fossilien, die sich nur damit beschäftigen, ihre Privilegien zu verteidigen. Ich bin mir nicht sicher, ob man auf lange Sicht überhaupt etwas mit den Grafen anfangen kann. Vielleicht sollte man ihnen endlich erlauben, aufs Altenteil abzuwackeln. – Bitte, zitieren Sie diesen Ausspruch nicht«, fügte er hinzu.

»Das ist eine äußerst seltsame Regierungskonstruktion.«

»Da wurde nichts konstruiert. Das hat sich so entwickelt.«

»Vielleicht brauchen Sie eine verfassungsgebende Versammlung.«

»Sie sprechen wie eine wahre Betanerin. Na ja, vielleicht brauchen wir eine, obwohl das in unserem Zusammenhang eher nach einem Rezept für Bürgerkrieg klingt. Bleibt also noch die kaiserliche Ernennung übrig. Da geht es schnell, aber mein Sturz könnte so plötzlich und spektakulär sein wie mein Aufstieg, falls ich den alten Mann beleidigen sollte oder falls er stirbt.« Seine Augen leuchteten kämpferisch, als er sprach, in seinen Gedanken schon bei Plänen. »Mein einziger Vorteil bei ihm ist, daß er ein offenes Wort schätzt. Ich weiß nicht, wie er auf den Geschmack gekommen ist, weil er ja nicht viel davon bekommt.

Wissen Sie, ich denke, Sie würden die Politik mögen, zumindest auf Barrayar. Vielleicht weil es dem so ähnlich ist, was wir anderswo Krieg nennen.

Es gibt allerdings ein unmittelbareres Problem, in bezug auf Ihr Schiff und einige andere Angelegenheiten...«, er verlor an Schwung und hielt inne. »Vielleicht – vielleicht ist es unlösbar. Es ist vielleicht wirklich voreilig von mir, über Heirat zu reden, bevor ich weiß, wie das ausgeht. Aber ich konnte nicht zulassen, daß Sie weiter denken... – was *haben* Sie überhaupt gedacht?«

Sie schüttelte den Kopf. »Ich glaube nicht, daß ich das jetzt sagen will. Eines Tages werde ich es Ihnen sagen. Ich glaube nicht, daß es Ihnen mißfallen wird.«

Er akzeptierte das mit einem leichten, hoffnungsvollen Nicken und fuhr fort: »Ihr Schiff...«

Sie runzelte beunruhigt die Stirn. »Sie werden doch nicht etwa in Schwierigkeiten geraten, weil mein Schiff davongekommen ist, oder?«

»Das *war* genau die Situation, die wir hier draußen verhindern sollten. Die Tatsache, daß ich zu diesem Zeitpunkt bewußtlos war, dürfte einen mildernden Umstand bilden. Das Gegengewicht dazu sind die Ansichten, die ich im Rat des Kaisers geäußert habe. Es dürfte der Verdacht aufkommen, daß ich das Schiff absichtlich entkommen ließ, um ein Abenteuer zu sabotieren, das ich zutiefst ablehne.«

»Eine weitere Degradierung?«

Er lachte. »Ich war der jüngste Admiral in der Geschichte unserer Flotte – ich könnte auch als ihr ältester Fähnrich enden. Aber nein«, er wurde nüchtern, »ich werde so gut wie sicher von der Kriegspartei in den Ministerien des Verrats beschuldigt werden. Bis das geklärt ist, auf die eine oder andere Weise«, er blickte ihr in die Augen, »dürfte es auch schwierig sein, irgendwelche persönlichen Dinge zu regeln.«

»Ist Verrat ein Kapitalverbrechen auf Barrayar?« fragte sie, auf morbide Weise neugierig.

»O ja. Öffentliche Zurschaustellung und Tod durch Verhungern.« Auf ihren erschrockenen Blick hin hob er spöttisch die Augenbrauen. »Falls es Sie tröstet: hochgeborenen Verrätern scheint man immer irgendein nettes Mittel für einen privaten Selbstmord hineinzuschmuggeln, vor dem Ereignis. Das verhindert, daß unnötigerweise öffentliche Sympathie geweckt wird. Ich glaube, ich würde ihnen allerdings die Befriedigung nicht geben. Soll die Prozedur doch öffentlich sein und so unangenehm und öde und peinlich, wie's nur irgendwie geht.« Er sah beängstigend übermütig aus.

»Würden Sie die Invasion sabotieren, wenn Sie könnten?«

Er schüttelte den Kopf, sein Blick ging in die Ferne. »Nein. Ich bin ein Mann, der einer Autorität untersteht. Das ist es, was die Silbe am Beginn meines Namens bedeutet. Solange die Frage noch debattiert wird, werde ich fortfahren, meinen Standpunkt zu vertreten. Aber wenn der Kaiser seinen Befehl gibt, dann werde ich gehen, ohne zu fragen. Die Alternative wäre ein Chaos im Staat, und davon haben wir schon genug gehabt.«

»Was ist bei dieser Invasion anders? Mit Komarr müssen Sie doch einverstanden gewesen sein, sonst hätte man Sie nicht damit beauftragt.«

»Komarr war eine einmalige Gelegenheit, fast ein Lehrbuchfall. Als ich die Strategie für seine Eroberung entwarf, machte ich von diesen Chancen maximalen Gebrauch.« Er zählte die Punkte an seinen kräftigen Fingern ab. »Eine geringe Bevölkerung, ganz in den klimakontrollierten Städten konzentriert. Kein Platz für Guerillakämpfer, wo sie sich zurückziehen und neu gruppieren könnten. Keine Verbündeten – wir waren nicht die einzigen, deren Handel durch die geldgierigen Zölle der Komarraner gedrosselt wurde. Alles, was ich tun mußte, war nur, durchsickern zu lassen, daß wir den komarranischen Zoll von fünfundzwanzig Prozent auf alle Transporte durch ihre Verbindungspunkte im Raumgeflecht auf fünfzehn senken würden, und die Nachbarn, die den Komarranern hätten helfen sollen, waren auf unserer Seite. Keine Schwerindustrie. Fett und faul von einem Leben aus unverdientem Einkommen – sie wollten nicht einmal für sich selbst kämpfen, bis diese armseligen Söldner, die sie angeheuert hatten, herausfanden, mit wem sie es zu tun hatten, und sich aus dem Staub machten. Wenn ich freie Hand gehabt hätte und etwas mehr Zeit, dann hätte Komarr, denke ich, erobert werden können, ohne einen einzigen Schuß abzufeuern. Ein perfekter Krieg wäre das geworden, aber der Ministerrat war zu ungeduldig.« Vor seinem inneren Auge erschienen bildhaft die Frustrationen aus seiner Erinnerung, und er blickte mit gerunzelter Stirn in die Vergangenheit. »Dieser andere Plan – nun ja, ich glaube, Sie werden es verstehen, wenn ich Ihnen sage, daß es um Escobar geht.«

Das war ein Schock. Cordelia setzte sich auf. »Barrayar hat einen Sprung durch diesen Lokalraum nach Escobar gefunden?« Kein Wunder dann, daß die Barrayaraner ihre Entdeckung dieses Planeten nicht bekanntgegeben hatten. Von all den Möglichkeiten, die sie in ihren Gedanken erwogen hatte, war dies die allerletzte gewesen. Escobar war eine der bedeutenden

Naben in dem Netzwerk von Wurmlochausgängen, das die verstreute Menschheit miteinander verknüpfte. Groß, alt, reich, gemäßigt, zählte es auch Kolonie Beta selbst zu seinen vielen Nachbarn. »Die sind ja verrückt!«

»Wissen Sie, das ist fast genau, was ich sagte, bevor der Minister des Westens zu schreien anfing und Graf Vortala drohte – nun ja, ziemlich grob zu ihm wurde. Vortala kann, ohne wirklich zu fluchen, unangenehmer werden als jeder andere Mann, den ich kenne.«

»Kolonie Beta würde auf jeden Fall hineingezogen werden. Natürlich, die Hälfte unseres interstellaren Handels geht über Escobar. Und Tau Ceti Fünf. Und Jackon's Whole.«

»Mindestens, denke ich«, Vorkosigan nickte zustimmend. »Die Idee war, eine schnelle Operation durchzuführen und Escobars mögliche Verbündete vor vollendete Tatsachen zu stellen. Da ich ja bestens mit allem vertraut bin, was mit meinem ›perfekten‹ Plan für Komarr falsch lief, sagte ich ihnen, daß sie träumten, oder so ähnlich.« Er schüttelte den Kopf. »Ich wünschte mir, ich hätte mich besser beherrscht. Ich könnte immer noch dort sein und dagegen argumentieren. Statt dessen wird jetzt gerade, soweit ich weiß, die Flotte bereitgemacht. Und je weiter die Vorbereitungen gediehen sind, desto schwerer werden sie aufzuhalten sein.« Er seufzte.

»Krieg«, überlegte Cordelia, außerordentlich beunruhigt. »Ihnen ist klar, wenn Ihre Flotte startet – wenn Barrayar in den Krieg zieht gegen Escobar –, dann wird man bei uns zu Hause Navigatoren brauchen. Selbst wenn Kolonie Beta nicht direkt in den Kampf verwickelt wird, werden wir den Escobaranern sicher Waffen verkaufen, technische Unterstützung, Schiffsladungen mit Nachschub ...«

Vorkosigan wollte etwas erwidern, doch er sprach es nicht aus. »Vermutlich würdet ihr das tun«, sagte er dann düster. »Und wir würden versuchen, euch zu blockieren.«

In dem Schweigen, das folgte, spürte sie, wie das Blut in ihren Ohren pochte. Die kleinen Geräusche und Vibrationen von Vorkosigans Schiff drangen noch durch die Wände, Bothari bewegte sich auf dem Korridor, und Schritte gingen vorbei.

Sie schüttelte den Kopf. »Ich muß darüber nachdenken. Das ist nicht so einfach, wie es zuerst aussah.«

»Nein, ist es nicht.« Er drehte seine Hand mit der Fläche nach außen, eine Geste, die das Ende des Gesprächs anzeigte, und erhob sich steif; sein Bein machte ihm noch Schwierigkeiten. »Das ist alles, was ich sagen wollte. Sie brauchen nichts zu sagen.«

Sie nickte, dankbar dafür, daß er sie jetzt verließ. Er zog sich zurück, rief Bothari herbei und schloß die Tür fest hinter sich. Sie seufzte bedrückt und tief verunsichert, legte sich mit dem Rücken aufs Bett und starrte an die Decke, bis Küchensoldat Nilesa das Abendessen brachte.

KAPITEL 6

Am nächsten Morgen, nach Schiffszeit, blieb Cordelia in ihrer Kabine und las. Sie wollte Zeit haben, um das Gespräch vom Vortag zu verdauen, bevor sie Vorkosigan wiedersah. Sie fühlte sich so verunsichert, als hätte jemand ihre Sternkarten durcheinandergebracht und sie damit in die Irre geschickt. Aber immerhin wußte sie, daß sie sich verirrt hatte. Das war vermutlich ein erster Schritt zurück zur Wahrheit, besser als falsche Gewißheiten. Sie hungerte verzweifelt nach Gewißheiten, gerade jetzt, wo sie unerreichbar wurden.

Die Bibliothek des Schiffes bot eine reiche Auswahl an barrayaranischen Themen. Ein Mann namens Abell hatte eine schwülstige allgemeine Geschichte verfaßt, voll mit Namen, Daten und detaillierten Beschreibungen längst verflossener Schlachten, deren Teilnehmer inzwischen alle unwiderruflich tot waren. Ein Gelehrter namens Aczith hatte Besseres geleistet mit einer lebensvollen Biographie von Kaiser Dorca Vorbarra dem Gerechten, der nach Cordelias Vermutungen Vorkosigans Urgroßvater gewesen war und dessen Regierung das Ende der Zeit der Isolation herbeigeführt hatte. Da ihre Aufmerksamkeit von der Vielzahl von Persönlichkeiten und der komplizierten Politik seiner Zeit ganz in Anspruch genommen war, blickte sie nicht einmal auf, als es an ihrer Tür klopfte, sondern rief nur: »Herein!«

Zwei Soldaten in grün-grauen planetarischen Tarnanzügen stürzten zur Tür herein und schlossen sie schnell hinter sich. Was für ein verlottertes Paar, dachte sie zuerst; dann: endlich ein barrayaranischer Soldat, der kleiner war als Vorkosigan. Erst mit dem dritten Gedanken erkannte sie die Männer. Draußen auf dem Korridor begann eine Alarmsirene rhythmisch zu heulen. *Es sieht so aus, als käme ich nicht mehr zu den Autoren mit B ...*

»Captain!« rief Leutnant Stuben. »Sind Sie in Ordnung?«

Beim Anblick dieses Gesichtes spürte sie plötzlich wieder das ganze erdrückende Gewicht ihrer früheren Verantwortung. Er hatte sein schulterlanges braunes Haar einer Nachahmung des barrayaranischen Armeehaarschnitts geopfert und sah aus, als hätte ein Pflanzenfresser seinen Schädel abgeweidet; sein Gesicht wirkte ohne die langen Haare klein, nackt und seltsam. Leutnant Lai neben ihm, schmächtig und dünn, sah mit seinem gelehrtenhaft krummen Rücken noch weniger wie ein Krieger aus; die zu große Uniform, die er trug, war an den Handgelenken und Fußknöcheln hochgekrempelt, ein Hosenbein hatte sich wieder gelockert und geriet unter den Absatz seines Stiefels.

Sie setzte zum Sprechen an, schloß den Mund wieder, und schließlich stieß sie hervor: »Warum sind Sie nicht auf Ihrem Weg nach Hause? Ich habe Ihnen einen Befehl gegeben, Leutnant!«

Stuben, der einen wärmeren Empfang erwartet hatte, war einen Moment lang verdutzt. »Wir haben abgestimmt«, sagte er einfach, als ob dies alles erklärte.

Cordelia schüttelte hilflos den Kopf. »Das sieht Ihnen ähnlich. Eine Abstimmung. Prima.« Sie verbarg einen Augenblick lang ihr Gesicht in den Händen und unterdrückte ein Lachen. »Warum?« fragte sie durch ihre Finger hindurch.

»Wir haben das barrayaranische Schiff als die *General Vorkraft* identifiziert. Dann schauten wir in unseren Unterlagen nach und fanden heraus, wer das Kommando hatte. Wir konnten Sie einfach nicht in den Händen des Schlächters von Komarr zurücklassen. Die Entscheidung war einstimmig.«

Sie war für einen Moment abgelenkt. »Wie, zum Teufel, haben Sie eine einstimmige Entscheidung von –

nein, ist schon gut«, unterbrach sie ihn, als er antworten wollte und ein selbstzufriedenes Funkeln in seinen Augen aufleuchtete. Ich könnte mit dem Kopf gegen die Wand rennen! Nein, ich brauche mehr Informationen. Und er auch.

»Können Sie sich vorstellen«, sagte sie behutsam, »daß die Barrayaraner planen, eine Invasionsflotte durch diesen Raumbereich zu schleusen, um einen Überraschungsangriff auf Escobar durchzuführen? Wenn Sie die Heimat erreicht und die Existenz dieses Planeten gemeldet hätten, dann wäre die Chance der Barrayaraner auf eine Überraschung zunichte gewesen. Jetzt ist alles zu spät. Wo ist denn die *René Magritte* zur Zeit? Und wie sind Sie *überhaupt* hier hereingekommen?«

Leutnant Stuben blickte überrascht drein. »Wie haben Sie das alles herausgefunden?«

»Die Zeit, die Zeit«, erinnerte ihn Leutnant Lai besorgt und klopfte auf sein Armbandchronometer.

Stuben fuhr fort: »Lassen Sie mich das auf dem Weg zum Shuttle erzählen. Wissen Sie, wo Dubauer ist? Er war nicht im Schiffsgefängnis.«

»Ja doch. Aber was für ein Shuttle? Nein – erzählen Sie mir alles von Anfang an. Ich muß alles wissen, bevor wir auf den Korridor hinausgehen. Wissen die Barrayaraner eigentlich, daß Sie an Bord sind?« Das Heulen der Sirene draußen hielt an, und sie erwartete, daß jeden Augenblick ihre Kabinentür aufgerissen würde.

»Nein, sie wissen es nicht. Das ist ja das Schöne daran«, sagte Stuben stolz. »Wir hatten das allergrößte Glück.

Sie verfolgten uns zwei Tage lang auf unserer Flucht. Ich ließ nicht auf volle Kraft schalten – nur soviel, daß wir außerhalb ihrer Reichweite blieben und sie hinter uns herzogen. Ich dachte, daß wir vielleicht eine Chance bekämen, einen Bogen zurückzufliegen und Sie mitzunehmen. Dann gaben sie ganz plötzlich auf, drehten ab und flogen hierher zurück.

Wir warteten, bis sie weit weg waren, und dann wendeten wir selbst. Wir hofften, Sie würden sich noch in den Wäldern verbergen.«

»Ich wurde schon am ersten Abend gefangen. Weiter!«

»Wir arrangierten alles, schalteten auf maximale Verstärkung, dann schalteten wir alles ab, von dem wir annehmen konnten, daß es elektromagnetisches Rauschen erzeugt. Der Projektor funktionierte übrigens prima als Dämpfer, genau wie bei Ross' Simulation im letzten Monat. Wir sind direkt an ihnen vorbeigetanzt, und sie haben nicht ein einzigesmal erkannt ...«

»Um Gottes willen, Stu, bleib bei der Sache«, murmelte Lai. »Wir haben doch nicht den ganzen Tag Zeit.« Er hüpfte ungeduldig herum.

»Wenn dieser Projektor in barrayaranische Hände gerät ...«, begann Cordelia mit erhobener Stimme.

»Wird er nicht, das sage ich Ihnen. Jedenfalls, die *René Magritte* macht eine Parabel um die Sonne – sobald sie nah genug ist, daß sie von den elektromagnetischen Störungen der Sonne verdeckt wird, soll sie abbremsen und dann hierher zurücksausen und uns aufnehmen. Wir haben ein Zeitfenster von zwei Stunden, um die Geschwindigkeiten aufeinander abzustimmen; es hat vor ... – na ja, vor etwa zehn Minuten begonnen.«

»Das ist zu unsicher«, kritisierte Cordelia, und alle möglichen Katastrophen, die in diesem Szenario möglich waren, erschienen vor ihrem inneren Auge.

»Es hat funktioniert«, verteidigte sich Stuben. »Das heißt, es funktioniert bestimmt. Wir hatten dann Glück. Während wir nach Ihnen und Dubauer suchten, fanden wir zwei Barrayaraner, die in den Wäldern umherirrten ...«

Cordelias Magen zog sich zusammen. »Zufällig Radnov und Darobey?«

Stuben schaute überrascht. »Wie wissen Sie das?«

»Weiter, erzählen Sie einfach weiter.«

»Sie waren die Rädelsführer einer Verschwörung, um diesen wahnsinnigen Mörder Vorkosigan abzusetzen. Vorkosigan ist hinter ihnen her, deshalb waren sie froh, uns zu treffen.«

»Das kann ich mir vorstellen. Die rettenden Engel vom Himmel!«

»Eine barrayaranische Patrouille kam mit einem Shuttle herunter, um sie zu suchen. Wir legten einen Hinterhalt – betäubten alle, ausgenommen einen, auf den Radnov mit einem Nervendisruptor schoß. Diese Burschen gehen wirklich über Leichen.«

»Wissen Sie zufällig, welchen – nein, schon gut. Fahren Sie fort.« Ihr drehte sich der Magen um.

»Wir nahmen ihre Uniformen, nahmen ihr Shuttle und schlitterten rauf zur *General Vorkraft*, so sauber, wie man sich's nur wünschen kann. Radnov und Darobey kannten alle Losungsworte. Wir gingen zum Schiffsgefängnis – das war einfach, denn die erwarteten ja sowieso, daß ihre Patrouille dort hingeht – wir dachten, daß Sie und Dubauer dort seien. Radnov und Darobey ließen alle ihre Kumpel frei und gingen los, um den Maschinenraum zu übernehmen. Sie können von dort alle Systeme abschalten, Waffen, Lebenserhaltung, alles. Sie werden die Waffen abschalten, wenn wir mit dem Shuttle abhauen.«

»Darauf würde ich mich nicht verlassen«, warnte Cordelia.

»Macht nichts«, sagte Stuben fröhlich. »Die Barrayaraner werden so sehr damit beschäftigt sein, sich gegenseitig an die Gurgel zu fahren, daß wir einfach mittendurch spazieren können. Denken Sie doch, was für eine herrliche Ironie! Der Schlächter von Komarr, von seinen eigenen Leuten umgelegt! Jetzt weiß ich, wie Judo funktionieren soll.«

»Herrlich«, wiederholte sie tonlos. Seinen Kopf werde ich gegen die Wand rammen, dachte sie, nicht meinen. »Wie viele von uns sind hier an Bord?«

»Sechs. Zwei beim Shuttle, zwei auf der Suche nach Dubauer, und wir zwei, um Sie zu holen.«

»Haben Sie jemand auf dem Planeten zurückgelassen?«

»Nein.«

»Also gut.« Sie rieb sich nervös die Stirn und wartete sehnsüchtig auf eine Eingebung, aber die wollte nicht kommen. »Was für ein Durcheinander. Dubauer ist übrigens auf der Krankenstation. Disruptor-Verletzungen.« Sie beschloß, seinen Zustand jetzt nicht näher zu beschreiben.

»Dreckige Killer«, sagte Lai. »Ich hoffe, sie erwürgen sich gegenseitig.«

Sie wandte sich dem Bibliotheksterminal neben ihrem Bett zu und ließ sich den groben schematischen Plan der *General Vorkraft* zeigen, auf den das Bibliotheksprogramm ihr den Zugriff erlaubte. »Schauen Sie sich das hier gut an und finden Sie heraus, wie Sie zur Krankenstation und dann zur Shuttleluke kommen. Bleiben Sie hier und öffnen Sie niemandem die Tür. Wer sind die anderen beiden, die hier herumwandern?«

»McIntyre und Big Pete.«

»Nun ja, wenigstens haben die eine bessere Chance, aus der Nähe für Barrayaraner gehalten zu werden als Sie beide.«

»Captain, wohin gehen Sie?«

»Das erkläre ich, wenn ich mal Zeit dafür übrig habe. Folgen Sie diesmal Ihren Befehlen, verdammt noch mal! Bleiben Sie hier!«

Sie schlüpfte zur Tür hinaus und trottete zur Brücke. Ihre Nerven verlangten, daß sie lief, aber dann würde sie zuviel Aufmerksamkeit auf sich ziehen. Sie kam an einer Gruppe von vier Barrayaranern vorbei, die irgendwohin eilten und kaum einen Blick für sie übrig hatten. Jetzt war sie heilfroh, daß sie ein Mauerblümchen war.

Sie fand Vorkosigan auf der Brücke bei seinen Offizieren. Alle standen dichtgedrängt um die Bordkommunikationsanlage zum Maschinenraum. Auch Bothari war da, er wirkte wie Vorkosigans trauriger Schatten.

»Wer ist denn der Kerl da auf dem Schirm?« flüsterte sie Vorkalloner zu. »Radnov?«

»Ja. Pst!«

Der Sprecher auf dem Schirm sagte gerade: »Vorkosigan, Gottyan und Vorkalloner, einer nach dem anderen, in Abständen von zwei Minuten. Unbewaffnet, oder wir schalten alle Lebenserhaltungsysteme im ganzen Schiff ab. Sie haben fünfzehn Minuten Zeit, bevor wir beginnen, das Vakuum hereinzulassen. Ah. Haben Sie kapiert? Okay. Besser, Sie vergeuden keine Zeit, *Kapitän.*« Sein Tonfall machte aus dem Rang eine tödliche Beleidigung.

Das Gesicht verschwand, aber die Stimme ertönte jetzt über das Lautsprechersystem. »Soldaten von Barrayar«, plärrte sie. »Euer Kapitän hat den Kaiser und den Ministerrat verraten. Laßt nicht zu, daß er euch auch verrät. Liefert ihn der zuständigen Autorität aus, eurem Politischen Offizier, oder wir sehen uns gezwungen, die Unschuldigen zusammen mit den Schuldigen zu töten. In fünfzehn Minuten werden wir die Lebenserhaltungssysteme ...«

»Schaltet das ab!« sagte Vorkosigan gereizt.

»Das kann ich nicht«, sagte ein Techniker. Bothari reagierte direkter, holte seinen Plasmabogen hervor und feuerte mit einer nachlässigen Bewegung aus der Hüfte. Der Lautsprecher explodierte an der Wand. Einige Männer wichen geduckt den geschmolzenen Bruchstücken aus.

»Heh, den hätten wir vielleicht selber gebraucht«, begann Vorkalloner ungehalten.

»Schon gut«, winkte ihm Vorkosigan ab. »Danke, Sergeant.« Ein entferntes Echo der Stimme war weiter zu hören: von den Lautsprechern überall im Schiff.

»Ich fürchte, wir haben keine Zeit für eine besser durchdachte Lösung«, sagte Vorkosigan, der anscheinend eine Planbesprechung beendete. »Machen Sie voran mit Ihrer technischen Idee, Leutnant Saint Simon; wenn Sie das Ding rechtzeitig an Ort und Stelle bringen können, um so besser. Ich bin sicher, wir wären gerne alle lieber schlau als mutig.«

Der Leutnant nickte und eilte davon.

»Wenn er es nicht schafft, dann müssen wir sie angreifen, fürchte ich«, fuhr Vorkosigan fort. »Sie sind durchaus imstande, jedermann an Bord umzubringen und das elektronische Logbuch zu fälschen, um alles zu beweisen, was sie wollen. Darobey und Tafas haben zusammen das technische Knowhow. Ich brauche Freiwillige. Ich und Bothari gehören natürlich dazu.«

Einstimmig meldeten sich alle anderen.

»Gottyan und Vorkalloner bleiben zurück. Ich brauche jemanden, der später alles erklären kann. Jetzt die Kampfaufstellung. Zuerst ich, dann Bothari, dann Siegels Patrouille, dann die von Kush. Nur Betäuber; ich möchte nicht, daß verirrte Schüsse unsere Maschinen beschädigen.« Einige der Männer warfen einen Blick auf das Loch in der Wand, wo der Lautsprecher gewesen war.

»Sir«, sagte Vorkalloner verzweifelt, »ich halte diese Kampfaufstellung für bedenklich. Die anderen werden sicher Disruptoren benutzen. Die ersten Männer, die durch die Tür gehen, haben keine Chance.«

Vorkosigan nahm sich ein paar Sekunden Zeit und starrte ihn so lange an, bis er verlegen wurde. Vorkalloner schlug kläglich die Augen nieder. »Jawohl, Sir.«

»Major Vorkalloner hat recht, Sir«, warf wider Erwarten eine Baßstimme ein. Cordelia zuckte zusammen. Es war Bothari. »Der erste Platz gehört von Rechts wegen mir. Ich habe ihn mir verdient.« Er blickte seinem Kapitän ins Gesicht, und seine schmalen Kiefer arbeiteten. »Er gehört mir.«

Ihre Blicke trafen sich in einem seltsamen Einverständnis. »Also gut, Sergeant«, gestand Vorkosigan zu. »Sie als erster, dann ich, dann die übrigen, wie befohlen. Gehen wir!«

Vorkosigan blieb vor ihr stehen, während die anderen Männer hinausdrängten. »Ich fürchte, ich werde diesen Spaziergang auf der Esplanade im Sommer nicht mehr machen.«

Cordelia schüttelte hilflos den Kopf. Im Hintergrund ihres Gehirns blitzte eine phantastische Idee auf. »Ich ... ich ... ich muß jetzt mein Ehrenwort zurücknehmen.«

Vorkosigan blickte verdutzt drein, dann schob er ihre Worte um eines unmittelbareren Anliegens beiseite. »Falls ich zufällig enden sollte wie Ihr Fähnrich Dubauer – erinnern Sie sich an meine Wahl. Wenn Sie sich dazu überwinden können, so hätte ich es gern von Ihrer Hand. Ich werde es Vorkalloner sagen. Geben Sie mir dafür Ihr Wort?«

»Ja.«

»Sie sollten lieber in Ihrer Kabine bleiben, bis das alles vorüber ist.«

Er streckte die Hand aus und berührte eine Locke ihres roten Haars auf ihrer Schulter, dann wandte er sich ab. Cordelia floh den Korridor hinab, Radnovs Propaganda dröhnte ihr dabei sinnlos in den Ohren. Ihr Plan nahm unaufhaltsam in ihrem Kopf Gestalt an. Ihre Vernunft protestierte heftig, wie ein Reiter auf einem durchgegangenen Pferd: du hast keine Pflichten gegenüber diesen Barrayaranern, deine Pflicht schuldest du Kolonie Beta, Stuben, der *René Magritte* – deine Pflicht ist es zu entkommen, zu warnen ...

Sie stürmte in ihre Kabine. Wunder über Wunder: Stuben und Lai waren noch da.

»Laufen Sie jetzt zur Krankenstation. Nehmen Sie Dubauer und bringen Sie ihn zum Shuttle. Wann sollten sich Pete und Mac zurückmelden, falls sie ihn nicht finden konnten?«

»In…«, Lai blickte auf sein Chronometer, »zehn Minuten.«

»Gott sei Dank. Wenn Sie zur Krankenstation kommen, sagen Sie dem Arzt, daß Kapitän Vorkosigan Ihnen befohlen hat, Dubauer zu mir zu bringen. Lai, Sie warten auf dem Korridor. Sie könnten den Arzt nie täuschen. Dubauer kann nicht sprechen. Reagieren Sie auf seinen Zustand nicht überrascht. Wenn Sie zum Shuttle kommen, dann warten Sie – lassen Sie mich mal auf Ihr Chrono schauen, Lai – bis 6:20 Uhr unserer Schiffszeit, dann starten Sie. Wenn ich bis dahin nicht zurück bin, dann komme ich nicht. Volle Kraft dann, und schauen Sie nicht zurück. Wie viele Männer hatten Radnov und Darobey bei sich?«

»Zehn oder elf, vermute ich«, sagte Stuben.

»In Ordnung. Geben Sie mir Ihren Betäuber. Los, los, los!«

»Captain, wir sind hierher gekommen, um Sie zu retten!« rief Stuben verwirrt.

Sie legte die Hand auf seine Schulter. »Ich weiß. Ich danke Ihnen.« Sie rannte los.

Als sie sich dem Maschinenraum vom darüberliegenden Deck aus näherte, kam sie zu einer Kreuzung von zwei Korridoren. Am Ende des größeren versammelte sich eine Gruppe von Männern und überprüfte ihre Waffen. Am Ende des kleineren sicherten zwei Männer eine Pfortluke zum nächsten Deck, einen letzten Kontrollpunkt vor den Bereich, der Radnovs Feuer ausgesetzt war. Einer von ihnen war Küchensoldat Nilesa. Sie stürzte sich auf ihn.

»Kapitän Vorkosigan hat mich heruntergeschickt«, log sie. »Er will, daß ich einen letzten Versuch zu Verhandlungen starte, weil ich in dieser Sache neutral bin.«

»Das ist zwecklos«, stellte Nilesa fest.

»Das hofft er auch«, sagte sie aus dem Stegreif. »Es wird sie aber hinhalten, während er sich vorbereitet.

Können Sie mich da reinbringen, ohne daß jemand aufgescheucht wird?«

»Ich kann es mal versuchen, denke ich.« Nilesa trat vor und löste die Klammern an einer kreisförmigen Luke im Boden am Ende des Korridors.

»Wie viele Wachen sind an diesem Eingang?« flüsterte sie.

»Zwei oder drei, glaube ich.«

Die Luke schwenkte hoch und gab den Blick auf ein Zugangsrohr frei, mit einer Leiter an einer Seite und einer Stange in der Mitte.

»Heh, Wentz!« rief Nilesa nach unten.

»Wer ist dort?« antwortete eine Stimme von unten.

»Ich, Nilesa. Kapitän Vorkosigan möchte dieses betanische Püppchen runterschicken, damit sie mit Radnov redet.«

»Wozu?«

»Wie, zum Teufel, soll ich das wissen? Ihr seid doch die Burschen, die angeblich Wanzen in jedermanns Koje haben. Vielleicht ist sie alles in allem doch nicht so gut im Bett.« Mit einem Achselzucken bat Nilesa sie um Verzeihung, und sie nahm sie mit einem Kopfnicken an.

Unten gab es eine Debatte im Flüsterton.

»Ist sie bewaffnet?«

Cordelia, die beide Betäuber schußbereit machte, schüttelte den Kopf.

»Würdest du einem betanischen Püppchen eine Waffe in die Hand geben?« rief Nilesa zurück und beobachtete verblüfft ihre Vorbereitungen.

»Also gut. Schick sie rein, klammere die Luke zu und laß sie runterrutschen. Wenn du die Luke nicht zumachst, bevor sie rutscht, dann werden wir sie erschießen. Kapiert?«

»Okay.«

»Wie sieht es da unten aus?« wollte sie von Nilesa wissen.

»Unangenehm. Sie kommen in einer Art Nische im Lagerraum neben dem Hauptsteuerraum an. Da kann auf einmal nur einer durch, und man ist da drin festgenagelt wie auf einer Zielscheibe, mit der Wand auf drei Seiten. Das ist absichtlich so konstruiert.«

»Keine Möglichkeit, sie dort anzugreifen? Ich meine, Sie planen das nicht?«

»Auf keinen Fall, nie im Leben.«

»Gut. Danke.«

Cordelia kletterte in das Rohr hinein, und Nilesa schloß die Luke über ihr; es klang wie der Deckel eines Sarges.

»In Ordnung«, erklang die Stimme von unten, »rutschen Sie herunter.«

»Es ist so weit da hinunter«, rief sie zurück; es war ganz leicht für sie, ängstlich zu klingen. »Ich habe Angst.«

»Machen Sie schon! Ich fang Sie auf.«

»In Ordnung.« Sie schlang ihre Beine und einen Arm um die Stange. Ihre Hand zitterte, als sie den zweiten Betäuber in das Halfter stieß. Ihr Magen rebellierte. Sie schluckte, atmete tief ein, um die Eingeweide zu besänftigen, hielt ihren Betäuber schußbereit und rutschte hinunter.

Sie landete unten Gesicht an Gesicht mit dem Mann, der seinen Nervendisruptor nachlässig in der Höhe ihrer Taille hielt. Seine Augen weiteten sich, als er ihren Betäuber sah. Hier profitierte sie von der barrayaranischen Sitte, Kriegsschiffe nur mit Männern zu besetzen, denn er zögerte genau einen Sekundenbruchteil, auf eine Frau zu schießen. In diesem Sekundenbruchteil feuerte sie zuerst. Er sank schwer über ihr zusammen, sein Kopf hing schlaff über ihrer Schulter. Sie straffte sich und hielt ihn als einen Schild vor sich.

Ihr zweiter Schuß streckte den zweiten Mann nieder, als er gerade mit seinem Disruptor zielen wollte. Der dritte Wachposten gab einen hastigen Schuß ab, der von dem Rücken des Mannes absorbiert wurde, den sie hielt, jedoch versengte der Nimbus des Schusses sie an der Außenseite ihres linken Oberschenkels. Der Schmerz loderte heftig auf, aber kein Laut entwich ihren zusammengepreßten Zähnen. Mit einer wild-wütenden Genauigkeit, die kein Teil von ihr selbst zu sein schien, fällte sie auch den dritten, dann schaute sie sich verzweifelt nach einem Versteck um.

Einige Rohrleitungen verliefen über ihrem Kopf; Menschen, die einen Raum betreten, schauen gewöhnlich nach unten und nach den Seiten, bevor sie daran denken, nach oben zu schauen. Sie steckte den Betäuber in ihren Gürtel und mit einem Sprung, den sie in normalem Zustand nie hätte wiederholen können, zog sie sich hinauf zwischen die Rohre und die gepanzerte Decke. Sie atmete lautlos durch den offenen Mund, zog wieder ihren Betäuber und bereitete sich auf alles vor, was durch die Tür zum Hauptmaschinenraum kommen mochte.

»Was war das für ein Geräusch? Was ist da drinnen los?«

»Schmeiß eine Granate rein und mach die Tür zu.«

»Können wir nicht, unsere Männer sind da drin.«

»Wentz, melden!«

Schweigen.

»Geh rein, Tafas!«

»Warum ich?«

»Weil ich es dir befehle!«

Tafas kroch vorsichtig durch die Tür, überquerte die Schwelle fast auf den Zehenspitzen. Er drehte sich herum und blickte sich um. Weil sie fürchtete, daß die anderen nach einem weiteren Schuß die Tür schließen und zusperren würden, wartete sie, bis er schließlich nach oben blickte.

Sie lächelte ihn gewinnend an und winkte leicht mit ihren Fingern. »Schließen Sie die Tür«, sagte sie mit lautlosen Mundbewegungen und zeigte auf den Eingang.

Er starrte sie an. Sein Gesicht zeigte einen sehr seltsamen Ausdruck: Verblüffung, Hoffnung und Ärger, alles zugleich. Die Glockenmündung seines Disruptors wirkte so groß wie ein Suchlicht, sie war genau auf ihren Kopf gerichtet. Es war wie der Blick in ein Auge des Urteils. In eine Art Sackgasse. Vorkosigan hat recht, dachte sie, ein Disruptor *hat* echte Autorität …

Dann rief Tafas: »Ich glaube, das ist vielleicht eine Art Gasleck oder so was. Mach besser die Tür mal einen Moment zu, während ich das überprüfe.« Prompt warf der andere die Tür hinter Tafas zu.

Cordelia lächelte von der Decke herab, mit zusammengekniffenen Augen. »Hallo. Wollen Sie aus diesem Schlamassel entkommen?«

»Was haben Sie hier vor?«

Ausgezeichnete Frage, dachte sie wehmütig. »Ich versuche, ein paar Leuten das Leben zu retten. Keine Sorge – Ihre Freunde da drüben sind nur betäubt.« Ich werde den einen nicht erwähnen, dachte sie, den das Feuer seines eigenen Kameraden getroffen hat und der vielleicht tot ist, weil er einen Moment Mitleid mit mir hatte … »Kommen Sie auf unsere Seite herüber«, versuchte sie ihn zu überreden. »Kapitän Vorkosigan wird Ihnen verzeihen, den Eintrag ins Strafregister löschen, Ihnen eine Medaille geben«, versprach sie auf gut Glück.

»Welche Medaille?«

»Wie soll ich das wissen? Jede, die Sie haben wollen. Sie müssen nicht einmal jemanden umbringen. Ich habe noch einen Betäuber.«

»Welche Garantie habe ich?«

Verzweiflung machte sie wagemutig. »Vorkosigans Wort. Sagen Sie ihm, ich hätte es Ihnen gegenüber verpfändet.«

»Wer sind Sie, daß Sie sein Wort verpfänden können.«

»Lady Vorkosigan, wenn wir beide es überleben.« Eine Lüge? Wahrheit? Eine hoffnungslose Phantasievorstellung?

Tafas stieß einen Pfiff aus und starrte zu ihr nach oben. Sein Gesicht zeigte, daß er ihr zu glauben begann.

»Wollen Sie wirklich dafür verantwortlich sein, daß hundertfünfzig ihrer Freunde im Vakuum ersticken, nur um die Karriere von diesem Spion des Ministers zu retten?« fügte sie überzeugend hinzu.

»Nein«, sagte er entschlossen. »Geben Sie mir den Betäuber.«

Jetzt muß ich ihm Vertrauen schenken... Sie ließ den Betäuber zu ihm hinabfallen. »Drei k.o. und noch sieben zu erledigen. Wie machen wir das am besten?«

»Ein paar kann ich noch hier hereinlocken. Die anderen sind am Haupteingang. Wir können sie von hinten angreifen, wenn wir Glück haben.«

»Also los!«

Tafas öffnete die Tür. »Es war ein Gasleck«, er hustete überzeugend. »Hilf mir, diese Burschen hier herauszuziehen, und dann werden wir die Tür abschließen.«

»Ich könnte schwören, ich habe vorhin einen Betäuberschuß gehört«, sagte sein Kamerad, als er hereinkam.

»Vielleicht wollten sie uns auf sich aufmerksam machen.«

Auf dem Gesicht des Meuterers erschien Mißtrauen, als ihm aufging, wie unsinnig diese Erklärung war. »Sie hatten doch keine Betäuber«, begann er. Glücklicherweise trat in diesem Augenblick der zweite Mann ein. Cordelia und Tafas feuerten gleichzeitig.

»Fünf k.o., noch fünf zu erledigen«, sagte Cordelia und ließ sich auf den Boden fallen. Ihr linkes Bein knickte ein; sie konnte es nicht richtig bewegen. »Die Chancen werden immer besser.«

»Wir sollten lieber schnell machen, falls es überhaupt klappt«, warnte Tafas.

»Einverstanden.«

Sie glitten zur Tür hinaus und liefen durch den Maschinenraum. Hier arbeitete die Technik automatisch weiter, egal, wer Herr auf dem Schiff war. Einige reglose Gestalten in schwarzen Uniformen lagen auf dem Boden. An der nächsten Ecke mahnte Tafas mit erhobener Hand zur Vorsicht. Cordelia nickte. Er ging ruhig um die Ecke, sie drückte sich genau an die Kante und wartete. Als Tafas seinen Betäuber hob, schob sie sich um die Ecke und suchte ein Ziel. Der Raum verengte sich hier und endete im Haupteingang zum darüberliegenden Deck. Fünf Männer standen dort, ihre Aufmerksamkeit auf das Klirren und Zischen gerichtet, das gedämpft durch eine Luke am Kopf einer metallenen Leiter drang.

»Sie machen sich bereit zum Sturm«, sagte einer. »Es ist Zeit, die Luft herauszulassen.«

Berühmte letzte Worte, dachte sie und feuerte, einmal, ein zweitesmal. Tafas feuerte auch, fächerförmig auf die ganze Gruppe, und schon war es vorbei. Nie wieder, schwor sie sich im stillen, werde ich einen von Stubens Tricks verrückt nennen. Am liebsten hätte sie ihren Betäuber zu Boden geworfen und als Reaktion auf das Geschehene ein Kriegsgeheul angestimmt und getanzt, aber ihre Aufgabe war noch nicht zu Ende.

»Tafas«, rief sie. »Ich muß noch etwas tun.«

Er trat zu ihr, selber noch etwas zitterig.

»Ich habe Sie hier herausgeholt, und ich brauche einen Gefallen als Gegenleistung. Wie kann ich die Steuerung der Plasma-Fernwaffen so außer Betrieb setzen, daß man sie anderthalb Stunden nicht wieder benutzen kann?«

»Warum wollen Sie das machen? Hat der Kapitän das befohlen?«

»Nein«, sagte sie ehrlich. »Der Kapitän hat nichts von alldem befohlen, aber ihm wird es gefallen, wenn er es sieht, meinen Sie nicht?«

Verdutzt stimmte Tafas zu. »Wenn Sie an dieser Steuertafel einen Kurzschluß erzeugen«, sagte er, »dann dürfte das die Dinge ziemlich verzögern.«

»Geben Sie mir Ihren Plasmabogen.«

Muß ich? fragte sie sich, als sie die Instrumente überblickte. Ja. Er würde auf uns feuern lassen, genau so sicher, wie ich nach Hause abhaue. Vertrauen ist eine Sache; Verrat eine andere. Ich habe nicht den Wunsch, ihn bis zur Vernichtung auf die Probe zu stellen.

Nun, wenn Tafas mich nicht zum Narren hält, indem er mir die Steuerung der Toiletten oder sonstwas zeigt... Sie schoß auf die Steuertafel und schaute in einer momentanen primitiven Faszination zu, wie sie funkenstiebend zerbarst.

»Nun«, sagte sie und gab ihm den Plasmabogen zurück, »brauche ich ein paar Minuten Vorsprung. Dann können Sie die Tür öffnen und der Held sein. Ich rate Ihnen, zuerst zu rufen und sie zu warnen. Sergeant Bothari ist vorne dran.«

»In Ordnung. Danke.«

Sie blickte zur Haupteingangsluke hinauf. Jetzt ist er etwa drei Meter entfernt, dachte sie. Eine unüberbrückbare Kluft. In der Physik der Herzen ist die Entfernung also relativ, die Zeit – die ist absolut. Die Sekunden tickten vorbei. Es war ihr, als liefen Spinnen an ihrem Rückgrat hinab.

Sie kaute an ihrer Lippe und faßte Tafas ins Auge. Letzte Chance, eine Botschaft für Vorkosigan zurückzulassen – nein. Die Absurdität des Gedankens, die Worte ›Ich liebe dich‹ durch Tafas' Mund übertragen zu lassen, schüttelten sie mit schmerzhaftem innerem

Gelächter. ›Meine Empfehlungen‹ klang ziemlich geschwollen unter diesen Umständen, ›meine besten Wünsche‹ zu kalt, das einfachste von allen wäre ›Ja!‹ …

Sie schüttelte stumm den Kopf und lächelte dem verwirrten Soldaten zu, dann lief sie zurück in den Lagerraum und kletterte die Leiter hoch. Sie klopfte in einem bestimmten Rhythmus an die Luke. Einen Augenblick später wurde geöffnet. Als erstes sah sie einen Plasmabogen, den Küchensoldat Nilesa ihr direkt vor die Nase hielt.

»Ich habe ein paar neue Bedingungen, die ich Ihrem Kapitän mitteilen muß«, sagte sie schlagfertig. »Sie sind ein bißchen verrückt, aber ich glaube, sie werden ihm gefallen.«

Nilesa war überrascht, ließ sie jedoch heraus und verschloß die Luke wieder. Sie entfernte sich und warf einen Blick in den Hauptkorridor, als sie ihn überquerte. Ein paar Dutzend Männer waren darin versammelt. Ein Technikerteam hatte die Hälfte der Paneele von der Wand abgenommen; Funken sprühten von einem Instrument. Sie konnte gerade noch Sergeant Botharis Kopf auf der anderen Seite der Schar sehen und wußte, daß er neben Vorkosigan stand. Sie erreichte die Leiter am Ende des Korridors, stieg hinauf und begann zu laufen und sich Ebene um Ebene ihren Weg durch das Labyrinth des Schiffes zu suchen.

Lachend, weinend, atemlos und heftig zitternd kam sie im Korridor vor der Shuttleluke an. Dr. McIntyre stand Wache und versuchte dabei, grimmig und barrayaranisch auszusehen.

»Sind alle da?«

Er nickte und schaute sie erfreut an.

»Hinein und los!«

Sie schlossen die Türen hinter sich und ließen sich dann auf ihre Sitze fallen, als das Shuttle sich mit einem Knirschen und einem Ruck unter maximaler Beschleunigung vom Schiff trennte. Pete Lightner steuerte manuell, denn sein betanisches neurologisches Pilotenimplantat paßte ohne Übersetzungskoppler nicht zu dem barrayaranischen Steuersystem, und Cordelia machte sich auf einen fürchterlichen Flug gefaßt.

Sie lehnte sich auf ihrem Sitz zurück, immer noch keuchend, die Lungen schmerzten noch von ihrem verrückten Sprint. Stuben kam zu ihr, vor Empörung kochend, und schaute besorgt auf ihr unkontrollierbares Zittern.

»Es ist ein Verbrechen, was die mit Dubauer angestellt haben«, sagte er. »Ich wünschte, wir könnten ihr ganzes verdammtes Schiff hochgehen lassen. Wissen Sie, ob Radnov uns noch Deckung gibt?«

»Ihr Fernwaffen werden eine Weile außer Betrieb sein«, berichtete sie, war aber nicht bereit, Einzelheiten zu verraten. Würde sie es ihm je verständlich machen können? »Ach, noch was: wer war der Barrayaraner, der unten auf dem Planeten Disruptorfeuer abbekam?«

»Ich weiß nicht. Doktor Mac hat seine Uniform bekommen. Heh, Mac – wie heißt der Name auf deiner Tasche?«

»Ach, mal sehen, ob ich mit ihrem Alphabet zurechtkomme.« Seine Lippen bewegten sich schweigend. »Kou- Koudelka.«

Cordelia neigte ihren Kopf. »War er tot?«

»Er war nicht tot, als wir abhauten, aber er sah gewiß nicht sehr gut aus.«

»Was haben Sie eigentlich noch die ganze Zeit auf der *General Vorkraft* gemacht?« fragte Stuben.

»Eine Schuld bezahlt. Eine Ehrenschuld.«

»In Ordnung, lassen wir's dabei bewenden. Sie werden mir die Geschichte später erzählen.« Er schwieg, dann fügte er mit einem kurzen Nicken hinzu: »Ich hoffe, Sie haben den Mistkerl gut erwischt, wer immer es war.«

»Hören Sie, Stu – ich weiß alles zu schätzen, was Sie

getan haben. Aber ich muß wirklich ein paar Minuten allein sein.«

»Sicherlich, Captain.« Er blickte sie besorgt an und entfernte sich dann. »Verdammte Monster«, murmelte er.

Cordelia lehnte ihre Stirn gegen das kalte Fenster und weinte stumm um ihre Feinde.

KAPITEL 7

Captain Cordelia Naismith von den Betanischen Expeditionsstreitkräften gab die letzten normalen navigatorischen Beobachtungen in den Computer ihres Schiffes ein. Neben ihr regulierte Leutnant Parnell die Leitungen und Kanülen an seinem Pilotenhelm und richtete es sich auf seinem gepolsterten Sitz bequemer ein, bereit für die neurologische Steuerung des bevorstehenden Wurmlochsprungs.

Ihr neues Kommando war ein langsamer unbewaffneter Massenfrachter, ein zuverlässiges Arbeitspferd der Handelslinie zwischen Kolonie Beta und Escobar. Doch jetzt hatte es schon sechzig Tage keine direkte Kommunikation mit Escobar mehr gegeben, seit die barrayaranische Invasionsflotte die escobaranische Seite des Ausgangs so wirkungsvoll zugestopft hatte wie eine Flasche mit einem Korken. Nach den letzten Meldungen manövrierten die Flotten der Barrayaraner und Escobaraner immer noch in einem feindseligen Tanz um taktische Positionen hin und her und hatten dabei nur wenig tatsächliche Kampfberührung. Die Barrayaraner würden ihre Bodentruppen nicht einsetzen, solange sie nicht die sichere Kontrolle über den escobaranischen Raum hatten.

Cordelia fragte über die Bordkommunikationsanlage im Maschinenraum an: »Hier Naismith. Seid ihr fertig da unten?«

Das Gesicht ihres Ingenieurs, eines Mannes, den sie erst vor zwei Tagen kennengelernt hatte, erschien auf dem Bildschirm. Er war jung und aus dem Erkundungsdienst abgezogen wie sie auch. Es war sinnlos, auf diesem Ausflug erfahrenes und kundiges Militärpersonal zu verschwenden. Wie Cordelia trug er die Arbeitsuniformen des Erkundungsdienstes. Die Uniformen der Expeditionsstreitkräfte waren einem Gerücht zufolge in Arbeit, aber bisher hatte sie noch niemand gesehen.

»Startklar, Captain.«

In seiner Stimme zitterte keinerlei Angst. Nun ja, überlegte sie, vielleicht war er noch nicht alt genug, um an den Tod nach dem Leben zu glauben. Sie blickte sich ein letztesmal um, setzte sich nieder und holte Atem. »Pilot, das Schiff gehört Ihnen.«

»Schiff übernommen, Madame«, antwortete er formell.

Ein paar Sekunden vergingen. Eine unangenehme Welle von Übelkeit kam über sie, und sie hatte die klebrige, beunruhigende Empfindung, gerade aus einem bösen Traum erwacht zu sein, an den sie sich nicht erinnern konnte. Der Sprung war vorbei.

»Schiff gehört Ihnen, Madame«, murmelte der Pilot erschöpft. Die wenigen Sekunden, die sie erlebt hatte, bedeuteten für ihn mehrere subjektive Stunden.

»Schiff übernommen, Pilot.« Sie griff nach der Komkonsole und begann einen Überblick der taktischen Situation aufzurufen, in die sie hineingesprungen waren. Einen Monat lang war nichts durch diese Passage gegangen; sie hoffte inständig, die barrayaranischen Mannschaften würden sich langweilen und eine lange Leitung haben.

Da waren sie. Sechs Schiffe, von denen sich zwei augenblicklich in Bewegung setzten. Also nichts von wegen langer Leitung.

»Mitten durch sie hindurch, Pilot«, befahl Cordelia und überspielte ihm die Daten. »Es wäre das Beste, wenn wir sie alle von ihren Positionen weglocken könnten.«

Die beiden in Bewegung befindlichen Schiffe näherten sich schnell und begannen zu feuern. Sie ließen sich Zeit und feuerten jeden Schuß einzeln ab. Nur ein Objekt für ein paar Zielübungen, mehr sind wir nicht für die, dachte Cordelia, aber ich werde es euch schon zeigen! Alle Energiesysteme, die nicht zur Abschirmung gehörten, reduzierten ihre Leistung, und das Schiff schien zu stöhnen, als es vom Plasmafeuer umlodert wurde. Dann überschritten sie die heikle Grenze der Reichweite der Barrayaraner.

Cordelia rief in den Maschinenraum: »Projektion bereit?«

»Bereit und fertig.«

»Los!«

Zwölftausend Kilometer hinter ihnen erschien ein betanisches Schlachtschiff, als sei es eben aus dem Wurmloch aufgetaucht. Für ein so großes Raumfahrzeug war seine Beschleunigung erstaunlich; tatsächlich entsprach seine Geschwindigkeit schon ihrer eigenen. Es folgte ihnen wie ein Pfeil.

»Aha!« Sie klatschte vergnügt in die Hände. »Wir haben sie angelockt! Jetzt bewegen sich alle. Oh, immer besser und besser!«

Die Schiffe, die sie bisher verfolgt hatten, wurden langsamer und schickten sich an, auf diese viel größere Beute loszugehen. Die anderen vier Schiffe, die zuvor korrekt auf ihrem Posten geblieben waren, setzten sich jetzt auch in Bewegung. Minuten vergingen, während sie sich eine günstige Ausgangsposition zu verschaffen suchten. Die letzten barrayaranischen Schiffe verschwendeten nur noch wenig Feuer auf Cordelias Schiff, es war kaum mehr als ein Salut. Ihre ganze Aufmerksamkeit war jetzt auf den großen Bruder hinter ihnen gerichtet. Die barrayaranischen Kommandanten waren zweifellos der Meinung, sie befänden sich in einer ausgezeichneten taktischen Position, aufgereiht wie zu einem Spießrutenlauf für den Betaner, und sie begannen mit einem vernichtenden Feuer. Das kleine Schiff, das dem Kriegsschiff vorausflog, war von den Barrayaranern aus gesehen auf der anderen Seite von Escobar und konnte nirgendwohin fliegen. Sie konnten es also bequem später erledigen.

Ihre eigene Abschirmung war jetzt heruntergefahren und die Beschleunigung ließ nach, da jetzt der entsetzliche Energieaufwand des Projektors seinen Tribut forderte. Aber Minute um kostbare Minute wurden die barrayaranischen Blockierer weiter von dem ihnen zugewiesenen Mauseloch weggelockt.

»Wir können noch etwa zehn Minuten so weitermachen«, rief der Ingenieur herauf.

»In Ordnung. Sparen Sie genug Energie auf, um den Projektor auszubrennen, wenn Sie fertig sind. Falls wir gekapert werden, dann soll nach dem Willen des Oberkommandos kein Molekül mehr am anderen hängen, damit die Barrayaraner ihn sich nicht wieder zusammensetzen können.«

»Was für ein Verbrechen! Wo das doch eine so schöne Maschine ist! Ich würde so schrecklich gern einmal da hineinschauen.«

Dafür gäbe es schon eine Gelegenheit, wenn die Barrayaraner uns kapern, dachte Cordelia. Sie richtete alle Sensoren ihres Schiffs zurück auf ihren bisherigen Weg. Ganz weit hinten am Ausgang des Wurmlochs tauchte der erste echte betanische Frachter auf und begann in Richtung Escobar zu beschleunigen, ohne daß sich ihm etwas entgegenstellte. Er gehörte zur neuesten Erweiterung der Handelsflotte und war aller Waffen und Schutzschilde entkleidet, statt dessen umgebaut für nur zwei aktuelle Aufgaben: möglichst viel Nutzlast zu transportieren und schnell wie der Teufel zu fliegen. Dann erschien der zweite Frachter, und dann der dritte. Das war's. Sie waren auf und davon, und die überraschten Barrayaraner hatten keinerlei Aussicht, sie noch einzuholen.

Das betanische Kriegsschiff explodierte in einer spektakulären radioaktiven Light-Show. Leider gab es keine Möglichkeit, Trümmer vorzutäuschen. Ich wüßte gern, dachte Cordelia, wie lange die Barrayaraner brauchen, um herauszufinden, daß wir sie zum Narren gehalten haben? Ich hoffe echt, daß sie Sinn für Humor haben ...

Ihr Schiff flog jetzt antriebslos im Raum, seine Energievorräte waren nahezu erschöpft. Sie fühlte sich leicht im Kopf und erkannte, daß dies nicht psychosomatisch bedingt war. Die künstliche Schwerkraft ließ nach.

Mit gazellengleichen Sprüngen, die in ein vogelähnliches Schweben übergingen, als die Schwerkraftanlage ihren Geist aufgab, bewegten sich Cordelia und Parnell zur Shuttleluke, wo sie sich mit dem Ingenieur und seinen beiden Assistenten trafen. Das Shuttle, das ihr Rettungsboot darstellte, war ein abgetakeltes Modell, eng und ohne Komfort. Sie schwebten hinein und schlossen die Luke. Der Pilot glitt in den Steuersessel und nahm seinen Pilotenhelm ab, dann löste sich das Shuttle von ihrem sterbenden Schiff.

Der Ingenieur schwebte an ihre Seite und überreichte ihr eine kleine schwarze Box. »Ich dachte, Sie sollten die Ehre haben, Captain.«

»Ha. Ich wette, Sie würden Ihr eigenes Dinner auch nicht verputzen«, erwiderte sie in dem Versuch, die Stimmung etwas aufzuheitern. Nur knapp fünf Stunden hatten sie mit diesem Schiff operiert, aber der endgültige Abschied tat trotzdem weh. »Sind wir außerhalb des Gefahrenbereichs, Parnell?«

»Jawohl, Captain.«

»Meine Herren«, sagte sie und hielt inne, um jeden von ihnen einzeln anzublicken. »Ich danke Ihnen allen. Richten Sie bitte ihren Blick weg vom linken Bullauge.«

Sie zog den Hebel an der Box. Es gab einen lautlosen Blitz aus hellem blauen Licht. Danach stürzten alle sofort zu dem winzigen Bullauge, um noch das letzte rote Glühen zu sehen. Das Schiff brach in sich selbst zusammen und nahm seine militärischen Geheimnisse in ein wanderndes Grab.

Sie schüttelten einander feierlich die Hände, die

einen mit dem Kopf nach oben, andere den Kopf nach unten, einige schwebten in anderen Winkeln. Dann nahmen sie sichere Plätze ein. Cordelia zog sich an den Navigatorplatz neben Parnell, gurtete sich an und überprüfte schnell ihre Systeme.

»Jetzt kommt der heikle Teil«, murmelte Parnell. »Mir wäre lieber, wenn wir maximal beschleunigten und versuchten, ihnen zu entkommen.«

»Wir könnten vielleicht diesen dicken Schlachtschiffen entkommen«, räumte Cordelia ein. »Aber ihre Schnellkuriere würden uns bei lebendigem Leib verspeisen. Wenigstens sehen wir wie ein Felsen aus«, fügte sie hinzu und dachte an die künstlerisch bemalte, sondenreflektierende Tarnung, die das Rettungsboot wie eine Schale umgab.

Während einiger Minuten des Schweigens konzentrierte sich Cordelia auf ihre Arbeit. »Also gut«, sagte sie schließlich, »wollen wir uns mal aus dieser Gegend davonmachen. Hier wird es sehr bald recht voll werden.«

Sie leistete keinen Widerstand gegen die Beschleunigung, sondern ließ sich von ihr in ihren Sitz zurückdrücken. Sie war müde. Sie hatte nicht geglaubt, daß ihre Müdigkeit stärker sein könnte als ihre Angst. Der Unsinn mit dem Krieg stellte eine bedeutende psychologische Erfahrung für sie dar. Dieses Chronometer mußte falsch gehen. Sicherlich hatte das Ganze ein Jahr gedauert, nicht bloß eine Stunde …

Auf ihrer Steuertafel blinkte ein kleines Licht. Mit einem Ruck spülte die Angst alle Müdigkeit wieder aus ihrem Leib.

»Alles abschalten!« befahl sie, drückte einige Steuerknöpfe und wurde sofort in gewichtslose Dunkelheit getaucht. »Parnell, sorgen Sie für ein bißchen realistisches Taumeln.« Ihr Innenohr und eine glitschige Übelkeit in ihrem Bauch zeigten ihr, daß ihr Befehl ausgeführt wurde.

Jetzt geriet ihr Zeitsinn vollends durcheinander. Dunkelheit und Schweigen herrschten. Nur wenn sich jemand auf seinem Sitz bewegte, gab es ein leises Geräusch von Stoff auf Plastik. In ihrer Vorstellung spürte sie, wie die barrayaranischen Sonden ihr Schiff betasteten, sie betasteten, wie eisige Finger über ihren Rücken liefen. Ich bin ein Felsen. Ich bin Leere. Ich bin Schweigen... Im Hintergrund brach in das Schweigen ein Geräusch des Erbrechens und ein gedämpfter Fluch. Dieses verfluchte Taumeln! Hoffentlich hatte der Mann Zeit gehabt, nach einem Beutel zu greifen...

Es gab einen Ruck und einen Druck von Gewicht aus einem ungewohnten Winkel. Parnell spie einen Fluch aus, der wie ein Schluchzen klang. »Im Schlepp eines Traktorstrahls! Das ist es.«

Sie seufzte auf, ohne erleichtert zu sein, und griff nach den Tasten, um das Shuttle wieder zum Leben zu erwecken. Die plötzliche blendende Helligkeit der kleinen Lichter ließ sie zusammenzucken. »Also gut, schauen wir mal, wer uns da eingefangen hat.«

Ihre Hände huschten über die Steuertafeln. Sie warf einen Blick auf ihre Außenmonitore und drückte hastig den roten Knopf zur Löschung der Computerspeicher des Rettungsbootes und der Erkennungscodes.

»Was, zum Teufel, ist dort draußen?« fragte der Ingenieur nervös; er hatte ihre Bewegung bemerkt, als er zu ihr kam.

»Zwei Kreuzer und einen Schnellkurier«, informierte sie ihn. »Wir scheinen etwas in der Unterzahl zu sein.«

Er gab ein deprimiertes Schnauben von sich.

Aus dem Kommunikator plärrte eine körperlose Stimme. Viel zu laut. Cordelia drehte schnell leiser.

»... nicht bereit sind, sich zu ergeben, werden wir Sie vernichten.«

»Hier Rettungsboot Shuttle A5A«, antwortete sie und modulierte dabei ihre Stimme sorgfältig. »Unter dem Kommando von Captain Cordelia Naismith, Betanische Expeditionsstreitkräfte. Wir sind ein unbewaffnetes Rettungsboot.«

Aus dem Kommunikator kam ein überraschtes »Puh!« und die Stimme fügte hinzu: »Noch ein verdammtes Weib! Ihr lernt aber langsam.«

Dann gab es ein unverständliches Gemurmel im Hintergrund, und die Stimme kehrte zu ihrem offiziellen Ton zurück: »Sie werden in Schlepp genommen. Beim ersten Zeichen von Widerstand werden Sie unter Feuer genommen. Verstanden?«

»Bestätigt«, antwortete Cordelia. »Wir ergeben uns.«

Parnell schüttelte ärgerlich den Kopf. Cordelia schaltete den Kommunikator ab und zog die Augenbrauen hoch.

»Wir sollten versuchen auszubrechen, denke ich«, sagte er.

»Nein. Diese Kerle sind Militärs, also professionelle Paranoiker. Der vernünftigste, den ich je traf, mochte es nicht, in einem Zimmer mit geschlossener Tür zu sein – weil man nie weiß, was auf der anderen Seite ist, behauptete er. Wenn die sagen, daß sie schießen, dann sollten Sie ihnen lieber glauben.«

Parnell und der Ingenieur tauschten einen Blick. »Los, 'Nell«, sagte der Ingenieur, »sag es ihr!«

Parnell räusperte sich und befeuchtete die Lippen. »Wir wollten Sie wissen lassen, Captain – falls Sie denken … hm … es wäre das Beste für alle Beteiligten, das Rettungsboot hochgehen zu lassen, daß wir dann auf Ihrer Seite sind. Und niemand von uns freut sich darauf, gefangengenommen zu werden.«

Cordelia blinzelte bei diesem Angebot. »Das ist – sehr tapfer von Ihnen, Leutnant, aber völlig unnötig. Schmeicheln Sie sich nicht selbst. Wir wurden nicht wegen unseres Wissens ausgewählt, sondern weil wir nichts wissen. Sie alle können nur Vermutungen über das anstellen, was an Bord dieses Konvois war, und nicht einmal ich weiß irgendwelche technischen Einzelheiten. Wenn wir scheinbar kooperieren, haben wir wenigstens eine Chance, lebend davonzukommen.«

»Es – war nicht die Preisgabe von Informationen, woran wir dachten, Madame. Es sind die anderen Sitten der Barrayaraner.«

Ein unangenehmes Schweigen folgte. Cordelia seufzte; sie spürte einen Wirbel bitteren Zweifels. »Ist schon okay«, sagte sie schließlich. »Der Ruf der Barrayaraner ist irgendwie übertrieben. Einige von ihnen sind ganz anständige Burschen.« Besonders einer, spotteten ihre Gedanken. Und selbst wenn du annimmst, daß er noch lebt, glaubst du wirklich, du könntest ihn in all dem Schlamassel finden? Oder wenn du ihn findest, kannst du ihn dann noch retten vor den Geschenken, die du selbst aus der Werkstatt des Teufels gebracht hast? Ohne deine Pflicht zu verraten? Oder ist dies ein geheimer Selbstmordpakt? Kennst du dich selbst überhaupt?

Parnell, der ihr Gesicht beobachtete, schüttelte grimmig den Kopf. »Sind Sie sicher?«

»Ich habe in meinem ganzen Leben noch niemanden umgebracht. Ich fange nicht mit Leuten auf meiner eigenen Seite an, um Himmels willen!«

Parnell erkannte dieses Argument mit einem leichten spöttischen Achselzucken an und konnte dabei nicht ganz verbergen, daß er eigentlich erleichtert war.

»Auf jeden Fall habe ich etwas, wofür ich leben muß. Dieser Krieg kann nicht ewig dauern.«

»Jemand zu Hause?« fragte er, und als ihr Blick sich den Anzeigen der Sonden zuwandte, fügte er einsichtig an: »Oder dort draußen?«

»Ach ja. Irgendwo dort draußen.«

Er schüttelte voller Mitgefühl den Kopf. »Das ist hart.« Er betrachtete ihr regloses Profil und fügte ermutigend hinzu: »Aber Sie haben recht. Die Großmächte werden diese Mistkerle früher oder später vom Himmel fegen.«

Sie machte sich Luft in einem kleinen, mechanischen »Ha!« und massierte ihr Gesicht mit den Fingerspitzen: ein Versuch, die Spannung loszuwerden. Sie hatte plötzlich eine Vision von einem großen Kriegsschiff, das aufgerissen war und seine lebendigen Eingeweide ausspie wie eine monströse Samenschote. Erstarrte, unfruchtbare Samen, die ohne Wind dahintrieben, aufgedunsen vom Druckabfall, ewig um die eigene Achse rotierend. Konnte man danach noch ein Gesicht erkennen? Sie drehte ihren Stuhl halb von Parnell weg, um auf diese Weise anzuzeigen, daß das Gespräch beendet war.

Ein barrayaranischer Schnellkurier nahm sie binnen einer Stunde auf.

Ihr schlug ein vertrauter Geruch entgegen, der an Metall, Maschinenöl, Ozon und Umkleideraum erinnernde Geruch eines barrayaranischen Kriegsschiffs. Die beiden großen Soldaten in Schwarz, die sie eskortierten, indem jeder von ihnen einen ihrer Ellbogen festhielt, manövrierten sie durch einen letzten engen ovalen Durchgang zu dem Hauptgefängnisbereich des großen Flaggschiffs. Sie und ihre vier Männer wurden rücksichtslos entkleidet, eingehend und fast paranoid detailliert gefilzt, medizinisch untersucht und holographiert. Dann machte man einen Retinascan, identifizierte sie und steckte sie in formlose gelbe Pyjamas. Ihre Männer wurden getrennt abgeführt. Trotz ihrer Worte zu Parnell wurde ihr übel vor Angst, daß sie jetzt Schicht um Schicht nach Informationen ausgequetscht würden, die sie nicht hatten. Diesmal wohl auf sanfte Art, argumentierte ihre Vernunft; sicherlich würden die Barrayaraner sie für einen Gefangenenaustausch aufheben.

Die Wachen nahmen Haltung an. Als Cordelia sich umwandte, sah sie, wie ein hochrangiger barrayaranischer Offizier den Raum betrat. Das helle Gelb der Kragenabzeichen an seiner dunkelgrünen Uniform zeigte einen Rang, den sie bisher noch nicht gesehen hatte, und mit einem Schock erkannte sie die Farbe eines Vizeadmirals. Als sie wußte, was er war, wußte sie sofort, wer er war, und betrachtete ihn mit ernstem Interesse.

Er hieß Vorrutyer. Zusammen mit Kronprinz Serg war er Befehlshaber der barrayaranischen Armada. Cordelia nahm an, daß er derjenige war, der die wirkliche Arbeit machte; sie hatte gehört, daß er als nächster Kriegsminister von Barrayar vorgesehen war. So sah also ein aufgehender Stern aus.

Irgendwie war er Vorkosigan ein bißchen ähnlich: etwas größer, ungefähr gleich schwer, aber der Anteil von Knochen und Muskeln an seinem Gewicht war geringer, dafür hatte er mehr Fett. Er hatte auch dunkles Haar, lockiger als das von Vorkosigan und mit weniger grauen Strähnen, war von etwa dem gleichen Alter und sah eher besser aus. Seine Augen waren ganz anders, ein tiefes, samtiges Braun umrahmt von langen schwarzen Wimpern, bei weitem die schönsten Augen, die sie je im Gesicht eines Mannes gesehen hatte. Diese Augen weckten tief in ihrem Gemüt eine leise, unterschwellige Stimme, die klagte: du hast gedacht, du wärest heute schon einmal der Angst ausgesetzt gewesen, aber das war eine Täuschung; jetzt kommt die wahre Angst, Angst ohne Trost und Hoffnung. Das war seltsam, denn diese Augen hätten sie eigentlich anziehen sollen. Sie brach den Augenkontakt ab und sagte sich ruhig, an dem Unbehagen und der sofortigen Abneigung seien nur ihre Nerven schuld.

»Identifizieren Sie sich, Betanerin«, knurrte er. Sie hatte eine wirre Empfindung von *déjà vu.*

Sie rang um ihr inneres Gleichgewicht, salutierte schneidig und sagte forsch: »Captain Cordelia Naismith, Betanische Expeditionsstreitkräfte. Wir sind eine militärische Einheit. Kombattanten.« Natürlich konnte er nicht wissen, warum das für sie witzig war.

»Ha. Zieht sie aus und dreht sie herum!«

Er trat zurück und schaute zu. Die beiden Wachsoldaten grinsten und gehorchten. Mir gefällt nicht, wie das hier losgeht... Sie zwang sich, kühl und unbeteiligt auszusehen, indem sie sich an alle ihren inneren Quellen von Heiterkeit hielt. Ruhig. Ruhig. Der will dich hier nur aus der Fassung bringen. Du kannst es in seinen Augen lesen, in seinen hungrigen Augen. Ruhig.

»Ein bißchen alt, aber noch passabel. Ich werde später nach ihr schicken.«

Einer der Soldaten schob ihr wieder den Pyjama zu. Sie zog sich langsam und mit genau kontrollierten Bewegungen an, wie bei einem umgekehrten Striptease, um sie zu ärgern. Der eine Soldat knurrte, der andere stieß sie grob in den Rücken, um sie in ihre Zelle zu dirigieren. Sie lächelte säuerlich über ihren Erfolg und dachte: nun gut, wenigstens habe ich mein Schicksal so weit in der Hand. Soll ich mir Punkte geben, wenn ich sie dazu provozieren kann, mich zusammenzuschlagen?

Sie packten sie in einen nackten, metallenen Raum und ließen sie allein. Sie machte mit ihrer Masche weiter, zu ihrem eigenen schwachen Vergnügen, indem sie sich mit der gleichen Art von zeremoniellen Bewegungen graziös auf den Boden kniete, die rechte Zehe korrekt über die linke gekreuzt, die Hände reglos auf den Oberschenkeln ruhend. Die Berührung erinnerte sie an die Stelle an ihrem linken Bein, die bar aller Empfindung war, ohne Gespür für Hitze, Kälte, Schmerz oder Druck – ein Überbleibsel ihrer letzten Begegnung mit der Armee von Barrayar. Sie schloß die Augen halb und ließ ihre Gedanken dahintreiben; dabei hoffte sie, bei ihren Bewachern einen beunruhigenden Eindruck tiefer und möglicherweise gefährlicher parapsychischer Meditation zu erwecken. Aggressionen vorzutäuschen war besser als Nichtstun.

Nach etwa einer Stunde reglosen Sitzens, als ihre

Muskeln schon schmerzhaft protestierten, da sie diese knieende Stellung nicht gewohnt waren, kehrte der Wächter zurück.

»Der Admiral will, daß Sie kommen«, sagte er lakonisch. »Los!«

Wieder hatte sie bei dem Gang durch das Schiff an jeder Seite einen Bewacher neben sich. Der eine grinste und zog sie schon mit seinen Blicken aus. Der andere schaute sie eher mitleidig an, und das war weitaus beunruhigender. Sie begann sich zu fragen, wie sehr ihre Zeit mit Vorkosigan sie dazu verleitet hatte, die Risiken ihrer Gefangennahme geringzuschätzen. Sie kamen in den Offiziersbereich und hielten vor einer ovalen Tür in einer Reihe gleich aussehender Türen. Der grinsende Wächter klopfte, es folgte die Aufforderung zum Eintreten.

Dieses Admiralsquartier war ganz anders als die nüchterne Kabine an Bord der *General Vorkraft.* Zum einen waren die Schotts zu den beiden anschließenden Räumen herausgenommen worden, so daß die Kabine die dreifache Größe hatte. Sie war voll von persönlichen Einrichtungsgegenständen der luxuriösesten Art. Als sie eintrat, erhob sich Admiral Vorrutyer von einem mit Samt bezogenen Sessel, aber sie mißverstand dies nicht als eine Geste der Höflichkeit.

Er ging langsam um sie herum, während sie schweigend dastand, und er beobachtete, wie ihr Blick im Raum umherwanderte. »Etwas Besseres als diese Zelle, was?« fragte er verschlagen.

»Sieht aus wie das Boudoir einer Hure«, antwortete sie, um die Wachen zu amüsieren.

Der Soldat, der bisher gegrinst hatte, bekam fast einen Erstickungsanfall, der andere lachte direkt heraus, brach jedoch auf einen wütenden Blick von Vorrutyer hin sein Gelächter ab. Hab' nicht gedacht, daß das *so* komisch war, wunderte sich Cordelia. Jetzt begann sie einige Details der Ausstattung zu erfassen und erkannte, daß sie der Wahrheit näher gekommen war, als sie gedacht hatte. Was für eine äußerst seltsame Statuette in der Ecke dort, zum Beispiel. Obwohl sie vielleicht einen gewissen künstlerischen Wert haben mochte. »Eine Hure mit sehr ungewöhnlichen Kunden«, fügte Cordelia hinzu.

»Schnallt sie an«, befahl Vorrutyer, »und kehrt auf eure Posten zurück. Ich werde euch rufen, wenn ich mit ihr fertig bin. Dann könnt ihr sie haben.«

Sie wurde mit dem Rücken auf sein breites Bett gelegt, das kein Armeemodell war, Arme und Beine wurden in Richtung der vier Ecken auseinandergezerrt und mit weichen Armbändern stramm an kurzen Ketten befestigt, die ihrerseits am Bettrahmen befestigt waren. Die Fesselung war simpel und machte sie frösteln; ihre Kräfte reichten nicht aus, sich davon loszureißen.

Als der Wächter, der Mitleid mit ihr hatte, ein Armband festschnallte, flüsterte er leise, fast unhörbar in einer Art Seufzer: »Tut mir leid.«

»Schon gut«, antwortete sie flüsternd. Sie blickten aneinander vorbei und verbargen so den geheimen Wortwechsel vor Vorrutyer, der die ganze Prozedur beobachtete.

»Na, was denken Sie jetzt?« murmelte der andere grinsend, während er das andere Band festschnallte.

»Halt den Mund«, fuhr der erste dazwischen und warf ihm einen bösen Blick zu. Ein ungutes Schweigen herrschte in dem Raum, bis die Wachsoldaten sich zurückzogen.

»Sieht wie eine Dauereinrichtung aus«, bemerkte sie zu Vorrutyer, auf schreckliche Weise fasziniert. Ihr war, als sei aus einem üblen Scherz Realität geworden. »Was machen Sie, wenn Sie keine Betaner fangen können? Rufen Sie dann nach Freiwilligen?«

Zwischen seinen Augen erschien kurz eine Falte, dann glättete sich seine Stirn wieder. »Nur weiter so!«

ermunterte er sie. »Das amüsiert mich. Es macht das Endergebnis um soviel pikanter.«

Er lockerte seinen Uniformkragen, goß sich ein Glas Wein ein an einer tragbaren Bar, die in der Ecke stand und bestimmt nicht den Dienstvorschriften entsprach, und setzte sich neben ihr auf das Bett in der Pose eines gesprächigen Mannes, der einen kranken Freund besucht. Er tastete sie sorgfältig mit den Blicken ab, die schönen braunen Augen waren schon feucht vor Erwartung.

Sie versuchte sich selber einzureden: vielleicht ist er nur ein Vergewaltiger. Vielleicht wäre es möglich, mit einem einfachen Vergewaltiger fertigzuwerden. Solche offenen, kindlichen Seelen, kaum aggressiv. Sogar die Verdorbenheit verfügt über eine relative Skala ...

»Ich weiß keinerlei militärische Geheimnisse, die auch nur das Geringste wert wären«, wehrte sie ab. »Das ist wirklich nicht Ihre Zeit wert.«

»Ich habe nicht angenommen, daß Sie irgend etwas wüßten«, erwiderte er leichthin. »Allerdings werden Sie ohne Zweifel in den nächsten paar Wochen darauf bestehen, mir alles zu erzählen, was Sie wissen. Für mich völlig langweilig, ich bin nicht im geringsten daran interessiert. Falls ich Ihre Informationen wünsche, dann kann sie mein medizinisches Team im Handumdrehen aus Ihnen herausholen.« Er nippte an seinem Wein. »Es ist jedoch komisch, daß Sie das Thema anschneiden – vielleicht werde ich Sie später doch noch zur Krankenstation schicken.«

Ihr Magen krampfte sich zusammen. Närrin, schrie sie sich stumm an, hast du nicht gerade eine Chance kaputtgemacht, einem Verhör zu entgehen? Aber nein, das war wohl die Standardprozedur – er bearbeitet dich einfach. Raffiniert. Ruhig ...

Er trank wieder. »Wissen Sie, ich denke, ich werde es genießen, zur Abwechslung mal eine ältere Frau zu besteigen. Die jungen mögen ja hübsch ausschauen, aber mit ihnen ist es zu leicht. Kein Spaß. Ich kann schon jetzt sagen, daß Sie mir großen Spaß machen werden. Ein großer Sturz erfordert eine große Höhe, oder?«

Sie seufzte und blickte zur Decke empor. »Nun ja, ich bin mir sicher, es wird sehr lehrreich sein.« Sie versuchte sich zu erinnern, wie sie ihre Gedanken beim Sex mit ihrem früheren Liebhaber abgelenkt hatte, in den schlechten Zeiten, bevor sie ihn schließlich los wurde. Dies hier dürfte wohl nicht schlimmer sein...

Vorrutyer lächelte, setzte seinen Wein auf einem Nachttisch ab und holte aus dessen Schublade ein kleines Messer, scharf wie ein altmodisches Skalpell. Cordelia sah den juwelenbesetzten Griff funkeln, bevor Vorrutyers Hand ihn ihrem Blick entzog. Der Barrayaraner begann in dem orangefarbenen Pyjama ziemlich wirr herumzuschneiden und ihn von ihr abzuziehen, wie die Schale von einer Frucht.

»Ist das nicht Regierungseigentum?« fragte sie, aber sie bereute es, gesprochen zu haben, denn ein Zittern in ihrer Stimme machte das Wort ›Eigentum‹ ziemlich piepsig. Es war, wie wenn man einem hungrigen Hund einen Leckerbissen anbietet: er wird dann nur noch höher springen.

Er lachte befriedigt in sich hinein. »Hoppla!« Absichtlich ließ er das Messer ausgleiten. Es drang gut einen Zentimeter in ihren Schenkel. Er beobachtete gierig ihr Gesicht nach einer Reaktion. Die Wunde lag in dem empfindungslosen Bereich; sie konnte nicht einmal das feuchte Sickern des Blutes spüren, das daraus hervorquoll. Seine Augen verengten sich vor Enttäuschung. Sie zwang sich dazu, nicht nach unten zu blicken, und wünschte sich, sie hätte mehr über Trancezustände gelernt.

»Ich werde Sie heute nicht vergewaltigen«, brachte er im Plauderton vor, »falls es das ist, was Sie gedacht haben.«

»Es war mir schon in den Sinn gekommen. Ich kann mir nicht vorstellen, wie ich darauf kam.«

»Dafür ist kaum Zeit«, erklärte er. »Heute ist, wie die Dinge liegen, nur das Horsd'œuvre des Banketts, oder eine einfache klare Suppe, nach Hausmacherart. All die komplizierten Dinge werden für den Nachtisch in ein paar Wochen aufgehoben.«

»Ich esse nie Nachtisch. Mein Gewicht, wissen Sie.«

Er gluckste wieder. »Sie machen mir Spaß.« Er legte das Messer weg und nahm einen weiteren Schluck Wein. »Wissen Sie, Offiziere delegieren immer ihre Arbeit. Nun, ich bin ein Liebhaber der Geschichte der Erde. Mein bevorzugtes Jahrhundert ist das achtzehnte.«

»Ich hätte auf das vierzehnte getippt. Oder das zwanzigste.«

»Noch ein, zwei Tage, und ich werde Ihnen beigebracht haben, mich nicht zu unterbrechen. Wo war ich? Ach ja. Nun, bei meiner Lektüre stieß ich auf die entzückendste Szene, wo eine gewisse große Lady« – er toastete ihr mit dem Weinglas zu – »von einem erkrankten Diener vergewaltigt wurde, auf Befehl seines Herrn. Sehr pikant. Geschlechtskrankheiten sind leider eine Sache der Vergangenheit. Aber ich habe die Möglichkeit, einen erkrankten Diener zu befehligen, wenn auch seine Krankheit eher mental als physisch ist. Ein echter, zuverlässiger paranoider Schizophrener.«

»Wie der Herr, so das Gescherr«, versetzte sie aufs Geratewohl. Ich kann das nicht mehr lange mitmachen; mein Herz bleibt gleich stehen ...

Sie erntete ein ziemlich saures Lächeln. »Er hört Stimmen, wissen Sie, wie Johanna von Orleans, außer daß er mir sagt, es seien Dämonen, keine Heiligen. Er hat bei Gelegenheit auch visuelle Halluzinationen. Und er ist ein sehr großer Mann. Ich habe ihn schon zuvor oft benutzt. Er ist nicht die Art von Kerl, die es leicht findet ... hm ... Frauen für sich zu gewinnen.«

Gerade zur richtigen Zeit klopfte es an der Tür und Vorryuter ging, um zu öffnen. »Ah, kommen Sie herein, Sergeant. Ich habe gerade von Ihnen gesprochen.«

»Bothari«, flüsterte Cordelia. Den Kopf mit dem vertrauten Barsoi-Gesicht gebeugt, kam Vorkosigans langer Kerl durch die Tür. Wie, *wie* kam er in ihren persönlichen Alptraum? Ein Kaleidoskop von Bildern wirbelte in ihrer Erinnerung: ein schattiger Waldrand, das Knistern von Disruptoren, die Gesichter der Toten und der Halbtoten, eine Gestalt, die aufragte wie der Schatten des Todes.

Sie konzentrierte sich auf die gegenwärtige Realität. Würde er sie erkennen? Sein Blick hatte sie noch nicht erreicht, er war auf Vorrutyer gerichtet. Seine Augen lagen zu eng beieinander und befanden sich nicht ganz auf derselben Höhe. Das gab seinem Gesicht eine ungewöhnliche Asymmetrie und trug viel zu seiner bemerkenswerten Häßlichkeit bei.

Ihre aufgewühlte Phantasie richtete sich plötzlich auf seinen Körper. Sein Körper – irgend etwas stimmte nicht damit, er wirkte buckelig in seiner schwarzen Uniform, ganz anders als die aufrechte Gestalt, die sie zuletzt gesehen hatte, als Bothari von Vorkosigan den ersten Platz in der Kampfaufstellung forderte. Irgend etwas war falsch, falsch, schrecklich falsch. Er war einen Kopf größer als Vorrutyer, aber er schien vor seinem Herrn unterwürfig zu kriechen. Sein Rückgrat war vor Spannung gebeugt, während er finster auf den Admiral herabblickte. War der etwa sein – Folterer? Was, fragte sich Cordelia, mochte ein Seelenschänder wie Vorrutyer machen mit dem Rohmaterial, das sich in Bothari anbot? O Gott, Vorrutyer, bilden Sie sich in Ihrer unmoralischen, protzigen Verrücktheit, in Ihrer monströsen Eitelkeit ein, daß Sie diesen Elementargeist *beherrschen?* Und Sie wagen es, mit diesem düsteren Wahnsinn in seinen Augen Ihr Spiel zu treiben? Ihre Gedanken hielten Schritt mit ihrem rasenden Puls. Es gibt zwei Opfer in diesem Raum. Es gibt zwei Opfer in diesem Raum. Es gibt zwei …

»Da, schauen Sie, Sergeant.« Vorrutyer zeigte mit dem Daumen über seine Schulter auf Cordelia, die ausgestreckt auf dem Bett lag. »Vergewaltigen Sie mir diese Frau.« Er holte sich einen Stuhl her und bereitete sich darauf vor, alles schadenfroh aus der Nähe zu beobachten. »Los, los!«

Bothari, dessen Gesicht ausdruckslos war wie immer, öffnete seine Hosen und näherte sich dem Fußende des Bettes. Jetzt schaute er sie zum erstenmal an.

»Irgendwelche letzten Worte, ›Captain‹ Naismith?« fragte Vorrutyer sarkastisch. »Oder sind Ihnen endlich die Worte ausgegangen?«

Sie starrte auf Bothari und wurde von einem Mitleid geschüttelt, das fast wie Liebe war. Er schien sich nahezu in Trance zu befinden, Lust ohne Vergnügen, Erwartung ohne Hoffnung. Armer Kerl, dachte sie, wie übel hat man dir mitgespielt. Jetzt kam es ihr nicht länger darauf an, Punkte zu sammeln; sie suchte in ihrem Herzen nach Worten, nicht für Vorrutyer, sondern für Bothari. Einige heilende Worte – ich möchte nichts zu seinem Wahnsinn beitragen … Die Luft in dem Raum erschien ihr klamm und kalt; sie zitterte und fühlte sich unaussprechlich müde, widerstandslos und traurig. Er beugte sich über sie, schwer und dunkel wie Blei. Das Bett knarrte.

»Ich glaube«, sagte sie schließlich langsam, »daß die Gefolterten Gott sehr nahe sind. Es tut mir leid, Sergeant.«

Sein Gesicht knapp zwei Handlängen von ihr entfernt. Er starrte sie so lange an, daß sie sich fragte, ob er sie überhaupt gehört hatte. Sein Atem war nicht gut, aber sie zuckte nicht zurück. Dann stand er, zu ihrer Überraschung, auf und machte seine Hosen wieder zu; dabei zitterte er leicht.

»Nein, Sir«, sagte er in seinem monotonen Baß.

»Was?« Vorrutyer setzte sich überrascht auf. »Warum nicht?« wollte er wissen.

Der Sergeant suchte nach Worten. »Sie ist Kommodore Vorkosigans Gefangene, Sir.«

Vorrutyer blickte sie an, war zuerst verwundert, dann begriff er. »Also *Sie sind* Vorkosigans Betanerin?« Bei diesem Namen verflog sein kühles Amüsement mit einem Zischen, wie ein Tropfen Wasser auf rotglühendem Eisen.

Vorkosigans Betanerin? Eine kurze Hoffnung flackerte in ihr auf, daß Vorkosigans Name vielleicht ein Losungswort für Sicherheit wäre, aber sie erstarb wieder. Die Chance, daß diese Kreatur auf irgendeine Weise ein Freund von Vorkosigan wäre, war sicher gleich Null. Jetzt schaute er sie nicht an, sondern durch sie hindurch, wie durch ein Fenster auf eine herrlichere Szenerie. *Vorkosigans Betanerin?*

»Jetzt hab ich diesen halsstarrigen puritanischen Mistkerl ganz in der Hand«, keuchte er wild. »Das ist vielleicht noch besser als an dem Tag, wo ich ihm von seiner Frau erzählte.« Der Ausdruck auf seinem Gesicht war seltsam und erschreckend, die Maske der Höflichkeit schien zu schmelzen und stückweise herabzugleiten.

»Wissen Sie, Sie haben mich ganz überwältigt. Die Möglichkeiten, die Sie bieten – achtzehn Jahre waren nicht zu lang, um auf eine solche Rache zu warten. Ein weiblicher Soldat. Ha! Er dachte wahrscheinlich, Sie seien die ideale Lösung für unsere gegenseitigen – Schwierigkeiten. Mein vollkommener Krieger, mein lieber Heuchler, Aral. Ich wette, Sie müssen noch viel über ihn lernen. Aber wissen Sie, ich bin mir irgendwie ganz sicher, daß er Ihnen gegenüber mich nie erwähnt hat.«

»Nicht dem Namen nach«, pflichtete sie ihm bei. »Möglicherweise der Kategorie nach.«

»Und welche Kategorie war das?«

»Ich glaube, der Begriff, den er benutzte, war ›Abschaum der Streitkräfte‹.«

Er grinste säuerlich. »Ich würde einer Frau in Ihrer Situation nicht empfehlen, jemanden zu beschimpfen.«

»Oh, Sie machen sich diese Kategorie also zu eigen?« Ihre Antwort war automatisch, aber ihr Herz krampfte sich in ihr zusammen und hinterließ eine tönende Leere. Was tat Vorkosigan im Zentrum des Wahnsinns dieses Mannes? Seine Augen sahen jetzt aus wie die von Bothari …

Sein Lächeln wurde krampfhaft. »Ich habe mir eine Vielzahl von Dingen in meinem Leben zu eigen gemacht. Nicht das geringste davon war Ihr puritanischer Liebhaber. Lassen Sie Ihre Phantasie mal eine Weile damit spielen, meine Liebe, meine Süße, mein Schätzchen. Sie würden es kaum glauben, wenn Sie ihn jetzt treffen, aber er war ein ziemlich lustiger Witwer, bevor er sich so irritierenderweise diesen unberechenbaren Ausbrüchen von Rechtschaffenheit hingab.« Er lachte.

»Ihre Haut ist sehr weiß. Hat er sie berührt – so?« Er fuhr mit einem Fingernagel an der Innenseite ihres Arms entlang, und sie schauderte. »Und Ihr Haar. Ich bin ganz sicher, er muß von diesem sich ringelnden Haar fasziniert sein. So fein, und so eine ungewöhnliche Farbe.« Er drehte eine Strähne sanft zwischen seinen Fingern. »Ich muß daran denken, was man mit diesem Haar machen kann. Man könnte natürlich den Skalp ganz entfernen, aber es muß noch etwas Kreativeres geben. Vielleicht nehme ich ein bißchen mit mir und hole es heraus und spiele damit, ganz beiläufig, bei der Stabskonferenz. Lasse es ganz seidig durch meine Finger gleiten – mal schauen, wie lange es dauert, bis seine Aufmerksamkeit davon gefesselt ist. Nähre seinen Verdacht und die wachsende Angst mit – oh – ein oder zwei beiläufigen Bemerkungen. Ich würde gerne wissen, wieviel es braucht, bis er diese seine unangenehm perfekten Berichte durcheinanderbringt – ha! Dann schicke ich ihn weg für eine Woche Kommandodienst, und er wird sich immer noch fragen, immer noch in Ungewißheit sein ...«

Er nahm das juwelenbesetzte Messer auf und säbelte eine dicke Strähne ab, rollte sie zusammen und steckte sie sorgfältig in seine Brusttasche, während er auf sie herablächelte. »Man muß natürlich vorsichtig sein, ihn nicht bis zur Gewalttätigkeit provozieren – er wird dann so schrecklich unkontrollierbar ...« – er fuhr mit einem Finger in einer L-förmigen Bewegung über die linke Seite seines Kinns, genau an der Stelle, wo sich Vorkosigans Narbe befand. »Es ist viel leichter, ihn in Fahrt zu bringen, als ihn zu stoppen. Allerdings ist er in letzter Zeit bemerkenswert zurückhaltend geworden. Ihr Einfluß, mein Schätzchen? Oder wird er einfach alt?«

Er warf das Messer achtlos zurück auf den Nachttisch, dann rieb er die Hände, lachte laut auf und ließ sich neben ihr nieder, um ihr zärtlich ins Ohr zu flüstern: »Und nach Escobar, wenn wir nicht mehr auf den Wachhund des Kaisers achtgeben müssen, wird es keine Grenze mehr geben für das, was ich tun kann. So viele Möglichkeiten ...« Er gab eine ganze Flut von Plänen von sich, Vorkosigan durch sie zu foltern, die alle mit obszönen Einzelheiten gespickt waren. Er war ganz angespannt ob seiner Visionen, das Gesicht bleich und schweißglänzend.

»Sie kommen doch unmöglich mit so etwas ungestraft davon«, sagte sie matt. Jetzt zeigte sich Angst in ihrem Gesicht, und Tränen rannen aus ihren Augenwinkeln, aber er war kaum daran interessiert. Sie hatte geglaubt, sie sei in den tiefsten möglichen Abgrund von Angst gefallen, aber jetzt öffnete sich der Boden unter ihr, und sie fiel wieder, endlos, in Wirbeln durch die Luft.

Er schien wieder etwas Beherrschung über sich zu

gewinnen, lief am Fußende des Bettes hin und her und schaute sie an. »Nun gut. Wie außerordentlich erfrischend. Wissen Sie, ich fühle mich ganz mit Energie geladen. Ich glaube, ich werde es schließlich doch selber tun. Sie sollten froh sein. Ich sehe viel besser aus als Bothari.«

»Nicht für mich.«

Er ließ seine Hosen fallen und bereitete sich darauf vor, sie zu besteigen. »Vergibst du mir auch, Schätzchen?«

Sie fühlte sich kalt und trocken und verschwindend klein. »Ich fürchte, das muß ich dem Unendlich Barmherzigen überlassen. Sie gehen über meine Kräfte.«

»Später in der Woche«, versprach er, da er ihre Niederlage fälschlicherweise für Schnoddrigkeit hielt, und er war deutlich erregt durch das, was er für eine fortgesetzte Zurschaustellung von Widerstand ansah.

Sergeant Bothari war in dem Raum herumgegeistert, wobei er seinen Kopf hin- und herbewegte und seine schmalen Kiefer mahlten, wie es Cordelia einmal zuvor gesehen hatte, ein Zeichen von innerer Erschütterung. Vorrutyer, dessen ganze Aufmerksamkeit Cordelia galt, achtete nicht auf die Bewegungen hinter ihm. So war für ihn der Moment äußerster Überraschung sehr kurz, als der Sergeant ihn an seinem lockigen Haar packte, seinen Kopf zurückriß und das juwelenbesetzte Messer ganz fachmännisch um seinen Hals zog, wobei er alle vier Hauptblutgefäße in einer flinken Doppelbewegung durchschnitt. Das Blut spritzte in einer Fontäne über Cordelia, entsetzlich warm, wie eine heiße Quelle.

Vorrutyer machte eine krampfhafte Drehung und verlor das Bewußtsein, als der Blutdruck in seinem Gehirn abfiel. Sergeant Bothari ließ das Haar los und Vorrutyer fiel zwischen ihre Beine und rutschte langsam über das Fußende des Bettes hinab.

Der Sergeant stand schwerfällig und schwer atmend am Ende des Bettes. Cordelia konnte sich nicht erinnern, ob sie geschrien hatte. Das spielte wohl keine Rolle, höchstwahrscheinlich achtete sowieso niemand sonderlich auf Schreie, die aus diesem Raum kamen. Sie fühlte sich erstarrt und blutleer in den Händen, im Gesicht, in den Füßen. Ihr Herz pochte wild.

Sie räusperte sich. »Uff, danke, Sergeant Bothari. Das war eine sehr ... ah ... ritterliche Tat. Könnten Sie mich vielleicht auch losschnallen?« Ihre Stimme quietschte unwillkürlich, und sie schluckte irritiert.

Cordelia betrachtete Bothari mit entsetzter Faszination. Es gab absolut keine Möglichkeit vorauszusagen, was er als nächstes tun mochte. Unter gemurmelten Selbstgesprächen, mit einem Ausdruck von Verwirrung auf seinem Gesicht, öffnete er fummelnd die Schnalle an ihrem linken Handgelenk. Flink und steif zugleich rollte sie auf die andere Seite und machte das rechte Handgelenk frei, dann setzte sie sich auf und befreite die Füße. Sie saß einen Moment lang mit überkreuzten Beinen in der Mitte des Bettes, splitternackt und triefend vor Blut, rieb ihre Fuß- und Handgelenke und versuchte, ihr schreckgelähmtes Gehirn wieder zum Arbeiten zu zwingen.

»Kleider, Kleider«, murmelte sie vor sich hin. Sie guckte über das Fußende des Bettes auf die zusammengesunkene Gestalt des vormaligen Admirals Vorrutyer mit den Hosen um die Knöchel und seinem letzten Ausdruck von Überraschung auf dem erstarrten Gesicht. Die großen braunen Augen hatten ihren feuchten Glanz verloren und begannen sich schon zu trüben.

Sie schlüpfte seitwärts aus dem Bett, weg von Bothari, und begann die metallenen Schubladen und Schränke, die den Raum säumten, hektisch zu durchsuchen. Ein paar Schubladen enthielten seine Spielzeugsammlung, und sie schloß sie hastig wieder, angeekelt, und verstand jetzt endlich, was er mit seinen letzten Worten gemeint hatte. Der Geschmack des Mannes an Perversionen hatte sicherlich ein bemerkenswertes Ausmaß gehabt. Ein paar Uniformen, alle mit zu vielen gelben Abzeichen. Schließlich fand sie eine gewöhnliche schwarze Arbeitsuniform. Sie wischte mit einem weichen Morgenmantel das Blut von ihrem Körper und zog die Uniform über.

Sergeant Bothari hatte sich mittlerweile auf den Boden gesetzt, zusammengekrümmt, den Kopf auf seinen Knien, und sprach leise vor sich hin. Sie kniete sich neben ihn. Begann er zu halluzinieren? Sie mußte ihn auf die Beine bringen, und aus diesem Raum heraus. Sie konnten nicht darauf zählen, noch viel länger unentdeckt zu bleiben. Aber wo konnten sie sich verbergen? Oder war es das Adrenalin, das sie zur Flucht aufforderte, und nicht die Vernunft? Gab es eine bessere Möglichkeit?

Während sie noch zögerte, wurde plötzlich die Tür aufgerissen. Sie schrie zum erstenmal auf. Aber der Mann, der mit bleichem Gesicht in der Öffnung stand, mit dem Plasmabogen in der Hand, war Vorkosigan.

KAPITEL 8

Sie seufzte bebend, als sie ihn erblickte, und in einem langen Atemzug entwich die lähmende Panik. »Mein Gott, Sie haben mir fast einen Herzschlag verpaßt«, brachte sie leise und gepreßt hervor. »Kommen Sie herein und machen Sie die Tür zu.«

Seine Lippen formten lautlos ihren Namen, und er trat ein, mit plötzlicher Panik auf seinem Gesicht, die fast ihrer eigenen gleichkam. Dann sah sie, daß ihm ein weiterer Offizier folgte, ein Leutnant mit braunem Haar und einem sanften Welpengesicht. Deshalb warf sie sich nicht auf Vorkosigan und weinte sich nicht an seiner Schulter aus, wie sie es sich eigentlich leidenschaftlich wünschte, sondern sagte statt dessen vorsichtig: »Es hat einen Unfall gegeben.«

»Schließen Sie die Tür, Illyan«, sagte Vorkosigan zu dem Leutnant. Er hatte seine Gesichtszüge ganz unter Kontrolle, als der junge Mann neben ihn trat. »Sie müssen jetzt mit der größten Aufmerksamkeit Zeuge dieser Situation hier sein.«

Mit zusammengepreßten Lippen ging Vorkosigan langsam in dem Raum umher und achtete besonders auf die Einzelheiten; auf einige machte er seinen Begleiter schweigend aufmerksam. Der Leutnant reagierte mit einem undefinierbaren Laut auf die erste Geste, die Vorkosigan noch mit dem Plasmabogen in der Hand ausführte. Vorkosigan hielt vor der Leiche an, schaute auf die Waffe in seiner Hand, als sähe er sie zum erstenmal, und schob sie dann in ihr Halfter.

»Haben Sie wieder den Marquis gelesen, oder?« redete er die Leiche mit einem Seufzen an. Er drehte sie mit der Spitze seines Stiefels um, aus dem fleischigen Schnitt in ihrem Hals lief noch etwas Blut. »Ein bißchen

Bildung ist eine gefährliche Sache.« Er blickte zu Cordelia auf. »Wem von Ihnen sollte ich gratulieren?«

Sie befeuchtete ihre Lippen. »Ich bin mir nicht sicher. Wieviel Ärger wird dieses Ereignis allgemein auslösen?«

Der Leutnant durchsuchte auch Vorrutyers Schubladen und Schränke, wobei er ein Taschentuch benutzte, um sie zu öffnen; nach seinem Gesichtsausdruck zu schließen, fand er, daß seine kosmopolitische Bildung nicht so vollständig war, wie er angenommen hatte. Er starrte lange Zeit in die Schublade, die Cordelia so hastig geschlossen hatte.

»Der Kaiser zum Beispiel wird erfreut sein«, sagte Vorkosigan. »Aber – nur ganz insgeheim.«

»Tatsächlich war ich festgebunden, als es geschah. Sergeant Bothari kommt die Ehre zu.«

Vorkosigan blickte auf Bothari, der immer noch zusammengekauert am Boden saß. »Hm.« Er blickte sich zum letztenmal in dem Raum um. »Irgend etwas hier erinnert mich stark an die bemerkenswerte Szene, als wir in meinen Maschinenraum eindrangen. Es zeigt Ihre persönliche Handschrift. Meine Großmutter hatte eine Redewendung dafür – etwas über *spät*, und *einen Dollar* …«

»Einen Tag zu spät und einen Dollar zu knapp?« schlug Cordelia unwillkürlich vor.

»Ja, das war es.« Er biß sich auf die Lippe, um ein ironisches Lächeln zu unterdrücken. »Eine sehr betanische Bemerkung – ich beginne zu verstehen, warum.« Sein Gesicht erhielt die Maske kühler Neutralität aufrecht, aber seine Augen betrachteten sie forschend in geheimer Qual. »Kam ich etwa zu spät?«

»Überhaupt nicht«, versicherte sie ihm. »Sie kamen … hm … genau zur rechten Zeit. Ich zitterte in panischer Angst und fragte mich, was ich als nächstes tun sollte.«

Er wandte sich von Illyan ab, und ein Lächeln, das er

schnell unterdrückte, ließ kurz Fältchen in seinen Augenwinkeln erscheinen. »Es scheint also, als rettete ich meine Flotte vor Ihnen«, murmelte er. »Daran dachte ich eigentlich nicht, als ich hier heraufkam, aber ich bin froh, daß ich *irgend etwas* rette.« Er hob die Stimme. »Sobald Sie fertig sind, Illyan, schlage ich vor, daß wir uns zu weiterer Diskussion in meine Kabine begeben.«

Vorkosigan kniete neben Bothari nieder und musterte ihn. »Dieser verdammte Scheißkerl hat ihn wieder fast ruiniert«, knurrte er. »Nach seiner Zeit mit mir ging es beinahe gut. Sergeant Bothari«, sagte er etwas sanfter, »können Sie ein kleines Stück mit mir gehen?«

Bothari murmelte etwas Unverständliches in seine Knie.

»Kommen Sie her, Cordelia«, sagte Vorkosigan. Es war das erstemal, daß sie ihren Vornamen aus seinem Mund hörte. »Schauen Sie, ob Sie ihn hochbekommen. Ich glaube, ich sollte ihn gerade jetzt besser nicht anrühren.«

Sie kniete sich nieder, in Botharis Blickfeld. »Bothari, Bothari, schauen Sie mich an. Sie müssen aufstehen und ein kleines Stück gehen.« Sie nahm seine blutbefleckte Hand und versuchte, an einen vernünftigen, oder noch besser: an einen unvernünftigen Satz zu denken, der ihn erreichen könnte. Sie versuchte zu lächeln. »Schauen Sie her! Sehen Sie es? Sie sind mit Blut gewaschen. Blut wäscht Sünden ab, nicht wahr? Jetzt wird alles gut mit Ihnen. Der Böse ist dahin, und nach einer kleinen Weile werden die bösen Stimmen auch verschwinden. Also kommen Sie jetzt mit mir, und ich bringe Sie dorthin, wo Sie sich ausruhen können.«

Während dieser Worte konzentrierte sich seine Aufmerksamkeit allmählich auf sie, und schließlich nickte er und stand auf. Sie hielt ihn noch an der Hand und folgte Vorkosigan hinaus, Illyan bildete die Nachhut. Sie hoffte, ihr psychologisches Heftpflaster möge halten; jede Art von Schreck konnte Bothari wie eine Bombe hochgehen lassen.

Sie war erstaunt, als sich herausstellte, daß Vorkosigans Kabine nur eine Tür weiter war, auf der gegenüberliegenden Seite des Korridors.

»Sind Sie der Kapitän dieses Schiffes?« fragte sie. Seine Kragenabzeichen, die sie jetzt genauer anschaute, wiesen ihn als einen Kommodore aus. »Waren Sie die ganze Zeit hier?«

»Nein, ich bin beim Stab. Mein Kurierschiff kam gerade vor ein paar Stunden von der Front. Ich war seitdem ständig in einer Besprechung mit Admiral Vorhalas und dem Prinzen. Sie ging gerade zu Ende. Ich kam direkt hier herauf, als der Wachsoldat mir von Vorrutyers neuer Gefangenen erzählte. Sie – selbst in meinen schlimmsten Alpträumen hätte ich nicht geträumt, daß Sie es sein könnten.«

Vorkosigans Kabine erschien friedlich wie eine Mönchszelle nach dem Blutbad, das sie auf der anderen Seite des Gangs zurückgelassen hatten. Alles entsprach der Dienstvorschrift, eine richtige Soldatenbude. Vorkosigan sperrte die Tür hinter ihnen ab. Er rieb sein Gesicht, seufzte und verschlang Cordelia förmlich mit den Augen. »Sind Sie sicher, daß mit Ihnen alles in Ordnung ist?«

»Ich bin nur etwas durcheinander. Ich wußte, daß ich Risiken einging, als ich für diese Aufgabe ausgewählt wurde, aber auf so etwas wie diesen Mann war ich ganz und gar nicht eingestellt. Er war ein klassisches Beispiel. Ich bin überrascht, daß Sie ihm gedient haben.«

Sein Gesicht wurde verschlossen. »Ich diene dem Kaiser.«

Sie wurde sich Illyans Anwesenheit bewußt; er stand schweigend und wachsam da. Was sollte sie sagen, wenn Vorkosigan sie über den Konvoi befragte? Er war für ihre Pflicht eine größere Gefahr als die Folter. In den vergangenen Monaten hatte sie angefangen zu glauben, die Trennung müßte schließlich den Hunger ihres Herzens nach Vorkosigan schwächer werden lassen, aber als sie ihn jetzt lebendig und kraftvoll vor sich sah, wurde ihr Hunger fast zu einer Gier. Sie wußte allerdings nicht, was er empfand. Jetzt im Augenblick sah er müde, unsicher und gestreßt aus. Falsch, alles falsch…

»Ah, gestatten Sie mir, Ihnen Leutnant Simon Illyan vorzustellen, vom persönlichen Sicherheitsstab des Kaisers. Er ist mein Spion. Leutnant Illyan, Kommandantin Naismith.«

»Jetzt Captain Naismith«, warf sie automatisch ein. Der Leutnant schüttelte ihre Hand mit einer höflichen, ruhigen Arglosigkeit, die überhaupt nicht zu der bizarren Szene paßte, die sie gerade verlassen hatten. Er hätte bei einem Empfang in einer Botschaft sein können. Ihre Berührung hinterließ einen Streifen Blut auf seiner Handfläche. »Hinter wem spionieren Sie her?«

»Ich ziehe den Begriff ›Überwachung‹ vor«, sagte er.

»Das sind bürokratische Doppelsinnigkeiten«, warf Vorkosigan ein. Zu Cordelia gewandt fügte er hinzu: »Der Leutnant spioniert mir nach. Er stellt einen Kompromiß dar zwischen dem Kaiser, dem Ministerium für Politische Erziehung und mir selbst.«

»Der Ausdruck, den der Kaiser benutzte«, sagte Illyan distanziert, »war ›zeitweiliger Waffenstillstand‹.«

»Ja. Leutnant Illyan verfügt auch über einen eidetischen Gedächtnischip. Sie können ihn als ein Aufnahmegerät auf zwei Beinen betrachten, das der Kaiser nach Belieben abspielen kann.«

Cordelia blickte ihn verstohlen an. »Zu schade, daß wir uns nicht unter günstigeren Umständen wiederbegegnen konnten«, sagte sie vorsichtig zu Vorkosigan.

»Hier gibt es keine günstigen Umstände.«

Leutnant Illyan räusperte sich und warf einen Blick auf Bothari, der dastand, immerzu seine Finger ineinander verschränkte und wieder löste und die Wand anstarrte. »Was jetzt, Sir?«

»Hm. Für einen Versuch, an dem Szenarium herumzupfuschen, gibt es insgesamt zu viele handfeste Beweise in Vorrutyers Kabine, nicht zu erwähnen die Zeugen dafür, wer wann hineingegangen ist. Ich persönlich würde es vorziehen, wenn Bothari überhaupt nicht dort gewesen wäre. Die Tatsache, daß er sichtlich nicht zurechnungsfähig ist, wird den Prinzen nicht beeindrucken, wenn er Wind von der Sache bekommt.« Er stand da und dachte angestrengt nach. »Also, Sie müssen einfach geflohen sein, bevor Illyan und ich auf der Szene erschienen. Ich weiß nicht, wie lang es möglich sein wird, Bothari hier drinnen zu verstecken – vielleicht kann ich ein paar Beruhigungsmittel für ihn bekommen.« Sein Blick fiel auf Illyan. »Wie steht es mit dem Agenten des kaiserlichen Stabs in der medizinischen Abteilung?«

Illyan blickte zurückhaltend drein. »Es ist möglich, daß etwas arrangiert werden könnte.«

»Ein guter Mann.« Vorkosigan wandte sich an Cordelia. »Sie werden hier drin bleiben und Bothari unter Kontrolle halten müssen. Illyan und ich müssen auf der Stelle gehen, oder es wird zu viele nicht erklärbare Minuten geben zwischen dem Zeitpunkt, als wir Vorhalas verließen, und dem Augenblick, wo wir Alarm schlagen. Die Sicherheitsleute des Prinzen werden Vorrutyers Kabine gründlich überprüfen, und ebenso jedermanns Bewegungen.«

»Gehörten Vorrutyer und der Prinz derselben Partei an?« fragte Cordelia, die nach festem Grund in dem Stromwirbeln der barrayaranischen Politik suchte.

Vorkosigan lächelte bitter. »Sie waren einfach gute Freunde.«

Und dann war er verschwunden und ließ sie allein mit Bothari und ihrer totalen Verwirrung.

Sie brachte Bothari dazu, sich auf Vorkosigans Schreibtischstuhl zu setzen, wo er zwar schwieg, aber unaufhörlich herumzappelte. Sie saß mit überkreuzten Beinen auf dem Bett und versuchte, sich den Anschein von ruhiger Beherrschtheit und guter Laune zu geben. Das war nicht einfach, denn die Panik, von der sie erfüllt war, suchte ein Ventil.

Bothari stand auf und begann im Zimmer herumzugehen, wobei er mit sich selber sprach. Nein, nicht mit sich selber, erkannte sie. Und ganz gewiß nicht mit ihr. Der zusammenhanglose, geflüsterte Wortfluß machte für sie überhaupt keinen Sinn. Die Zeit verging langsam, zähflüssig vor Angst.

Cordelia und Bothari schraken beide zusammen, als die Tür sich mit einem Klicken öffnete, aber es war nur Illyan. Bothari nahm die geduckte Haltung eines Messerkämpfers an, als Illyan in die Kabine schlüpfte.

»Diener des Tieres sind die Hände des Tieres«, sagte Bothari. »Er nährt sie mit dem Blut der Frau. Schlimme Diener.«

Illyan beäugte ihn nervös und drückte einige Ampullen in Cordelias Hand. »Hier. Geben Sie ihm das. Eine davon könnte einen angreifenden Elefanten k.o. machen. Ich kann nicht bleiben.« Er schlüpfte wieder hinaus.

»Feigling«, murmelte sie hinter ihm her. Aber er hatte vermutlich recht. Sie dürfte wohl eine bessere Chance haben als er, dieses Mittel dem Sergeanten zu verabreichen. Botharis Erregung näherte sich einem Ausbruch.

Sie legte den Großteil der Ampullen beiseite und näherte sich Bothari mit einem sonnigen Lächeln, dessen Wirkung durch ihre Augen gemindert wurde, denn sie waren angstvoll geweitet. Botharis Augen waren zuckende Schlitze. »Kommodore Vorkosigan will, daß Sie sich jetzt ausruhen. Er hat eine Medizin geschickt, um Ihnen zu helfen.«

Er zog sich argwöhnisch vor ihr zurück, und sie blieb stehen, da sie ihn nicht in eine Ecke drängen wollte. »Es ist nur ein Beruhigungsmittel, sehen Sie?«

»Die Drogen des Tieres machten die Dämonen betrunken. Sie sangen und riefen. Schlechte Medizin.«

»Nein, nein. Dies ist eine gute Medizin. Sie wird die Dämonen in Schlaf versetzen«, versprach sie. Es war wie ein Seiltanz im Dunkeln. Sie versuchte es anders.

»Stillgestanden, Soldat«, sagte sie scharf, »Inspektion!«

Das war ein falscher Schritt. Er schlug ihr die Ampulle fast aus der Hand, als sie versuchte, sie in seinen Arm zu stechen, und seine Hand schloß sich um ihr Handgelenk wie ein Armreif aus heißem Eisen. Es tat so weh, daß sie zischend Luft holte, aber es gelang ihr gerade noch, ihre Finger zu verdrehen und das Spritzenende der Ampulle gegen die Innenseite seines Handgelenks zu drücken, bevor er sie hochhob und durch den Raum schleuderte.

Sie landete auf ihrem Rücken, rutschte über die Laufmatte mit einem ihrer Meinung nach fürchterlichen Lärm und knallte gegen die Tür. Bothari stürzte hinter ihr her. Kann er mich umbringen, bevor dieses Zeug wirkt? fragte sie sich verstört und zwang sich, ganz schlaff zu wirken, als wäre sie bewußtlos. Bewußtlose waren doch sicherlich kaum bedrohlich.

Offensichtlich galt dies nicht für Bothari, denn seine Hände schlossen sich um ihren Hals. Ein Knie drückte gegen ihren Brustkorb, und sie spürte, wie in diesem Bereich etwas schmerzhaft danebenging. Sie riß rechtzeitig ihre Augen auf, um zu sehen, wie er die Augen verdrehte. Seine Hände wurden schlaff, und er rollte von ihr herunter, kam auf seine Hände und Knie, wobei er benommen den Kopf schüttelte, dann sank er auf dem Boden zusammen.

Sie setzte sich auf und lehnte sich an die Wand. »Ich will heim«, murmelte sie. »Das gehörte nicht zu meiner

Stellenbeschreibung.« Der schwache Scherz trug nichts dazu bei, den Klumpen Hysterie aufzulösen, der ihr in der Kehle hochstieg, deshalb griff sie auf eine ältere, ernste Dienstvorschrift zurück und flüsterte deren Wortlaut vor sich hin. Als sie damit fertig war, hatte sie ihre Selbstbeherrschung zurückgewonnen.

Sie konnte Bothari nicht auf das Bett hochheben. Statt dessen hob sie seinen schweren Kopf und schob das Kissen darunter. Dann zog sie seine Arme und Beine in eine bequemere Stellung. Wenn Vorkosigan und sein Schatten wiederkamen, dann sollten sie es versuchen.

Endlich öffnete sich die Tür. Vorkosigan und Illyan kamen herein, schlossen die Tür schnell hinter sich und gingen vorsichtig um Bothari herum.

»Also?« sagte Cordelia. »Wie ist es gegangen?«

»Mit maschinenartiger Präzision, wie ein Wurmlochsprung in die Hölle«, erwiderte Vorkosigan. Er drehte seine Handfläche nach oben in einer vertrauten Geste, die wie ein Angelhaken ihr Herz einfing.

Sie blickte ihn verwirrt an. »Sie verblüffen mich genauso wie Bothari. Wie hat man den Mord aufgenommen?«

»Es ging wirklich gut. Ich stehe unter Arrest und muß in meiner Kabine bleiben, wegen des Verdachts auf Verschwörung. Der Prinz denkt, ich hätte Bothari dazu angestiftet«, erklärte er. »Gott weiß wie.«

»Uff, ich weiß, daß ich sehr müde bin«, sagte sie, »und nicht mehr allzu klar denken kann. Aber haben Sie gesagt: ›Es ging wirklich gut‹?«

»Kommodore Vorkosigan, Sir«, unterbrach Illyan, »denken Sie daran, daß ich dieses Gespräch werde melden müssen.«

»Welches Gespräch?« sagte Vorkosigan. »Sie und ich sind allein hier drinnen, erinnern Sie sich? Sie müssen mich nicht beobachten, wenn ich allein bin, wie jedermann weiß. Man wird bald beginnen sich zu fragen, warum Sie sich so lange hier drinnen aufhalten.«

Leutnant Illyan runzelte die Stirn angesichts dieser Rabulistik. »Die Absicht des Kaisers …«

»Ja? Erzählen Sie mir alles über die Absicht des Kaisers.« Vorkosigan blickte wild drein.

»Wie *mir* mitgeteilt wurde, war die Absicht des Kaisers, daß Sie davon abgehalten werden sollten, sich selbst zu belasten. Ich kann meinen Bericht nicht frisieren, das wissen Sie.«

»Das war Ihr Argument schon vor vier Wochen. Sie haben gesehen, was dabei herauskommt.«

Illyan schaute verwirrt drein.

Vorkosigan sprach leise und beherrscht. »Alles, was der Kaiser von mir will, wird erfüllt werden. Er ist ein großer Choreograph, und er soll seinen Tanz der Träumer haben, bis zum letzten Schritt.« Vorkosigans Hand schloß sich zu einer Faust und öffnete sich wieder. »Von dem, was mein ist, habe ich nichts seinem Dienst vorenthalten. Nicht mein Leben. Nicht einmal meine Ehre. Gewähren Sie mir wenigstens das.« Er zeigte auf Cordelia. »Sie haben mir damals Ihr Wort darauf gegeben. Haben Sie die Absicht, es zurückzunehmen?«

»Will mir bitte jemand sagen, worüber Sie reden?« unterbrach Cordelia.

»Leutnant Illyan erlebt im Augenblick einen kleinen Konflikt zwischen Pflicht und Gewissen«, sagte Vorkosigan, verschränkte seine Arme und blickte auf die Wand am anderen Ende der Kabine. »Dieser Konflikt kann nicht gelöst werden, wenn man nicht eines von beiden neu definiert, und er muß jetzt entscheiden, welches von beiden.«

»Sehen Sie, vor ein paar Wochen gab es noch einen anderen Vorfall wie diesen jetzt« – Illyan zeigte mit seinem Daumen in Richtung auf Vorrutyers Unterkunft –, »mit einer Gefangenen. Kommodore Vorkosigan wollte … hm … damals etwas dagegen tun. Ich redete es ihm aus. Nach … nachher stimmte ich zu, daß ich mich nicht einmische, wenn er etwas unternimmt, falls wieder eine solche Situation eintritt.«

»Hat Vorrutyer sie umgebracht?« fragte Cordelia mit morbidem Interesse.

»Nein«, sagte Illyan. Er starrte trübsinnig auf seine Stiefel.

»Kommen Sie, Illyan«, sagte Vorkosigan müde. »Wenn die beiden nicht entdeckt werden, dann können Sie dem Kaiser Ihren wahren Bericht abliefern und ihm das Frisieren überlassen. Und falls sie hier gefunden werden – dann wird die öffentliche Integrität Ihrer Berichte nicht Ihre dringlichste Sorge sein, glauben Sie mir.«

»Verdammt! Oberst Negri hatte recht«, sagte Illyan.

»Das hat er gewöhnlich – um was ging es denn?«

»Er sagte, wenn ich persönlichen Meinungen erlaubte, meine Pflicht auch nur in der kleinsten Angelegenheit zu beeinflussen, dann wäre das genau wie ein bißchen schwanger zu werden – daß die Konsequenzen sehr bald über meine Kräfte gingen.«

Vorkosigan lachte. »Oberst Negri ist ein sehr erfahrener Mann. Aber ich kann Ihnen sagen, man weiß von ihm, daß auch er – sehr selten – persönliche Meinungen entwickelt.«

»Aber die Sicherheitsabteilung wird die Kabine dort auf den Kopf stellen. Sie werden schließlich hier landen, indem sie einfach alles andere ausschalten. In dem Augenblick, wo es irgend jemandem einfällt, meine Integrität in Zweifel zu ziehen, ist alles vorbei.«

»Nach einiger Zeit werden sie hier landen«, stimmte Vorkosigan zu. »Wieviel Zeit, was schätzen Sie?«

»Sie werden die Durchsuchung des Schiffes in ein paar Stunden abgeschlossen haben.«

»Dann werden Sie einfach die Suchbemühungen umdirigieren müssen. Erweitern Sie das Suchgebiet – haben nicht einige Schiffe das Kommando verlassen in dem Zeitraum zwischen Vorrutyers Tod und der Bildung des Sicherheitskordons?«

»Ja, zwei, aber …«

»Gut. Benutzen Sie da Ihren kaiserlichen Einfluß. Bieten Sie alle Unterstützung freiwillig an, die Sie, als Oberst Negris getreuester Helfer, aufbieten können. Erwähnen Sie Negri oft. Regen Sie an. Empfehlen Sie. Bezweifeln Sie. Bestechen oder drohen Sie nicht, das wäre zu offensichtlich, obwohl es auch dazu kommen kann. Ziehen Sie ihre Inspektionsprozeduren in Zweifel, lassen Sie Berichte verschwinden – was auch immer nötig ist, um die Wasser zu trüben. Holen Sie mir 48 Stunden heraus, Illyan. Das ist alles, worum ich bitte.«

»Alles?« würgte Illyan.

»Ach ja. Versuchen Sie sicherzustellen, daß nur Sie und niemand anderer das Essen und so weiter bringt. Und versuchen Sie ein paar Extrarationen dazuzuschmuggeln.«

Vorkosigan entspannte sich merklich, als Illyan gegangen war, und wandte sich Cordelia mit einem traurigen und verlegenen Lächeln zu, das so gut tat wie eine Berührung. »Gut, daß wir uns wiedersehen, Lady.«

Sie salutierte andeutungsweise und erwiderte das Lächeln.

»Ich hoffe, ich habe Ihnen die Dinge nicht zu sehr vermasselt. Ihnen persönlich, meine ich.«

»Keineswegs. Tatsächlich haben Sie sie außerordentlich vereinfacht.«

»Ost ist West, oben ist unten, und fälschlicherweise in Arrest zu sein dafür, daß jemand anderer Ihrem Kommandeur die Kehle durchgeschnitten hat, ist eine Vereinfachung. Ich bin wohl auf Barrayar. Ich nehme an, Sie wollen mir nicht erklären, was hier vor sich geht?«

»Nein. Aber ich verstehe endlich, warum es in der Geschichte von Barrayar so viele Verrückte gegeben hat. Sie sind nicht die Ursache, sie sind die Folge.« Er seufzte und sprach so leise, daß er fast flüsterte.

»O Cordelia. Sie haben keine Vorstellung, wie sehr ich jemanden in meiner Nähe brauche, der geistig gesund und anständig ist. Sie sind wie Wasser in der Wüste.«

»Sie sehen gut aus ... hm ... Sie sehen aus, als hätten Sie abgenommen.« Er sah, dachte sie, zehn Jahre älter aus als vor sechs Monaten.

»O je.« Er fuhr sich mit der Hand übers Gesicht. »Ich habe nicht daran gedacht, Sie müssen ja erschöpft sein. Wollen Sie schlafen oder sonst was?«

»Ich bin mir nicht sicher, ob ich schon schlafen kann. Aber ich würde mich gerne waschen. Ich dachte, ich sollte nicht die Dusche laufen lassen, während Sie nicht hier waren, für den Fall, daß die Kabine überwacht wird.«

»Ein guter Gedanke. Nur zu!«

Sie rieb mit der Hand über ihren empfindungslosen Schenkel, wo der schwarze Stoff vor Blut klebrig war. »Hm, haben Sie Kleider für mich zum Wechseln? Die hier sind versaut. Außerdem gehörten sie Vorrutyer. Ich mag sie nicht.«

Sein Gesicht verdüsterte sich. »Ist das Ihr Blut?«

»Ja. Vorrutyer spielte den Chirurgen. Es tut nicht weh. Ich habe dort keine Nerven mehr.«

»Hm.« Vorkosigan berührte seine Narbe und lächelte leicht. »Ja, ich glaube, ich habe genau das Richtige für Sie.«

Er öffnete mit einem acht Ziffern langen Zahlencode eine seiner Schubladen, griff nach der untersten Schicht und holte zu Cordelias Erstaunen die Arbeitsuniform des Erkundungsdienstes heraus, die sie auf der *General Vorkraft* zurückgelassen hatte. Sie war gereinigt, ausgebessert, gebügelt und ordentlich zusammengelegt. »Ich habe die Stiefel nicht bei mir, und die Abzeichen sind veraltet, aber ich stelle mir doch vor, daß diese Kleider passen werden«, bemerkte Vorkosigan sanft und überreichte sie ihr.

»Sie ... Sie haben meine Kleider aufgehoben?«

»Wie Sie sehen.«

»Heiliger Himmel! Warum denn das?«

Er verzog wehmütig den Mund. »Nun ja – das war alles, was Sie zurückgelassen hatten. Außer dem Shuttle, das Ihre Leute auf dem Planeten zurückließen, und das hätte ja ein ziemlich unhandliches Erinnerungsstück abgegeben.«

Sie fuhr mit ihrer Hand über den gelbbraunen Stoff und fühlte sich plötzlich verlegen. Aber kurz bevor sie mit den Kleidern und einem Erste-Hilfe-Kästchen im Bad verschwand, sagte sie unvermittelt: »Ich habe noch meine barrayaranische Uniform zu Hause. In Papier eingewickelt, in einer Schublade.« Sie nickte ihm entschlossen zu; seine Augen leuchteten auf.

Als sie wieder herauskam, war der Raum halbdunkel und nächtlich ruhig, abgesehen von einem Licht über dem Tisch, wo Vorkosigan an seinem Computerterminal den Inhalt einer Diskette studierte. Sie ließ sich auf seinem Bett nieder, saß wieder mit überkreuzten Beinen da und bewegte ihre nackten Zehen. »Was ist das alles?«

»Hausaufgaben. Es ist meine offizielle Funktion im Stab Vorrutyers – des verstorbenen Admirals Vorrutyer.« Als er sich korrigierte, lächelte er leicht, wie der berühmte Tiger aus dem Limerick, der von dem Ritt mit der Lady im Bauch zurückkehrte. »Ich bin beauftragt, die Notfallbefehle zu planen und auf dem neuesten Stand zu halten, für den Fall, daß wir gezwungen werden, uns zurückzuziehen. Wie der Kaiser in der Ratssitzung sagte: da ich so überzeugt war, daß es ein Mißerfolg werden würde, könnte ich verdammt gut die Planung dafür übernehmen. Ich werde hier zur Zeit ein bißchen als fünftes Rad am Wagen angesehen.«

»Die Dinge laufen gut für Ihre Seite, nicht wahr?« fragte sie bedrückt.

»Wir haben uns ganz schön übernommen. Einige Leute betrachten das als einen Fortschritt.« Er gab einige neue Daten ein, dann schaltete er das Terminal ab.

Sie versuchte, das Gespräch von der gefährlichen Gegenwart wegzulenken. »Verstehe ich recht, daß Sie letztendlich nicht des Verrats beschuldigt wurden?« fragte sie und dachte dabei an das letzte Gespräch, das sie miteinander geführt hatten, vor langer Zeit weit weg auf einer anderen Welt.

»Ach, es gab eine Art von Unentschieden. Ich wurde nach Barrayar zurückgerufen, nachdem Sie entkommen waren. Minister Grishnov, der Chef der Politischen Erziehung und in der realen Machtstruktur der dritte Mann nach dem Kaiser und Oberst Negri, war fast aus dem Häuschen vor Begeisterung, so überzeugt war er, er hätte mich endlich erwischt. Aber meine Beweise gegen Radnov waren unwiderlegbar.

Der Kaiser schritt ein, bevor wir Blut vergießen konnten, und erzwang einen Kompromiß, oder korrekter, einen Schwebezustand. Ich bin noch nicht tatsächlich entlastet, die Beschuldigungen hängen noch irgendwo juristisch im Raum.«

»Wie hat er das gemacht?«

»Mit einem Trick. Er gab Grishnov und der ganzen Kriegspartei alles, was sie verlangt hatten, das ganze Escobar-Vorhaben auf einem Tablett, und mehr. Er gab ihnen den Prinzen. Und den ganzen Kredit. Nach der Eroberung von Escobar werden Grishnov und der Prinz jeder sich für den faktischen Herrscher von Barrayar halten.

Er brachte sogar Vorrutyer dazu, daß er meine Beförderung schluckte. Wies ihn darauf hin, daß er mich direkt unter seinem Kommando haben würde. Vorrutyer ging sofort ein Licht auf.« Vorkosigan biß bei einer schmerzlichen Erinnerung die Zähne zusammen und seine Hand ballte sich einmal unbewußt zur Faust zusammen und öffnete sich wieder.

»Wie lange haben Sie ihn schon gekannt?« fragte sie

vorsichtig und dachte an den bodenlosen Brunnen von Haß, in den sie hinabgefallen war.

Sein Blick wandte sich von ihr ab. »Wir waren in der Schule und als Leutnants zusammen, damals, als er noch ein gewöhnlicher Voyeur war. Wie ich hörte, war er in den letzten Jahren schlimmer geworden, seit er mit Prinz Serg verkehrte und dachte, er könne bei allem ungeschoren davonkommen. Gott helfe uns, er hatte fast recht. Bothari hat dem Staat einen großen Dienst erwiesen.«

Doch Sie haben ihn noch besser gekannt, dachte Cordelia. War das die Ansteckung Ihrer Phantasie, die so schwer loszuwerden war? Es scheint, Bothari hat auch einer Privatperson einen großen Dienst erwiesen... »Da wir von Bothari sprechen – nächstesmal geben Sie ihm das Beruhigungsmittel. Er wurde wild, als ich mit der Ampulle auf ihn losging.«

»Ach ja. Ich glaube, ich weiß warum. Es stand darüber etwas in einem von Oberst Negris Berichten. Vorrutyer hatte die Gewohnheit, seine... hm... Spieler unter Drogen zu setzen, mit verschiedenen zusammengemischten Stoffen, wenn er eine bessere Show haben wollte. Ich bin mir ziemlich sicher, daß Bothari in dieser Hinsicht eines seiner Opfer war.«

»Abscheulich.« Ihr wurde übel. Ihre Muskeln krampften sich um den Schmerz in ihrer Seite zusammen. »Wer ist dieser Oberst Negri, über den Sie ständig reden?«

»Negri? Er hält sich zurück, aber er ist kaum geheim. Er leitet den persönlichen Sicherheitsstab des Kaisers. Er ist Illyans Boss. Man nennt ihn Ezar Vorbarras Vertrauten.

Wenn man das Ministerium für Politische Erziehung als die rechte Hand des Kaisers betrachtet, dann ist Negri seine linke, diejenige, von der die rechte nichts wissen darf. Er überwacht die innere Sicherheit auf den höchsten Ebenen – die Chefs der Ministerien, die Grafen, die Familie des Kaisers – den Prinzen ...« Vorkosigan runzelte die Stirn. »Ich habe ihn ziemlich gut kennengelernt während der Vorbereitungen auf diesen Alptraum eines Strategen. Seltsamer Bursche. Er könnte jeden Rang haben, den er wollte. Aber äußere Formen sind für ihn bedeutungslos. Er ist nur am Wesentlichen interessiert.«

»Ist er gut oder schlimm?«

»Was für eine absurde Frage!«

»Ich hatte nur gedacht, daß er die Macht hinter dem Thron sein könnte.«

»Kaum. Wenn Ezar Vorbarra sagen würde: ›Sie sind ein Frosch‹, dann würde er hüpfen und quaken. Nein. Es gibt nur einen Kaiser auf Barrayar, und der erlaubt niemandem, hinter ihn zu treten. Er erinnert sich noch daran, wie er an die Macht gekommen ist.«

Sie streckte sich und zuckte bei dem Schmerz in ihrer Seite zusammen.

»Etwas nicht in Ordnung?« fragte er sofort besorgt.

»Oh, Bothari hat mich mit seinem Knie erwischt, als wir diese Auseinandersetzung wegen dem Beruhigungsmittel hatten. Ich dachte, man würde uns sicher hören. Ich bekam eine höllische Angst.«

»Darf ich mal sehen?« Seine Finger glitten sanft an ihren Rippen entlang. In ihrer Vorstellung hinterließen sie eine Spur von Licht in den Farben des Regenbogens.

»Au!«

»Ja. Zwei Ihrer Rippen sind angebrochen.«

»Das dachte ich mir schon. Ich hatte Glück, daß es nicht der Hals war.« Sie legte sich hin. Er verpaßte ihr einen behelfsmäßigen Verband aus Stoffstreifen und setzte sich dann neben sie auf sein Bett. »Haben Sie schon einmal daran gedacht, alles hinzuschmeißen und irgendwo hinzugehen, wo niemand sich darum kümmert?« fragte Cordelia. »Zum Beispiel auf die Erde.«

Er lächelte. »Oft. Ich hatte es mir sogar ein bißchen in

der Phantasie ausgemalt, nach Kolonie Beta auszuwandern und mich dort auf Ihrer Türschwelle einzufinden. Haben Sie eine Türschwelle?«

»Nicht in dieser Form, aber erzählen Sie nur weiter.«

»Ich kann mir nicht vorstellen, wie ich mir dort den Lebensunterhalt verdienen könnte. Ich bin Stratege, kein Techniker oder Navigator oder Pilot, deshalb könnte ich nicht zu eurer Handelsflotte gehen. Sie würden mich kaum zu eurem Militär nehmen, und ich kann mir nicht vorstellen, daß ich in ein Amt gewählt würde.«

Cordelia prustete. »Würde das nicht Steady Freddy erschrecken?«

»Nennen Sie so Ihren Präsidenten?«

»Ich habe nicht für ihn gestimmt.«

»Die einzige Anstellung, die ich mir denken kann, wäre die eines Lehrers der Kampfkünste, als Sport. Würden Sie einen Judolehrer heiraten, lieber Captain? Aber nein«, er seufzte, »Barrayar steckt mir in den Knochen. Ich kann es nicht abschütteln, egal wie weit ich reise. Dieser Kampf, Gott weiß es, bringt keine Ehre ein. Aber ein Exil mit keinem anderen Motiv als einem angenehmen Leben – das hieße, alle Hoffnung auf Ehre aufzugeben. Das wäre die letzte Niederlage ohne einen darin enthaltenen Samen für einen zukünftigen Sieg.«

Sie dachte an die todbringende Fracht, die sie im Konvoi begleitet hatte und die jetzt auf Escobar sicher war. Verglichen mit all den Menschenleben, die daran hingen, wogen ihres und das von Vorkosigan weniger als eine Feder. Es kam ihr vor, als interpretierte er den Kummer in ihrem Gesicht fälschlicherweise als Angst.

»Es ist nicht wie das Erwachen aus einem Alptraum, wenn man Ihr Gesicht sieht.« Er berührte sie sanft mit den Fingerspitzen an der Kurve ihrer Wange und legte seinen Daumen einen Moment auf ihre Lippen, leichter als ein Kuß. »Es ist eher, als wisse man, während man noch träumt, daß es jenseits des Traums eine Welt des

Erwachens gibt. Ich möchte mich eines Tages mit Ihnen in dieser Welt des Erwachens verbinden. Warten Sie's ab, warten Sie's ab!« Er drückte ihre Hand und lächelte aufmunternd.

Am Boden bewegte sich Bothari und stöhnte.

»Ich werde mich um ihn kümmern«, sagte Vorkosigan. »Schlafen Sie ein wenig, solange Sie können.«

KAPITEL 9

Cordelia wachte von Bewegungen und Stimmen auf. Vorkosigan erhob sich aus seinem Stuhl, Illyan stand vor ihm, straff gespannt wie eine Bogensehne, und sagte: »Vorhalas und der Prinz! Hier! Jetzt!«

»Scheißk ...« Vorkosigan drehte sich auf dem Absatz herum und suchte mit den Augen den kleinen Raum ab. »Das Bad muß dafür herhalten. Packen wir ihn in die Dusche.«

Schnell hoben sie Bothari hoch, Vorkosigan an den Schultern und Illyan an den Füßen, rumpelten durch die enge Tür und ließen ihn hastig in die Duschwanne fallen.

»Braucht er noch mehr von dem Beruhigungsmittel?« fragte Illyan.

»Vielleicht ist es besser. Cordelia, geben Sie ihm noch eine Ampulle. Es ist zu früh, aber es würde den Tod für euch beide bedeuten, wenn er jetzt einen Laut von sich gibt.« Er schob sie in den Raum, der die Größe einer Speisekammer hatte, drückte ihr die Droge in die Hand und schaltete das Licht aus. »Kein Geräusch, keine Bewegung!«

»Die Tür schließen?« fragte Illyan.

»Halb. Lehnen Sie sich an den Türrahmen, schauen Sie zwanglos aus und lassen Sie den Leibwächter des Prinzen nicht Ihren psychologischen Raum betreten.«

Cordelia suchte sich in der Dunkelheit tastend ihren Weg, kniete nieder und drückte eine weitere Spritze des Sedativs in den Arm des bewußtlosen Sergeanten. Sie setzte sich auf den Platz, der sich logisch hierfür anbot, und entdeckte, daß sie gerade einen schmalen Ausschnitt von Vorkosigans Kabine im Spiegel sehen konnte, verkehrt herum und desorientierend. Sie hörte, wie sich die Kabinentür öffnete und neue Stimmen erklangen.

»... wenn Sie nicht auch vorhaben, ihn offiziell seiner Pflichten zu entheben, dann werde ich auch weiterhin den Standardprozeduren folgen. Ich habe den Raum gesehen. Ihre Anschuldigung ist unsinnig.«

»Wir werden sehen«, erwiderte die zweite Stimme, gepreßt und ärgerlich.

»Hallo, Aral.« Der erste Sprecher, ein Offizier von vielleicht fünfzig Jahren in grüner Uniform, schüttelte Vorkosigans Hand und übergab ihm einen Packen Datendisketten. »Wir starten innerhalb einer Stunde in Richtung Escobar. Ein Kurier hat das hier gerade gebracht – die neuesten Hardcopy-Updates. Ich habe angeordnet, daß Sie über die Ereignisse auf dem laufenden gehalten werden. Die Escos sind überall auf dem Rückzug. Sie haben sogar den harten Kampf um den Wurmlochsprung nach Tau Ceti aufgegeben. Wir treiben sie vor uns her.«

Der zweite Mann trug auch eine grüne Uniform; sie war mit mehr Gold verziert als jede Uniform, die Cordelia bisher gesehen hatte. Juwelenbesetzte Auszeichnungen auf seiner Brust glitzerten und blinkten im Licht von Vorkosigans Schreibtischlampe wie die Augen von Eidechsen. Er war etwa dreißig und hatte schwarzes Haar. Sein rechteckiges Gesicht wirkte angespannt, die Augen waren zusammengekniffen, die dünnen Lippen verdrießlich aufeinandergepreßt.

»Sie gehen doch nicht beide, oder?« sagte Vorkosigan. »Der ranghöhere Offizier sollte von rechts wegen auf dem Flaggschiff bleiben. Jetzt, da Vorrutyer tot ist, gehen seine Pflichten auf den Prinzen über. Die Hund-und-Pony-Show, die Sie geplant hatten, basierte auf der Annahme, daß Vorrutyer noch auf seinem Posten wäre.«

Prinz Serg wurde starr vor Empörung: »Ich *werde* meine Truppen gegen Escobar führen! Sollen doch mein Vater und seine Freunde jetzt noch mal sagen, ich sei kein Soldat!«

»Sie werden«, sagte Vorkosigan müde, »in diesem befestigten Palast sitzen, mit dessen Konstruktion die Hälfte der Ingenieure beschäftigt ist, und darin Parties feiern und Ihre Männer für sich sterben lassen, bis Sie sich Ihren Grund und Boden mit dem bloßen Gewicht der darauf aufgehäuften Leichen erkauft haben, weil dies die Art von Soldatentum ist, die Ihr Mentor Sie gelehrt hat. Und dann schicken Sie Bulletins nach Hause über Ihren großen Sieg. Vielleicht können Sie die Verlustlisten zum Staatsgeheimnis erklären lassen.«

»Aral, seien Sie bloß vorsichtig«, warnte Vorhalas schockiert.

»Sie gehen zu weit«, knurrte der Prinz. »Besonders als ein Mann, der nicht näher an die Kämpfe herankommen wird, weil er an dem Wurmlochausgang klebt, der nach Hause führt. Falls ausgerechnet Sie von *übertriebener Vorsicht* reden wollen.« Sein Ton machte deutlich, daß dieser Ausdruck ein Euphemismus für einen weit häßlicheren Begriff sein sollte.

»Sie können mir doch nicht zuerst Stubenarrest befehlen und mich dann der Feigheit bezichtigen, weil ich nicht an der Front bin, Sir. Selbst die Propaganda von Minister Grishnov täuscht mehr Logik vor.«

»Das hätten Sie wohl gern, nicht wahr, Vorkosigan«, zischte der Prinz. »Mich hier zurückhalten und dann den ganzen Ruhm für sich selbst ernten, und für diesen verschrumpelten Clown Vortala und seine Scheinliberalen. Nur über meine Leiche! Sie werden hier drinnen sitzen bleiben, bis Sie schimmelig werden.«

Vorkosigan biß die Zähne zusammen, seine Augen verengten sich und sein Blick war nicht zu deuten. Über seine Lippen huschte ein bleiches Lächeln. »Ich muß in aller Form protestieren. Wenn Sie mit den Bodentruppen auf Escobar landen, verlassen Sie Ihren eigentlichen Posten.«

»Protestieren Sie nur immer zu.« Der Prinz kam ganz nahe an ihn heran, beugte sich ihm ins Gesicht und senkte die Stimme: »Aber selbst mein Vater lebt nicht ewig. Und wenn der Tag X kommt, dann kann auch Ihr Vater Sie nicht länger schützen. Sie und Vortala und alle seine Kumpane werden die ersten sein, die an die Wand gestellt werden, das verspreche ich Ihnen.« Er blickte auf und erinnerte sich an Illyan, der schweigend am Türpfosten lehnte. »Oder vielleicht werden Sie sich auf der Leprakolonie wiederfinden, für weitere fünf Jahre Patrouillendienst.«

Im Bad bewegte sich Bothari in seinem Beinahekoma und begann zu Cordelias Entsetzen zu schnarchen.

Leutnant Illyan wurde plötzlich von einem krampfhaften Hustenanfall geschüttelt. »Entschuldigen Sie mich«, keuchte er und zog sich ins Bad zurück, wobei er die Tür fest schloß.

Er schaltete das Licht ein und tauschte mit Cordelia einen stummen Blick der Panik gegen einen ebenso stummen Gesichtsausdruck der Verzweiflung. Mit Schwierigkeiten drehten sie gemeinsam den schweren Bothari in dem engen Raum auf die andere Seite, bis er wieder ruhig atmete. Cordelia bedeutete Illyan mit nach oben gerecktem Daumen, daß wieder alles in Ordnung war, er nickte und quetschte sich wieder zur Tür hinaus.

Der Prinz war gegangen. Admiral Vorhalas blieb noch einen Moment zurück, um ein letztes Wort mit seinem Untergebenen zu wechseln.

»... schreiben Sie es nieder. Ich werde es unterschreiben, bevor wir starten.«

»Gehen Sie wenigstens nicht auf dasselbe Schiff«, bat Vorkosigan eindringlich.

Vorhalas seufzte. »Ich weiß es zu schätzen, daß Sie versuchen, ihn mir vom Leib zu halten. Aber jemand muß seinen Käfig für den Kaiser säubern, nachdem Vorrutyer jetzt Gott sei Dank weg ist. Er will Sie nicht haben, also sieht es so aus, als sei ich dafür bestimmt. Warum verlieren Sie nicht einfach Ihre Geduld mit Untergebenen, wie normale Menschen, anstatt mit Vorgesetzten, wie ein Verrückter? Ich dachte, Sie wären schon davon kuriert, als ich sah, was Sie von Vorrutyer einsteckten.«

»Das ist jetzt tot und begraben.«

»Ja.« Vorhalas machte automatisch eine abergläubische Gebärde.

»Übrigens – was hat er mit der Leprakolonie gemeint?« fragte Vorkosigan neugierig.

»Sie haben den Ausdruck noch nie gehört? Na ja – ich kann vielleicht verstehen, weshalb nicht. Haben Sie sich nie gefragt, warum Sie so einen bemerkenswerten Prozentsatz von Versagern, Unverbesserlichen und von Entlassung Bedrohten in Ihre Mannschaft bekommen haben?«

»Ich hatte nicht erwartet, daß ich die Creme der Streitkräfte bekäme.«

»Man pflegte Ihre Mannschaft im Hauptquartier Vorkosigans Leprakolonie zu nennen.«

»Mit mir als dem Oberleprösen, was?« Vorkosigan schien mehr amüsiert als beleidigt. »Nun gut, wenn das die Schlimmsten waren, die die Streitkräfte anzubieten haben, dann machen wir unsere Sache vielleicht doch nicht so schlecht. Passen Sie auf sich auf. Ich habe keine Lust, sein Stellvertreter zu werden.«

Vorhalas lachte leise, und sie schüttelten einander die Hand. Er ging zur Tür, dann blieb er stehen. »Glauben Sie, daß die einen Gegenangriff machen werden?«

»Mein Gott, natürlich machen sie einen Gegenangriff. Das ist kein Handelsvorposten. Diese Leute kämpfen um ihre Heimat.«

»Wann?«

Vorkosigan zögerte. »Einige Zeit nach der ersten Landung von Bodentruppen, aber lange bevor sie damit fertig sind. Würden Sie es nicht auch so machen? Das ist der schlimmste Zeitpunkt, um einen Rückzug beginnen zu müssen. Die Shuttles wissen dann nicht, ob sie landen oder wieder zurückkehren sollen, die Mutterschiffe stieben auseinander und geraten unter Beschuß. Nachschub, der gebraucht wird, wird nicht gelandet, Nachschub, der gelandet wurde, wird nicht gebraucht. Die Befehlskette ist unterbrochen – ein unerfahrener Kommandeur hat die absolute Kontrolle ...«

»Sie bereiten mir das kalte Grausen.«

»Nun ja, versuchen Sie, den Start so lange wie möglich aufzuhalten. Und stellen Sie sicher, daß Ihre Truppenschiffkommandeure ihre Notfallbefehle kristallklar bekommen.«

»Der Prinz sieht es anders als Sie.«

»Ja, es juckt ihn, eine Parade anzuführen.«

»Was raten Sie?«

»Ich bin diesmal nicht Ihr Kommandeur, Rulf.«

»Das ist nicht meine Schuld. Ich habe Sie dem Kaiser empfohlen.«

»Ich weiß. Ich hätte es nicht angenommen. Ich habe statt dessen Sie empfohlen.«

»Und so haben wir am Ende diesen sodomitischen Scheißkerl Vorrutyer bekommen.« Vorhalas schüttelte düster den Kopf. »Irgend etwas stimmt da nicht ...«

Vorkosigan drängte ihn sanft zur Tür hinaus, atmete mit einem Seufzer tief aus und blieb stehen, versunken in seine Vision von der Zukunft. Er blickte auf und begegnete Cordelias Blick mit trauriger Ironie. »Gab es nicht bei den alten Römern, wenn sie ihre Triumphe feierten, einen, der mitfuhr und dem Geehrten ins Ohr flüsterte, daß er sterblich sei und der Tod auf ihn warte? Den alten Römern ging er wahrscheinlich auch auf die Nerven.«

Cordelia erwiderte nichts.

Vorkosigan und Illyan holten Sergeant Bothari aus seinem provisorischen und unbequemen Versteck. Sie waren mit ihm halbwegs zur Tür hindurch, als Vorkosigan fluchte. »Er hat aufgehört zu atmen.«

Illyan zischte heftig, und sie legten Bothari schnell

auf den Bodenmatten auf den Rücken. Vorkosigan legte sein Ohr auf Botharis Brust und tastete an seinem Hals nach einem Puls.

»Mistkerl.« Er ballte die Fäuste und schlug sie heftig auf das Brustbein des Sergeanten, dann horchte er wieder. »Nichts.«

Er setzte sich auf die Hacken und blickte wild drein. »Illyan. Egal, wer Ihnen diese Eidechsenpisse gegeben hat, finden Sie ihn schleunigst und holen Sie eine Spritze von dem Gegenmittel. Schnell. Und leise. Sehr leise.«

»Wie haben Sie ... was, wenn ... sollten Sie nicht ... ist es das wert ...«, begann Illyan. Dann warf er seine Hände hilflos hoch und verschwand durch die Tür.

Vorkosigan blickte Cordelia an. »Wollen Sie drücken oder beatmen?«

»Drücken, glaube ich.«

Sie kniete an Botharis Seite nieder und Vorkosigan ging zu seinem Kopf, neigte ihn nach hinten und spendete ihm den ersten Atemzug. Cordelia preßte ihre Handballen gegen Botharis Brustbein, drückte mit aller Kraft und begann den Rhythmus: Druck, Druck, Druck, Atemzug, immer weiter und weiter, ohne aufzuhören. Nach kurzer Zeit zitterten ihre Arme, an ihrem Haaransatz traten Schweißperlen aus. Sie spürte, wie ihre Rippen bei jedem Stoß schmerzvoll knirschten und ihre Brustmuskeln sich zusammenkrampften.

»Wir müssen abwechseln.«

»Gut. Ich hyperventiliere schon.«

Sie tauschten die Plätze, Vorkosigan übernahm die Herzmassage, Cordelia hielt Botharis Nasenlöcher zu und schloß ihren Mund über dem seinen. Sein Mund war feucht von Vorkosigans Speichel. Diese Parodie eines Kusses war schrecklich, aber es wäre eine Schande gewesen zurückzuweichen. Sie machten weiter und weiter.

Endlich kam Leutnant Illyan atemlos zurück. Er

kniete nieder und drückte die neue Ampulle oberhalb der Halsschlagader gegen Botharis knotigen Hals. Nichts geschah. Vorkosigan pumpte weiter.

Plötzlich schüttelte sich Bothari, dann wurde er wieder starr, mit gebogenem Rücken. Er machte einen unregelmäßigen, keuchenden Atemzug, dann hörte er wieder auf.

»Los!« drängte Cordelia, halb zu sich selbst.

Mit einem jähen, krampfhaften Luftholen begann er wieder zu atmen, holprig zwar, aber ohne Unterbrechung. Cordelia sank von ihren Knien auf den Boden in eine sitzende Stellung und blickte ihn mit freudlosem Triumph an. »Armer Bastard.«

»Ich dachte, Sie sähen einen Sinn in so etwas«, sagte Vorkosigan.

»Abstrakt schon. An den meisten Tagen ist es nur ein Herumstolpern im Dunkeln mit dem Rest der Schöpfung, dann prallt man gegen etwas und fragt sich, warum es weh tut.«

Auch Vorkosigan schaute auf Bothari, Schweiß rann über sein Gesicht herab. Dann sprang er auf die Beine und eilte zu seinem Schreibtisch.

»Der Protest. Muß ihn geschrieben und abgespeichert haben, bevor Vorhalas weggeht, oder es wird, verdammt noch mal, nichts nützen.« Er glitt auf seinen Stuhl und begann an seiner Konsole schnell zu tippen.

»Was ist daran so wichtig?« fragte Cordelia.

»Pst. Später.« Er tippte wild zehn Minuten lang, dann schickte er das Geschriebene elektronisch hinter seinem Kommandeur her.

Bothari atmete in der Zwischenzeit weiter, obwohl sein Gesicht grünlich-blaß blieb.

»Was machen wir jetzt?« fragte Cordelia.

»Warten. Beten, daß die Dosis stimmt«, er warf einen gereizten Blick auf Illyan, »und daß sie ihn nicht in eine Art manischen Zustand versetzt.«

»Sollten wir nicht über eine Methode nachdenken,

wie wir sie beide hier herauskriegen?« wendete Illyan ein.

»Denken Sie nur ruhig weiter.« Vorkosigan lud die neuen Disketten in seine Konsole und schaute sich die taktischen Daten an. »Aber als Versteck hat meine Kabine zwei Vorteile, die kein anderer Ort auf diesem Schiff aufweist. Wenn Sie so gut sind, wie Sie behaupten, dann wird sie weder vom Leitenden Politischen Offizier noch von den Leuten des Prinzen abgehört.«

»Ich bin ganz sicher, daß ich alle Wanzen erwischt habe. Ich würde meinen guten Ruf dafür aufs Spiel setzen.«

»Im Augenblick setzen Sie Ihr Leben dafür aufs Spiel, also sollten Sie lieber korrekt sein. Zweitens, es stehen zwei bewaffnete Wachen auf dem Korridor, um alle Leute draußenzuhalten. Sie könnten kaum mehr verlangen. Ich gebe zu, es ist ein bißchen voll hier drin.«

Illyan rollte aufgebracht mit den Augen. »Ich habe die Suche der Sicherheitsleute soweit ausgetrickst, wie ich es riskieren kann. Ich kann nicht mehr tun, ohne daß ich die Aufmerksamkeit auf Sie lenke, anstatt sie abzulenken.«

»Wird es noch weitere 24 Stunden halten?«

»Vielleicht.« Illyan blickte mit gerunzelter Stirn auf seinen Schutzbefohlenen, verwirrt und beunruhigt. »Sie planen etwas, nicht wahr, Sir.« Es war keine Frage.

»Ich?« Vorkosigans Finger bearbeiteten die Tasten seiner Konsole, und der Widerschein der bunten Lichter von den Bildschirmanzeigen spielte über sein regungsloses Gesicht. »Ich warte einfach in Hoffnung auf eine vernünftige Gelegenheit. Wenn der Prinz nach Escobar abfliegt, dann werden die meisten seiner eigenen Sicherheitsleute mit ihm gehen. Geduld, Illyan.«

Er tippte wieder an seiner Konsole. »Vorkosigan an den Taktikraum.«

»Hier Oberstleutnant Venne, Sir.«

»Oh, gut. Venne, ich hätte gerne, daß man stündliche Updates nach hier unten überträgt, von dem Augenblick an, wo der Prinz und Admiral Vorhalas abfliegen. Und lassen Sie es mich sofort wissen, egal um welche Zeit, wenn Sie irgend etwas Ungewöhnliches bekommen, irgend etwas, das nicht in den Plänen vorgesehen ist.«

»Jawohl, Sir. Der Prinz und Admiral Vorhalas starten jetzt, Sir.«

»Sehr gut. Machen Sie weiter. Vorkosigan Ende.«

Er lehnte sich zurück und trommelte mit den Fingern auf den Tisch. »Jetzt warten wir. Es dauert etwa zwölf Stunden, bis der Prinz den Orbit von Escobar erreicht. Sie werden kurz darauf mit den Landungen beginnen. Eine Stunde für die Signale von Escobar, um uns zu erreichen. Eine Stunde für die Antwortsignale. Eine so große Zeitdifferenz. Eine Schlacht kann in zwei Stunden vorbei sein. Wir könnten die Zeitdifferenz um drei Viertel verringern, wenn der Prinz uns erlaubte, die Position zu verlassen.«

Sein beiläufiger Ton verbarg kaum seine Spannung, trotz des Rates, den er Illyan gegeben hatte. Der Raum, in dem er saß, schien für ihn kaum zu existieren. Seine Gedanken bewegten sich mit der Armada, die in einer immer enger werdenden Konstellation um Escobar kreiste, glitzernde Schnellkurierschiffe, gewaltige Kreuzer, schwerfällige Truppentransporter, deren Bäuche mit Männern vollgestopft waren. Geistesabwesend drehte er den Lichtgriffel in den Fingern.

»Sollten Sie nicht lieber etwas essen, Sir?« schlug Illyan vor.

»Was? O ja, vermutlich schon. Und Sie, Cordelia – Sie müssen hungrig sein. Also los, Illyan!«

Illyan ging weg, um Essen zu besorgen. Vorkosigan arbeitete noch einige Minuten weiter an seiner Schreibtischkonsole, dann schaltete er sie mit einem Seufzer aus. »Ich nehme an, ich sollte jetzt auch lieber an Schlaf denken. Das letztemal schlief ich an Bord der *General Vorhartung*, als wir uns Escobar näherten – vor anderthalb Tagen, nehme ich an. Etwa um die Zeit, als Sie gefangengenommen wurden.«

»Wir wurden schon etwas früher gefangengenommen. Wir waren fast einen Tag lang im Schlepp.«

»Ja. Übrigens meine Gratulation zu einem sehr erfolgreichen Manöver. Das war kein echter Schlachtkreuzer, wenn ich es richtig verstehe?«

»Das kann ich wirklich nicht sagen.«

»Jemand möchte es als einen Treffer verzeichnen.«

Cordelia unterdrückte ein Grinsen. »Ich habe nichts dagegen.« Sie machte sich auf mehr Fragen gefaßt, aber seltsamerweise wechselte er das Thema.

»Armer Bothari. Ich wünschte mir, der Kaiser möge ihm eine Medaille verleihen. Ich fürchte, das Beste, was ich für ihn tun kann, ist dafür zu sorgen, daß er angemessen in einem Hospital untergebracht wird.«

»Wenn der Kaiser Vorrutyer so wenig mochte, warum hat er ihm dann die Leitung übertragen?«

»Weil Vorrutyer Grishnovs Mann war und als solcher weithin berühmt, und der Favorit des Prinzen. Es ging sozusagen darum, alle schlechten Eier in einen Korb zu legen.« Vorkosigan brach ab und ballte die Faust.

»Er weckte bei mir ein Gefühl, als wäre ich dem absolut Bösen begegnet. Ich glaube, nach ihm wird mich nichts mehr wirklich erschrecken.«

»Ges Vorrutyer? Er war nur ein kleiner Schurke. Ein altmodischer Handwerker, der Verbrechen einzeln herstellte. Die wirklich unverzeihlichen Taten werden verübt von ruhigen Männern in schönen grünen Seidenzimmern, die mit dem Tod en gros handeln, nach Schiffsladungen, ohne Lust oder Wut oder Verlangen oder irgendeine erlösende Emotion, die sie entschuldigen könnte, außer einer kalten Angst vor einer vorgeblichen Zukunft. Aber die Verbrechen, die sie in jener Zukunft zu vereiteln hoffen, sind imaginär. Diejenigen, die sie in der Gegenwart begehen – die sind real.« Seine Stimme wurde leiser, während er sprach, so daß er am Ende fast flüsterte.

»Kommodore Vorkosigan – Aral – was nagt an Ihnen? Sie sind so aufgedreht. Ich erwarte jeden Augenblick, daß Sie die Wand hochgehen.« Von irgend etwas gepeinigt, dachte sie.

Er lachte leicht. »So komme ich mir vor. Es ist das Warten, nehme ich an. Ich bin schlecht im Warten. Das ist nicht gut für einen Soldaten. Ich beneide Ihre Fähigkeit, in Geduld zu warten. Sie erscheinen mir so ruhig wie Mondlicht auf dem Wasser.«

»Ist das schön?«

»Sehr schön.«

»Es hört sich hübsch an. Wir haben keines von beiden zu Hause.« Sie hatte ein absurdes Vergnügen an dem Kompliment, das in seinen Worten enthalten war.

Illyan kam mit einem Tablett wieder, und sie holte aus Vorkosigan nichts mehr heraus. Sie aßen, und dann war Vorkosigan an der Reihe mit Schlafen, oder zumindest damit, mit geschlossenen Augen auf dem Bett zu liegen, aber er stand jede volle Stunde auf, um sich die neuesten taktischen Meldungen anzuschauen.

Leutnant Illyan blickte ihm über die Schulter und Vorkosigan wies ihn auf hervorstechende Charakteristika der Strategie hin, sobald sie sich zeigten.

»Nach meinem Eindruck schaut das ziemlich gut aus«, kommentierte Illyan einmal. »Ich weiß nicht, warum Sie so besorgt sind. Wir könnten es wirklich schaffen, obwohl die Escos auf lange Sicht überlegene Ressourcen haben. Die werden ihnen aber nicht helfen, wenn alles sehr schnell vorbei ist.«

Da sie Angst davor hatten, Bothari wieder in ein tiefes Koma zu versetzen, ließen sie ihn wieder fast zu Bewußtsein kommen. Er saß als kläglicher Haufen in der Ecke, versank immer wieder in Schlaf und hatte in beiden Zuständen schlimme Träume.

Schließlich zog sich Illyan in seine Kabine zum Schlafen zurück, und auch Cordelia genehmigte sich ein weiteres Nickerchen. Sie schlief aber lange, bis Illyan mit einem weiteren Tablett voller Essen kam. Ihr Zeitgefühl geriet durcheinander, da sie in diesen Raum eingesperrt war, in dem sich nichts änderte. Vorkosigan verfolgte jedoch jetzt die Zeit minutenweise. Nachdem sie gegessen hatten, verschwand er im Bad, um sich zu waschen und zu rasieren, und kehrte in einer frischen grünen Uniform zurück, so sauber, als wäre er bereit für eine Konferenz beim Kaiser.

Er überprüfte das letzte taktische Update zum zweitenmal.

»Hat die Landung der Truppen schon begonnen?« fragte Cordelia.

Er blickte auf sein Chronometer. »Vor fast einer Stunde. Wir müßten jeden Augenblick die ersten Berichte bekommen.« Er saß nun reglos da, wie ein Mann in tiefer Meditation, mit einem Gesicht wie aus Stein.

Das taktische Update dieser Stunde traf ein, und er begann die Berichte durchzusehen, wobei er offensichtlich wesentliche Punkte überprüfte. Mitten drin erschien auf einmal das Gesicht von Oberstleutnant Venne auf seinem Schirm.

»Kommodore Vorkosigan? Wir bekommen hier etwas sehr Seltsames herein. Wünschen Sie, daß ich Ihnen eine Kopie der Meldungen so, wie sie eintreffen, direkt zu Ihnen übertrage?«

»Ja bitte. Sofort.«

Vorkosigan durchsuchte eine Menge Gerede aller Art und wählte die Aussage eines Schiffskommandeurs aus, eines dunklen und untersetzten Mannes, der mit einem gutturalen Akzent und einem Hauch von Angst in sein Log sprach.

Hier kommt es, stöhnte Cordelia innerlich.

»... greifen an mit *Shuttles!* Sie erwidern unser Feuer Schuß um Schuß. Plasmaschilde auf Maximum jetzt –

wir können nicht mehr Energie in sie geben und gleichzeitig weiter feuern. Wir müssen entweder die Schilde fallen lassen und versuchen, unsere Feuerkraft zu erhöhen, oder den Angriff aufgeben...« Die Übertragung wurde durch statisches Rauschen unterbrochen. »... weiß nicht, wie sie das schaffen. Sie können doch wohl nicht genug Maschinen in diese Shuttles gepackt haben, um das zu erzeugen...« Noch mehr statisches Rauschen. Die Übertragung brach abrupt ab.

Vorkosigan wählte eine andere Meldung aus. Illyan beugte sich besorgt über seine Schulter. Cordelia saß auf dem Bett, schweigend, mit gebeugtem Kopf, und lauschte. Der Kelch des Sieges: bitter auf der Zunge, schwer im Magen, traurig wie eine Niederlage...

»... das Flaggschiff ist unter heftigem Beschuß«, berichtete ein anderer Kommandeur. Cordelia schrak hoch, als sie seine Stimme erkannte, und reckte den Hals, um sein Gesicht zu sehen. Es war Gottyan; offensichtlich war er endlich Kapitän. »Ich werde die Schilde ganz und gar fallen lassen und versuchen, eins mit einem Maximalschuß zu erledigen.«

»Tu's nicht, Korabik!« rief Vorkosigan ohne Hoffnung. Die Entscheidung war – wie auch immer – schon vor einer Stunde gefallen, und ihre Folgen waren unauslöschlich in der Zeit fixiert.

Gottyan drehte den Kopf auf die Seite. »Bereit, Oberstleutnant Vorkalloner? Wir versuchen...«, begann er und versank im statischen Rauschen, dann war Schweigen.

Vorkosigan schlug mit der Faust schwer auf den Tisch. »Verdammt! Wie lange, zum Teufel, brauchen sie, um herauszufinden...« Er starrte in den Schnee auf dem Schirm, dann ließ er die Übertragung noch einmal laufen und verfolgte sie mit einem erschreckenden Gesichtsausdruck, einer Mischung aus Kummer, Wut und Ekel. Dann wählte er ein anderes Frequenzband, diesmal eine Computergraphik des Raums um Escobar, wo die Schiffe kleine bunte Lichter waren, die blinkten und sich bewegten. Die Projektion sah winzig, hell und einfach aus, wie ein Kinderspiel. Er schüttelte darüber den Kopf, die Lippen fest aufeinandergepreßt.

Vennes Gesicht unterbrach wieder. Er war blaß, mit eigentümlichen Falten der Spannung, die bis zu seinen Mundwinkeln reichten.

»Sir, ich glaube, Sie sollten lieber in den Taktikraum kommen.«

»Ich kann nicht, Venne, ohne meinen Arrest zu brechen. Wo ist Kommodore Helski oder Kommodore Couer?«

»Helski ging mit dem Prinzen und mit Admiral Vorhalas, Sir. Kommodore Couer ist jetzt hier. Sie sind jetzt der ranghöchste Flaggoffizier an Bord.«

»Der Prinz hat seine Anordnung unmißverständlich gegeben.«

»Der Prinz – ich glaube, der Prinz ist tot, Sir.«

Vorkosigan schloß die Augen, und ein Seufzer entfuhr ihm. Er öffnete die Augen wieder und beugte sich vor. »Ist das bestätigt? Haben Sie irgendwelche neuen Befehle von Admiral Vorhalas?«

»Es ist – Admiral Vorhalas war beim Prinzen, Sir. Ihr Schiff wurde getroffen.« Venne wandte den Kopf zur Seite, um etwas über seine Schulter zu betrachten, dann wandte er sich wieder nach vorn. »Es ist ...« – er mußte sich räuspern – »es ist bestätigt. Das Flaggschiff des Prinzen wurde – ausgelöscht. Es ist nichts übrig als Trümmer. Sie haben jetzt das Kommando, Sir.«

Vorkosigans Blick war kalt und unglücklich. »Dann übertragen Sie sofort die Notfallbefehle Blau. Alle Schiffe stellen das Feuer sofort ein. Alle Energie in die Schilde legen. Dieses Schiff soll jetzt mit maximaler Beschleunigung Kurs auf Escobar nehmen. Wir müssen die Zeitdifferenz für die Übertragungen verringern.«

»Notfall Blau, Sir? Das ist kompletter Rückzug!«

»Ich weiß, Oberstleutnant. Ich habe sie geschrieben.«

»Aber kompletter Rückzug ...«

»Oberstleutnant Venne, die Escobaraner haben ein neues Waffensystem. Es wird Plasmaspiegelfeld genannt. Es ist eine neue betanische Entwicklung. Es lenkt den Schuß des Angreifers wieder auf ihn selbst. Unsere Schiffe schießen sich mit ihrer eigenen Feuerkraft selbst ab.«

»Mein Gott! Was können wir tun?«

»Nichts, verdammt noch mal, es sei denn, wir wollten anfangen, ihre Schiffe zu entern und die Mistkerle von Hand zu erwürgen, einen nach dem anderen. Verlockend, aber undurchführbar. Übertragen Sie diese Befehle! Und befehlen Sie den Kommandanten der Techniker und den Chefpiloten in den Taktikraum. Und schicken Sie den Wachkommandanten hier herunter, damit er seine Leute abzieht. Ich möchte nicht betäubt werden, wenn ich hier durch die Tür gehe.«

»Jawohl, Sir!« Venne brach ab.

»Wir müssen zuerst diese Truppentransporter umkehren lassen«, murmelte Vorkosigan und stand aus seinem Drehstuhl auf. Er drehte sich um und sah, wie Cordelia und Illyan ihn anschauten.

»Wie wußten Sie ...«, begann Illyan.

»... von den Plasmaspiegeln?« schloß Cordelia.

Vorkosigan blickte völlig ausdruckslos drein. »Sie haben es mir gesagt, Cordelia, im Schlaf, während Illyan draußen war. Unter dem Einfluß eines Arzneitranks des Sanitätsoffiziers natürlich. Sie werden keine negativen Nachwirkungen haben.«

Sie richtete sich kerzengerade auf und war entgeistert. »Das ... – Sie miserabler ... – Folter wäre ehrenhafter gewesen.«

»Oh, prima, Sir!« gratulierte Illyan. »Ich wußte, Sie hatten ganz recht!«

Vorkosigan warf ihm einen Blick des Mißfallens zu. »Das spielt keine Rolle mehr. Die Information wurde zu spät bestätigt, als daß sie uns noch hätte nützen können.«

Es klopfte an der Tür.

»Kommen Sie, Illyan. Es ist Zeit, daß ich meine Soldaten heimhole.«

KAPITEL 10

Kaum eine Stunde später kam Illyan zurück, um Bothari zu holen. Darauf folgten für Cordelia zwölf Stunden des Alleinseins. Sie überlegte, ob es nicht ihre soldatische Pflicht wäre, aus dem Raum zu fliehen und eine Sabotageaktion zu unternehmen. Aber falls Vorkosigan wirklich einen kompletten Rückzug einleitete, dann wäre es kaum sinnvoll, sich da einzumischen.

Sie lag in einer düsteren Müdigkeit auf seinem Bett. Er hatte sie hintergangen, war also nicht besser als die übrigen. »Mein vollkommener Krieger, mein geliebter Heuchler ...«, und es schien, daß Vorrutyer ihn schließlich doch besser gekannt hatte als sie – nein, das war ungerecht. Als er ihr diese Information entlockte, hatte er seine Pflicht getan; sie hatte das Gleiche getan, indem sie die Information so lange wie möglich verheimlicht hatte. Und von Soldat zu Soldat (selbst wenn sie nur Ersatzsoldat war – fünf Stunden aktiver Dienst, nicht wahr?) mußte sie Illyan zustimmen, daß es prima geklappt hatte. Sie konnte an sich überhaupt keine Nachwirkungen feststellen, egal, was er für das geheime Eindringen in ihre Gedanken benutzt hatte.

Egal, was er benutzt hatte ... Was konnte er wirklich benutzt haben? Woher hatte er es sich verschafft, und wann? Illyan hatte es ihm nicht gebracht, denn für Illyan war es ebenso überraschend gewesen wie für sie, als Vorkosigan dieses Stück Information preisgab. Man mußte entweder annehmen, daß er einen geheimen Vorrat von Vernehmungsdrogen in seiner Unterkunft hatte, oder ...

»Lieber Gott«, flüsterte sie, nicht als Fluch, sondern als Gebet. »In was bin ich da hineingestolpert?« Sie ging im Raum auf und ab, und die Verbindungen rasteten unaufhaltsam ein.

Herzenssicherheit. Vorkosigan hatte sie nie vernommen; er hatte schon vorher von den Plasmaspiegeln gewußt.

Außerdem schien er der einzige Mann im barrayaranischen Kommando zu sein, der davon wußte. Vorhalas hatte nichts gewußt. Der Prinz sicher auch nicht. Und auch Illyan nicht.

»Alle schlechten Eier in einen Korb legen«, murmelte sie. »Und dann – den Korb fallenlassen? Oh, das konnte nicht sein eigener Plan gewesen sein! Sicherlich nicht ...«

Sie hatte eine plötzliche, schreckliche Vision des Ganzen: das kostspieligste politische Attentatskomplott in der Geschichte Barrayars, und das raffinierteste obendrein, denn die Leichen waren für immer unentwirrbar in einem Berg von Leichen verborgen.

Aber er mußte die Information von irgendwoher bekommen haben. Irgendwann zwischen dem Zeitpunkt, als sie ihn verließ und er keine schlimmeren Schwierigkeiten hatte als einen Maschinenraum voll mit Meuterern, und jetzt, wo er darum rang, eine entwaffnete Armada in Sicherheit zu bringen, bevor die Zerstörung, die sie ausgelöst hatte, auf sie selbst zurückschlug. Irgendwo in einem ruhigen grünen Seidenzimmer, wo ein großer Choreograph einen Totentanz entwarf, und wo die Ehre eines Ehrenmannes auf dem Rad seines Dienstes gebrochen wurde.

Vorrutyer mit seiner dämonischen Eitelkeit schrumpfte und schrumpfte angesichts dieser ungeheuerlichen Vision zu einer Maus, zu einem Floh, zu einem Nadelstich.

»Mein Gott, ich dachte, Aral schiene nur nervös zu sein. Halb wahnsinnig muß er sein. Und der Kaiser ... – der Prinz war doch sein *Sohn.* Ist das wirklich möglich? Oder bin ich schon so verrückt wie Bothari?«

Sie zwang sich, sich hinzusetzen, dann hinzulegen, aber die Intrigen und Gegenintrigen drehten sich noch in ihrem Gehirn, eine Maschinerie von Verrat im Verrat, die abrupt an einem bestimmten Punkt in Raum und Zeit einrastete, um ihr eigenes Ende zu bewerkstelligen. Das Blut pochte in ihrem Hirn.

»Vielleicht ist es nicht wahr«, tröstete sie sich schließlich. »Ich werde ihn fragen, und er wird sagen, daß er mich einfach im Schlaf ausgefragt hat. Wir sind ihnen zuvorgekommen, und ich bin die Heldin, die Escobar gerettet hat. Er ist bloß ein einfacher Soldat, der seinen Job macht.« Sie drehte sich zur Seite und starrte in die Dunkelheit. »Es geschehen eben die unwahrscheinlichsten Dinge, und deshalb werde auch ich nach Hause kommen.«

Illyan erlöste sie endlich und brachte sie zum Schiffsgefängnis.

Die Atmosphäre dort hatte sich geändert, stellte Cordelia fest. Die Wachen blickten sie nicht mehr so an wie zuvor; tatsächlich schienen sie zu versuchen, ihrem Blick auszuweichen. Die Prozeduren waren immer noch sachlich und effizient, aber gedämpft, sehr gedämpft. Sie erkannte ein Gesicht: der Wachsoldat, der Mitleid mit ihr gezeigt hatte, als er sie zu Vorrutyers Unterkunft eskortierte, schien jetzt die Leitung zu haben; ein Paar neuer roter Leutnantsabzeichen war hastig und schief an seinen Kragen gesteckt. Sie hatte für den Gang nach unten wieder Vorrutyers Arbeitsuniform angezogen. Diesmal durfte sie allein sein, als sie sich in den orangefarbenen Pyjama umkleidete. Sie wurde dann in eine Dauerzelle geführt, nicht in einen Haftbereich.

In der Zelle gab es noch eine andere Insassin, eine junge escobaranische Frau von außerordentlicher Schönheit, die auf ihrem Bett lag und die Wand anstarrte. Sie blickte nicht auf, als Cordelia eintrat, und antwortete auch nicht auf ihren Gruß. Nach einiger Zeit kam ein barrayaranisches medizinisches Team und nahm sie mit. Sie stand wortlos auf, aber an der Tür begann sie sich zu wehren. Auf ein Zeichen des Arztes hin sedierte ein Sanitäter sie mit einer Ampulle, die Cordelia zu erkennen glaubte, und einen Augenblick später wurde sie bewußtlos hinausgetragen.

Der Doktor, von dem Cordelia aufgrund seines Alters und Ranges annahm, daß er der Stabsarzt war, blieb noch etwas, um sich um ihre Rippen zu kümmern. Danach wurde sie alleingelassen. Nur die periodische Lieferung der Rationen half ihr, die Zeit zu messen. Gelegentliche Veränderungen der schwachen Geräusche und der Vibrationen, die durch die Wände der Zelle drangen, boten Anhaltspunkte für Vermutungen darüber, was draußen geschehen mochte.

Etwa acht Rationen später, als Cordelia gerade gelangweilt und deprimiert auf ihrem Bett lag, gingen die Lichter aus. Sie gingen wieder an, wurden aber fast sofort wieder dunkel.

»Aaah«, stöhnte sie, als ihr Magen ins Bodenlose zu fallen schien und sie nach oben zu schweben begann. Sie griff hastig nach ihrem Bett und hielt sich daran fest. Ihre Voraussicht wurde einen Moment später belohnt, als sie mit etwa 3 Ge wieder auf ihr Bett gedrückt wurde. Die Lichter flackerten wieder an und aus, und ein weiteres Mal war sie gewichtslos.

»Plasmaangriff«, murmelte sie vor sich hin. »Die Schilde müssen überlastet sein.«

Ein fürchterlicher Stoß erschütterte das Schiff. Cordelia wurde aus ihrem Bett durch die Zelle geschleudert, in totale Finsternis, Gewichtslosigkeit, Schweigen. Ein direkter Treffer! Sie prallte von der gegenüberliegenden Wand ab, fuchtelte auf der Suche nach einem Halt herum, knallte mit einem Ellbogen schmerzhaft an – eine Wand? den Boden? die Decke? Sie rotierte mitten in der Luft und schrie auf. Feuer unserer Verbündeten, dachte sie hysterisch – gleich werde ich vom Feuer unserer Verbündeten umgebracht. Das perfekte Ende meiner militärischen Karriere ... Sie biß die Zähne aufeinander und lauschte mit grimmiger Konzentration.

Es war zu still. Hatten sie Luft verloren? Sie hatte eine gräßliche Vision von sich selbst als der einzigen Überlebenden, gefangen in dieser schwarzen Kiste und zum Schweben verurteilt, bis entweder langsames Ersticken oder langsames Erfrieren ihr Leben auslöschen würde. Die Zelle wäre ihr Sarg; erst Monate später würde eine Bergungsmannschaft ihn öffnen ...

Und, noch schrecklicher: war vielleicht die Brücke getroffen? Das Nervenzentrum, wo sich Vorkosigan sicherlich aufhielt und worauf die Escobaraner bestimmt ihr Feuer konzentrierten – war er von fliegenden Trümmern zerschmettert, im Nu im Vakuum erfroren, im Plasmafeuer verbrannt, eingeklemmt irgendwo zwischen zermalmten Decks?

Endlich fanden ihre Finger eine feste Fläche und suchten nach einem Halt. Es war eine Ecke, gut. Sie stützte sich darein, auf den Boden gekauert, ihr Atem ging in unregelmäßigen, keuchenden Zügen, die wie Feuer schmerzten.

Cordelia wußte nicht, wieviel Zeit in dieser höllischen Finsternis verging. Ihre Arme und Beine zitterten von den Bemühungen, sich an Ort und Stelle festzuklammern. Dann stöhnte das Schiff auf, und die Lichter waren wieder da.

Oh, zum Teufel, dachte sie, das ist ja die *Decke.*

Die Schwerkraft kehrte zurück und ließ sie auf den Boden stürzen. Ein heftiger Schmerz durchzuckte ihren linken Arm, dann war er taub. Sie kletterte wieder auf das Bett, packte mit ihrer rechten Hand das Bettgeländer so fest, daß ihre Knöchel weiß hervortraten, steckte auch einen Fuß hindurch und machte sich auf die nächste Erschütterung gefaßt.

Nichts. Sie wartete. Durch ihr orangfarbenes Hemd drang Feuchtigkeit. Sie blickte an sich hinab und sah, daß ein rötlich-gelber Knochensplitter durch die Haut ihres linken Unterarms gedrungen war und daß Blut hervorquoll. Sie schlüpfte unbeholfen aus dem Oberteil ihres Pyjamas, wickelte es um den Arm und versuchte die Blutung zu stillen. Der Druck weckte den Schmerz. Sie versuchte, um Hilfe zu rufen. Die Zelle wurde doch sicherlich abgehört.

Niemand kam. In den nächsten drei Stunden variierte sie den Versuch Hilfe zu rufen, indem sie schrie, vernünftig redete, endlos mit ihrer unversehrten Hand gegen die Tür oder die Wände schlug, oder einfach auf dem Bett saß und vor Schmerz weinte. Die Gravitation und die Lichter schwankten noch einige Male. Schließlich hatte Cordelia die vertraute Empfindung, verkehrt herum durch einen Leimtopf gezogen zu werden, was einen Wurmlochsprung anzeigte, und dann wurde die Umgebung beständig.

Als sich die Tür der Zelle endlich öffnete, erschrak sie so sehr, daß sie gegen die Wand zurückschnellte und sich den Kopf anschlug. Aber es war nur der Leutnant, der das Schiffsgefängnis leitete, zusammen mit einem Sanitäter. Der Leutnant hatte auf seiner Stirn eine rötlichpurpurne Prellung so groß wie ein Ei; der Sanitäter sah ebenfalls mitgenommen aus.

»Dies ist der zweitschlimmste Fall«, sagte der Leutnant zu dem Sanitäter. »Danach können Sie die Zellen der Reihe nach abgehen.«

Mit bleichem Gesicht und zu erschöpft, um zu sprechen, wickelte sie ihren Arm aus, damit er untersucht und behandelt werden konnte. Der Sanitäter war durchaus tüchtig, aber ihm fehlte bei der Berührung das Zartgefühl des Stabsarztes. Cordelia wurde fast ohnmächtig. Endlich war der Plastikbruchverband angelegt.

Es gab keine Zeichen mehr für einen Angriff. Durch einen Schlitz in der Wand wurde ihr eine saubere Gefangenenuniform zugeschoben. Zwei Rationen später spürte sie einen weiteren Wurmlochsprung. Ihre Gedanken rotierten endlos im Laufrad ihrer Ängste; ihr Schlaf war voller Träume, und es waren allesamt Alpträume.

Schließlich kam Leutnant Illyan zusammen mit einem gewöhnlichen Wachsoldaten, um sie zu holen. Sie hätte ihn fast geküßt vor lauter Freude, ein vertrautes Gesicht zu sehen. Statt dessen räusperte sie sich schüchtern und fragte in einem Ton, von dem sie hoffte, er würde nonchalant klingen: »Geht es Kommodore Vorkosigan gut, nach diesem Angriff?«

Er hob die Augenbrauen und warf ihr einen prüfenden Blick zu. »Natürlich.«

Natürlich. Natürlich. Dieses ›natürlich‹ legte sogar Ernahe: unverletzt. Ihre Augen wurden feucht vor Erleichterung. Sie versuchte es durch einen Ausdruck kühlen professionellen Interesses zu verbergen. »Wohin bringen Sie mich?« fragte sie ihn, als sie das Schiffsgefängnis verließen und den Korridor hinabgingen.

»Zum Shuttle. Sie werden zum Kriegsgefangenenlager auf dem Planeten gebracht, bis Vereinbarungen über einen Austausch getroffen sind und man damit beginnt, alle nach Hause zu schicken.«

»Nach Hause! Was ist mit dem Krieg?«

»Er ist vorbei.«

Vorbei! Sie brauchte einen Augenblick, um das zu verdauen. »Vorbei? Das ging aber schnell. Warum nutzen die Escobaraner nicht ihren Vorteil aus?«

»Das können sie nicht. Wir haben den Wurmlochausgang verstopft.«

»Verstopft? Nicht blockiert?«

Er nickte.

»Wie, zum Teufel, verstopft man ein Wurmloch?«

»Es ist gewissermaßen eine sehr alte Idee. Feuerschiffe.«

»Was?«

»Man schickt ein Schiff hinein, löst eine größere Materie-Antimaterie-Explosion im Mittelpunkt zwischen den Schwingungsknoten aus. Das bewirkt eine Resonanz – wochenlang kann nichts anderes hindurch, bis sie aufhört.«

Cordelia stieß einen Pfiff aus. »Schlau – warum haben wir nicht daran gedacht? Wie bekommt man den Piloten heraus?«

»Vielleicht ist das der Grund, weshalb Sie nicht daran gedacht haben. Wir bekommen ihn nicht heraus.«

»Gott – was für ein Tod.« Ihre Vision davon war klar und unmittelbar.

»Es waren Freiwillige.«

Sie schüttelte benommen den Kopf. »Nur ein Barrayaraner …« Sie suchte nach einem weniger entsetzlichen Thema. »Habt ihr viele Gefangene gemacht?«

»Nicht sehr viele. Insgesamt vielleicht tausend. Wir haben über elftausend Bodensoldaten auf Escobar zurückgelassen. Das macht Sie ziemlich wertvoll, wenn wir versuchen müssen, Sie im Verhältnis von mehr als zehn zu eins auszutauschen.«

Das Gefangenenshuttle war ein fensterloses Raumfahrzeug. Cordelia teilte sie mit nur zwei anderen Leuten: einem ihrer eigenen Ingenieurassistenten und dem schwarzhaarigen escobaranischen Mädchen, das in ihrer Zelle gewesen war. Ihr Techniker war erpicht darauf, Geschichten auszutauschen, obwohl er nicht viel zu erzählen hatte. Er war die ganze Zeit in einer Zelle eingesperrt gewesen, mit seinen anderen drei Schiffskameraden, die man schon tags zuvor auf den Planeten hinabgebracht hatte.

Die schöne Escobaranerin, eine junge Offiziersanwärterin, war gefangengenommen worden, als ihr Schiff vor mehr als zwei Monaten beim Kampf um den Wurmlochsprung nach Kolonie Beta kampfunfähig gemacht wurde. Sie hatte noch weniger zu erzählen. »Ich muß irgendwann mein Zeitgefühl verloren haben«, sagte sie unsicher. »Das ist nicht schwer in dieser Zelle, wenn man niemanden sieht. Ich weiß nur, daß ich gestern auf der Krankenstation aufgewacht bin und mich nicht erinnern konnte, wie ich dahin gekommen war.«

Und wenn dieser Arzt so gut ist, wie es den Anschein hat, dann werden Sie es auch nie erfahren, dachte Cordelia. »Erinnern Sie sich an Admiral Vorrutyer?«

»An wen?«

»Ach, spielt keine Rolle.«

Das Shuttle landete schließlich, und die Luke wurde geöffnet. Ein Strahl Sonnenlicht kam herein, und ein Hauch duftender Sommerluft – süße grüne Luft, die ihr plötzlich bewußt machte, daß sie tagelang nur muffige Luft geatmet hatten.

»Mensch! Wo sind wir denn hier überhaupt?« sagte der Techniker beeindruckt, als er, von den Wachen angetrieben, durch die Luke trat. »Es ist so schön.«

Cordelia folgte ihm und lachte bitter auf, da sie den Ort sofort erkannte.

Das Gefangenenlager bestand aus drei Reihen barrayaranischer Feldunterkünfte, häßlichen grauen Halbzylindern, und lag unter einem türkisfarbenen Himmel auf dem Grund eines mehrere Kilometer weiten Amphitheaters aus trockenem Waldland. Es war ein dunstiger, warmer, ruhiger Nachmittag, und Cordelia hatte ein Gefühl, als wäre sie nie weggewesen.

Ja, da war sogar der Eingang zu dem unterirdischen Depot, nicht mehr getarnt, sondern erweitert. Davor hatte man eine große Fläche zum Landen und Laden planiert. Dort herrschte jetzt geschäftiges Gewimmel rings um eine Anzahl Shuttles. Der Wasserfall und der Teich waren verschwunden. Cordelia schaute sich unterwegs nach allen Seiten um und betrachtete ihren Planeten. Als sie jetzt darüber nachdachte, erschien es ihr unvermeidlich, daß sie am Ende hier ankommen sollten; ja, es war wirklich ganz logisch. Sie schüttelte hilflos den Kopf.

Cordelia und ihre junge escobaranische Begleiterin wurden im Lager abgeliefert und dann von einem adretten Wachsoldaten zu einer Unterkunft in der Mitte einer der Reihen geführt. Sie traten in einen Raum, der zwar für fünfzig Menschen bestimmt, im Augenblick aber nur mit elf Frauen belegt war. Sie konnten sich also ihre Betten aussuchen.

Die anderen Gefangenen stürzten sich sofort auf die Neuankömmlinge, ganz begierig auf Nachrichten. Eine mollige Frau von etwa vierzig Jahren sorgte für Ordnung und stellte sich vor.

»Ich bin Leutnant Marsha Alfredi. Ich bin die rangälteste Offizierin in dieser Unterkunft. So weit es Ordnung gibt in diesem Saustall. Wissen Sie, was, zum Teufel, da draußen geschieht?«

»Ich bin Captain Cordelia Naismith von den Betanischen Expeditionsstreitkräften.«

»Gott sei Dank. Dann können Sie ja meine Funktion übernehmen.«

»O je.« Cordelia nahm ihre Kräfte zusammen. »Informieren Sie mich über alles.«

»Es war wirklich die Hölle. Die Wachen sind lauter Schweine. Dann kam gestern nachmittag ganz plötzlich ein Haufen hochrangiger barrayaranischer Offiziere und ging durch das Lager. Zuerst dachten wir, sie hielten Ausschau nach Opfern für Vergewaltigungen, wie der letzte Haufen, der hier durchging. Aber heute morgen war die Hälfte aller Wachen verschwunden – die schlimmsten von der Bande – und wurden von einer Mannschaft ersetzt, die aussah, als käme sie von einer Parade. Und der barrayaranische Lagerkommandant ... – ich konnte es nicht glauben. Sie haben ihn heute morgen auf den Landeplatz hinausgeführt und *erschossen!* Direkt vor aller Augen!«

»Ich verstehe«, sagte Cordelia, ziemlich tonlos. Sie

räusperte sich. »Hm – haben Sie schon gehört? Die Barrayaraner wurden völlig aus dem escobaranischen Lokalraum vertrieben. Vermutlich bitten sie schon jetzt auf diplomatischen Kanälen um einen formellen Waffenstillstand und irgendeine Art von Verhandlungslösung.«

Zuerst herrschte verwirrtes Schweigen, dann brach Jubel los. Einige lachten, einige weinten, einige umarmten einander und einige setzten sich allein abseits. Einige rannten los, um die Nachricht zu den benachbarten Unterkünften zu bringen und von dort aus ins ganze Lager. Cordelia wurde nach Einzelheiten ausgequetscht. Sie gab eine kurze Zusammenfassung der Kämpfe, wobei sie ihre eigenen Taten und die Quelle ihrer Informationen ausließ. Die Freude der anderen Frauen machte sie ein bißchen glücklicher, zum erstenmal seit Tagen.

»Nun ja, das erklärt, warum die Barrayaraner plötzlich vernünftig geworden sind«, sagte Leutnant Alfredi. »Ich nehme an, vorher hatten sie nicht erwartet, daß sie für ihr Tun zur Verantwortung gezogen würden.«

»Sie haben einen neuen Kommandeur bekommen«, erklärte Cordelia. »Er ist eigen, was Gefangene angeht. Ob Sieg oder Niederlage, es hat Veränderungen gegeben, seit er das Kommando hat.«

Alfredi blickte nicht überzeugt drein. »So? Wer ist es denn?«

»Ein gewisser Kommodore Vorkosigan«, sagte Cordelia neutral.

»Vorkosigan, der Schlächter von Komarr? Mein Gott, jetzt sind wir dran.« Alfredi blickte wirklich erschrocken drein.

»Ich denke, Sie bekamen heute morgen auf dem Landeplatz einen angemessenen Beweis für seine Redlichkeit.«

»Meiner Meinung nach beweist das nur, daß er ein

Wahnsinniger ist«, sagte Alfredi. »Der Lagerkommandant hatte nicht einmal an diesen Übergriffen teilgenommen. Er war bei weitem nicht der Schlimmste.«

»Er hatte aber die Verantwortung. Wenn er von den Taten der anderen wußte, hätte er einschreiten müssen. Wenn er es nicht wußte, war er unfähig. So oder so war er verantwortlich.« Als Cordelia sich bewußt wurde, daß sie eine barrayaranische Hinrichtung verteidigte, unterbrach sie sich abrupt. »Ich weiß nicht.« Sie schüttelte den Kopf. »Ich bin schließlich nicht Vorkosigans Aufseher.«

Draußen erhob sich Lärm, der fast wie Aufruhr klang, und in ihre Unterkunft drängte sich eine Abordnung von Mitgefangenen, die alle nach einer Bestätigung der Friedensgerüchte verlangten. Die Wachen zogen sich an den Rand des Lagers zurück und warteten darauf, daß die Erregung von selbst abebbte. Cordelia mußte zweimal ihre Zusammenfassung wiederholen. Ihre eigenen Mannschaftsmitglieder kamen von der Männerseite herüber, angeführt von Parnell.

Er sprang auf ein Bett und rief über das fröhliche Gebrabbel hinweg der orangefarben gekleideten Schar zu: »Diese Lady hat euch noch nicht alles erzählt. Ich habe die wirkliche Geschichte von einem der barrayaranischen Wachsoldaten gehört. Nachdem wir an Bord des Flaggschiffs gebracht worden waren, ist sie entkommen und hat persönlich den Befehlshaber der Barrayaraner, Admiral Vorrutyer, umgebracht. Deshalb ist der Angriff der Barrayaraner zusammengebrochen. Ein *Hoch* auf Captain Naismith!«

»Das stimmt so nicht«, widersprach Cordelia, aber ihre Worte gingen in dem Geschrei und den Beifallsrufen unter. »Ich habe Vorrutyer nicht umgebracht. Bitte! Laßt mich runter!« Ihre Männer hoben sie, angeführt von Parnell, auf ihre Schultern und veranstalteten mit ihr einen spontanen Umzug durch das Lager. »Es ist nicht wahr! Hört auf damit!«

Es war wie ein Versuch, die Meeresflut mit einer Teetasse umzukehren. Die Geschichte kam in dieser Form einfach bei den arg mitgenommenen Gefangenen am besten an und war eine zu starke Erfüllung ihrer Wünsche. Sie war Balsam für ihre verwundeten Gemüter und wurde zu ihrer stellvertretenden Rache. Sie wurde weitererzählt, bearbeitet, vergrößert, umgewandelt, bis sie nach vierundzwanzig Stunden so reich und unausrottbar war wie eine Legende. Nach ein paar Tagen gab Cordelia es auf, die Geschichte noch zu korrigieren.

Die Wahrheit war zu kompliziert und zu problematisch, um die anderen Gefangenen anzusprechen, und Cordelia selbst, die in ihrem Bericht alles unterdrückte, was mit Vorkosigan zu tun hatte, konnte sie nicht überzeugend klingen lassen. Ihr Dienst erschien ihr aller Bedeutung entleert, langweilig und farblos. Sie hatte Sehnsucht nach ihrem Zuhause, ihrer vernünftigen Mutter und ihrem vernünftigen Bruder, nach Ruhe und nach einem Gedanken, der sich mit einem anderen verknüpfen würde, ohne daß dabei eine Kette heimlichen Schreckens herauskäme.

KAPITEL 11

Das Lager kehrte bald zur Routine zurück, oder zu dem, was immer Routine hätte sein sollen. Es folgten Wochen des Wartens auf den Abschluß der langsamen Verhandlungen um den Gefangenenaustausch, und alle schmiedeten detaillierte Pläne, was sie tun würden, wenn sie nach Hause kämen. Cordelia entwickelte allmählich eine nahezu normale Beziehung zu ihren Kameradinnen in der Unterkunft, obwohl die immer noch versuchten, ihr besondere Privilegien einzuräumen. Sie hörte nichts von Vorkosigan.

Sie lag eines Nachmittags auf ihrem Bett und tat so, als schliefe sie, als Leutnant Alfredi sie wachrüttelte.

»Draußen ist ein barrayaranischer Offizier, der sagt, daß er mit Ihnen sprechen möchte.« Alfredi folgte ihr zur Tür, auf ihrem Gesicht zeichneten sich Mißtrauen und Feindseligkeit ab. »Ich meine, wir sollten nicht zulassen, daß man Sie wegbringt. Wir sind jetzt schon so nahe an der Heimkehr. Die haben es bestimmt auf Sie abgesehen.«

»Oh. Das geht schon in Ordnung, Marsha.«

Vor der Unterkunft stand Vorkosigan, in der grünen Uniform, die beim Stab täglich getragen wurde. Wie gewöhnlich begleitete ihn Illyan. Er erschien angespannt, respektvoll, müde und verschlossen.

»Captain Naismith«, sagte er formell, »kann ich mit Ihnen sprechen?«

»Ja, aber – nicht hier.« Sie war sich der kritischen Blicke ihrer Kameradinnen bewußt. »Können wir vielleicht ein Stück zusammen gehen?«

Er nickte, und sie gingen los. Beide schwiegen. Er verschränkte die Hände hinter seinem Rücken. Sie schob ihre Hände in die Taschen ihres orangefarbenen Pyjamaoberteils. Illyan folgte ihnen wie ein Hund, man konnte ihn nicht abschütteln. Sie verließen den Lagerbereich und gingen auf die Wälder zu.

»Ich bin froh, daß Sie gekommen sind«, sagte Cordelia. »Es gibt ein paar Dinge, die ich Sie fragen möchte.«

»Ja. Ich wollte Sie früher besuchen, aber diese ganze Sache richtig abzuwickeln hat mich ziemlich auf Trab gehalten.«

Mit einer Bewegung ihres Kopfes wies sie auf seine gelben Kragenabzeichen. »Mein Glückwunsch zu Ihrer Beförderung.«

»Ach das.« Er berührte eines der Abzeichen kurz. »Das hat keine Bedeutung. Ist bloß eine Formalität, um die Arbeit zu beschleunigen, die ich jetzt tue.«

»Und die besteht worin?«

»Die Armada aufzulösen, den Lokalraum dieses Planeten zu schützen, Politiker zwischen Barrayar und Escobar hin und her zu transportieren. Allgemeines Saubermachen, nachdem die Party jetzt vorbei ist. Überwachung des Gefangenenaustauschs.«

Sie folgten einem breiten Pfad, der durch die graugrünen Wälder geschlagen war, den Abhang hinauf, hinaus aus der Kratermulde.

»Ich wollte um Verzeihung dafür bitten, daß ich Sie unter Drogen verhört habe. Ich weiß, daß Sie das zutiefst beleidigt hat. Die Not hat mich dazu getrieben. Es war eine militärische Notwendigkeit.«

»Es gibt nichts, wofür Sie sich entschuldigen müßten.« Sie warf einen Blick nach hinten, auf Illyan. Ich muß es wissen … »Ganz buchstäblich nichts, wie ich schließlich erkannt habe.«

Er schwieg. Schließlich sagte er: »Ich verstehe. Sie sind sehr scharfsinnig.«

»Im Gegenteil, ich bin sehr verwirrt.«

Er wandte sich Illyan zu. »Leutnant, ich bitte Sie um einen Gefallen. Ich möchte ein paar Minuten mit dieser Dame allein sein, um eine sehr persönliche Sache zu besprechen.«

»Ich darf nicht, Sir. Sie wissen das.«

»Ich habe sie einmal gebeten, mich zu heiraten. Sie hat mir ihre Antwort noch nicht gegeben. Wenn ich Ihnen mein Wort gebe, daß wir nur über Dinge sprechen werden, die damit zu tun haben, *dürfen* wir dann einige Momente allein sein?«

»Oh ...« Illyan runzelte die Stirn. »Ihr Wort, Sir?«

»Mein Wort. Als Vorkosigan.«

»Nun gut – ich nehme an, daß es dann in Ordnung ist.« Illyan setzte sich mürrisch auf einen umgestürzten Baumstamm, um zu warten, und sie gingen weiter den Pfad hinauf.

Sie kamen oben auf dem vertrauten Bergvorsprung heraus, von wo aus man den Krater überblickte, genau an der Stelle, wo Vorkosigan vor so langer Zeit die Wiederinbesitznahme seines Schiffes geplant hatte. Sie setzten sich auf den Boden und beobachteten die Betriebsamkeit des Lagers, das durch die Entfernung lautlos wirkte.

»Es gab eine Zeit, da hätten Sie das nie getan«, stellte Cordelia fest. »Fälschlicherweise Ihr Wort geben.«

»Die Zeiten haben sich geändert.«

»Oder mich belügen.«

»Das ist so.«

»Oder kurzerhand einen Mann für Verbrechen erschießen, an denen er nicht beteiligt war.«

»Das war nicht kurzerhand. Er bekam zuerst ein summarisches Kriegsgerichtsverfahren. Und dadurch kamen die Dinge hier im Nu wieder in Ordnung. Jedenfalls wird es die Interstellare Gerichtskommission zufriedenstellen. Die werde ich auch am Hals haben, ab morgen. Sie untersuchen Übergriffe gegen Gefangene.«

»Ich glaube, Sie haben zuviel Blut gesehen. Einzelne Menschenleben verlieren ihre Bedeutung für Sie.«

»Ja. Es gab so viele. Es ist bald Zeit, den Dienst zu quittieren.« In seinem Gesicht und in seinen Worten fehlte jeglicher Ausdruck.

»Wie hat der Kaiser Sie bestochen für diesen – außerordentlichen Mordanschlag? Sie unter all den Männern. War das Ihre Idee? Oder seine?«

Er wich nicht aus und leugnete nicht. »Seine Idee, und die von Negri. Ich war nur sein ausführendes Organ.«

Seine Finger zogen sanft an den Grashalmen, brachen einen nach dem anderen zart ab. »Er rückte nicht direkt damit heraus. Zuerst bat er mich, das Kommando der Invasion auf Escobar zu übernehmen. Er begann mit einer Bestechung – tatsächlich mit dem Posten des Vizekönigs dieses Planeten, sobald er kolonisiert wäre. Ich lehnte ab. Dann versuchte er es mit einer Drohung, sagte, er würde mich Grishnov ausliefern, ihn mich des Verrats anklagen lassen und dann kein kaiserliches Pardon gewähren. Ich sagte ihm, er sollte, zum Teufel, gehen, allerdings mit anderen Worten. Das war ein schlimmer Augenblick für uns beide. Dann bat er um Verzeihung. Nannte mich Lord Vorkosigan. Wenn er beleidigend sein wollte, nannte er mich Kapitän. Dann rief er Oberst Negri herein mit einem Dossier, das nicht einmal einen Namen trug, und das So-tun-als-ob hatte ein Ende.

Vernunft. Logik. Argument. Beweise. Wir saßen eine ganze endlose Woche in dem grünen Seidenzimmer in der kaiserlichen Residenz in Vorbarr Sultana, der Kaiser, Negri und ich, und gingen dieses Dossier durch, während Illyan sich im Vorraum die Beine in den Bauch stand und die Kunstsammlung des Kaisers studierte. Sie haben übrigens recht in Ihren Schlüssen über Illyan. Er weiß nichts über den wirklichen Zweck dieser Invasion.

Sie haben den Prinzen kurz gesehen. Ich darf anfügen, daß Sie ihn von seiner besten Seite gesehen haben. Vorrutyer mag einmal sein Lehrer gewesen sein, aber der Prinz hatte ihn schon vor einiger Zeit übertroffen. Aber wenn er nur wenigstens zum Ausgleich eine Ahnung von politischem Dienst gehabt hätte, dann hätte – glaube ich – sein Vater ihm sogar die schlimmsten persönlichen Unsitten verziehen.

Er war unausgeglichen, und er umgab sich mit Männern, deren Interesse es war, ihn noch unausgeglichener zu machen. Ein wahrer Neffe seines Onkels Yuri. Grishnov hatte die Absicht, durch ihn Barrayar zu regieren, wenn er auf den Thron käme. Auf eigene Initiative – Grishnov wäre bereit gewesen zu warten, glaube ich – hatte der Prinz in den letzten achtzehn Monaten zwei Attentatsversuche auf seinen Vater eingefädelt.«

Cordelia stieß einen lautlosen Pfiff aus. »Ich beginne fast zu verstehen. Aber warum ihn nicht einfach still aus dem Weg schaffen? Sicherlich hätten es der Kaiser und Ihr Oberst Negri zusammen geschafft, wenn es überhaupt jemand konnte.«

»Die Idee wurde diskutiert. Gott steh mir bei, ich meldete mich sogar freiwillig dafür, als eine Alternative zu diesem – Blutbad.«

Er hielt inne. »Der Kaiser liegt im Sterben. Er hat keine Zeit mehr zu warten, daß dieses Problem sich von selbst löst. Er ist ganz besessen davon, daß er sein Haus bestellt zurückläßt.

Das Problem ist der Sohn des Prinzen. Er ist erst vier. Sechzehn Jahre sind eine lange Zeit für eine Regentschaftsregierung. Nach dem Tod des Prinzen würden Grishnov und die ganze Ministerialpartei das Machtvakuum ausfüllen, wenn sie intakt blieben.

Es war nicht genug, den Prinzen zu töten. Der Kaiser glaubte, daß er die ganze Kriegspartei vernichten müßte, und zwar so wirksam, daß sie sich eine ganze weitere Generation nicht wieder erheben würde. Also war da zuerst ich, der über die strategischen Probleme mit Escobar nörgelte. Dann kam über Negris eigenes Geheimdienstnetz die Information über die Plasmaspiegel. Der militärische Geheimdienst hatte sie nicht.

Dann wieder ich mit der Nachricht, daß der Überraschungseffekt verloren war. Wissen Sie, daß er einen Teil davon auch unterdrückte? Es konnte nur eine Katastrophe geben. Und dann waren da Grishnov und die Kriegspartei und der Prinz, die alle nach Ruhm lechzten. Der Kaiser mußte nur zur Seite treten und sie in ihr Verderben rennen lassen.« Jetzt riß er das Gras büschelweise heraus.

»Es paßte alles so gut zusammen; es lag eine fast hypnotisierende Faszination darin. Aber es war riskant. Es bestand sogar die Möglichkeit, daß alle getötet werden würden *außer* dem Prinzen, wenn man die Ereignisse sich selbst überließ. Ich wurde dort postiert, wo ich war, um dafür zu sorgen, daß das Drehbuch befolgt wurde. Den Prinzen aufstacheln und sicherstellen, daß er sich zur rechten Zeit an die Frontlinie begab. Daher die kleine Szene, die Sie in meiner Kabine beobachtet hatten. Ich verlor nie meine Beherrschung. Ich trieb nur einen weiteren Nagel in den Sarg.«

»Ich vermute, ich sehe jetzt, wer der andere Ausführende bei dem Plan war – der Stabsarzt?«

»Ganz recht.«

»Reizend.«

»Ist es allerdings nicht.« Er legte sich ins Gras und blickte in den türkisfarbenen Himmel. »Ich konnte nicht einmal ein rechtschaffener Attentäter sein. Erinnern Sie sich, daß ich sagte, ich wollte in die Politik gehen? Ich glaube, ich bin jetzt von diesem Ehrgeiz geheilt.«

»Was war mit Vorrutyer? Sollten Sie ihn auch umbringen lassen?«

»Nein. Im Originaldrehbuch war er als der Sündenbock vorgesehen. Seine Rolle wäre gewesen, nach der Katastrophe den Kaiser um Verzeihung für den Schlamassel zu bitten, als Teil des allgemeinen Zusammenbruchs der Kriegspartei. Obwohl er der intellektuelle Ratgeber des Prinzen war, beneidete ich ihn nicht um seine Zukunft. Die ganze Zeit, wo er mir zusetzte, konnte ich sehen, wie ihm der Boden unter den Füßen wegbröckelte. Es verwirrte ihn. Er hatte mich früher immer dazu bringen können, meine Beherrschung zu verlieren. Das war ein großer Spaß für ihn gewesen, als wir noch jünger waren. Er konnte nicht verstehen, warum er seine Wirkung verloren hatte.« Vorkosigans Augen blieben irgendwohin in die hohe blaue Leere gerichtet und begegneten ihrem Blick nicht.

»Nehmen Sie es, wie Sie wollen, sein Tod gerade damals hat viele Menschenleben gerettet. Er hätte versucht, den Kampf viel länger fortzusetzen, um politisch seine Haut zu retten. Das war der Preis, der mich am Ende überzeugte. Ich dachte, wenn ich nur zum richtigen Zeitpunkt am richtigen Ort wäre, dann könnte ich die Aufgabe des Rückzugs besser erfüllen als jeder andere im Generalstab.«

»Also sind wir alle nur Ezar Vorbarras Werkzeuge«, sagte Cordelia langsam, mit einem üblen Gefühl im Magen. »Ich und mein Konvoi, Sie, die Escobaraner – sogar der alte Vorrutyer. Soviel wäre also zu patriotischem Getue und rechtschaffenem Zorn zu sagen. Das war alles eine Farce.«

»Damit haben Sie recht.«

»Das macht mich frösteln. War der Prinz wirklich so schlimm?«

»Daran war kein Zweifel. Ich möchte Ihnen nicht mit Einzelheiten aus Negris Berichten Übelkeit verursachen … Aber der Kaiser sagte, wenn es nicht jetzt getan würde, dann würden wir alle es selbst versuchen, fünf oder zehn Jahre später, und es vermutlich vermasseln und all unsere Freunde ums Leben bringen in einem umfassenden planetenweiten Bürgerkrieg. Er hatte im Laufe seines Lebens zwei solcher Kriege erlebt. Das war der Alptraum, der ihn quälte. Ein Caligula oder ein Yuri Vorbarra kann eine lange Zeit regieren, während die besten Männer zögern zu tun, was notwendig ist, um ihm Einhalt zu gebieten, und die schlechtesten daraus ihren Vorteil ziehen.

Der Kaiser erspart sich nichts. Er liest die Berichte immer wieder und wieder – er hatte sie fast alle wörtlich im Kopf. Das war nicht etwas, das leichtfertig oder beiläufig unternommen wurde. Verkehrterweise vielleicht, aber nicht leichtfertig. Er wollte nicht, daß der Prinz in Schande starb, verstehen Sie? Es war das letzte Geschenk, das er ihm geben konnte.«

Sie saß erstarrt da, hatte ihre Knie umfaßt und prägte sich sein Profil ein, während die sanfte Nachmittagsbrise den Wald rauschen und das goldene Gras erzittern ließ.

Er wandte ihr sein Gesicht zu. »War es falsch, Cordelia, daß ich mich dieser Sache anschloß? Wenn ich es nicht getan hätte, dann hätte er einfach jemand anderen genommen. Ich habe immer versucht, dem Pfad der Ehre zu folgen. Aber was macht man, wenn alle zur Wahl stehenden Möglichkeiten schlimm sind? Schändliches Tun, schändliche Untätigkeit, jeder Pfad führt in ein Dickicht des Todes.«

»Wollen Sie etwa von mir, daß ich über Sie urteile?«

»Irgend jemand muß es tun.«

»Es tut mir leid. Ich kann Sie lieben. Ich kann Kummer um Sie oder mit Ihnen haben. Ich kann Ihren Schmerz teilen. Aber ich kann nicht über Sie urteilen.«

»Ach.« Er drehte sich auf den Bauch und starrte in das Lager hinab. »Ich rede Ihnen gegenüber zuviel. Wenn mein Gehirn mich je von der Bindung an die Realität befreien würde, dann würde ich zum Typ des plappernden Irren gehören, glaube ich.«

»Sie reden doch nicht auf diese Weise zu jemandem anderen, oder?« fragte sie beunruhigt.

»Guter Gott, nein. Sie sind … Sie sind … ich weiß nicht, was Sie sind. Aber ich brauche Sie. Wollen Sie mich heiraten?«

Sie seufzte, legte den Kopf auf die Knie und wickelte

einen Grashalm um die Finger. »Ich liebe Sie. Sie wissen das, hoffe ich. Aber ich kann Barrayar nicht aushalten. Barrayar frißt seine eigenen Kinder.«

»Es besteht nicht nur aus dieser abscheulichen Politik. Einige Leute bleiben ihr ganzes Leben von ihr praktisch unberührt.«

»Ja, aber zu denen gehören Sie nicht.«

Er setzte sich auf. »Ich weiß nicht, ob ich ein Visum für Kolonie Beta bekommen könnte.«

»Nicht in diesem Jahr, vermute ich. Und auch nicht im nächsten. Dort sieht man zur Zeit alle Barrayaraner als Kriegsverbrecher an. In politischer Hinsicht hatten wir schon seit Jahren nicht mehr soviel Aufregung. Alle sind im Augenblick ein bißchen berauscht davon. Und dann ist da noch die Geschichte mit Komarr.«

»Ich verstehe. Ich hätte dann wohl Schwierigkeiten, einen Job als Judolehrer zu bekommen. Und ich könnte kaum meine Memoiren schreiben, wenn man alles in Betracht zieht.«

»Im Moment hätten Sie meiner Meinung nach Schwierigkeiten, einem Lynchmob zu entgehen.« Sie schaute in sein düsteres Gesicht. Das war ein Fehler, denn es drehte ihr das Herz im Leibe herum. »Ich muß – für einige Zeit sowieso nach Hause gehen. Meine Familie besuchen und mir alles in Ruhe und Frieden überlegen. Vielleicht können wir eine andere Lösung finden. Wir können uns auf jeden Fall schreiben.«

»Ja, vermutlich.« Er stand auf und half ihr hoch.

»Wo werden Sie sein, wenn dies alles hier vorüber ist?« fragte sie. »Sie haben ja Ihren Rang zurück.«

»Nun, ich werde diese ganze schmutzige Arbeit erledigen«, eine Bewegung seines Armes deutete auf das Gefangenenlager und implizit auf das ganze escobaranische Abenteuer, »... und dann werde ich auch nach Hause gehen, glaube ich. Und mich betrinken. Ich kann ihm nicht mehr dienen. Er hat mich mit dieser Sache erschöpft. Der Tod seines Sohnes und der fünftausend

Männer, die ihn in die Hölle eskortierten, werden jetzt immer zwischen uns sein. Vorhalas, Gottyan ...«

»Vergessen Sie nicht die Escobaraner. Und auch nicht ein paar Betaner.«

»Ich werde ihrer gedenken.« Er ging neben ihr den Pfad hinab. »Gibt es irgend etwas, das Sie brauchen, im Lager? Ich habe versucht dafür zu sorgen, daß im allgemeinen alles zur Verfügung gestellt wird, soweit unsere Vorräte das erlauben, aber ich kann etwas übersehen haben.«

»Das Lager scheint jetzt in Ordnung zu sein. Ich brauche nichts Besonderes. Alles, was wir wirklich brauchen, ist heimzugehen. Nein – jetzt, da es mir einfällt, bitte ich Sie doch noch um einen Gefallen.«

»Um welchen?« fragte er eifrig.

»Leutnant Rosemonts Grab. Es ist nicht gekennzeichnet worden. Ich komme vielleicht nie mehr dorthin. Könnten Sie Ihre Leute veranlassen, das Grab zu kennzeichnen, solange man noch die Überreste unseres Lagers ausmachen kann? Ich weiß alle seine Daten. Ich habe schließlich seine persönlichen Formulare oft genug in den Händen gehabt, ich kann sie noch auswendig.«

»Ich werde mich persönlich darum kümmern.«

»Warten Sie.« Er blieb stehen, und sie streckte ihm eine Hand hin. Seine kräftigen Finger umfaßten ihre schlanken; seine Haut war warm und trocken, und es kam ihr vor, als verbrenne sie sich daran. »Bevor wir den armen Leutnant Illyan wieder aufklauben ...«

Er nahm sie in die Arme, und sie küßten sich zum erstenmal.

»Oh«, murmelte sie. »Vielleicht war das ein Fehler. Es tut so weh, wenn du aufhörst.«

»Nun, laß mich ...« Seine Hand streichelte sanft ihr Haar und verbarg sich dann verzweifelt in einer schimmernden Strähne; sie küßten sich noch einmal.

»Hm, Sir?« Leutnant Illyan kam auf dem Pfad heraus

und räusperte sich laut und vernehmlich. »Haben Sie die Stabskonferenz vergessen?«

Vorkosigan ließ sie mit einem Seufzer los. »Nein, Leutnant. Ich habe sie nicht vergessen.«

»Darf ich Ihnen gratulieren, Sir?« Er lächelte.

»Nein, Leutnant.«

Sein Lächeln verschwand. »Ich – verstehe nicht, Sir.«

»Das ist ganz in Ordnung, Leutnant.«

Sie gingen weiter, Cordelia mit ihren Händen in den Taschen, Vorkosigan mit den seinen auf dem Rücken verschränkt.

Die meisten der escobaranischen Frauen waren schon mit dem Shuttle zu dem Schiff hinaufgeflogen, das angekommen war, um sie nach Hause zu holen, als spät am nächsten Nachmittag ein adretter barrayaranischer Wachsoldat an der Tür ihrer Unterkunft erschien und Captain Naismith zu sprechen verlangte.

»Der Admiral läßt Sie grüßen, Madame, und er will wissen, ob Sie die Daten auf der Gedenktafel überprüfen wollen, die er für Ihren Offizier hat anfertigen lassen. Sie ist in seinem Büro.«

»Ja, gewiß.«

»Cordelia, um Gottes willen«, zischte Leutnant Alfredi, »gehen Sie dort nicht allein hinein.«

»Es ist *in Ordnung*«, erwiderte sie murmelnd und ungeduldig. »Vorkosigan ist in Ordnung.«

»So? Und was wollte er gestern von Ihnen?«

»Ich habe es Ihnen schon gesagt, es ging um die Sache mit der Gedenktafel.«

»Das kann doch nicht zwei volle Stunden gedauert haben. Wissen Sie, daß Sie so lange weg waren? Ich habe gesehen, wie er Sie anschaute. Und Sie – Sie kamen zurück und sahen aus wie eine lebende Leiche.«

Cordelia wies ihre besorgten Proteste gereizt ab und folgte dem äußerst höflichen Wachsoldaten zu den Lagerhöhlen. Die planetarischen Verwaltungsbüros der barrayaranischen Streitkräfte waren in einer der Seitenhallen eingerichtet. In ihnen herrschte eine vorsichtig geschäftige Stimmung, die auf die nahe Anwesenheit von Stabsoffizieren schließen ließ, und als sie Vorkosigans Büro betraten (sein Name und sein Rang wurden auf einer schönen Tafel verkündet, über dem Geschmier, das seinem Vorgänger gegolten hatte), da fanden sie ihn tatsächlich drinnen anwesend.

Illyan, ein Kapitän und ein Kommodore waren mit ihm um ein Computerterminal gruppiert, offensichtlich war gerade eine Art Lagebesprechung im Gange. Er brach ab, um sie mit einem vorsichtigen Nicken zu begrüßen, das sie auf gleiche Art beantwortete. Ob wohl meine Augen genau so hungrig aussehen wie die seinen, dachte sie. Dieses Menuett der guten Manieren, das wir veranstalten, um unsere privaten Gefühle vor der Masse zu verbergen, nützt gar nichts, wenn wir nicht unsere Blicke besser verbergen.

»Sie liegt auf dem Tisch des Schreibers, Cor … – Captain Naismith«, dirigierte er sie mit einer Handbewegung. »Schauen Sie sie sich bitte an.« Dann richtete er seine Aufmerksamkeit wieder auf seine Offiziere.

Es war eine einfache Stahltafel, die dem Standard des barrayaranischen Militärs entsprach; Rechtschreibung, Zahlen und Daten waren alle in Ordnung. Cordelia nahm die Tafel kurz in die Hand. Sie sah sicher so aus, als würde sie halten. Vorkosigan beendete seine Sitzung und kam an ihre Seite.

»Ist es gut so?«

»Schön.« Sie lächelte ihm zu. »Konnten Sie das Grab finden?«

»Ja, Ihr Lager ist noch aus geringer Höhe aus der Luft sichtbar, eine weitere Regenzeit wird es allerdings auslöschen.«

Die Stimme des diensthabenden Wachsoldaten drang zu ihnen herüber; an der Tür gab es irgendeine Aufregung. »Das sagen *Sie*. Soweit ich weiß, könnten das auch Bomben sein. Sie können sie nicht da hineinbringen!« Darauf antwortete eine andere Stimme: »Er muß es persönlich unterschreiben. So lauten *meine* Befehle. Ihr Burschen führt euch auf, als hättet ihr den verdammten Krieg gewonnen.«

Der zweite Sprecher, ein Mann in der dunkelroten Uniform eines escobaranischen Medizintechnikers, kam rückwärts durch die Tür, gefolgt von einer Schwebepalette an einer Steuerleitung, die wie ein bizarrer Ballon aussah. Sie war beladen mit großen Kanistern, jeder etwa einen halben Meter hoch, die mit Steuertafeln und Zugriffsöffnungen versehen waren. Cordelia erkannte sie sofort und erstarrte; ihr wurde fast übel. Vorkosigan blickte verständnislos drein.

Der Techniker blickte sich um. »Ich habe eine Quittung hierfür, auf der Admiral Vorkosigans persönliche Unterschrift erforderlich ist. Ist er hier?«

Vorkosigan trat vor. »Ich bin Vorkosigan. Was ist das hier … hm …«

»Medizintechniker«, flüsterte ihm Cordelia als Hinweis zu.

»Medizintechniker?« beendete Vorkosigan seine Frage glatt, obwohl der ärgerliche Blick, den er ihr zuwarf, darauf schließen ließ, daß dies nicht der Hinweis war, den er erwartet hatte.

Der Medizintechniker lächelte säuerlich. »Wir schicken sie an die Sender zurück.«

Vorkosigan ging um die Palette herum. »Ja, aber was *sind* diese Dinger?«

»Alle eure Bankerte.«

Cordelia, die die echte Verwirrung in Vorkosigans Stimme wahrgenommen hatte, fügte hinzu: »Es sind Uterusreplikatoren … hm … Admiral. In sich geschlossen, mit unabhängiger Energieversorgung – sie brauchen allerdings Wartung.«

»Jede Woche«, pflichtete der Medizintechniker mit tückischer Freundlichkeit bei. Er hielt eine Datendiskette hoch. »Man hat Ihnen auch Instruktionen mitgeschickt.«

Vorkosigan blickte erschrocken drein. »Was, zum Teufel, soll ich mit ihnen anfangen?«

»Sie dachten wohl, Sie ließen unsere Frauen diese Frage beantworten, nicht wahr?« erwiderte der Medizintechniker angespannt und sarkastisch. »Persönlich würde ich anregen, Sie hängen sie ihren Vätern um den Hals. Die väterlichen Genkomplemente sind auf jedem markiert, also sollten Sie keine Probleme damit haben, festzustellen, wem sie gehören. Unterschreiben Sie hier.«

Vorkosigan nahm die Quittung und las sie zweimal durch. Er ging noch einmal um die Palette herum und zählte; dabei sah er zutiefst beunruhigt aus. Bei seinem Rundgang kam er zu Cordelia und murmelte: »Ich wußte nicht, daß sie so etwas machen können.«

»Man benutzt sie zu Hause immerzu, in medizinischen Notfällen.«

»Sie müssen phantastisch komplex sein.«

»Und auch teuer. Ich bin überrascht – vielleicht wollte man einfach nicht darüber streiten, ob man sie mit einigen der Mütter nach Hause nehmen sollte. Einige von ihnen waren emotional ziemlich gespalten hinsichtlich einer Abtreibung. Das überträgt die Blutschuld auf euch Barrayaraner.« Ihre Worte schienen in ihn einzudringen wie Kugeln, und sie wünschte sich, sie hätte es anders formuliert.

»Die da drin sind alle lebendig?«

»Sicher. Sehen Sie all die grünen Lichter? Mit den Plazentas und allem anderen. Sie schweben direkt in ihren Fruchtblasen, genau wie zu Hause.«

»Und bewegen sich?«

»Ich nehme es an.«

Er rieb sich das Gesicht und blickte gequält auf die Kanister. »Siebzehn. Gott, Cordelia, was soll ich mit ihnen machen? Der Sanitätsoffizier, natürlich, aber …«

Er richtete sich an den Schreiber, der wie gebannt dreinblickte. »Holen Sie den Stabsarzt her, ganz schnell.« Er wandte sich wieder Cordelia zu und sprach ganz leise. »Wie lange werden diese Dinger funktionieren?«

»Die vollen neun Monate, falls notwendig.«

»Kann ich meine Quittung haben, Admiral?« sagte der Medizintechniker laut. »Auf mich warten noch andere Pflichten.« Er blickte neugierig auf Cordelia in ihrem orangefarbenen Pyjama.

Vorkosigan kritzelte geistesabwesend mit einem Lichtgriffel seinen Namen ans Ende des Quittungspanels, drückte seinen Daumenabdruck daneben und gab es zurück; er war immer noch wie hypnotisiert von der Palettenladung Kanister. Cordelia ging auch um sie herum, mit morbidem Interesse, und prüfte die Anzeigedisplays. »Das jüngste scheint etwa sieben Wochen alt zu sein. Das älteste ist über vier Monate. Das muß direkt nach dem Beginn des Krieges gewesen sein.«

»Aber was soll *ich* mit ihnen tun?« murmelte er wieder. Sie hatte ihn noch nie in so tiefer Verlegenheit gesehen.

»Was macht ihr gewöhnlich mit den unehelichen Kindern von Soldaten? Sicherlich ist diese Situation schon früher aufgetreten, wenn auch vielleicht nicht in diesem Ausmaß.«

»Wir treiben Bastarde gewöhnlich ab. In diesem Fall scheint es in einem gewissen Sinn schon geschehen sein. So viele Schwierigkeiten – erwartet man von uns, daß wir sie am Leben erhalten? Schwebende Föten – Babies in Kanistern ...«

»Ich weiß es nicht.« Cordelia seufzte nachdenklich. »Was für eine völlig ausgestoßene kleine Gruppe von Menschen sie sind. Außer – wenn nicht Gott und Sergeant Bothari eingegriffen hätten, dann könnte eines dieser Kleinen in den Kanistern meines sein, und Vorrutyers. Oder am Ende meines und Botharis.«

Ihm wurde bei diesem Gedanken offensichtlich ganz übel. Er dämpfte seine Stimme so sehr, daß es fast einem Flüstern gleichkam, und begann wieder: »Aber was soll ich ... was würden *Sie* mich damit tun lassen?«

»Bitten Sie mich um einen Befehl?«

»Ich habe nie – Cordelia, bitte – welche ehrenhafte ...«

Es muß ein ziemlicher Schock sein, wenn man plötzlich herausfindet, daß man siebzehnmal schwanger ist – vor allem in deinem Alter, dachte sie. Sie unterdrückte den schwarzen Humor – er war so offensichtlich ratlos – und hatte Mitleid mit seiner echten Verwirrung. »Für sie sorgen, nehme ich an. Ich habe keine Vorstellung, was das nach sich ziehen wird, aber – Sie haben dafür unterschrieben.«

Er seufzte. »Ganz recht. Mein Wort gegeben, in einem gewissen Sinn«, er formulierte das Problem in vertrauten Begriffen und fand darin sein Gleichgewicht wieder. »Mein Wort als Vorkosigan, in der Tat. Richtig. Gut. Das Ziel ist definiert, der Angriffsplan ist vorgeschlagen – wir sind in Aktion.«

Der Sanitätsoffizier trat ein und war verblüfft beim Anblick der Schwebepalette. »Was, zum Teufel – oh, ich weiß, was das ist. Ich hätte nie gedacht, daß ich mal einen sehen würde ...«, er fuhr mit seinen Fingern über einen Kanister in einer Art technischer Begierde. »Gehören die uns?«

»Alle gehören uns, scheint es«, erwiderte Vorkosigan. »Die Escobaraner haben sie geschickt.«

Der Arzt kicherte. »Was für eine obszöne Geste. Man kann verstehen, warum, nehme ich an. Aber warum schütten wir sie nicht einfach aus?«

»Vielleicht aus einer unmilitärischen Einschätzung des Wertes menschlichen Lebens«, sagte Cordelia heftig. »Einige Kulturen denken so.«

Der Arzt hob die Augenbrauen, aber das völlige Fehlen von Amüsiertheit auf dem Gesicht seines Kommandeurs zügelte ihn ebenso wie ihre Worte.

»Hier sind die Instruktionen.« Vorkosigan übergab ihm die Diskette.

»Oh, gut. Kann ich einen ausleeren und ihn auseinandernehmen?«

»Nein, dürfen Sie nicht«, sagte Vorkosigan kühl. »Ich habe mein Wort gegeben – als Vorkosigan –, daß man sich um sie kümmern wird. Um alle.«

»Wie, zum Teufel, hat man Sie denn da hineinmanövriert? Oh, nun gut, ich werde später einen bekommen, vielleicht...« Er wandte sich wieder seiner Untersuchung der glitzernden Maschinerie zu.

»Haben Sie hier die Einrichtungen zur Behandlung von Problemen, die möglicherweise auftauchen?« fragte Vorkosigan.

»Verdammt, nein. Das Kaiserliche Militärkrankenhaus wäre der einzige Ort. Und dort gibt es nicht einmal eine Geburtshilfeabteilung. Aber ich wette, die Forschungsabteilung würde gerne diese Babies in die Hände bekommen...«

Cordelia brauchte einen konfusen Augenblick, bis sie erkannte, daß er die Uterusreplikatoren meinte und nicht ihren Inhalt.

»Sie müssen in einer Woche gewartet werden. Können Sie das hier machen?«

»Ich glaube nicht...« Der Arzt schob die Diskette in den Monitor an der Computerstation des Schreibers und begann, ihren Inhalt schnell durchzuschauen. »Die Instruktionen hier müssen ja zehn Kilometer lang sein – aha. Nein. Haben wir nicht – nein. Zu schade, Admiral. Ich fürchte, diesmal werden Sie Ihr Wort zurücknehmen müssen.«

Vorkosigan grinste wölfisch, ganz ohne Humor. »Erinnern Sie sich daran, was dem letzten Mann geschah, der mich wegen meines Wortes herausforderte?«

Das Lächeln des Sanitätsoffiziers wurde unsicher.

»Das sind also dann Ihre Befehle«, fuhr Vorkosigan knapp fort. »In dreißig Minuten werden Sie persönlich mit diesen … ah … Dingern zum Schnellkurier abheben. Und der wird in Vorbarr Sultana in weniger als einer Woche ankommen. Sie werden ins Kaiserliche Militärkrankenhaus gehen und mit allen notwendigen Maßnahmen die Leute und die Geräte requirieren, die notwendig sind, um – dieses Projekt zu Ende zu führen. Besorgen Sie sich einen Kaiserlichen Befehl dafür, falls Sie ihn brauchen. Direkt, nicht durch Instanzen. Ich bin sicher, unser Freund Negri wird Sie in Kontakt bringen. Sorgen Sie dafür, daß die Replikatoren aufgestellt und gewartet werden, und dann berichten Sie mir.«

»Es ist unmöglich, daß wir es in weniger als einer Woche schaffen! Nicht einmal im Kurierschiff!«

»Sie werden es in fünf Tagen schaffen, wenn Sie die Beschleunigung sechs Punkte über dem Notfallmaximum auf der ganzen Strecke durchhalten. Wenn der Ingenieur seine Arbeit richtig gemacht hat, dann werden die Maschinen nicht explodieren, solange Sie nicht acht Punkte erreichen. Das ist ganz sicher.« Er blickte über die Schulter. »Couer, bitte alarmieren Sie die Mannschaft des Kuriers. Und holen Sie den Kapitän an die Strippe; ich möchte ihm seine Befehle persönlich geben.«

Kommodore Couer hob eine Augenbraue, aber er setzte sich gehorsam in Bewegung.

Der Sanitätsoffizier dämpfte seine Stimme und warf einen Blick auf Cordelia. »Ist hier betanische Sentimentalität am Werk, Sir? Etwas seltsam im Dienst des Kaisers, meinen Sie nicht?«

Vorkosigan lächelte mit zusammengekniffenen Augen und paßte seinen Ton dem des Arztes an. »Betanische Insubordination, Doktor? Sie werden gefälligst Ihre Energien darauf richten, Ihre Befehle auszuführen, anstatt Ausreden zu entwickeln, warum Sie das nicht können.«

»Es wäre, verdammt noch mal, leichter, einfach die Absperrhähne zu öffnen. Und was werden Sie mit ihnen machen, wenn sie einmal – fertig sind, geboren, oder wie immer Sie es nennen wollen? Wer wird die

Verantwortung für sie übernehmen? Ich kann Ihren Wunsch nachempfinden, Ihre Freundin zu beeindrucken, aber denken Sie an die Zukunft, Sir!«

Vorkosigan zog seine Augenbrauen zusammen und knurrte, tief in der Kehle. Der Arzt zuckte zurück. Vorkosigan ließ das Knurren in ein Räuspern übergehen und holte Atem.

»Das wird mein Problem sein. Mein Wort. Ihre Verantwortung wird da enden. Fünfundzwanzig Minuten, Doktor. Wenn Sie pünktlich sind, dann lasse ich Sie vielleicht mit dem Shuttle nach oben fliegen.« Mit einem leichten Grinsen zeigte er seine Zähne, überzeugend aggressiv. »Wenn sie im Kaiserlichen Militärkrankenhaus an Ort und Stelle sind, können Sie drei Tage Heimaturlaub nehmen, falls Sie wollen.«

Der Arzt hob die Schultern und gab sich geschlagen, dann verschwand er, um seine Sachen zu holen.

Cordelia blickte ihm voller Zweifel nach. »Wird er zuverlässig sein?«

»O ja, er braucht nur eine Weile, bis er sein Denken ändert. Sobald sie in Vorbarr Sultana ankommen, dann wird er so tun, als hätte er das Projekt und die – Uterusreplikatoren erfunden.« Vorkosigans Blick kehrte zu der Schwebepalette zurück. »Das sind die verdammtesten Dinge ...«

Eine Wache trat ein. »Verzeihen Sie, Sir, aber der Pilot des escobaranischen Shuttles fragt nach Captain Naismith. Sie sind startbereit.«

Couer sprach vom Kommunikationsmonitor: »Sir, ich habe den Kurierkapitän in der Leitung.«

Cordelia warf Vorkosigan einen Blick hilfloser Frustration zu, den er mit einem leichten Kopfschütteln zur Kenntnis nahm, und jeder wandte sich wortlos den Forderungen seiner Pflicht zu. Sie ging hinaus und dachte über den letzten Seitenhieb des Doktors nach. Und wir dachten, wir wären so vorsichtig. Wir müssen wirklich irgend etwas an unseren Blicken ändern.

KAPITEL 12

Cordelia reiste mit etwa 200 weiteren Passagieren, meistens Escobaranern, nach Hause, und zwar auf einem Linienschiff von Tau Ceti, das eilends für diesen Zweck umgerüstet worden war. Die ehemaligen Gefangenen verbrachten viel Zeit mit dem Austausch von Geschichten und der Aufarbeitung gemeinsamer Erinnerungen. Cordelia erkannte schnell, daß diese Zusammenkünfte auf subtile Weise von den nicht wenigen Psycho-Offizieren gesteuert wurden, die die Escobaraner mit dem Schiff mitgeschickt hatten. Nach einer Weile begann ihr Schweigen über ihre eigenen Erfahrungen aufzufallen. Sie lernte die zwanglos wirkenden Techniken zu durchschauen, mit denen die Passagiere zu den nur scheinbar spontanen gruppentherapeutischen Sitzungen zusammengeholt wurden, und machte sich deshalb rar.

Es war nicht genug. Sie entdeckte, daß sie still, aber unnachgiebig von einer jungen Frau mit strahlendem Gesicht namens Irene verfolgt wurde, und kam zu dem Schluß, daß diese auf ihren Fall angesetzt worden sein mußte. Irene tauchte bei den Mahlzeiten auf, in den Korridoren, in den Aufenthaltsräumen, immer mit einem neuen Vorwand, um ein Gespräch zu beginnen. Cordelia ging ihr aus dem Weg, wenn sie konnte, und wenn sie nicht konnte, dann lenkte sie das Gespräch geschickt oder manchmal auch barsch auf andere Themen.

Nach einer weiteren Woche verschwand das Mädchen wieder in der Masse, aber eines Tages kehrte Cordelia in ihre Kabine zurück und entdeckte, daß ihre Zimmergefährtin fort war, durch eine andere ersetzt, eine gelassene ältere Frau mit ruhigem Blick. Sie trug Zivilkleidung und gehörte nicht zu den Exgefangenen. Cordelia legte sich niedergeschlagen auf ihr Bett und beobachtete, wie die andere ihre Sachen auspackte.

»Hallo, ich bin Joan Sprague«, stellte sich die Frau heiter vor.

Jetzt war es Zeit für ein offenes Wort. »Guten Tag, Dr. Sprague. Habe ich recht, wenn ich in Ihnen Irenes Vorgesetzte sehe?«

Sprague hielt inne. »Sie haben völlig recht. Aber ich ziehe es vor, die Dinge auf einer zwanglosen Basis zu belassen.«

»Nein, das tun Sie nicht. Sie ziehen es vor, die Dinge *erscheinen* zu lassen, als beruhten sie auf einer zwanglosen Basis. Ich weiß den Unterschied zu erkennen.«

»Sie sind eine sehr interessante Person, Captain Naismith.«

»Na ja, es gibt hier mehr von Ihrer Sorte als von meiner. Falls ich mich bereit finde, mit Ihnen zu reden, werden Sie dann Ihre übrigen Wachhunde abziehen?«

»Ich bin hier, damit Sie mit mir reden können – aber nur, wenn Sie dazu bereit sind.«

»Also, fragen Sie mich, was Sie wissen wollen. Bringen wir's hinter uns, damit wir uns beide entspannen können.« Ich könnte mir dabei ein bißchen Therapie zunutze machen, dachte Cordelia versonnen. Ich fühle mich lausig …

Sprague setzte sich aufs Bett, ein sanftes Lächeln im Gesicht und äußerste Aufmerksamkeit im Blick. »Ich will versuchen Ihnen zu helfen, sich daran zu erinnern, was während der Zeit geschah, als Sie als Gefangene an Bord des barrayaranischen Flaggschiffs waren. Daß Sie das, wie entsetzlich es auch immer war, in Ihr Bewußtsein heben, ist Ihr erster Schritt zur Heilung.«

»Hm, ich glaube, wir haben gegensätzliche Absichten. Ich erinnere mich an alles, was während dieser Zeit geschah, mit äußerster Klarheit. Ich habe keine Schwierigkeiten, es in mein Bewußtsein zu heben. Ich hätte es jedoch gern aus meinem Bewußtsein raus, wenigstens lang genug, um dann und wann schlafen zu können.«

»Ich verstehe. Fahren Sie fort. Schildern Sie doch einfach mal, was geschehen ist?«

Cordelia gab einen Bericht über die Ereignisse, von dem Zeitpunkt des Wurmlochsprungs von Kolonie Beta aus bis nach dem Mord an Vorrutyer, hörte aber vor Vorkosigans Eintreten auf, wobei sie vage sagte: »Ich versteckte mich ein paar Tage lang an verschiedenen Stellen auf dem Schiff, aber am Ende schnappten sie mich doch und steckten mich wieder in das Schiffsgefängnis.«

»So, so. Sie erinnern sich nicht daran, daß Sie von Admiral Vorrutyer gefoltert oder vergewaltigt wurden, und Sie erinnern sich auch nicht daran, daß Sie ihn getötet haben.«

»Ich wurde *nicht* gefoltert oder vergewaltigt. Und ich habe ihn *nicht* getötet. Ich dachte, ich hätte das klargestellt.«

Die Ärztin schüttelte bekümmert den Kopf. »Uns wurde berichtet, daß Sie zweimal von den Barrayaranern aus dem Lager weggeholt wurden. Erinnern Sie sich daran, was dabei geschah?«

»Ja, natürlich.«

»Können Sie es schildern?«

Sie weigerte sich. »Nein.« Das Geheimnis der Ermordung des Prinzen würde den Escobaranern nichts bedeuten – sie konnten kaum noch mehr Abneigung gegen die Barrayaraner entwickeln, als sie ohnedies schon hatten –, aber schon das bloße Gerücht von der Wahrheit könnte sich auf die öffentliche Ordnung von Barrayar verheerend auswirken. Aufstände, Meuterei beim Militär, der Sturz von Vorkosigans Kaiser – das wären erst die Anfänge der möglichen Folgen. Wenn es einen Bürgerkrieg auf Barrayar gäbe, könnte Vorkosigan dabei getötet werden? Gott, bitte, dachte Cordelia, keine Toten mehr …

Sprague blickte schrecklich interessiert drein. Cordelia kam sich vor, als hätte man sie überfallen. Sie korrigierte sich: »Es ging um einen meiner Offiziere, der während der betanischen Erkundigung dieses Planeten getötet worden war. Sie wissen davon, hoffe ich?« Die Ärztin nickte. »Die Barrayaraner haben auf meine Bitte hin Maßnahmen getroffen, um eine Gedenktafel auf seinem Grab aufzustellen. Das ist alles.«

»Ich verstehe«, seufzte Sprague. »Wir hatten einen anderen Fall wie den Ihren. Das Mädchen wurde auch von Vorrutyer oder einem seiner Männer vergewaltigt, und die barrayaranischen Mediziner haben es vertuscht. Ich nehme an, es ging ihnen darum, seinen Ruf zu schützen.«

»Oh, ich glaube, ich bin ihr begegnet, an Bord des Flaggschiffs. Sie war auch in meiner Unterkunft, stimmt's?«

Spragues überraschter Blick bestätigte Cordelias Vermutung, obwohl die Ärztin eine kleine vage Geste machte, um auf die Schweigepflicht ihres Berufes hinzuweisen.

»Bei ihr haben Sie recht«, fuhr Cordelia fort. »Ich bin froh, daß sie bekommt, was sie braucht. Aber bei mir liegen Sie falsch. Sie haben auch nicht recht, was Vorrutyers Ruf angeht. Der ganze Grund, warum man diese dumme Geschichte über mich in Umlauf gebracht hat, war der Gedanke, es würde für ihn noch schlimmer aussehen, wenn er von einer schwachen Frau umgebracht wurde, anstatt von einem seiner eigenen Kampfsoldaten.«

»Die physischen Befunde Ihrer medizinischen Untersuchung allein genügen schon, um mich diese Schilderung in Frage stellen zu lassen.«

»Was für physische Befunde?« fragte Cordelia, einen Moment lang verdutzt.

»Die Spuren von Folterung«, erwiderte die Ärztin und sah grimmig, sogar ein bißchen böse drein. Nicht böse auf sie, erkannte Cordelia.

»Was? Ich bin nie gefoltert worden!«

»Ja doch. Es wurde in Ihrem Bewußtsein ausgezeichnet verdrängt. Das ist empörend – aber die Barrayaraner konnten nicht die physischen Spuren verbergen. Sind Sie sich dessen bewußt, daß Sie einen gebrochenen Arm hatten, zwei gebrochene Rippen, viele Quetschungen an Ihrem Hals, Ihrem Kopf, Ihren Händen und Armen – tatsächlich an Ihrem ganzen Körper? Und Ihre Biochemie – Zeichen von extremem Stress, sensorischer Deprivation, beträchtlicher Gewichtsverlust, Schlafstörungen, Adrenalinüberschuß – soll ich weitermachen?«

»Och«, sagte Cordelia, »das.«

»Och, das«, sagte die Ärztin wie ein Echo und hob die Augenbrauen.

»Das kann ich erklären«, sagte Cordelia eifrig. Sie lachte erleichtert. »In gewisser Hinsicht kann ich da vermutlich euch Escobaranern die Schuld daran geben. Ich befand mich während des Rückzugs in einer Zelle auf dem Flaggschiff. Es bekam einen Treffer ab – da wurde alles in dem Schiff herumgeschüttelt wie Kies in einer Schachtel, auch ich in meiner Zelle. Dabei habe ich meine Knochenbrüche und so weiter abbekommen.«

Die Ärztin machte eine Notiz. »Sehr gut. Wirklich sehr gut. Raffiniert. Aber nicht raffiniert genug – Ihre Knochen wurden bei zwei verschiedenen Gelegenheiten gebrochen.«

»Oh«, sagte Cordelia. Und wie erkläre ich Bothari, ohne Vorkosigans Kabine zu erwähnen? ›Ein Freund versuchte mich zu erdrosseln …‹

»Ich möchte gerne«, sagte Dr. Sprague vorsichtig, »daß Sie über die Möglichkeit einer medikamentösen Therapie nachdenken. Die Barrayaraner haben bei Ihnen eine ausgezeichnete Verdrängung erreicht, sogar noch besser als bei der anderen, und bei ihr mußte man wirklich sehr tief sondieren. Ich denke, bei Ihnen ist es sogar noch notwendiger. Aber wir brauchen dazu Ihre freiwillige Mitarbeit.«

»Gott sei Dank.« Cordelia legte sich auf ihr Bett, zog ihr Kissen über ihr Gesicht und dachte über eine Therapie mit Drogen nach. Es ließ ihr das Blut gefrieren. Sie fragte sich, wie lange sie eine Tiefensondierung nach nicht vorhandenen Erinnerungen aushielte, bevor sie anfangen würde, welche zu fabrizieren, um dem Verlangen zu entsprechen. Und schlimmer: der allererste Effekt der Sondierung würde darin bestehen, jene geheimen Qualen ans Licht zu bringen, die in ihren Gedanken ganz oben waren – Vorkosigans geheime Wunden ... Sie seufzte, nahm das Kissen von ihrem Gesicht und hielt es mit den Armen vor ihrer Brust umfaßt, dann blickte sie auf und sah, daß Sprague sie mit tiefer Besorgnis betrachtete. »Sie sind noch da?«

»Ich werde immer da sein, Cordelia.«

»Das ist es ja gerade, was ich befürchtet habe.«

Sprague bekam danach nichts mehr aus ihr heraus. Cordelia fürchtete sich jetzt davor zu schlafen, aus Angst, daß sie im Schlaf sprechen oder sogar ausgefragt werden könnte. Sie machte dann und wann ein kleines Nickerchen und schreckte daraus hoch, wann immer sich etwas in der Kabine bewegte, zum Beispiel, wenn ihre Zimmergenossin in der Nacht aufstand, um auf die Toilette zu gehen. Cordelia billigte Ezar Vorbarras geheime Absichten in dem vergangenen Krieg nicht, aber zumindest waren sie verwirklicht worden. Der Gedanke, daß all der Schmerz und all das Sterben völlig umsonst gewesen sein sollte, quälte sie, und sie entschloß sich, nicht zuzulassen, daß aufgrund ihres Verhaltens Vorkosigans Soldaten, ja nicht einmal Vorrutyer und der Lagerkommandant für nichts und wieder nichts gestorben sein sollten.

Am Ende der Reise war sie in schlimmerem Zustand als am Beginn: sie schwebte am Rande eines echten Zusammenbruchs und war geplagt von pochenden Kopfschmerzen, Schlaflosigkeit, einem mysteriösen Zittern der linken Hand und einem beginnenden Stottern.

Die Reise von Escobar nach Kolonie Beta war viel leichter. Sie dauerte nur vier Tage, in einem betanischen Schnellkurier, der, wie Cordelia überrascht feststellte, speziell für sie geschickt worden war. Sie sah sich die Nachrichten auf dem Holovid in ihrer Kabine an. Sie wollte nichts mehr vom Krieg hören, aber zufällig schnappte sie eine Erwähnung des Namens Vorkosigan auf und konnte nicht widerstehen, dem nachzugehen, um herauszufinden, wie die Öffentlichkeit ihrer Heimat seine Rolle sah.

Entsetzt entdeckte sie, daß seine Zusammenarbeit mit der interstellaren Untersuchungskomission die betanische und escobaranische Presse dazu verleitet hatte, ihm die Schuld für die Behandlung der Gefangenen zuzuschieben, wie wenn er von Anfang an für sie verantwortlich gewesen wäre. Die alte falsche Komarrgeschichte wurde breitgetreten, und sein Name wurde überall verunglimpft. Die Ungerechtigkeit der ganzen Sache machte sie wütend, und sie gab angewidert das Anschauen der Nachrichten auf.

Endlich kamen sie in den Orbit von Kolonie Beta, und sie suchte den Navigationsraum auf, um einen Blick auf ihre Heimat erhaschen zu können.

»Da ist endlich der alte Sandkasten.« Der Kapitän holte ihr fröhlich eine Ansicht auf den Schirm. »Man schickt ein Shuttle herauf für Sie, aber jetzt herrscht ein Sturm über der Hauptstadt, und das Shuttle wird zurückgehalten, bis der Sturm so weit nachgelassen hat, daß die Schutzschirme am Raumhafen gesenkt werden können.«

»Ich kann wohl damit warten, meine Mutter anzurufen, bis ich unten bin«, bemerkte Cordelia. »Vermutlich ist sie jetzt noch bei der Arbeit. Kein Grund, sie dort zu stören. Das Krankenhaus ist nicht weit weg vom Raumhafen. Ich kann mir einen hübschen entspannenden Drink genehmigen, während ich darauf warte, daß sie mit ihrer Schicht fertig ist und mich abholt.«

Der Kapitän blickte sie eigenartig an. »Hm, ja klar.«

Schließlich traf das Shuttle ein. Cordelia schüttelte allen die Hand, dankte der Kuriermannschaft für den Flug und ging an Bord des Shuttles. Die Stewardess des Shuttles begrüßte sie mit einem Stapel neuer Kleider.

»Was ist denn das alles? Himmel, endlich die Uniformen der Expeditionsstreitkräfte! Vermutlich besser spät als nie.«

»Warum ziehen Sie sie nicht an«, drängte die Stewardess und lächelte merkwürdig.

»Ja, warum nicht.« Sie hatte schon beträchtliche Zeit ein und dieselbe geborgte escobaranische Uniform getragen und war ihrer völlig überdrüssig. Sie nahm das himmelblaue Tuch und die glänzenden schwarzen Stiefel amüsiert an sich. »Warum, in Gottes Namen, Stulpenstiefel? Es gibt kaum Pferde auf Kolonie Beta, außer in den Zoos. Ich gebe allerdings zu, sie sehen toll aus.«

Da sie feststellte, daß sie der einzige Passagier im Shuttle war, zog sie sich auf der Stelle um. Bei den Stiefeln mußte ihr die Stewardess helfen.

»Derjenige, der sie entworfen hat, sollte gezwungen werden, sie auch im Bett zu tragen«, murmelte Cordelia. »Oder vielleicht tut er's auch.«

Das Shuttle sank hinab, und Cordelia ging ans Fenster, begierig auf den ersten Blick auf ihre Heimatstadt. Der ockerfarbene Dunstschleier teilte sich endlich, und sie gingen in einer schönen Spirale hinab zum Shuttlehafen und rollten zur Andockbucht.

»Es scheinen heute eine Menge Leute da draußen zu sein.«

»Ja, der Präsident wird eine Rede halten«, sagte die Stewardess. »Es ist sehr aufregend. Auch wenn ich nicht für ihn gestimmt habe.«

»Steady Freddy hat so viele Leute als Zuhörer für eine seiner Reden zusammengebracht? Macht nichts.

Ich kann mich ja in die Menge mischen. Das Ganze wird ein bißchen pompös. Ich glaube, ich wäre heute lieber unsichtbar.«

Sie spürte, wie die Enttäuschung begann, und fragte sich, wie tief sie wohl gehen würde. Die escobaranische Ärztin hatte zwar nicht mit ihren Fakten recht gehabt, aber doch mit ihren Prinzipien: es gab noch eine emotionale Schuld abzutragen, die irgendwo in ihrem Innern verborgen war.

Das Heulen der Motoren erstarb. Cordelia erhob sich und dankte der lächelnden Stewardess unsicher. »Es wartet doch hoffentlich dort draußen k-kein Empfangskomitee auf mich, oder? Ich glaube wirklich nicht, daß ich damit heute fertig würde.«

»Sie werden Unterstützung erhalten«, beruhigte die Stewardess sie. »Ah, hier kommt er schon.«

Ein Mann in einem zivilen Sarong betrat das Shuttle und lächelte breit. »Guten Tag, Captain Naismith. Ich bin Philip Gould, Pressesekretär des Präsidenten«, stellte er sich vor. Cordelia war entgeistert – Pressesekretär war ein Kabinettsposten. »Es ist mir eine Ehre, Sie zu begrüßen.«

Sie kapierte schnell. »Sie p-planen doch nicht etwa eine Art Hund-und-Pony-Show da d-draußen, oder? Ich m-möchte wirklich einfach nach Hause gehen.«

»Nun ja, der Präsident hat vor, eine Rede zu halten. Und er hat eine Kleinigkeit für Sie«, sagte er besänftigend. »Tatsächlich hofft er, er könnte mit Ihnen zusammen einige Reden halten, aber das können wir später noch besprechen. Also, wir erwarten zwar nicht, daß die Heldin von Escobar an Lampenfieber leidet, aber wir haben einige Aussagen für Sie vorbereitet. Ich werde die ganze Zeit an Ihrer Seite sein und Ihnen bei den Stichworten und mit den Presseleuten helfen.« Er überreichte ihr einen Handprojektor. »Versuchen Sie überrascht auszusehen, wenn Sie den ersten Schritt aus dem Shuttle tun.«

»Ich bin überrascht.« Sie überflog schnell den Text. »D-das ist ein H-Haufen Lügen!«

Er blickte besorgt drein. »Hatten Sie diesen kleinen Sprachfehler schon immer?« fragte er vorsichtig.

»N-nein, er ist mein Souvenir vom escobaranischen Psycho-Dienst und dem v-vergangenen Krieg. Wie dem auch sei, wer hat sich diesen B-Blödsinn ausgedacht?« Die Zeile, die ihr besonders aufgefallen war, bezog sich auf *›den feigen Admiral Vorkosigan und seine Bande von Schlägern.‹* »Vorkosigan ist der tapferste Mann, den ich je getroffen habe.«

Gould nahm sie fest am Oberarm und führte sie zur Luke des Shuttles. »Wir müssen jetzt gehen, um das Timing des Holovids einzuhalten. Vielleicht können Sie einfach diese Zeile auslassen, okay? Lächeln Sie jetzt!«

»Ich möchte zu meiner Mutter gehen.«

»Sie ist schon beim Präsidenten. Also los.«

Sie traten aus der Lukenröhre in eine wogende Menge von Männern, Frauen und Geräten. Alle begannen sofort, sie mit Fragen zu bombardieren. Cordelia fing am ganzen Körper zu zittern an, in Wellen, die in ihrer Magengrube begannen und von dort nach allen Seiten ausstrahlten. »Ich kenne überhaupt niemanden von diesen Leuten«, zischte sie Gould zu.

»Gehen Sie weiter«, zischte er mit starrem Lächeln zurück. Sie bestiegen ein Podium auf dem Balkon, von dem aus man die Halle des Raumhafens überblicken konnte. Die Halle war vollgepackt mit einer bunten Menge in Festtagsstimmung. Cordelia nahm alles nur verschwommen wahr. Endlich erblickte sie ein vertrautes Gesicht, ihre Mutter, die lächelte und weinte, und sie fiel ihr in die Arme, zum Entzücken der Presse, die diese Szene ausgiebig festhielt.

»Bring mich hier raus, so schnell du kannst«, flüsterte sie ihrer Mutter ungestüm ins Ohr. »Ich drehe sonst durch.«

Ihre Mutter hielt sie mit ausgestreckten Armen, verstand nichts und lächelte immer noch. Dann kam Cordelias Bruder, hinter ihm drängte sich nervös und stolz seine Familie, und alle, so kam es Cordelia vor, verschlangen sie mit ihren Blicken.

Schließlich entdeckte sie ihre Crew. Die Männer trugen ebenfalls die neuen Uniformen und standen mit einigen Regierungsfunktionären zusammen. Parnell gab ihr ein Zeichen mit dem nach oben gereckten Daumen und grinste dabei wie verblödet. Dann wurde sie hinter ein Rednerpult geschoben, wo sie neben dem Präsidenten von Kolonie Beta zu stehen kam.

Steady Freddy erschien ihren verwirrten Augen überlebensgroß, gewaltig und voller Energie. Vielleicht war das der Grund, weshalb er über Holovid so gut wirkte. Er umfaßte ihre Hand und hob sie mit der seinen hoch, und die Menge jubelte dazu. Cordelia kam sich dabei idiotisch vor.

Der Präsident gab eine hübsche Vorstellung mit seiner Rede und benutzte dazu nicht einmal den Prompter. Sie war durchtränkt mit dem chauvinistischen Patriotismus, der ihre Heimat so berauscht hatte, als Cordelia ihre Mission antrat, und mit keinem Wort wurde die Wahrheit erwähnt, nicht einmal vom betanischen Standpunkt aus. Der Präsident arbeitete sich allmählich und mit perfektem propagandistischem Talent zu der Medaille vor. Cordelias Herz begann heftig zu pochen, als sie erkannte, worauf es hinauslief. Sie versuchte verzweifelt, dieser Erkenntnis auszuweichen und wandte sich an den Pressesekretär.

»Ist das für meine Mannschaft, wegen den Plasmaspiegeln?«

»Die haben schon ihre Medaillen.« Würde er je aufhören mit seinem Grinsen? »Die hier ist ganz für Sie allein.«

»Ich v-verstehe.«

Die Medaille, so schien es, sollte ihr dafür verliehen werden, daß sie als tapfere Einzelkämpferin Admiral

Vorrutyer ermordet hatte. In Wirklichkeit vermied Steady Freddy das Wort ›ermorden‹, ebenso andere grobe Ausdrücke wie ›umbringen‹ oder ›töten‹, und bevorzugte geschmeidigere Formulierungen wie ›das Universum von einer Viper der Bosheit befreien‹.

Die Rede näherte sich ihrem Ende, und der Präsident hängte ihr eigenhändig die höchste Auszeichnung von Kolonie Beta um den Hals, eine glitzernde Medaille an einem bunten Band. Gould postierte Cordelia vor dem Rednerpult und deutete auf die grünleuchtenden Worte auf dem Prompter, die da vor ihren Augen vorbeiflimmerten. »Fangen Sie an zu lesen«, flüsterte er.

»Bin ich schon dran? Oh, ah... Volk von Kolonie Beta, meiner geliebten Heimat«, das war in Ordnung soweit, »als ich euch verließ, um der D-Drohung barrayaranischer Tyrannei gegenüberzutreten, zum B-Beistand für unseren Freund und Verbündeten Escobar, da hatte ich keine Vorstellung davon, daß das Schicksal mich einer edleren B-Bestimmung zuführen würde.«

An dieser Stelle verließ sie den vorgegebenen Text und merkte, wie sie hilflos unterging, wie ein dem Untergang geweihtes Schiff, das in den Wogen versank. »Ich weiß nicht, was s-so edel am Abschlachten dieses s-sadistischen Esels Vorrutyer ist. Und ich würde keine M-Medaille für die Ermordung eines unbewaffneten M-Mannes annehmen, selbst wenn ich es getan hätte.«

Sie zog das Band mit der Medaille über ihren Kopf. Es verfing sich in ihrem Haar, sie riß es wütend los, und das tat weh. »Zum letztenmal. Ich habe Vorrutyer *nicht* umgebracht. Einer seiner eigenen Männer hat Vorrutyer getötet. Er hat ihn von hinten g-gepackt und ihm den Hals von Ohr zu Ohr durchgeschnitten. Ich war *dabei,* verdammt noch mal. Vorrutyer hat mich mit seinem Blut vollgespritzt. Die Presse beider Seiten füttert euch mit Lügen über diesen dummen K-Krieg. V-Verdammte Voyeure! Vorkosigan war *nicht* für das Gefangenenlager verantwortlich, als dort die Greueltaten stattfanden. S-Sobald er die Leitung übernahm, stellte er sie ab. Er erschoß einen s-seiner eigenen Offiziere, um eure R-Rachelust zu befriedigen, und es verletzte auch seine Ehre, das kann ich euch sagen.«

Plötzlich wurde der Ton am Rednerpult abgeschaltet. Cordelia wandte sich Steady Freddy zu. Tränen der Wut trübten ihren Blick auf sein erstauntes Gesicht, und sie schleuderte mit all ihrer Kraft die Medaille auf ihn zurück. Das glitzernde Metall verfehlte seinen Kopf und fiel über den Balkon hinab in die Menge.

Irgend jemand packte von hinten ihre Arme. Dieser Griff löste in ihr einen tief verborgenen Reflex aus, und sie trat wild um sich.

Wenn der Präsident nur nicht versucht hätte auszuweichen, dann wäre er davongekommen. Aber so traf die Spitze ihres Stulpenstiefels ihn mit unbeabsichtigter, aber perfekter Genauigkeit in der Leistengegend. Sein Mund bildete ein lautloses ›O‹, und dann ging der Präsident hinter dem Rednerpult zu Boden.

Cordelia, die unkontrollierbar hyperventilierte, begann zu schreien, als ein Dutzend weiterer Hände ihre Arme, Taille und Beine packten. »*B-Bitte* sperrt mich nicht wieder ein! Ich konnte sie nicht annehmen. Ich wollte einfach bloß nach Hause gehen. Nehmt diese verdammte Ampulle von mir weg! Nein! Nein! Keine Drogen, bitte, bitte! Es tut mir *leid!*«

Sie wurde hinausgebracht, und das Medienereignis des Jahres fiel in sich zusammen, genau wie Steady Freddy.

Sie wurde unmittelbar danach in einen ruhigen Raum gebracht, in eines der Verwaltungsbüros des Raumhafens. Nach einiger Zeit kam der Leibarzt des Präsidenten, hieß alle außer ihrer Mutter hinausgehen und gewährte ihr eine Atempause, damit sie ihre Selbstbeherrschung wiederfände. Nachdem sie einmal zu weinen begonnen hatte, brauchte sie fast eine Stunde, bis sie wieder aufhörte. Endlich ebbte das Hin und Her von Verlegenheit und Empörung ab, Cordelia konnte sich aufsetzen und sprechen. Ihre Stimme klang, als hätte sie eine schlimme Erkältung.

»Bitte, bitten Sie den Präsidenten in meinem Namen um Verzeihung. Wenn mich nur jemand gewarnt oder vorher gefragt hätte. Ich bin – jetzt in k-keiner guten Verfassung.«

»Wir hätten das selber einsehen sollen«, sagte der Arzt sorgenvoll. »Ihre Qual war schließlich viel persönlicher als die Erlebnisse eines gewöhnlichen Soldaten. Wir müssen um Verzeihung bitten, da wir Sie einer unnötigen Belastung ausgesetzt haben.«

»Wir dachten, es wäre eine hübsche Überraschung«, fügte ihre Mutter hinzu.

»Es war schon eine Überraschung, okay. Ich hoffe nur, daß ich nicht in eine Gummizelle gesperrt werde. Ich vertrage im Augenblick keine Zellen mehr.« Der Gedanke an eine Zelle schnürte ihr die Kehle zu, und sie atmete sehr bewußt, um sich wieder zu beruhigen.

Sie fragte sich, wo Vorkosigan jetzt war und was er jetzt wohl tat. Sich zu betrinken klang immer besser, und sie wünschte sich, sie wäre jetzt bei ihm und könnte es auch tun. Sie drückte Daumen und Zeigefinger gegen ihren Nasenrücken und rieb die Spannung fort. »Darf ich jetzt vielleicht heimgehen?«

»Sind da noch eine Menge Leute draußen?« fragte ihre Mutter.

»Ich fürchte, ja. Wir werden versuchen, sie zurückzuhalten.«

Der Doktor nahm sie auf der einen, ihre Mutter auf der anderen Seite. Auf dem langen Weg zum Bodenwagen ihrer Mutter dachte sie die ganze Zeit an Vorkosigans Kuß. Die Menge drängte sich immer noch um sie, aber in einer stummen, respektvollen, fast eingeschüchterten Weise, in großem Gegensatz zu der vorausgegangenen Feiertagsstimmung. Es tat ihr leid, daß sie ihnen die Party verdorben hatte.

Auch am Schacht zum Appartement ihrer Mutter wartete eine Menschenmenge, im Foyer an den Liftrohren, und sogar im Korridor vor ihrer Tür. Cordelia lächelte und winkte ein bißchen, vorsichtig, aber auf Fragen hin schüttelte sie nur den Kopf, denn sie traute es sich noch nicht zu, zusammenhängend zu sprechen. Sie bahnten sich ihren Weg durch die Menge und schlossen endlich die Tür hinter sich zu.

»Puh! Ich nehme an, sie meinten es gut mit mir, aber mein Gott – ich kam mir vor, als wollten sie mich bei lebendigem Leib auffressen.«

»Es gab soviel Aufregung um den Krieg und das Expeditionskorps – jeder, der eine blaue Uniform trägt, wird wie ein Star behandelt. Und als die Gefangenen nach Hause kamen und deine Geschichte herauskam – ich war froh, daß ich damals wußte, daß es dir gut ging. Mein armer Liebling!« Cordelia wurde wieder umarmt, und es tat ihr gut.

»Nun, das erklärt, woher sie den Unsinn haben. Das war das wildeste Gerücht. Die Barrayaraner haben es ausgestreut, und alle anderen haben es einfach aufgeschnappt. Ich konnte es nicht verhindern.«

»Was hat man mit dir angestellt?«

»Sie waren immer hinter mir her und haben mich mit diesen Therapieangeboten genervt – sie dachten, die Barrayaraner hätten mein Gedächtnis manipuliert ... Oh, ich verstehe. Du meinst, was die *Barrayaraner* mit mir angestellt haben. Nicht viel. V-Vorrutyer hätte gern, aber er fiel seinem Unfall zum Opfer, bevor er noch halb angefangen hatte.« Sie entschloß sich, ihre Mutter nicht mit den Details zu beunruhigen. »Etwas Wichtiges ist allerdings geschehen.« Sie zögerte. »Ich bin wieder Aral Vorkosigan begegnet.«

»Diesem schrecklichen Mann? Als ich den Namen in

den Nachrichten hörte, fragte ich mich, ob das der gleiche Kerl war, der letztes Jahr deinen Leutnant Rosemont umgebracht hat.«

»Nein. Ja. Ich will sagen, er hat Rosemont nicht umgebracht, einer seiner Leute hat es getan. Aber er ist derselbe Mann.«

»Ich verstehe nicht, warum du soviel für ihn übrig hast.«

»Du solltest ihm jetzt eigentlich dankbar sein. Er hat mein Leben gerettet. Hat mich in seiner Kabine versteckt, während dieser fehlenden zwei Tage, nachdem Vorrutyer getötet worden war. Man hätte mich dafür hingerichtet, wenn man mich vor dem Kommandowechsel gefaßt hätte.«

Ihre Mutter blickte mehr beunruhigt als verständnisvoll drein. »Hat er dir – irgend etwas angetan?«

Die Frage war mit einer unbeantwortbaren Ironie belastet. Cordelia wagte es nicht einmal ihrer Mutter von der unerträglichen Last der Wahrheit zu erzählen, die er ihr aufgebürdet hatte. Ihre Mutter interpretierte den gequälten Ausdruck ihres Gesichtes falsch.

»Oh, meine Liebe, das tut mir so leid.«

»Wie? Nein, verdammt. Vorkosigan ist kein Vergewaltiger. Er ist eigen, was Gefangene angeht. Würde nicht einmal einen mit einem Stock anlangen. Er fragte mich ...«, sie brach ab und blickte auf das freundliche, besorgte und liebende Gesicht ihrer Mutter. Es war wie eine Wand. »Wir haben eine Menge miteinander geredet. Er ist in Ordnung.«

»Er hat keinen sehr guten Ruf.«

»Ja, ich habe einiges davon im Holovid gesehen. Das sind alles Lügen.«

»Er ist – also kein Mörder?«

»Nun ja ...« Cordelia blieb bei der Wahrheit stecken. »Er hat eine Menge Leute g-getötet, nehme ich an. Er ist ein Soldat, weißt du. Das ist sein Beruf. Es läßt sich nicht vermeiden, daß das ein bißchen abfärbt. Ich weiß jedoch nur von drei Fällen, wo es nicht um seine Pflicht ging.«

»*Nur* drei?« wiederholte ihre Mutter schwach. Es gab eine Pause. »Er ist also kein Sexualverbrecher?«

»Gewiß nicht! Obwohl ich gehört habe, daß er eine sehr seltsame Phase durchmachte, nachdem seine Frau Selbstmord begangen hatte – ich glaube, er weiß nicht, wieviel ich darüber weiß, wobei man diesem wahnsinnigen Vorrutyer als Informationsquelle nicht trauen sollte, selbst wenn er dabei war. Ich nehme an, es ist teilweise wahr, zumindest, was ihre Beziehung angeht. Vorrutyer war ganz klar von ihm besessen. Und Aral wurde schrecklich vage, als ich ihn danach fragte.«

Als sie das erschrockene Gesicht ihrer Mutter sah, dachte Cordelia: Es ist gut, daß ich nie Strafverteidigerin werden wollte. Alle meine Mandanten würden *für immer* in der Therapie landen. »Es gibt alles viel mehr Sinn, wenn du ihn persönlich triffst«, gab sie hoffnungsvoll zu bedenken.

Ihre Mutter lachte unsicher. »Er hat dich sicher verhext. Was hat er denn an sich? Kann er gut reden? Sieht er gut aus?«

»Ich bin mir nicht sicher. Er spricht meistens über barrayaranische Politik. Er behauptet, er hätte eine Abneigung dagegen, aber es klingt für mich mehr, als sei er davon besessen. Er kann keine fünf Minuten davon lassen. Es ist, als steckte sie in ihm drin.«

»Ist das – ein sehr interessantes Thema?«

»Es ist schrecklich«, sagte Cordelia offen. »Seine Gutenachtgeschichten können einen wochenlang vom Schlaf abhalten.«

»Es kann nicht sein Aussehen sein«, seufzte ihre Mutter. »Ich habe ein Holovid von ihm in den Nachrichten gesehen.«

»Oh, hast du es aufgezeichnet?« fragte Cordelia sofort interessiert. »Wo ist es?«

»Ich bin sicher, da ist was in den Vid-Dateien«, gab

ihre Mutter zu und blickte sie an. »Aber wirklich, Cordelia – dein Reg Rosemont sah zehnmal besser aus.«

»Vermutlich schon«, stimmte Cordelia zu, »nach jedem objektiven Standard.«

»Also, was hat der Mann eigentlich an sich?«

»Ich weiß es nicht. Die Tugenden seiner Laster, vielleicht. Mut. Stärke. Energie. Er könnte mich jeden Tag in Grund und Boden laufen. Er hat Macht über Menschen. Damit meine ich nicht unbedingt Qualitäten zur Menschenführung, obwohl die auch vorhanden sind. Entweder verehren die Menschen ihn, oder sie hassen ihn wie die Pest. Der seltsamste Mann, den ich je getroffen habe, tat beides gleichzeitig. Aber niemand schläft ein, wenn er zugegen ist.«

»Und zu welcher Kategorie gehörst du, Cordelia?« fragte ihre Mutter nachdenklich.

»Nun, ich hasse ihn nicht. Kann aber auch nicht sagen, daß ich ihn verehre.« Sie machte eine lange Pause und blickte ihrer Mutter direkt in die Augen. »Aber wenn er sich schneidet, dann blute ich.«

»Oh«, sagte ihre Mutter mit bleichem Gesicht. Ihr Mund lächelte, ihre Augen zuckten, und sie machte sich mit unnötigem Energieaufwand daran, Cordelias wenige Habseligkeiten unterzubringen.

Am vierten Nachmittag ihres Urlaubs kam ihr vorgesetzter Offizier mit einem beunruhigenden Besuch.

»Captain Naismith, das ist Dr. Mehta vom Medizinischen Dienst der Expeditionsstreitkräfte«, stellte Kommodore Tailor vor. Dr. Mehta war eine schlanke, braunhäutige Frau etwa in Cordelias Alter, mit zurückgekämmtem dunklem Haar, kühl und antiseptisch in ihrer blauen Uniform.

»Nicht noch ein Psychiater«, seufzte Cordelia. Ihre Nackenmuskeln verkrampften sich. Noch mehr Befragungen – noch mehr Verdrehen, noch mehr Ausweichen, immer schwächere Lügengewebe, um die Lücken in ihrer Geschichte zu verdecken, wo sich Vorkosigans bittere Wahrheiten verbargen ...

»Endlich sind Kommodore Spragues Berichte mit Ihrem Dossier eingetroffen, ein bißchen spät, wie es scheint.« Tailor preßte mitfühlend die Lippen zusammen. »Gräßlich. Es tut mir leid. Wenn wir es eher gehabt hätten, dann hätten wir Ihnen die Geschichte letzte Woche ersparen können. Und allen anderen auch.«

Cordelia errötete. »Ich wollte ihn nicht treten. Er ist in mich hineingerannt. Es wird nicht wieder vorkommen.«

Kommodore Tailor unterdrückte ein Grinsen. »Na ja, ich habe nicht für ihn gestimmt. Steady Freddy gilt nicht meine hauptsächliche Sorge. Jedoch hat er ...«, Tailor räusperte sich, »ein persönliches Interesse für Ihren Fall entwickelt. Sie sind jetzt eine Persönlichkeit von öffentlicher Bedeutung, ob es Ihnen gefällt oder nicht.«

»Ach, Unsinn.«

»Es ist kein Unsinn. Sie haben eine Verpflichtung.«

Wen zitierst du, Bill? dachte Cordelia. Das ist nicht deine Stimme. Sie rieb sich den Nacken. »Ich dachte, ich hätte alle meine Verpflichtungen erfüllt. Was will man von mir noch mehr?«

Tailor hob die Schultern. »Man dachte – so wurde mir zu verstehen gegeben –, daß Sie eine Zukunft haben könnten als eine Sprecherin der – der Regierung. Aufgrund Ihrer Kriegserfahrung. Sobald es Ihnen wieder gut geht.«

Cordelia schnaubte. »Man hat einige schrecklich sonderbare Illusionen über meine soldatische Karriere. Sehen Sie, soweit es mich angeht, kann sich Steady Freddy einen Büstenhalter mit Schaumgummieinlagen anziehen und um die Stimmen der Hermaphroditen in Quartz werben. Aber ich werde n-nicht die Rolle einer ... einer Propagandakuh übernehmen, die von irgendeiner Partei gemolken wird. Ich habe eine Abneigung gegen die Politik, um einen Freund zu zitieren.«

»Nun ja ...«, er zuckte die Achseln, als hätte auch er sich einer Pflicht entledigt, und fuhr sicherer fort: »Sei es, wie es mag, *meine* Sorge ist, daß wir Sie wieder dienstfähig bekommen.«

»Ich bin ... ich werde okay sein, nach m-meinem Monat Urlaub. Ich brauche einfach mal Ruhe. Ich möchte wieder in den Erkundungsdienst gehen.«

»Und das können Sie auch. Sobald Sie medizinisch gesundgeschrieben sind.«

»Oh.« Sie brauchte einen Augenblick, um den eigentlichen Sinn dieser Aussage zu begreifen. »O nein – warten Sie einen Augenblick. Ich hatte ein kleines P-Problem mit Dr. Sprague. Eine sehr nette Frau, ihre Schlüsse waren zwar folgerichtig, aber ihre Prämissen waren falsch.«

Kommodore Tailor blickte sie traurig an. »Ich glaube, ich sollte Sie jetzt lieber Dr. Mehta übergeben. Sie wird alles erklären. Sie werden mit ihr zusammenarbeiten, nicht wahr, Cordelia?«

Cordelia verzog entmutigt die Lippen. »Damit ich Sie richtig verstehe: Sie wollen sagen, daß ich niemals wieder einen Fuß auf ein Schiff des Erkundungsdienstes setzen werde, wenn ich Ihre Seelenklempnerin nicht zufriedenstellen kann. Kein K-Kommando – das heißt tatsächlich: keinen Job.«

»Das ist – eine sehr harte Art, es zu formulieren. Aber Sie wissen selbst, für den Erkundungsdienst, wo kleine Gruppen von Menschen beträchtliche Zeit miteinander isoliert sind, sind die psychischen Profile von äußerster Wichtigkeit.«

»Ja, ich weiß ...« Sie zwang ihren Mund zu einem Lächeln. »Ich werde k-kooperieren. G-gewiß.«

KAPITEL 13

»Nun«, sagte Dr. Mehta fröhlich am nächsten Nachmittag und stellte ihren Kasten auf einem Tisch im Appartement der Naismiths ab, »dies ist eine völlig nichtinvasive Methode der Beobachtung. Sie werden nichts spüren, es wird Ihnen nichts geschehen, außer daß ich Hinweise bekomme, welche Themen für Ihr Unterbewußtsein von Bedeutung sind.« Sie machte eine Pause, um eine Kapsel zu schlucken, und bemerkte: »Eine Allergie. Entschuldigen Sie. Stellen Sie sich diese Methode als emotionale Wünschelrute vor, die nach den verschütteten Wasseradern Ihrer Erfahrungen sucht.«

»Und Ihnen sagt, wo Sie den Brunnen bohren sollen, wie?«

»Genau. Macht es Ihnen etwas aus, wenn ich rauche?«

»Nur zu.«

Mehta zündete sich eine aromatische Zigarette an und legte sie beiläufig in einen Aschenbecher ab, den sie mitgebracht hatte. Der Rauch wurde zu Cordelia getrieben; sie blinzelte, weil er so scharf war. Seltsame Perversion für eine Ärztin; nun ja, wir haben alle unsere Schwächen. Sie beäugte den Kasten und unterdrückte ihre Irritation.

»Jetzt ein Ausgangspunkt«, sagte Mehta. »Juli.«

»Soll ich August oder was sagen?«

»Nein, das ist kein freier Assoziationstest – die Maschine wird die Arbeit übernehmen. Aber Sie können, wenn Sie wollen.«

»Geht schon.«

»Zwölf.«

Apostel, dachte Cordelia. Eier. Weihnachtstage.

»Tod.«

Geburt, dachte Cordelia. Die Barrayaraner der Oberschicht stecken alles in ihre Kinder. Name, Besitz, Kultur, sogar die Kontinuität ihrer Regierung. Eine schwere Last, kein Wunder, daß sich die Kinder unter dieser Belastung krümmen und drehen.

»Geburt.«

Tod, dachte Cordelia. Ein Mann ohne Sohn ist dort ein wandelndes Gespenst, ohne Anteil an ihrer Zukunft. Und wenn ihre Regierung versagt, dann zahlen sie den Preis mit den Leben ihrer Kinder. Fünftausend.

Mehta schob den Aschenbecher ein bißchen nach links. Es half nichts, sondern machte die Sache mit dem Rauch nur noch schlimmer.

»Sex.«

Unwahrscheinlich, wenn ich hier bin und er dort …

»Siebzehn.«

Kanister, dachte Cordelia. Ich möchte wissen, wie es diesen armen, verzweifelten Häufchen Leben jetzt geht?

Dr. Mehta runzelte unsicher die Stirn, als sie die Anzeigen an ihrem Kasten ablas. »Siebzehn?« wiederholte sie.

Achtzehn, dachte Cordelia entschlossen. Dr. Mehta machte sich eine Notiz.

»Admiral Vorrutyer.«

Armes, hingeschlachtetes Ekel. Wissen Sie, ich glaube, daß Sie die Wahrheit gesagt haben – Sie müssen Aral einmal geliebt haben, um ihn so zu hassen. Ich frage mich, was er Ihnen angetan hat. Sie zurückgewiesen, höchstwahrscheinlich. Diesen Schmerz könnte ich verstehen. Vielleicht sind wir eigentlich in einigen Punkten einer Meinung …

Mehta regulierte einen anderen Drehschalter an ihrem Kasten, runzelte erneut die Stirn, drehte wieder zurück. »Admiral Vorkosigan.«

Ach, Liebster, laß uns einander treu sein … Cordelia richtete ihren Blick müde auf Mehtas blaue Uniform. Sie wird einen Geysir bekommen, wenn sie hier einen

Brunnen bohrt – vermutlich weiß sie es schon, sie macht sich eine weitere Notiz …

Mehta blickte auf ihr Chronometer und beugte sich mit erhöhter Aufmerksamkeit vor. »Lassen Sie uns über Admiral Vorkosigan reden.«

Lassen Sie uns nicht, dachte Cordelia. »Was ist mit ihm?«

»Wissen Sie, ob er viel im barrayaranischen Nachrichtendienst arbeitet?«

»Ich glaube nicht. Seine Hauptfunktion scheint Taktiker im Stab zu sein, wenn … wenn er nicht auf Patrouillendienst ist.«

»Der Schlächter von Komarr.«

»Das ist eine verdammte Lüge«, sagte Cordelia automatisch und wünschte sich sofort, sie hätte nicht gesprochen.

»Wer hat Ihnen das gesagt?« fragte Mehta.

»Er selbst.«

»Er selbst. Aha.«

Ich werd's Ihnen zeigen, von wegen ›Aha‹ – nein. Kooperation! Ruhig bleiben! Ich bin ruhig … Wenn die Frau nur ihre Zigarette entweder zu Ende rauchen oder ausmachen würde. Meine Augen brennen schon davon.

»Welchen Beweis hat er Ihnen gegeben?«

Keinen, erkannte Cordelia. »Sein Wort, nehme ich an. Seine Ehre.«

»Ziemlich vage.« Sie machte sich eine weitere Notiz. »Und Sie haben ihm geglaubt?«

»Ja.«

»Warum?«

»Es – schien im Einklang mit dem zu stehen, was ich von seinem Charakter sah.«

»Sie waren sechs Tage lang seine Gefangene, nicht wahr, auf jener Erkundungsmission?«

»Stimmt.«

Mehta klopfte mit ihrem Lichtgriffel auf den Tisch,

sagte geistesabwesend »hm« und blickte durch Cordelia hindurch. »Sie scheinen von Vorkosigans Wahrhaftigkeit ganz überzeugt zu sein. Sie glauben also nicht, daß er Sie je angelogen hat?«

»Nun – ja, aber schließlich war ich ja eine feindliche Offizierin.«

»Und doch scheinen Sie seine Aussagen fraglos zu akzeptieren.«

Cordelia versuchte zu erklären. »Das Wort eines Mannes ist für einen Barrayaraner mehr als nur ein vages Versprechen, zumindest für die altmodischen Typen. Himmel, es ist sogar die Grundlage ihrer Regierung, Lehenseide und all das.«

Mehta stieß einen tonlosen Pfiff aus. »Sie billigen also jetzt die barrayaranische Regierungsform, nicht wahr?«

Cordelia rutschte verlegen hin und her. »Nicht direkt. Ich fange gerade nur an, sie ein bißchen zu verstehen, das ist alles. Man könnte sie dazu bringen, daß sie funktioniert, nehme ich an.«

»Also diese Geschichte mit seinem Ehrenwort – Sie glauben, daß er es nie bricht?«

»Nun ja ...«

»Er bricht es also.«

»Ich habe gesehen, wie er es getan hat. Aber die Opfer waren riesig.«

»Er bricht es also um einen Preis.«

»Nicht um einen Preis. Unter Opfern.«

»Ich verstehe den Unterschied nicht.«

»Ein Preis ist etwas, das man bekommt. Ein Opfer ist etwas, das man verliert. Er hat – viel verloren, in Escobar.«

Das Gespräch geriet auf gefährliches Gelände. *Muß das Thema wechseln*, dachte Cordelia schläfrig. *Oder ein Nickerchen machen ...* Mehta schaute wieder nach der Zeit und studierte gespannt Cordelias Gesicht.

»Escobar«, sagte sie.

»Aral hat in Escobar seine Ehre verloren, wissen Sie. Er sagte, er werde danach heimgehen und sich betrinken. Escobar hat ihm das Herz gebrochen, glaube ich.«

»Aral... Sie nennen ihn beim Vornamen?«

»Er nennt mich ›lieber Captain‹. Ich dachte immer, das wäre komisch. In gewisser Weise ist es sehr aufschlußreich. Er hält mich wirklich für einen weiblichen Soldaten. Vorrutyer hatte wieder recht – ich glaube, ich bin für Aral die Lösung eines Problems. Ich bin froh...« Im Zimmer wurde es warm. Sie gähnte. Die Rauchfäden schlängelten sich um sie wie Ranken.

»Soldat.«

»Er liebt seine Soldaten, wissen Sie. Wirklich. Er ist voll von diesem eigenartigen barrayaranischen Patriotismus. Alle Ehre dem Kaiser. Der Kaiser scheint ihrer kaum würdig zu sein...«

»Kaiser.«

»Armer Kerl. Gequält wie Bothari. Vielleicht genauso verrückt.«

»Bothari? Wer ist Bothari?«

»Er spricht mit Dämonen. Die Dämonen antworten. Bothari würden Sie mögen. Aral mag ihn. Ich auch. Der Kerl wäre gut als Begleitung für Ihre nächste Fahrt zur Hölle. Er spricht die dortige Sprache.«

Mehta runzelte die Stirn, drehte an ihren Schaltern herum und klopfte mit einem langen Fingernagel auf ihr Display. Dann nahm sie das vorherige Stichwort nochmals auf. »Kaiser.«

Cordelia konnte kaum ihre Augen offenhalten. Mehta zündete eine weitere Zigarette an und legte sie neben der Kippe der ersten ab.

»Prinz«, sagte Cordelia. Darf nicht über den Prinzen reden...

»Prinz«, wiederholte Mehta.

»Darf nicht über den Prinzen reden. Dieser Berg von Leichen...« Cordelia blinzelte. Der Rauch – dieser seltsame, scharfe Rauch von Zigaretten, die einmal angezündet, aber dann nicht mehr zum Mund geführt wurden …

»Sie – betäuben – *mich* …« Sie brach in einen erstickten Schrei aus und erhob sich schwankend. Die Luft war wie Kleister. Mehta beugte sich vor und öffnete konzentriert die Lippen. Dann sprang sie überrascht von ihrem Stuhl auf und trat zurück, als Cordelia auf sie zu taumelte.

Cordelia fegte das Aufnahmegerät vom Tisch, stürzte sich darauf, als es auf den Boden krachte, und schlug mit ihrer unversehrten Hand, der rechten, darauf ein. »Niemals davon reden! Keine Toten mehr! Sie können mich nicht dazu bringen! Schluß damit – Sie kommen damit nicht davon, tut mir leid, Wachhund, erinnert jedes Wort, tut mir leid, erschoß ihn, bitte, reden Sie mit mir, bitte, lassen Sie mich raus, bitte lassen Sie mich raus bitte-lassen-Sie-mich-raus …«

Mehta versuchte, sie vom Boden hochzuheben und sprach besänftigend auf sie ein. Cordelia bekam durch die Fetzen ihres eigenen Gebrabbels Bruchstücke mit: »… sollen das nicht tun … idiosynkratische Reaktion … *äußerst* ungewöhnlich. Bitte, Captain Naismith, legen Sie sich hin …«

In Mehtas Fingern glitzerte etwas. Eine Ampulle.

»Nein!« kreischte Cordelia, rollte sich auf den Rücken und trat nach Mehta. Und traf. Die Ampulle flog in einem Bogen davon und rollte unter einen niedrigen Tisch. »Keine Drogen keine Drogen nein nein nein …«

Mehta erbleichte, ihre Haut war jetzt olivfarben. »In Ordnung! In Ordnung! Aber legen Sie sich hin – so ist's richtig, so …« Sie sauste weg, um die Klimaanlage auf volle Kraft zu stellen und die zweite Zigarette auszudrücken. Die Luft wurde schnell wieder klar.

Cordelia lag auf der Couch, kam wieder zu Atem und zitterte. So nahe … – sie war so nahe gewesen, ihn zu verraten – und dies war erst die erste Sitzung. Allmählich begann sie sich kühler und klarer zu fühlen.

Sie setzte sich auf und verbarg ihr Gesicht in den Händen. »Das war ein schmutziger Trick«, stellte sie mit ausdrucksloser Stimme fest.

Mehtas dünnes Lächeln verbarg wie eine Plastikfolie ihre tiefe Erregung. »Na ja, ein bißchen schon. Aber es war eine enorm produktive Sitzung. Viel mehr, als ich je erwartet hatte.«

Darauf möchte ich wetten, dachte Cordelia. Sie haben meine Vorstellung genossen, nicht wahr? Mehta kniete auf dem Boden und hob die Trümmer des Aufnahmegerätes auf.

»Tut mir leid für Ihr Gerät. Ich weiß nicht, was über mich kam. Habe ich Ihre Ergebnisse – vernichtet?«

»Ja, Sie hätten einfach einschlafen sollen. Seltsam. Und nein«, mit einem gewissen Triumph zog sie eine Datenkassette aus dem Wrack und legte sie vorsichtig auf den Tisch. »Sie müssen das nicht noch einmal durchmachen. Es ist damit okay. Sehr gut.«

»Was halten Sie davon?« fragte Cordelia trocken durch ihre Finger.

Mehta betrachtete sie mit professioneller Faszination. »Ihr Fall ist zweifellos die größte Herausforderung, mit der ich je zu tun hatte. Aber dies sollte Sie von jedem noch vorhandenen Zweifel darüber befreien, ob die Barrayaraner … hm … Ihr Denken gewaltsam verändert haben. Ihre Anzeigen gingen praktisch über alle Skalen hinaus.« Sie nickte überzeugt.

»Wissen Sie«, sagte Cordelia, »ich bin nicht verrückt nach Ihren Methoden. Ich habe – eine besondere Abneigung dagegen, gegen meinen Willen unter Drogen gesetzt zu werden. Ich dachte, so etwas wäre illegal.«

»Aber manchmal notwendig. Die Daten sind viel sauberer, wenn der Proband nichts von der Beobachtung merkt. Man betrachtet es als ausreichend ethisch, wenn die Erlaubnis post facto erlangt wird.«

»Erlaubnis post facto, wie?« flüsterte Cordelia. Angst und Wut wickelten um ihr Rückgrat eine Doppelhelix, die sich immer enger und enger zusammenzog. Sie bemühte sich, ihr Lächeln beizubehalten und nicht in ein Knurren zu verfallen. »Das ist ein juristischer Begriff, an den ich nie gedacht hätte. Er klingt – fast barrayaranisch. Ich möchte nicht, daß Sie sich weiter mit meinem Fall befassen«, fügte sie abrupt hinzu.

Mehta machte sich eine Notiz und blickte lächelnd auf.

»Das ist keine emotionale Aussage«, betonte Cordelia. »Das ist eine rechtliche Forderung. Ich lehne jede weitere Behandlung durch Sie ab.«

Mehta nickte verständnisvoll. War die Frau taub?

»Enormer Fortschritt«, sagte Mehta glücklich. »Ich hätte nicht erwartet, schon in der ersten Woche die Aversionsabwehr aufzudecken.«

»Was?«

»Sie haben doch nicht etwa erwartet, daß die Barrayaraner soviel Arbeit in Sie investieren, ohne darum herum eine Abwehr einzupflanzen? Natürlich haben Sie feindselige Gefühle. Sie müssen sich nur daran erinnern, daß dies nicht Ihre eigenen Gefühle sind. Morgen werden wir daran arbeiten.«

»O nein, werden wir nicht!« Die Muskeln an Cordelias Kopfhaut waren gespannt wie Draht. Sie hatte wilde Kopfschmerzen. »Sie sind gefeuert!«

Mehta blickte erwartungsvoll drein. »Oh, ausgezeichnet!«

»Haben Sie mir überhaupt zugehört?« wollte Cordelia wissen. Woher ist nur dieses kreischende Winseln in meiner Stimme gekommen? Ruhig bleiben, ruhig bleiben…

»Captain Naismith, ich erinnere Sie daran, daß wir keine Zivilisten sind. Ich habe mit Ihnen keine gewöhnliche Arzt-Patienten-Beziehung; wir unterstehen beide der militärischen Disziplin und verfolgen, wie ich Grund zu glauben habe, ein militärisches ... – ach, lassen wir's. Es soll genügen, wenn ich Ihnen sage, daß Sie mich nicht engagiert haben und mich somit nicht feuern können. Also dann, bis morgen.«

Cordelia blieb noch stundenlang sitzen, nachdem Mehta gegangen war, starrte die Wand an und schlug mit ihren Beinen geistesabwesend gegen die Seite der Couch, bis ihre Mutter mit dem Abendessen nach Hause kam. Am nächsten Tag verließ sie das Appartement früh am Morgen zu einer ziellosen Tour durch die Stadt und kehrte erst spät in der Nacht heim.

In dieser Nacht setzte sie sich in ihrer Erschöpfung und Einsamkeit hin, um ihren ersten Brief an Vorkosigan zu schreiben. Ihren ersten Versuch warf sie halb fertig weg, als ihr bewußt wurde, daß seine Post vermutlich von anderen gelesen wurde, vielleicht von Illyan. Ihr zweiter Entwurf war neutraler formuliert. Sie schrieb mit der Hand auf Papier, und da sie allein war, küßte sie den Brief, bevor sie ihn ins Kuvert schloß, dann lächelte sie bitter über diese Geste. Ein papierener Brief nach Barrayar war viel teurer als ein elektronischer, aber Vorkosigan würde ihn mit den Händen berühren, wie sie es getan hatte. Ein Brief kam einer Berührung so nahe, wie es unter ihren jetzigen Bedingungen nur möglich war.

Am nächsten Morgen rief Mehta früh über die Komkonsole an, um Cordelia fröhlich mitzuteilen, daß sie sich entspannen könne; etwas sei dazwischengekommen, und ihre Sitzung für diesen Nachmittag sei abgesagt. Cordelias Abwesenheit am vorausgegangenen Nachmittag erwähnte sie mit keinem Wort.

Cordelia war zuerst erleichtert, bis sie darüber nachzudenken begann. Nur um sicher zu sein, ging sie wieder aus dem Haus. Der Tag hätte angenehm werden können, wenn es nicht einen Krach mit ein paar Journalisten gegeben hätte, die am Schacht zu ihrem

Appartement auf der Lauer lagen, und wenn sie nicht mitten am Nachmittag entdeckt hätte, daß ihr zwei Männer in sehr unauffälligen zivilen Sarongs folgten. Sarongs waren letztes Jahr Mode gewesen; die diesjährige Mode war exotische und drollige Körperbemalung, zumindest für die Mutigen. Cordelia, die ihre alte gelbbraune Uniform vom Erkundungsdienst trug, schüttelte sie ab, indem sie sie durch eine pornographische Feelie-Show schleifte. Aber sie tauchten später am Nachmittag wieder auf, als sie sich im Zoo von Silica herumtrieb.

Am nächsten Nachmittag läutete die Türglocke um die Zeit, da Mehta kommen sollte. Cordelia latschte widerwillig zur Tür. Wie soll ich sie heute behandeln? fragte sie sich. Mir bleiben die Einfälle aus. So müde …

Ihr wurde weich in den Knien. *Was nun?* Vor der Tür standen Mehta, Kommodore Tailor und ein stämmiger Medizintechniker. Der sieht aus, dachte Cordelia bei seinem Anblick, als würde er sogar mit *Bothari* fertig. Sie trat beiseite und führte sie in das Wohnzimmer ihrer Mutter. Die Mutter zog sich unter dem Vorwand, Kaffee zu kochen, in die Küche zurück.

Kommodore Tailor setzte sich und räusperte sich nervös. »Cordelia, ich muß Ihnen etwas sagen, das ein bißchen schmerzlich sein wird, wie ich fürchte.«

Cordelia ließ sich auf der Armlehne eines Sessels nieder, ließ ihre Beine baumeln und zeigte mit einem – wie sie hoffte – höflichen Lächeln die Zähne. »Hat m-man Ihnen die Drecksarbeit aufgeladen, was? Eine der Freuden der Führung. Rücken Sie raus damit!«

»Wir müssen Sie bitten, einer Einweisung ins Krankenhaus für eine weitere Therapie zuzustimmen.«

Lieber Gott, jetzt geht's los. Ihre Bauchmuskeln zitterten unter ihrem Hemd; es war ein weites Hemd, vielleicht würden sie's nicht merken. »Oh? Warum?« fragte sie lässig.

»Wir befürchten … wir befürchten sehr stark, daß die mentale Programmierung, der die Barrayaraner Sie unterzogen haben, viel umfassender war, als wir alle es uns bisher vorgestellt haben. Wir glauben tatsächlich …« – er machte eine Pause und holte tief Luft –, »daß sie versucht haben, aus Ihnen eine Agentin zu machen.«

Ist das ein redaktionelles oder ein kaiserliches »Wir«, Bill? »Versucht oder Erfolg gehabt?«

Tailors Blick wurde unsicher. Mehta blickte ihn kühl und fest an. »Unsere Meinung darüber ist geteilt …«

Bemerkt, liebe Zuhörer, wie eifrig er das ›Ich‹ der persönlichen Verantwortung vermeidet – das deutet auf das schlimmste ›Wir‹ von allen hin, das schuldbewußte ›Wir‹ – was, zum Teufel, planen die denn?

»… aber dieser Brief, den Sie vorgestern an den barrayaranischen Admiral, an Vorkosigan, geschrieben haben – wir dachten, Sie sollten zuerst eine Chance haben, ihn zu erklären.«

»Ich v-verstehe.« Habt ihr es also doch gewagt! »Kein offizieller B-Brief. Wie könnte er das auch sein? Sie wissen, daß Vorkosigan jetzt außer Dienst ist. Aber vielleicht würden Sie«, ihr Blick fixierte Tailor, »so freundlich sein zu erklären, mit welchem Recht Sie meine private Post abfangen und lesen?«

»Sicherheitserwägungen in einem Ausnahmezustand. Wegen des Krieges.«

»Der Krieg ist doch vorbei.«

Auf diesen Einwurf blickte er unsicher drein. »Aber die Spionage geht weiter.«

Vermutlich stimmte das. Sie hatte sich oft gefragt, wie Ezar Vorbarra an das Wissen über den Plasmaspiegel gekommen war, der bis zum Krieg von allen neuen Waffen im betanischen Arsenal am strengsten bewacht gewesen war. Ihr Fuß klopfte nervös auf den Boden. Sie hielt inne. »Mein Brief.« Mein Herz, auf Papier – Papier wickelt Stein … Sie sprach mit kühler Stimme: »Und was haben Sie aus meinem Brief erfahren, Bill?«

»Nun, das ist ein Problem. Wir haben unsere besten Kryptographen und unsere modernsten Computerprogramme fast volle zwei Tage darauf angesetzt und ihn bis zur Molekularstruktur des Papiers analysiert. Offen gesagt«, er blickte ziemlich gereizt auf Mehta, »bin ich nicht überzeugt, daß man irgend etwas gefunden hat.«

Nein, dachte Cordelia, ihr würdet nichts finden. Das Geheimnis war in dem Kuß. Nicht greifbar für eine Molekularanalyse. Sie seufzte deprimiert. »Haben Sie ihn weitergeschickt, nachdem Sie damit fertig waren?«

»Nun ja – ich fürchte, da war dann nicht mehr viel davon übrig.«

Schere schneidet Papier … »Ich bin keine Agentin. Ich gebe Ihnen mein Wort.«

Mehta blickte wachsam auf.

»Ich finde es selbst schwer zu glauben«, sagte Tailor.

Cordelia versuchte, seinen Blick festzuhalten, er schaute jedoch weg. Du glaubst es doch, dachte sie. »Was geschieht, wenn ich die Einweisung ablehne?«

»Dann muß ich Ihnen als Ihr vorgesetzter Offizier die Einweisung befehlen.«

Ich werd' den Teufel tun – nein, ruhig! Ich muß ruhig bleiben, sie weiter reden lassen, vielleicht kann ich durch Reden einen Ausweg finden. »Sogar, wenn das gegen Ihre persönliche Einsicht geht?«

»Das ist eine ernste Sicherheitsangelegenheit. Ich fürchte, das läßt kein persönliches Ermessen zu.«

»Ach, kommen Sie. Sogar von Oberst Negri weiß man, daß er persönlichem Ermessen folgt.«

Jetzt hatte sie etwas Falsches gesagt. In dem Zimmer schien plötzlich die Temperatur zu sinken.

»Wie wissen Sie etwas von Oberst Negri?« sagte Tailor eisig.

»Jedermann weiß von Oberst Negri.« Beide starrten sie an. »Ach, k-kommen Sie! Wenn ich eine Agentin von Negri wäre, dann würden Sie es nie erfahren. So unfähig ist er nicht!«

»Im Gegenteil«, sagte Mehta in einem schneidigen Ton, »wir denken, er ist so gut, daß *Sie* es nie wissen würden.«

»Unfug!« sagte Cordelia entrüstet. »Wie kommen Sie denn darauf?«

Mehta antwortete nüchtern: »Meine Hypothese ist, daß Sie von diesem ziemlich unheilvollen und rätselhaften Admiral Vorkosigan gesteuert werden – vielleicht unbewußt. Daß Ihre Programmierung während Ihrer ersten Gefangenschaft begonnen und vermutlich während des vergangenen Krieges abgeschlossen wurde. Sie waren ausersehen als die Stütze eines neuen barrayaranischen Spionagenetzwerks hier, um das zu ersetzen, das gerade ausgehoben worden war. Als Maulwurf vielleicht, der hier plaziert wurde und jahrelang nicht aktiviert werden sollte, bis zu einem kritischen Augenblick …«

»Unheilvoll?« unterbrach Cordelia. »Rätselhaft? Aral? Daß ich nicht lache.« Ich könnte weinen …

»Er ist offensichtlich Ihr Führungsoffizier«, sagte Mehta selbstgefällig. »Sie sind anscheinend darauf programmiert worden, ihm bedingungslos zu gehorchen.«

Beschränkt, unbelehrbar und ehrgeizig – die idealen Voraussetzungen für die Paranoia von Geheimdienstleuten – und Psychologen. Diese Frau ist ein Kotzbrocken. Sie hätte ihr die Zähne eintreten sollen!

»Ich bin kein Computer«, sagte sie heftig. *Bum, bum,* machte ihr Fuß. »Und Aral ist die einzige Person, die mich *nie* zu etwas gezwungen hat. Eine Frage der Ehre, glaube ich.«

»Sehen Sie?« sagte Mehta zu Tailor; sie lächelte triumphierend, schaute Cordelia aber nicht an. »Alle Beweise deuten in eine Richtung.«

»Nur, wenn Sie auf Ihrem K-Kopf stehen!« schrie Cordelia wütend. Sie blickte Tailor zornig an. »Diesen Befehl muß ich nicht akzeptieren. Ich kann meinen Dienst quittieren.«

»Wir brauchen Ihre Einwilligung nicht«, sagte Mehta ruhig, »selbst wenn Sie Zivilistin sind. Falls Ihr nächster Verwandter zustimmt.«

»Meine Mutter würde mir dies nie antun!«

»Wir haben das schon ausführlich mit ihr besprochen. Sie ist sehr um Sie besorgt.«

»Ich v-verstehe.« Cordelia sank abrupt zusammen und blickte zur Tür. »Ich habe mich schon gefragt, warum dieser Kaffee so lange braucht. Schlechtes Gewissen, wie?« Sie summte leise den Fetzen einer Melodie, dann brach sie ab. »Ihr habt wirklich eure Hausaufgaben gemacht. Alle Ausgänge besetzt.«

Tailor bemühte sich um ein Lächeln und sah sie beschwichtigend an. »Sie haben nichts zu befürchten, Cordelia. Sie werden unsere allerbesten Leute haben, die für ... mit ...«

Weiter, dachte Cordelia.

»... Ihnen arbeiten. Und wenn Sie fertig sind, werden Sie zu Ihrem alten Leben zurückkehren können, als ob nichts von alledem je geschehen wäre.«

Ihr wollt mich auslöschen, nicht wahr? *Ihn* auslöschen ... Mich zu Tode analysieren, wie meinen armen, schüchternen Liebesbrief. Sie lächelte wehmütig. »Tut mir leid, Bill. Ich habe einfach diese schreckliche Vision, g-geschält zu werden wie eine Z-Zwiebel, auf der Suche nach den Samen.«

Er grinste. »Zwiebeln haben keine Samen, Cordelia.«

»Ich nehme alles zurück«, sagte sie trocken.

»Und offen gesagt«, fuhr er fort, »falls Sie recht und wir ... hm ... unrecht haben – die schnellste Methode, das zu beweisen, ist mitzukommen.« Er lächelte das Lächeln der Vernunft.

»Ja, das ist wahr ...« Abgesehen von dieser kleinen Sache eines Bürgerkriegs auf Barrayar – diesem kleinen Stolperstein – diesem Stein – Papier wickelt Stein ...

»Tut mir leid, Cordelia.« Ja, es tat ihm wirklich leid.

»Ist schon in Ordnung.«

»Bemerkenswerter Trick der Barrayaraner«, erklärte Mehta nachdenklich. »Einen Spionagering unter der Tarnung einer Liebesaffäre zu verbergen. Ich wäre vielleicht sogar darauf hereingefallen, wenn die Hauptakteure glaubhafter gewesen wären.«

»Ja«, stimmte Cordelia freundlich zu und krümmte sich innerlich. »Man erwartet nicht, daß eine Vierunddreißigjährige sich wie eine Jugendliche verliebt. Ein ganz unerwartetes – Geschenk, in meinem Alter. Noch unerwarteter bei einem Vierundvierzigjährigen, dem Vernehmen nach.«

»Genau«, sagte Mehta, erfreut über Cordelias Bereitschaft, ihre Logik zu verstehen. »Ein Karriereoffizier in mittlerem Alter ist kaum der Stoff für eine Romanze.«

Tailor öffnete hinter ihrem Rücken den Mund, als ob er etwas sagen wollte, aber dann schloß er ihn wieder. Er blickte versonnen auf seine Hände.

»Sie meinen, Sie könnten mich davon heilen?« fragte Cordelia.

»O ja.«

»Aha.« Sergeant Bothari, wo sind Sie jetzt, wo ich Sie am nötigsten brauche? Zu spät. »Sie lassen mir keine Wahl. Seltsam.« Aufschub, flüsterten ihre Gedanken. Halt Ausschau nach einer Gelegenheit. Wenn du keine finden kannst, dann schaffe eine. Tu so, als wäre hier Barrayar, wo alles möglich ist. »Ist es in Ordnung, wenn ich mich d-dusche – mich umziehe, packe? Ich nehme an, dies wird eine längere Geschichte werden.«

»Natürlich.« Tailor und Mehta tauschten erleichterte Blicke. Cordelia lächelte freundlich.

Dr. Mehta begleitete sie ohne den Medizintechniker in ihr Schlafzimmer. Die Gelegenheit, dachte Cordelia benommen. »Ah, gut«, sagte sie und schloß die Tür hinter der Ärztin, »wir können miteinander plaudern, während ich packe.«

Sergeant Bothari – es gibt eine Zeit für Worte, und es gibt eine Zeit, wo sogar die allerbesten Worte versagen.

Sie waren ein Mann von sehr wenig Worten, aber Sie haben nicht versagt. Ich wünschte mir, ich hätte Sie besser verstanden. Zu spät …

Mehta setzte sich auf das Bett und beobachtete das neue Exemplar ihrer Sammlung, vielleicht, wie es sich noch auf seiner Nadel krümmte. Ihr Triumph der logischen Schlußfolgerungen. Wollen Sie eine Monographie über mich schreiben, Mehta? überlegte Cordelia mürrisch. Papier wickelt Stein …

Sie trödelte in dem Zimmer herum, öffnete Schubladen, knallte Wandschränke zu. Hier war ein Gürtel – zwei Gürtel und ein Kettengürtel. Hier waren ihre Ausweiskarten, ihre Bankkarten, ihr Geld. Sie tat so, als sähe sie sie nicht. Während sie sich bewegte, redete sie. Ihr Gehirn lief auf Hochtouren. Stein stumpft Schere …

»Wissen Sie, Sie erinnern mich ein bißchen an den verstorbenen Admiral Vorrutyer. Sie beide wollen mich auseinandernehmen, wollen sehen, was in mir vorgeht. Vorrutyer war allerdings mehr wie ein kleines Kind. Hatte keine Absicht, den Schlamassel, den er angerichtet hatte, nachher wieder aufzuräumen.

Sie andererseits werden mich auseinandernehmen und nicht einmal Spaß daran haben. Natürlich haben Sie die volle Absicht, die Teile nachher wieder zusammenzusetzen, aber von meinem Standpunkt aus gesehen macht das kaum einen Unterschied. Aral hatte recht mit dem, was er über Leute in grünen Seidenzimmern sagte …«

Mehta blickte verwundert drein. »Sie haben aufgehört zu stottern«, stellte sie fest.

»Ja …« Cordelia machte vor ihrem Aquarium halt und betrachtete es merkwürdig. »Das habe ich. Wie seltsam.« Stein stumpft Schere …

Sie nahm den Deckel ab. Der alte vertraute Ekel von Angst und Furcht drehte ihr den Magen um. Sie wanderte scheinbar ziellos hinter Mehta, den Kettengürtel und ein Hemd in den Händen. Ich muß mich jetzt entscheiden. Ich muß mich jetzt entscheiden. Ich entscheide mich – jetzt!

Sie stürzte vor, wickelte den Gürtel um den Hals der Ärztin, riß deren Arme hinter dem Rücken hoch und fesselte sie mühsam mit dem anderen Ende des Gürtels. Mehta stieß ein gedämpftes Quieken hervor.

Cordelia hielt sie von hinten und flüsterte in ihr Ohr.

»In einem Augenblick werde ich Ihnen wieder Luft geben. Wie lange, das hängt von Ihnen ab. Sie sind drauf und dran, einen Kurzkurs in den echten barrayaranischen Verhörtechniken zu bekommen. Ich habe sie nie gebilligt, aber in letzter Zeit habe ich begonnen zu verstehen, daß sie ihre Vorteile haben – zum Beispiel, wenn man es schrecklich eilig hat…« Darf sie nicht spüren lassen, daß ich nur schauspielere. Schauspielere. »Wie viele Männer hat Tailor um dieses Gebäude postiert, und wo?«

Sie lockerte die Kette leicht. Die Augen vor Angst wie betäubt, würgte Mehta: »Keine!«

»Alle Kreter sind Lügner«, murmelte Cordelia. »Und Bill ist auch nicht unfähig.« Sie schleifte die Ärztin zu dem Aquarium hinüber und drückte ihr Gesicht ins Wasser. Mehta zappelte heftig, aber Cordelia, die größer, stärker und besser trainiert war, hielt sie unter Wasser mit einer wütenden Kraft, die sie selbst überraschte.

Mehta drohte ohnmächtig zu werden. Cordelia zog sie hoch und erlaubte ihr ein paar Atemzüge.

»Möchten Sie Ihre Schätzung noch revidieren?« Gott helfe mir, was ist, wenn das nicht funktioniert? Jetzt werden die andern mir nie glauben, daß ich keine Agentin bin.

»Oh, bitte«, keuchte Mehta.

»Okay, das ganze noch mal.« Cordelia hielt sie wieder hinein.

Das Wasser schwappte hoch und spritzte über die

Seiten des Aquariums. Cordelia konnte Mehtas Gesicht durch das Glas sehen, seltsam vergrößert und leichengelb in dem seltsamen Licht, das vom Kies am Boden reflektiert wurde. Silberne Blasen lösten sich von ihrem Mund und schwebten über ihr Gesicht nach oben. Cordelia war einen Moment lang von ihnen fasziniert. Luft fließt unter Wasser wie Wasser, dachte sie; gibt es eine Ästhetik des Todes?

»Also los! Wie viele? Wo?«

»Nein, wirklich nicht!«

»Dann trinken Sie noch mal!«

Mit ihrem nächsten Atemzug keuchte Mehta: »Sie würden mich doch nicht umbringen!«

»Eine Diagnose, Frau Doktor«, zischte Cordelia. »Bin ich eine geistig gesunde Frau, die so tut, als sei sie verrückt, oder bin ich eine Verrückte, die vorgibt, gesund zu sein? Lassen Sie sich Kiemen wachsen!« Ihre Stimme wurde unwillkürlich lauter. Sie drückte Mehtas Kopf wieder hinein und merkte, daß sie selbst den Atem anhielt. Und was ist, wenn sie recht hat und ich unrecht? Was, wenn ich eine Agentin bin und es nicht weiß? Wie unterscheidet man eine Kopie vom Original? Stein stumpft Schere …

Sie hatte, bis in die Finger zitternd, eine Vision, wie sie den Kopf der Frau unten hielt und unten, bis der Widerstand erlosch, bis sie ohnmächtig wurde, und dann noch eine geraume Weile, um den Gehirntod sicherzustellen. Macht, Gelegenheit, Wille – ihr fehlte nichts. Also ist es das, was Aral in Komarr empfand, dachte sie. Jetzt verstehe ich – nein. Jetzt *weiß* ich.

»Wie viele? Wo?«

»Vier«, krächzte Mehta. Cordelia war erleichtert. »Zwei draußen im Foyer. Zwei in der Garage.«

»Danke«, sagte Cordelia mit automatischer Höflichkeit; aber ihre Kehle war wie zugeschnürt und quetschte nur einen verzerrten Laut hervor. »Tut mir leid …« Sie wußte nicht, ob Mehta, deren Gesicht bläulich angelaufen war, sie hörte oder verstand. Papier wickelt Stein …

Cordelia fesselte und knebelte Mehta, wie sie es einmal Vorkosigan an Gottya hatte tun sehen. Sie schob sie hinter das Bett hinab, so daß sie von der Tür her außer Sicht war. Dann steckte sie Bankkarten, Ausweise und Geld in ihre Taschen und drehte die Dusche auf.

Auf Zehenspitzen ging sie zur Schlafzimmertür hinaus, dabei atmete sie in unregelmäßigen Stößen durch den Mund. Sie sehnte sich nach einer Minute, nur einer einzigen Minute, um ihr erschüttertes Gleichgewicht wiederzugewinnen, aber Tailor und der Medizintechniker waren weg – vermutlich in der Küche, zum Kaffee. Sie wagte es nicht, den Beginn ihrer Flucht zu riskieren, nicht einmal, um nach Stiefeln zu suchen.

Nein, Gott! Tailor stand im Durchgang zur Küche und hob gerade eine Kaffeetasse an seine Lippen. Sie erstarrte, er hielt in der Bewegung inne, und sie blickten einander an.

Ihre Augen, fühlte Cordelia, mußten so groß sein wie die eines Nachttieres. Nie hatte sie ihre Augen unter Kontrolle.

Tailors Mund zuckte seltsam, während er sie anschaute. Dann hob er langsam seine Linke und salutierte. Mit der falschen Hand, aber die andere hielt ja den Kaffee. Er nahm einen Schluck von dem Getränk und blickte unverwandt über den Rand der Tasse.

Cordelia nahm ernst Grundstellung an, salutierte ihrerseits und schlüpfte dann leise zur Appartementtür hinaus.

Zunächst erschrak sie, als sie im Korridor auf einen Journalisten und seinen Vidmann stieß; es war einer der hartnäckigsten und unangenehmsten, und sie hatte ihn gestern aus dem Gebäude geworfen. Sie lächelte ihn an, ganz schwindelig vor Euphorie, wie ein Fallschirmspringer, der gerade in die Luft hinaustritt.

»Wollen Sie immer noch das Interview mit mir machen?«

Er sprang auf und nahm den Köder an.

»Jetzt mal ganz langsam. Nicht hier. Ich werde beobachtet, wissen Sie.« Sie dämpfte ihre Stimme verschwörerisch. »Die Regierung vertuscht etwas. Was ich weiß, könnte die Regierung in die Luft jagen. Dinge über die Gefangenen. Sie könnten – sich einen Namen machen.«

»Wo dann?« Er war begierig darauf.

»Wie steht es mit dem Raumhafen? Die Bar dort ist ruhig. Ich werde Ihnen einen Drink kaufen, und wir können – unsere Kampagne planen.« Die Zeit tickte in ihrem Gehirn. Sie erwartete, daß jeden Augenblick die Tür zum Appartement ihrer Mutter aufgestoßen würde. »Es ist jedoch gefährlich. Es sind zwei Agenten der Regierung oben im Foyer und zwei in der Garage. Ich müßte an ihnen vorbeikommen, ohne gesehen zu werden. Wenn sie wüßten, daß ich mit Ihnen rede, dann würden Sie wohl keine Chance für ein zweites Interview bekommen. Keine Gewalttätigkeiten – nur ein bißchen stilles Verschwinden bei Nacht und dann ein Gerücht von wegen ›zu medizinischen Untersuchungen gebracht‹. Wissen Sie, was ich meine?« Sie war sich ziemlich sicher, daß er es nicht wußte – sein Mediendienst beschäftigte sich vor allem mit Sexgeschichten –, aber sie konnte sehen, wie sich auf seinem Gesicht eine Vision von journalistischem Ruhm abzeichnete.

Er drehte sich zu seinem Vidmann um. »Jon, gib ihr deine Jacke, deinen Hut und dein Holovid.«

Sie steckte ihr Haar unter den breitkrempigen Hut, verbarg ihre Uniform unter der Jacke und schulterte demonstrativ das Vid. Sie nahmen das Liftrohr hinauf zur Garage. An deren Ausgang warteten zwei Männer in blauen Uniformen. Sie plazierte das Vid lässig auf ihrer Schulter und verbarg mit ihrem Arm halb ihr Gesicht, als sie an den Männern vorbei zum Bodenwagen des Journalisten gingen.

An der Bar im Raumhafen bestellte sie Drinks und nahm selber einen tiefen Schluck. »Ich bin gleich zurück«, versprach sie und ließ ihn mit den unbezahlten Getränken sitzen.

Der nächste Halt war der Ticketcomputer. Sie rief den Flugplan auf. In den nächsten sechs Stunden startete kein Passagierschiff nach Escobar. Das dauerte viel zu lange. Der Raumhafen wäre bestimmt der erste Ort, den man durchsuchen würde. Eine Frau in der Uniform des Raumhafens ging vorbei. Cordelia hielt sie an.

»Verzeihen Sie, könnten Sie mir helfen, etwas über die Flugpläne privater Frachter herauszufinden, oder über andere private Schiffe, die bald abfliegen?«

Die Frau runzelte die Stirn, dann lächelte sie, als sie sie plötzlich erkannte. »Sie sind Captain Naismith!«

Cordelias Herz krampfte sich zusammen und pochte wie betrunken. Nein – ruhig bleiben … »Ja. Hm … die Presse hat mir ziemlich zugesetzt. Ich bin sicher, daß *Sie* mich verstehen«, Cordelia blickte die Frau an, als würde sie sie damit in einen inneren Kreis von Vertrauten aufnehmen. »Ich will das ganz still einfädeln. Könnten wir vielleicht in ein Büro gehen? Ich weiß, *Sie* sind nicht wie *die anderen*. Sie haben einen Respekt vor dem Privatleben anderer Menschen. Das kann ich in Ihrem Gesicht lesen.«

»Können Sie?« Die Frau war geschmeichelt und aufgeregt zugleich und führte Cordelia weg. In ihrem Büro hatte sie Zugang zu allen Flugplänen der Raumflugkontrolle, und Cordelia schaute sie schnell durch. »Hm. Das hier sieht gut aus. Startet nach Escobar binnen einer Stunde. Wissen Sie, ob der Pilot schon an Bord ist?«

»Dieser Frachter ist nicht für Passagiere zugelassen.«

»Das geht schon in Ordnung. Ich möchte nur mit dem Piloten sprechen. Persönlich. Und privat. Können Sie ihn für mich erwischen?«

»Ich versuch's mal.« Sie hatte Erfolg. »Sie treffen ihn in Andockbucht 27. Aber Sie müssen sich beeilen.«

»Danke. Hm ... wissen Sie, die Journalisten haben mir das Leben schwer gemacht. Sie scheuen vor nichts zurück. Da sind zwei, die sogar so weit gegangen sind, sich Uniformen der Expeditionsstreitkräfte anzuziehen und jetzt versuchen, damit zu mir durchzukommen. Nennen sich Captain Mehta und Kommodore Tailor. Eine wirkliche Plage. Wenn einer von ihnen auftaucht und hier herumschnüffelt, könnten Sie dann vielleicht vergessen, daß Sie mich gesehen haben?«

»Aber sicher, Captain Naismith.«

»Nennen Sie mich Cordelia. Sie sind prima! Danke!«

Der Pilot war sehr jung und machte seine ersten Erfahrungen mit Frachtern, bevor er die größere Verantwortung für Passagierschiffe übernehmen konnte. Er erkannte sie auch und bat sie prompt um ein Autogramm.

»Ich nehme an, Sie fragen sich, warum Sie ausgewählt wurden«, begann sie, während sie ihre Unterschrift für ihn schrieb, ohne die leiseste Idee, in welche Richtung sie sich bewegen sollte. Er sah aus wie jemand, der in seinem ganzen Leben noch nie einen Wettbewerb gewonnen hatte.

»Ich, Madame?«

»Glauben Sie mir, die Leute von der Sicherheit haben Ihr ganzes Leben durchleuchtet. Sie sind vertrauenswürdig. Das sind Sie wirklich. Wirklich vertrauenswürdig.«

»Ach – die können doch die Sache mit dem Cordolithen nicht herausgefunden haben!« Bestürzung kämpfte in seinem Gesicht mit der Reaktion auf ihre Schmeichelei.

»Und auch einfallsreich«, sagte Cordelia aufs Geratewohl und fragte sich dabei, was wohl ein Cordolith sei. Sie hatte nie davon gehört. »Genau der Mann für diese Mission.«

»Welche Mission?!«

»Pst, nicht so laut. Ich bin auf einer geheimen Mission für den Präsidenten. Persönlich. So geheim, daß nicht einmal das Kriegsministerium etwas darüber weiß. Das hätte schlimme politische Folgen, wenn es je herauskäme. Ich habe eine Botschaft an den Kaiser von Barrayar, ein geheimes Ultimatum. Aber niemand darf wissen, daß ich Kolonie Beta verlassen habe.«

»Soll ich Sie dorthin bringen?« fragte er verblüfft. »Meine Fracht geht ...«

Ich glaube, ich könnte diesen Knaben dazu überreden, mich auf Kosten seines Arbeitgebers bis nach Barrayar zu bringen, dachte sie. Aber das wäre das Ende seiner Karriere. Ihr Gewissen hielt den aufkommenden Wunsch in Schach.

»Nein, nein! Ihr Frachtflug muß genau so erscheinen wie immer. Ich treffe eine geheime Kontaktperson auf Escobar. Sie transportieren einfach ein Frachtstück, das nicht auf der Frachtliste steht. Mich.«

»Ich darf keine Passagiere mitnehmen, Madame.«

»Gütiger Himmel, glauben Sie, wir wissen das nicht? Was meinen Sie, warum Sie aus all den Kandidaten vom Präsidenten persönlich ausgewählt wurden?«

»Mann! Und ich habe nicht einmal für ihn gestimmt.«

Er nahm sie an Bord des Frachtshuttles und arrangierte ihr einen Sitz unter denjenigen Frachtstücken, die im letzten Augenblick eingeliefert worden waren. »Sie kennen all die großen Namen im Erkundungsdienst, nicht wahr, Madame? Lightner, Parnell ... Meinen Sie, Sie könnten mich denen irgendwann mal vorstellen?«

»Ich weiß nicht. Aber – Sie werden eine Menge der großen Namen von den Expeditionsstreitkräften und dem Sicherheitsdienst kennenlernen, wenn Sie von Escobar zurückkommen. Das verspreche ich.« Wirst du jemals ...

»Darf ich Sie etwas Persönliches fragen, Madame?«

»Warum nicht? Alle anderen tun es.«

»Warum tragen Sie Hausschuhe?«

Sie starrte auf ihre Füße. »Tut mir leid, Pilot Mayhew. Das ist geheim.«

»Oh.« Er ging nach vorn, um das Schiff zu starten.

Endlich allein! Sie lehnte ihre Stirn gegen die kühle, glatte Plastikwand eines Containers und weinte stumm vor sich hin.

KAPITEL 14

Nach Ortszeit war es fast Mittag, als der Leichtflieger, den Cordelia in Vorbarr Sultana gemietet hatte, sie zu dem langen See brachte. Die Ufer des Sees gingen in weinbekränzte Abhänge über; dahinter ragten steile Berge auf, die von Gestrüpp überwuchert waren. Die Gegend war dünn besiedelt, nur am Ende des Sees lag ein Dorf. Ruinen einer alten Befestigung krönten eine felsige Landzunge. Cordelia umkreiste sie und blickte nochmals auf ihre Landkarte, wo diese Landspitze der wichtigste Orientierungspunkt war. Von dort aus nach Norden zählte sie drei große Grundstücke ab und landete mit ihrem Flieger auf einer Auffahrt, die sich den Hügel hinauf zu einem vierten Anwesen schlängelte.

Ein üppig umwuchertes altes Haus, gebaut aus einheimischem Stein, schmiegte sich zusammen mit der Vegetation an den Hügelabhang. Sie zog die Flügel ein, schaltete den Motor aus und steckte die Schlüssel ein: dann saß sie da und blickte unsicher auf die sonnenwarme Front des Hauses.

Eine große Gestalt in einer seltsamen braun-silbernen Uniform kam gemächlich um die Ecke. Der Mann trug eine Waffe in einem Halfter auf seiner Hüfte, und seine Hand ruhte zärtlich darauf. Da wußte sie, daß Vorkosigan in der Nähe sein mußte, denn dieser Mann war Sergeant Bothari. Er schien bei guter Gesundheit zu sein, zumindest körperlich.

Sie sprang aus dem Leichtflieger. »Mm, guten Tag, Sergeant. Ist Admiral Vorkosigan zu Hause?«

Er starrte sie mit zusammengekniffenen Augen an, dann schien sein Gesicht sich aufzuhellen und er salutierte. »Captain Naismith. Madame. Ja.«

»Sie sehen jetzt viel besser aus als damals, als wir uns das letztemal begegnet sind.«

»Madame?«

»Auf dem Flaggschiff. Vor Escobar.«

Er blickte beunruhigt drein. »Ich – kann mich nicht an Escobar erinnern. Admiral Vorkosigan sagt, ich sei dort gewesen.«

»Ich verstehe.« Man hat Ihnen Ihr Gedächtnis weggenommen, nicht wahr? Oder haben Sie das selbst gemacht? Das ließ sich jetzt nicht erkennen. »Tut mir leid, das zu hören. Sie haben tapfer gedient.«

»Habe ich das? Man hat mich später entlassen.«

»So? Was ist das dann für eine Uniform?«

»Die Livree des Grafen Vorkosigan, Madame. Er hat mich in seine persönliche Garde aufgenommen.«

»Ich bin – sicher, daß Sie ihm gut dienen werden. Darf ich jetzt Admiral Vorkosigan sehen?«

»Er ist hinten, Madame. Sie können hinaufgehen.« Er ging davon, offenbar drehte er eine Art Wachrunde.

Während sie um das Haus herumstapfte, schien ihr die Sonne warm auf den Rücken. Das Gehen in den langen, weiten Röcken ihres neuen Kleides, die um ihre Knie schwangen, war noch ungewohnt. Sie hatte das Kleid tags zuvor in Vorbarr Sultana gekauft. Ihre alte gelbbraune Uniform des Erkundungsdienstes, von der sie die Abzeichen abgenommen hatte, zog auf den Straßen die Blicke aller Leute auf sich. Das Kleid war unauffälliger; es machte ihr außerdem Spaß, sich wie eine Barrayaranerin zu kleiden, und das dunkle Blumenmuster gefiel ihr. Ihr Haar fiel offen herab, es war in der Mitte gescheitelt und mit zwei emaillierten Kämmen zurückgesteckt, die sie ebenfalls gekauft hatte.

Etwas weiter den Hügel hinauf war ein Garten, umgeben von einer niedrigen grauen Steinmauer. Nein, kein Garten, erkannte sie, als sie näherkam, sondern ein Friedhof. Ein alter Mann in einem alten Overall arbeitete darin; er kniete auf dem Erdboden und pflanzte junge Blumen ein, die er einem flachen Korb entnahm.

Als sie sich durch das kleine Tor schob, blickte er blinzelnd zu ihr empor. Über seine Identität gab es für sie keinen Zweifel. Er war etwas größer als sein Sohn und mit dem Alter war seine Muskulatur dünn und sehnig geworden, aber in seinen Gesichtsknochen sah sie Vorkosigan.

»General Graf Vorkosigan, Sir?« Ganz unwillkürlich salutierte sie vor ihm, dann fiel ihr ein, wie eigenartig das in ihrem Kleid aussehen mußte. Er erhob sich steif. »Mein Name ist Cap … – mein Name ist Cordelia Naismith. Ich bin mit Aral befreundet. Ich – weiß nicht, ob er Ihnen von mir erzählt hat. Ist er hier?«

»Guten Tag, Madame.« Er nahm mehr oder weniger Grundstellung an und deutete ein höfliches Nicken an, das schmerzhaft vertraut war. »Er hat sehr wenig erzählt, und ich hatte nicht geglaubt, daß ich Ihnen je begegnen würde.« Ein Lächeln zeichnete sich auf seinem Gesicht ab, so langsam, als wären die entsprechenden Muskeln steif, weil er sie lang nicht benutzt hatte. »Sie können sich nicht vorstellen, wie erfreut ich bin, daß ich nicht recht hatte.« Er machte eine Geste über seine Schulter hinweg, den Hügel hinauf. »Auf dem höchsten Punkt unseres Anwesens gibt es einen kleinen Pavillon mit einem Blick über den See. Er … hm … sitzt die meiste Zeit dort oben.«

»Ich verstehe.« Sie entdeckte einen Pfad, der sich am Friedhof vorbeischlängelte. »Hm. Ich weiß nicht, wie ich es ausdrücken soll … Ist er nüchtern?«

Er warf einen Blick auf die Sonne und schürzte die ledrigen Lippen. »Um diese Zeit vermutlich nicht mehr. Nachdem er nach Hause gekommen war, trank er zuerst nur nach dem Abendessen, aber dann begann er allmählich immer eher. Es beunruhigt mich sehr, aber ich kann nicht viel dagegen tun. Wenn jedoch sein Darm wieder zu bluten anfängt, dann werde ich vielleicht …« Er brach ab und warf ihr einen eindringlichen, prüfenden Blick zu. »Er hat diesen Fehlschlag von Escobar unnötigerweise persönlich genommen, meine ich. Sein Abschied war völlig unnötig.«

Aus diesen Worten schloß Cordelia, daß der Kaiser den alten Grafen in dieser Sache nicht ins Vertrauen gezogen hatte, und sie dachte: es ist nicht der Fehlschlag, der seinen Geist niederdrückt, Sir, es ist der Erfolg. Laut sagte sie: »Loyalität gegenüber Ihrem Kaiser war eine sehr große Ehrensache für ihn, wie ich weiß.« Fast die letzte Bastion seiner Ehre, und Ihr Kaiser hatte sich entschlossen, sie im Dienst an seiner großen Bedrängnis bis auf die Grundmauern niederzureißen ...

»Warum gehen Sie nicht weiter hinauf«, schlug der alte Mann vor. »Aber er hatte heute keinen sehr guten Tag, ich – sollte Sie lieber warnen.«

»Danke, ich verstehe schon.«

Er blieb stehen und blickte hinter ihr her, als sie die ummauerte Einfriedung verließ. Sie folgte dem gewundenen Pfad im Schatten von Bäumen, die zumeist von der Erde stammten, und von anderen, buschartigen Gewächsen, die offensichtlich einheimisch waren. Eine Hecke mit Blüten – sie nahm an, es waren Blüten, Dubauer hätte es sicher gewußt –, die wie rosafarbene Straußenfedern aussahen, fiel ihr besonders auf.

Der Pavillon, der einen schönen Ausblick auf den funkelnden See gewährte, war ein leicht orientalisch angehauchtes Bauwerk aus ausgewittertem Holz. Weinranken kletterten an ihm empor und schienen ihn für den felsigen Boden in Besitz zu nehmen. Er war auf allen vier Seiten offen, möbliert mit ein paar schäbigen Chaiselongues, einem großen, ausgeblichenen Sessel mit Fußschemel und einem kleinen Tisch. Auf diesem Tisch standen zwei Karaffen, einige Gläser und eine Flasche mit einer dicken weißen Flüssigkeit.

Vorkosigan lag zurückgelehnt in dem Sessel, die Augen geschlossen, die bloßen Füße auf dem Schemel; ein paar Sandalen waren achtlos zur Seite geworfen. Cordelia hielt am Rand des Pavillons an, um Aral mit einer Art zarter Freude zu betrachten. Er trug eine alte schwarze Uniformhose und ein sehr ziviles Hemd mit einem grellen und unerwarteten Blumenmuster. Er hatte sich offensichtlich an diesem Morgen nicht rasiert. Auf seinen Zehen, bemerkte sie, wuchsen ein paar drahtige schwarze Haare, wie auf den Rücken seiner Finger und Hände. Sie kam zu dem Schluß, daß sie seine Füße ausgesprochen gern hatte und daß sie wirklich leicht alles an ihm ganz närrisch liebgewinnen konnte. Sein allgemein schäbiges Aussehen war weniger erfreulich. Er sah müde aus. Mehr als müde – krank.

Er öffnete die Augen zu Schlitzen und griff nach einem Kristallglas, das mit einer bernsteinfarbenen Flüssigkeit gefüllt war, dann schien er sich anders zu besinnen und nahm statt dessen die weiße Flasche. Ein kleiner Meßbecher stand daneben, er ignorierte ihn jedoch und trank statt dessen einen Schluck der weißen Flüssigkeit direkt aus der Flasche. Mit einem spöttischen Grinsen blickte er kurz auf die Flasche, dann tauschte er sie gegen das Kristallglas aus und nahm einen Zug, spülte ihn in seinem Mund herum und schluckte schließlich. Schließlich kauerte er sich wieder in den Sessel, etwas tiefer als zuvor.

»Flüssiges Frühstück?« fragte Cordelia. »Schmeckt das so gut wie Hafergrütze und Blaukäsedressing?«

Er riß die Augen auf. »Du ...«, sagte er heiser nach einem Moment, »bist keine Halluzination.« Er begann sich hochzurappeln, dann schien er sich eines Besseren zu besinnen und sank in erstarrter Befangenheit zurück. »Ich wollte nie, daß du siehst ...«

Sie stieg die letzten Stufen bis zum Schatten des Pavillons empor, schob eine Chaiselongue näher zu ihm heran und setzte sich. Verdammt, dachte sie, jetzt ist er ganz verlegen, weil ich ihn in diesem üblen Zustand überrascht habe, wo er aus seinem Gleichgewicht geworfen ist. Wie kann ich nur die Befangenheit wieder von ihm nehmen? Ich hätte ihn gerne unbefangen, immer ... »Ich habe versucht, mich vorher anzukündigen, nachdem ich gestern gelandet war, aber ich habe dich immer verfehlt. Wenn du Halluzinationen erwartest, dann muß das ein bemerkenswerter Stoff sein. Gieß mir auch ein, bitte.«

»Ich glaube, du würdest das da lieber mögen.« Er goß ihr aus der zweiten Karaffe ein. Neugierig probierte sie jedoch von seinem Glas.

»Pah! Das ist kein Wein.«

»Brandy.«

»Um diese Zeit?«

»Wenn ich nach dem Frühstück anfange«, erklärte er, »dann kann ich im allgemeinen bis zum Mittagessen totale Bewußtlosigkeit erreichen.«

Jetzt ist bald Essenszeit, dachte sie. Seine Sprechweise hatte sie zuerst in die Irre geführt, da er vollkommen klar sprach, nur langsamer und zögerlicher als gewöhnlich. »Es muß doch weniger giftige Betäubungsmittel geben.« Der strohgelbe Wein, den er ihr eingegossen hatte, war ausgezeichnet, allerdings für ihren Geschmack zu trocken. »Machst du das jeden Tag?«

»Gott, nein«, er schauderte. »Höchstens zwei- oder dreimal die Woche. An einem Tag trinke ich, am nächsten habe ich einen Kater – ein Brummschädel hilft genausogut, den Geist von anderen Dingen abzulenken, wie wenn man betrunken ist –, am dritten Tag mache ich Erledigungen und so weiter für meinen Vater. Er ist in den letzten paar Jahren arg langsam geworden.«

Allmählich bekam er sich immer besser in den Griff, je mehr seine anfängliche Angst nachließ, er könnte ihr widerwärtig erscheinen. Er setzte sich auf, rieb sich in der vertrauten Geste mit der Hand über das Gesicht, als müßte er die Benommenheit wegwischen, und machte einen Versuch in leichter Konversation. »Das ist ein hübsches Kleid. Eine große Verbesserung gegenüber dem orangefarbenen Zeug.«

»Danke«, sagte sie und nahm sofort sein Stichwort auf. »Es tut mir leid, daß ich nicht das gleiche von deinem Hemd sagen kann – offenbart das zufällig deinen eigenen Geschmack?«

»Nein, es war ein Geschenk.«

»Da bin ich ja erleichtert.«

»Es war eine Art Scherz. Einige meiner Offiziere hatten sich zusammengetan und es anläßlich meiner ersten Beförderung zum Admiral gekauft, vor Komarr. Ich denke immer an sie, wenn ich es trage.«

»Na, wie nett. In diesem Fall kann ich mich vielleicht daran gewöhnen.«

»Drei von den vieren sind jetzt tot. Zwei starben vor Escobar.«

»Ich verstehe.« Soweit kam man also mit leichtem Geplauder. Sie schwenkte den Wein auf dem Boden ihres Glases herum. »Du schaust schlecht aus, weißt du das? Käsig.«

»Ja. Ich habe mit meinem Training aufgehört. Bothari ist ganz beleidigt.«

»Ich bin froh, daß Bothari nicht zu viele Schwierigkeiten wegen Vorrutyer bekommen hat.«

»Es stand auf des Messers Schneide, aber ich habe ihn freibekommen. Dabei war Illyans Zeugenaussage hilfreich.«

»Aber Bothari wurde entlassen.«

»In allen Ehren. Aus gesundheitlichen Gründen.«

»Hast du deinem Vater den Tip gegeben, ihn zu engagieren?«

»Ja. Es schien mir das Richtige zu sein. Er wird nie normal sein in unserem Sinn, aber so hat er wenigstens eine Uniform und eine Waffe und bestimmte Vorschriften, nach denen er sich richten kann. Das scheint ihm einen festen Halt zu geben.« Er fuhr langsam mit einem Finger am Rand des Brandyglases entlang. »Vier Jahre lang war er Vorrutyers Offiziersbursche, weißt du. Es ging ihm nicht sonderlich gut, als er auf die *Ge-*

neral Vorkraft versetzt wurde. Am Rande einer Persönlichkeitsspaltung – gespaltenes Gedächtnis und all das. Das Soldatendasein scheint die einzige menschliche Rolle zu sein, deren Anforderungen er entsprechen kann. Es erlaubt ihm eine Art von Selbstachtung.« Er lächelte sie an. »Du, andrerseits, siehst himmlisch aus. Kannst du ... hm ... lang bleiben?«

In seinem Gesicht lauerte ein Hunger, ein stummes Verlangen, unterdrückt von der Ungewißheit. Wir haben so lange gezögert, dachte sie, es ist schon eine Gewohnheit geworden. Dann dämmerte es ihr, daß er fürchtete, sie wäre nur zu Besuch da. Eine verdammt lange Reise für eine Plauderei, mein Liebster. Du *bist* betrunken.

»So lange es dir gefällt. Als ich nach Hause kam, entdeckte ich, daß sich dort alles verändert hatte. Oder ich hatte mich verändert. Nichts paßte mehr zusammen. Ich habe alle beleidigt und bin mit gerade einem Schritt Vorsprung vor – einer Menge Schwierigkeiten abgehauen. Ich kann nicht zurückgehen. Ich habe meinen Abschied vom Dienst genommen – habe das Gesuch von Escobar aus geschickt – und alles, was ich besitze, ist in dem Leichtflieger dort unten.«

Sie kostete die Freude aus, die während ihrer Worte in seinen Augen aufleuchtete, als es ihm endlich aufging, daß sie für immer hier war. Sie war tief befriedigt.

»Ich würde eigentlich aufstehen«, sagte er und rutschte auf seinem Sessel zur Seite, »aber aus irgendeinem Grund laufen meine Füße voraus und meine Zunge bummelt hinterher. Ich würde dir lieber auf eine etwas beherrschtere Art und Weise vor die Füße fallen. Ich werde bald besser beieinander sein. Möchtest du dich in der Zwischenzeit hierher setzen?«

»Gern.« Sie wechselte auf den Sessel über. »Aber werde ich dich nicht zerquetschen? Ich bin ein bißchen groß.«

»Nicht im geringsten. Ich mag keine kleine Frauen. Ach, das ist besser.«

»Ja.« Sie kuschelte sich neben ihn, schlang die Arme um seine Brust, legte ihren Kopf auf seine Schulter und hakte auch noch eines ihrer Beine über die seinen, um so deutlich seine Gefangennahme zu vollenden. Der Gefangene stieß einen Laut aus, der halb ein Seufzer, halb ein Lachen war. Sie wünschte sich, sie könnten auf ewig so sitzen.

»Du wirst deine Methode, mit Alkohol Selbstmord zu begehen, aufgeben müssen, weißt du.«

Er reckte den Kopf. »Ich dachte, ich wäre raffiniert.«

»Nicht sonderlich.«

»Na ja, diese Methode paßt zu mir. Sie ist außerordentlich unangenehm.«

»Ja, du hast deinem Vater Sorgen bereitet. Er hat mich ganz seltsam angeschaut.«

»Nicht zornig, hoffe ich. Er hat einen sehr vernichtenden zornigen Blick. Ein Leben lang perfektioniert.«

»Überhaupt nicht. Er hat gelächelt.«

»Gütiger Gott.« Ein Grinsen ließ in seinen Augenwinkeln Fältchen erscheinen.

Sie lachte und reckte den Hals, um sein Gesicht besser sehen zu können. Das *war* besser ...

»Ich werde mich auch rasieren«, versprach er in einem Ausbruch von Begeisterung.

»Übertreib es ja nicht um meinetwillen. Auch ich bin gekommen, um mich vom Dienst zurückzuziehen. Ein Separatfrieden, wie man so sagt.«

»Frieden, ja wirklich.« Er kuschelte sein Gesicht an ihr Haar und schnupperte daran. Sie spürte, wie sich seine Muskeln entspannten, als hätte man von einem allzu straff gespannten Bogen die Sehne abgenommen.

Ein paar Wochen nach ihrer Heirat unternahmen sie ihre erste gemeinsame Reise; Cordelia begleitete Vorkosigan bei seiner regelmäßigen Pilgerfahrt in das kaiserliche Militärkrankenhaus in Vorbarr Sultana. Sie reisten in einem Bodenwagen, den sie vom Grafen geborgt hatten, wobei Bothari seine offensichtlich übliche Doppelfunktion als Fahrer und Leibwächter übernahm. Für Cordelia, die gerade erst begann, ihn gut genug zu kennen, um seine schweigsame Fassade zu durchschauen, schien er unter Spannung zu stehen. Er blickte unsicher über ihren Kopf hinweg; sie saß zwischen ihm und Vorkosigan.

»Haben Sie es ihr gesagt, Sir?«

»Ja, alles. Es ist in Ordnung, Sergeant.«

Cordelia fügte aufmunternd hinzu: »Ich denke, Sie tun das Richtige, Sergeant. Ich bin … hm … sehr erfreut darüber.«

Er entspannte sich etwas und lächelte fast. »Danke, Mylady.«

Sie studierte verstohlen sein Profil und dachte an das Bündel Schwierigkeiten, das er heute nach Vorkosigan Surleau mitbringen würde, zu der eigens dafür in Dienst genommenen Frau aus dem Dorf, und sie zweifelte ernstlich, ob er mit ihnen fertigwerden würde. Sie wagte es, ein bißchen nachzubohren.

»Haben Sie darüber nachgedacht – was Sie ihr über ihre Mutter erzählen werden, wenn sie älter wird? Sie wird es schließlich zwangsläufig wissen wollen.«

Er nickte, schwieg zunächst, dann sagte er: »Werde ihr sagen, sie ist tot. Ihr sagen, wir waren verheiratet. Hierzulande ist es nicht gut, unehelich zu sein.« Seine Hand packte das Steuer fester. »Also wird sie es nicht sein. Niemand darf sie Bankert nennen.«

»Ich verstehe.« Viel Glück, dachte sie, und ging zu einer leichteren Frage über. »Wissen Sie, wie Sie sie nennen werden?«

»Elena.«

»Das ist hübsch. Elena Bothari.«

»Das war der Name ihrer Mutter.«

Cordelia war so überrascht, daß sie unvorsichtig bemerkte: »Ich dachte, Sie könnten sich nicht an Escobar erinnern!«

Es verging eine kleine Weile, dann sagte er: »Man kann die Gedächtnisdrogen austricksen, einige von ihnen, wenn man weiß, wie.«

Vorkosigan hob eine Augenbraue. Offensichtlich war dies auch für ihn neu. »Wie machen Sie das denn, Sergeant?« fragte er in einem vorsichtig neutralen Ton.

»Jemand, den ich einmal kannte, hat es mir gesagt… Man schreibt nieder, woran man sich erinnern will, und denkt darüber nach. Dann versteckt man es – auf die gleiche Weise, wie wir immer Ihre geheimen Dateien vor Radnov versteckt haben, Sir –, das haben die ja auch nie herausgebracht. Wenn man zurückkommt, dann nimmt man den Zettel als erstes heraus, noch bevor der Magen sich wieder beruhigt hat, und schaut ihn an. Wenn man sich an eine Sache auf der Liste erinnern kann, dann kann man gewöhnlich auch das Übrige wieder herholen, bevor die Mediziner wiederkommen. Und dann macht man das wieder. Und immer wieder. Es hilft auch, wenn man einen… einen Gegenstand hat.«

»Hatten Sie… hm… einen Gegenstand?« fragte Vorkosigan, sichtlich fasziniert.

»Ein Stück Haar.« Er schwieg wieder lange Zeit, dann sagte er unaufgefordert: »Sie hatte langes schwarzes Haar. Es roch gut.«

Cordelia, die die Hintergründe dieser Geschichte anrührten und nachdenklich stimmten, lehnte sich zurück und blickte durch das Verdeck nach draußen. Vorkosigan sah aus, als hätte er eine kleine Erleuchtung erlebt, wie jemand, der ein entscheidendes Stück in einem schwierigen Puzzle gefunden hat. Sie betrachtete die vielfältige Szenerie, genoß das klare Sonnenlicht, die Sommerluft, die kühl genug war, daß man keine Schutzvorrichtungen brauchte, und die kleinen Flecken von Grün und Gewässer in den Senken zwischen den Hügeln. Sie bemerkte auch noch etwas anderes. Vorkosigan folgte der Richtung ihres Blicks.

»Aha, du hast sie auch entdeckt, nicht wahr?«

Bothari lächelte verhalten.

»Meinst du den Flieger, der uns nicht überholt?« fragte Cordelia. »Weißt du, wer das ist?«

»Kaiserlicher Sicherheitsdienst.«

»Folgen sie dir immer in die Hauptstadt?«

»Sie folgen mir immer rund um die Uhr. Es war nicht leicht, die Leute zu überzeugen, daß es mir damit ernst war, in den Ruhestand zu treten. Bevor du kamst, amüsierte ich mich gewöhnlich damit, sie zur Weißglut zu bringen. Machte Sachen wie mich in meinem Flieger zu betrinken, während ich in Mondnächten in diesen Cañons nach Süden flog. Mein Flieger ist neu. Sehr schnell. Das trieb sie zum Wahnsinn.«

»Himmel, das hört sich ja direkt lebensgefährlich an. Hast du das wirklich gemacht?«

Er blickte etwas beschämt drein. »Ich fürchte, ja. Damals dachte ich nicht daran, daß du je hierher kommen würdest. Es war ein Nervenkitzel. Ich war seit meiner Jugend nicht mehr absichtlich auf einen Adrenalintrip gegangen. Der Dienst in den Streitkräften stillte dieses Bedürfnis hinlänglich.«

»Es überrascht mich, daß du dabei keinen Unfall hattest.«

»Ich hatte einen, einmal«, gab er zu. »Nur einen kleineren. Das erinnert mich daran, ich muß mal in die Werkstatt schauen. Die scheinen ewig für die Reparatur zu brauchen. Der Alkohol hatte mich schlaff gemacht wie einen Lappen, nehme ich an, und ich hatte niemals ganz den Nerv, ohne Schultergurt zu fliegen. Es gab keinen Schaden, außer an dem Flieger und an den Nerven des Agenten von Oberst Negri.«

»Zweimal«, warf Bothari unerwartet ein.

»Wie bitte, Sergeant?«

»Sie hatten zweimal einen Unfall mit dem Leichtflieger.« Die Lippen des Sergeanten zuckten. »Sie erinnern sich nicht an das zweitemal. Ihr Vater sagte, er wäre nicht überrascht. Wir halfen … hm … Sie aus dem Sicherheitskäfig herauszuholen. Sie waren einen Tag lang bewußtlos.«

Vorkosigan blickte verdutzt drein. »Nehmen Sie mich auf den Arm, Sergeant?«

»Nein, Sir. Sie können sich die Trümmer des Fliegers anschauen. Sie liegen über anderthalb Kilometer verstreut drunten in der Dendarii-Schlucht.«

Vorkosigan räusperte sich und versank in seinem Sitz. »Ich verstehe.« Er schwieg. Schließlich fügte er hinzu: »Wie – unangenehm, eine solche Lücke in seinem Gedächtnis zu haben.«

»Jawohl, Sir«, stimmte Bothari höflich zu.

Cordelia blickte durch eine Kluft zwischen den Hügeln zu dem Flieger empor, der ihnen folgte. »Haben die uns die ganze Zeit beobachtet? Mich auch?«

Vorkosigan lächelte über den Ausdruck auf ihrem Gesicht. »Von dem Augenblick an, als du im Raumhafen von Vorbarr Sultana gelandet bist, nehme ich an. Ich bin nun mal politisch umstritten, nach Escobar. Die Presse, die hier Ezar Vorbarras dritten Arm darstellt, hat mich als eine Art Held des Rückzugs dargestellt, der den Sieg spontan den Fängen der Niederlage entriß und so weiter – absoluter Quatsch. Da tut mir der Magen weh, sogar ohne Brandy. Ich wäre in der Lage gewesen, es besser zu machen, wenn ich das, was ich wußte, im voraus gewußt hätte. Wir opferten zu viele Kreuzer, die den Truppentransportern Deckung gaben – es mußte jedoch ein solcher Kompromiß geschlossen werden, die reine Arithmetik machte ihn schon erforderlich …«

Sie konnte an seinem Gesicht ablesen, wie seine Gedanken wie schon so oft in das Labyrinth militärischer Spekulationen der Art »Was wäre gewesen, wenn …« abwanderten. Zum Teufel mit Escobar, dachte sie, und, zum Teufel mit eurem Kaiser, zum Teufel mit Serg Vorbarra und Ges Vorrutyer, zum Teufel mit all den Zufällen von Raum und Zeit, die zusammengewirkt hatten, um den Traum eines Jungen vom Heldentum zu einem Alptraum des Mannes von Mord, Verbrechen und Hinterlist zu entstellen. Ihre Anwesenheit brachte ihm große Linderung, aber das war nicht genug: immer noch blieb etwas in ihm ungut und mißgestimmt.

Als sie sich Vorbarr Sultana von Süden her näherten, ging die Berglandschaft in eine fruchtbare Ebene über; die Besiedelung wurde dichter. Die Stadt lag zu beiden Seiten eines breiten silbernen Flusses. Die ältesten Regierungsgebäude – die meisten von ihnen waren alte, umgebaute Festungen – hielten die Felsufer und hohen Landspitzen besetzt, die den Rand des Flusses beherrschten. Von ihnen aus erstreckte sich die moderne Stadt nach Norden und Süden.

Die neueren Regierungsämter, zweckmäßige klotzige Monolithen, konzentrierten sich in einem Bereich zwischen Altstadt und Neustadt. Sie fuhren durch diesen Komplex hindurch auf eine der berühmten Brücken der Stadt zu, um den Fluß in Richtung Norden zu überqueren.

»Mein Gott, was ist denn hier passiert?« fragte Cordelia, als sie an einem ganzen Block ausgebrannter Gebäude vorüberkamen, von denen nur noch geschwärzte Gerippe übrig waren.

Vorkosigan lächelte säuerlich. »Das *war* einmal das Ministerium für Politische Erziehung, vor den Unruhen vor zwei Monaten.«

»Ich habe wenig darüber gehört, auf Escobar, auf meinem Weg hierher. Ich hatte keine Vorstellungen, daß diese Unruhen so schlimm waren.«

»So schlimm waren sie in Wirklichkeit nicht. Ganz sorgfältig inszeniert waren sie. Ich persönlich hielt es für eine verdammt gefährliche Methode, um die Sache zu erledigen. Vermutlich war es jedoch eine Steigerung der Raffinesse gegenüber dem Fenstersturz des Kronrats durch Yuri Vorbarra. Sozusagen eine neue Stufe des Fortschritts… Ich hatte nicht geglaubt, daß Ezar diesen Dämon wieder in die Flasche zurück bekäme, aber er scheint es geschafft zu haben. Kaum war Grishnov getötet worden, da tauchten all die Truppen auf, nach denen man vorher gerufen hatte und die aus irgendeinem Grund anscheinend alle zum Schutz der kaiserlichen Residenz abgezogen worden waren…«, er schnaubte, »und sie räumten die Straßen, und der Aufruhr erlosch, abgesehen von ein paar Fanatikern und einigen verletzten Seelen, die Verwandte vor Escobar verloren hatten. Das lief häßlich, aber in den Nachrichten wurde es unterdrückt.«

Sie überquerten den Fluß und kamen schließlich zu dem großen und berühmten Krankenhaus, das sich in seinem ummauerten Park fast wie eine Stadt in der Stadt ausdehnte. Sie fanden Fähnrich Koudelka allein in seinem Zimmer, wo er in dem grünen Armeepyjama niedergeschlagen in seinem Bett lag. Cordelia dachte zuerst, er winke ihnen zu, aber sie verwarf diesen Gedanken, als sich sein linker Arm weiterhin in einem langsamen Rhythmus aus dem Ellbogen auf und ab bewegte.

Er setzte sich auf und lächelte, als sein früherer Kommandeur eintrat, und tauschte ein Kopfnicken mit Bothari. Das Lächeln verbreiterte sich zu einem Grinsen, als er sie hinter Vorkosigan kommen sah. Sein Gesicht sah jetzt viel älter aus als vorher.

»Captain Naismith, Madame! Lady Vorkosigan, sollte ich sagen. Ich hätte nie gedacht, daß ich Sie wiedersehen würde.«

»Ich auch nicht. Ich bin froh, daß wir uns geirrt haben«, erwiderte sie lächelnd.

»Und meine Glückwünsche, Sir. Danke dafür, daß Sie mir die Hochzeitsanzeige geschickt haben. Sie haben mir in den letzten paar Wochen gefehlt, aber –

ich kann sehen, daß Sie Besseres zu tun hatten.« Sein Grinsen nahm dieser Bemerkung die Spitze.

»Danke, Fähnrich. Ach – was ist mit Ihrem Arm passiert?«

Koudelka machte eine Grimasse. »Ich bin heute morgen hingefallen. Da hat es irgendeinen Kurzschluß gegeben. In ein paar Minuten soll der Doktor vorbeikommen, um das zu richten. Es hätte schlimmer sein können.«

Die Haut auf seinen Armen war, wie Cordelia bemerkte, mit einem Netzwerk feiner roter Narben bedeckt, die die Leitungen der prothetischen Nervenimplantate markierten.

»Sie gehen also schon wieder. Es ist gut, das zu hören«, ermutigte ihn Vorkosigan.

»Ja, einigermaßen.« Sein Gesicht hellte sich auf. »Und man hat jetzt meine Eingeweide wieder unter Kontrolle. Es macht mir nichts aus, daß ich in dieser Abteilung nichts spüren kann, wo ich jetzt endlich diese verdammte Kolostomie wieder los bin.«

»Haben Sie sehr viel Schmerzen?« fragte Cordelia zögernd.

»Nicht viel«, sagte Koudelka wegwerfend. Sie spürte, daß er log. »Aber das Schlimmste, außer daß ich so schwerfällig und aus dem Gleichgewicht bin, sind die Sinneswahrnehmungen. Nicht Schmerz, sondern seltsame Dinge. Falsche Informationen. Etwa, wenn man mit dem linken Fuß Farben schmeckt, oder Dinge spürt, die gar nicht da sind, wie zum Beispiel Insekten, die einem über den ganzen Körper laufen, oder wenn man Dinge nicht spürt, die da *sind,* wie zum Beispiel Hitze …« Sein Blick fiel auf seinen bandagierten rechten Knöchel.

Ein Arzt kam herein, und das Gespräch brach ab, während Koudelka sein Hemd ablegte. Der Doktor befestigte ein Scope an seiner Schulter und begann mit einem feinen chirurgischen Handtraktor nach dem

Kurzschluß zu suchen. Koudelka erbleichte und starrte unentwegt auf seine Knie, aber schließlich hörte der Arm mit seiner langsamen Auf- und Abbewegung auf und lag schlaff an Koudelkas Seite.

»Ich fürchte, ich muß ihn für den Rest des Tages außer Betrieb lassen«, sagte der Doktor entschuldigend. »Wir werden ihn morgen richten, wenn Sie zu der Arbeit an der Adduktorengruppe an Ihrem rechten Bein kommen.«

»Ja, ja«, winkte Koudelka mit seiner funktionierenden rechten Hand ab. Der Doktor sammelte seine Instrumente zusammen und ging.

»Ich weiß, für Sie muß es so aussehen, als dauerte das ewig«, sagte Vorkosigan, als er Koudelkas frustrierten Gesichtsausdruck sah, »aber mir scheint, jedesmal, wenn ich hier hereinkomme, haben Sie mehr Fortschritte gemacht. Sie werden hier herauskommen«, sagte er zuversichtlich.

»Ja, der Chirurg sagt, man wird mich in etwa zwei Monaten rauswerfen.« Er lächelte. »Aber es heißt, ich würde nie wieder kampffähig werden.« Das Lächeln verschwand, statt dessen erschienen Falten in seinem Gesicht. »O Sir! Man wird mich aus dem Dienst *entlassen!* Und dann war alles, was ich hier ausgehalten habe, *umsonst!*« Er wandte sein Gesicht von ihnen ab, starr und verlegen, bis er seine Züge wieder unter Kontrolle hatte.

Da er ihm sein Mitgefühl nicht aufdrängen wollte, blickte Vorkosigan auch weg, bis der Fähnrich sie wieder mit einem sorgfältig fixierten Lächeln anschaute. »Ich kann verstehen, warum«, sagte Koudelka heiter und nickte dem schweigenden Bothari zu, der an der Wand lehnte und anscheinend damit zufrieden war, nur zuzuhören. »Ein paar gute Schläge gegen den Körper wie die, die Sie mir immer im Übungsring gegeben haben, und ich würde herumzappeln wie ein Fisch. *Kein* gutes Beispiel, das ich meinen Männern geben würde. Ich nehme an, ich muß mir einfach – eine Art Schreibtischarbeit suchen.« Er warf einen Blick auf Cordelia. »Was ist mit Ihrem Fähnrich geschehen, der am Kopf getroffen wurde?«

»Das letztemal, als ich ihn sah, nach Escobar … – ich besuchte ihn nur zwei Tage, bevor ich von zu Hause wegging. Bei ihm hat sich nichts geändert. Er ist aus dem Krankenhaus draußen. Seine Mutter hat ihre Arbeit aufgegeben und bleibt jetzt zu Hause, um sich um ihn zu kümmern.«

Koudelka ließ die Augen sinken, und Cordelia schmerzte die Scham in seinem Gesicht. »Und ich meckere da mordsmäßig herum wegen ein paar Zuckungen. Tut mir leid.«

Sie schüttelte den Kopf und traute sich nichts zu sagen.

Später, als sie mit Vorkosigan einen Augenblick auf dem Korridor allein war, lehnte Cordelia ihren Kopf an seine Schulter, und er nahm sie in die Arme. »Ich kann verstehen, warum du an den Tagen nach solchen Begegnungen schon nach dem Frühstück zu trinken angefangen hast. Ich könnte jetzt auch einen gebrauchen.«

»Ich werde dich nach unserer nächsten Station zum Essen einladen, und dann können wir alle einen kippen«, versprach er.

Ihr nächstes Ziel war der Flügel, in dem sich die Forschungsabteilung befand. Der verantwortliche Militärarzt begrüßte Vorkosigan freundlich und blickte nur etwas verdutzt drein, als ihm Cordelia ohne Erklärungen als Lady Vorkosigan vorgestellt wurde.

»Ich wußte nicht, daß Sie verheiratet sind, Sir.«

»Wir haben erst neulich geheiratet.«

»Oh? Meine Glückwünsche! Ich bin froh, daß Sie sich entschlossen haben, eines von ihnen anzusehen, Sir, bevor alle fertig sind. Es ist wirklich fast der interessanteste Teil. Würde Mylady vielleicht freundlicherweise hier warten, während wir uns um diese kleine Angelegenheit kümmern?« Er wirkte verlegen.

»Lady Vorkosigan ist über alles informiert.«

»Außerdem«, fügte Cordelia heiter hinzu, »habe ich ein persönliches Interesse daran.«

Der Doktor schaute verblüfft drein, aber er führte sie zum Überwachungsraum. Cordelia blickte unsicher auf das halbe Dutzend übriggebliebener Kanister, die in einer Reihe nebeneinander standen. Der diensthabende Techniker schloß sich ihnen an und rollte ein Gerät vor sich her, das offensichtlich von der Geburtshilfeabteilung eines anderen Krankenhauses ausgeliehen worden war.

»Guten Morgen, Sir«, sagte er fröhlich. »Wollen Sie zuschauen, wie wir dieses Küken heute ausbrüten?«

»Es wäre mir lieb, Sie fänden einen anderen Ausdruck dafür«, sagte der Doktor.

»Ja, aber man kann es nicht ›gebären‹ nennen«, argumentierte der Techniker. »Technisch gesehen sind sie alle schon einmal geboren worden. Sagen Sie mir also, wie es heißt.«

»Bei uns zu Hause nennt man es ›die Flasche anbrechen‹«, kam ihm Cordelia zu Hilfe, dann beobachtete sie voller Interesse die Vorbereitungen.

Der Techniker, der Meßgeräte bereitlegte und ein Becken unter ein wärmendes Licht plazierte, warf ihr einen sehr neugierigen Blick zu. »Sie sind Betanerin, nicht wahr, Mylady? Meine Frau hat die Heiratsanzeige des Admirals in den Nachrichten entdeckt, drunten im Kleingedruckten. Ich selbst lese die Rubrik Personenstandsanzeigen gar nicht.«

Der Doktor blickte überrascht auf, dann kehrte er zu seiner Prüfliste zurück. Bothari lehnte sich scheinbar unbeteiligt mit halb geschlossenen Augen an die Wand und verbarg seine angespannte Aufmerksamkeit. Der Doktor und der Techniker beendeten ihre Vorbereitungen und winkten die anderen näher heran.

»Haben Sie die Suppe fertig, Sir?« murmelte der Techniker dem Doktor zu.

»Hier ist sie. Injizieren Sie in die Nährleitung C…«

Die korrekte Hormonmischung wurde in die richtige Öffnung eingeführt, wobei der Doktor wiederholt auf seinem Monitor die Anleitungen auf der Instruktionsdiskette konsultierte.

»Fünf Minuten Wartezeit. Achtung – jetzt!« Der Doktor wandte sich Vorkosigan zu. »Eine phantastische Maschine, Sir. Haben Sie noch etwas darüber gehört, ob wir Geld und Ingenieurpersonal bekommen für einen Versuch, sie nachzubauen?«

»Nein«, erwiderte Vorkosigan. »Offiziell bin ich aus diesem Projekt draußen, sobald das letzte Kind – entbunden oder fertig ist, oder wie auch immer Sie es nennen wollen. Sie werden Ihre eigenen regulären Vorgesetzten bearbeiten und sich eine militärische Anwendung dafür ausdenken müssen, oder zumindest eine, die militärisch klingt, um das Ganze zu tarnen.«

Der Doktor lächelte nachdenklich. »Die Sache ist es wert, daß man sie weiterverfolgt, meine ich. Das wäre eine schöne Abwechslung gegenüber der Erfindung neuer Methoden, um Menschen zu töten.«

»Die Zeit ist um, Sir«, sagte der Techniker, und der Arzt wandte sich wieder der Gegenwart zu.

»Die plazentale Separation sieht gut aus – zieht sich fest zusammen, genau wie erwartet. Wissen Sie, je mehr ich diese Sache studiere, desto mehr bewundere ich die Ärzte, die die Kaiserschnitte an den Müttern durchgeführt haben. Wir müssen irgendwie mehr Medizinstudenten auf andere Planeten schicken. Diese Plazentas unbeschädigt herauszuholen, das muß das Größte sein – da. Da. Und da. Jetzt öffnen wir.« Er vervollständigte die Regulierung und hob den Deckel auf. »Die Membran durchschneiden – und sie kommt heraus. Ansaugen, schnell, bitte.«

Cordelia bemerkte, daß Bothari, noch immer an die Wand gelehnt, den Atem anhielt.

Das nasse und zappelnde Neugeborene, ein Mädchen, holte Luft und hustete. Auch Bothari holte Luft. Nach Cordelias Meinung sah die Kleine ziemlich hübsch aus, sie war nicht mit Blut verschmiert und viel weniger rot und verschrumpelt, als gewöhnliche Neugeborene, die sie im Vid gesehen hatte. Das Kind schrie, laut und kräftig. Vorkosigan zuckte zusammen, und Cordelia mußte laut lachen.

»Na, sie sieht doch ganz perfekt aus.« Cordelia hielt sich nahe an die beiden Mediziner, die ihre Messungen durchführten und ihre Tests an ihrer winzigen, erstaunten, verwirrten und blinzelnden Probandin vornahmen.

»Warum schreit sie so laut?« fragte Vorkosigan nervös; er war wie Bothari an seinem ursprünglichen Platz geblieben.

Weil sie weiß, daß sie auf Barrayar geboren wurde, war die Bemerkung, die Cordelia auf ihren Lippen unterdrückte. Statt dessen sagte sie: »Du würdest auch schreien, wenn eine Horde von Riesen dich aus einem hübschen warmen Schlummer holen und wie einen Sack Bohnen herumwerfen würde.« Cordelia fing einen Blick des Technikers auf: er schien ihre Bemerkung nur halb so amüsant zu finden.

»Also dann, Mylady«, der Techniker übergab ihr das Baby, während der Doktor sich wieder seiner kostbaren Maschine zuwandte.

»Meine Schwägerin sagt, man soll sie dicht am Körper halten, so wie jetzt. Nicht mit ausgestreckten Armen. Ich würde auch schreien, wenn ich dächte, ich würde über einer Grube gehalten und gleich fallengelassen. Hier, mein Baby. Lächle für Tante Cordelia. So ist's recht, brav und ruhig. Warst du wohl damals alt genug, daß du dich an den Herzschlag deiner Mutter erinnern kannst?« Das Baby schmatzte und gähnte.

Cordelia summte der Kleinen etwas vor und wickelte die Decke fester um sie. »Was für eine lange, seltsame Reise du hinter dir hast.«

»Wollen Sie mal hineinsehen, Sir?« fuhr der Arzt fort. »Auch Sie, Sergeant – Sie haben so viele Fragen gestellt, als Sie letztesmal hier waren...«

Bothari schüttelte den Kopf, aber Vorkosigan ging hinüber, um sich die technischen Ausführungen anzuhören, die der Doktor offensichtlich loswerden wollte. Cordelia trug das Baby zum Sergeanten.

»Wollen Sie sie halten?«

»Darf ich das, Mylady?«

»Himmel, Sie müssen doch mich nicht um Erlaubnis bitten. Wenn schon, dann wäre es eher umgekehrt.«

Bothari nahm das Baby behutsam auf, es schien fast in seinen großen Händen zu verschwinden, und er blickte ihm ins Gesicht. »Ist es sicher, daß sie die richtige ist? Ich dachte, sie würde eine größere Nase haben.«

»Man hat die Kinder mehrfach überprüft«, versicherte ihm Cordelia und hoffte dabei, er würde nicht fragen, woher sie das wissen wollte. Aber ihre Annahme erschien ihr sicher. »Alle Babies haben kleine Nasen. Man weiß nicht, wie Kinder letztlich aussehen werden, solange sie nicht achtzehn sind.«

»Vielleicht wird sie wie ihre Mutter aussehen«, sagte er hoffnungsvoll. Cordelia schloß sich schweigend dieser Hoffnung an.

Der Doktor war mit Vorkosigans Führung durch das Innenleben seiner Traummaschine am Ende, und Vorkosigan war es höflicherweise gelungen, nur wenig verunsichert auszusehen.

»Willst du sie auch mal halten, Aral?« bot Cordelia an.

»Schon gut, schon gut«, winkte er hastig ab.

»Du solltest ein bißchen üben. Vielleicht brauchst du's eines Tages.« Sie tauschten Blicke ihrer heimlichen Hoffnung, und er gab nach und ließ sich überreden.

»Hm. Ich habe schon Katzen gehalten, die mehr wogen. Das ist wirklich nicht mein Fach.« Er sah erleichtert aus, als die Mediziner das Baby wieder an sich nahmen, um ihre Aufzeichnungen zu vervollständigen.

»Hm, wollen mal sehen«, sagte der Doktor. »Das ist doch die, die wir nicht in das Kaiserliche Waisenhaus bringen, richtig? Wohin bringen wir sie nach der Beobachtungszeit?«

»Ich bin gebeten worden, mich persönlich um dieses Baby zu kümmern«, sagte Vorkosigan sanft. »Um der Privatsphäre seiner Familie willen. Ich – Lady Vorkosigan und ich, wir werden es seinem gesetzlichen Vormund übergeben.«

Der Arzt schaute äußerst nachdenklich drein. »Oh. Ich verstehe, Sir.« Er blickte Cordelia nicht an. »Sie sind der Mann, der die Verantwortung für dieses Projekt hat. Sie können mit ihnen machen, was Sie wollen. Niemand wird irgendwelche Fragen stellen, das ... das versichere ich Ihnen, Sir«, sagte er ernst.

»Schön, schön. Wie lang ist die Beobachtungszeit?«

»Vier Stunden, Sir.«

»Gut, wir können zum Essen gehen. Cordelia, Sergeant?«

»Mm, darf ich hierbleiben, Sir? Ich bin – nicht hungrig.«

Vorkosigan lächelte. »Sicher, Sergeant. Oberst Negris Männer können die Bewegung gebrauchen.«

Auf dem Weg zum Bodenwagen fragte Vorkosigan Cordelia: »Worüber lachst du?«

»Ich lache nicht.«

»Deine Augen lachen. Sie funkeln ganz belustigt, wirklich.«

»Ach, über den Doktor. Ich fürchte, unser gemeinsamer Auftritt hat ihn ganz unabsichtlich auf falsche Gedanken gebracht. Hast du das nicht mitbekommen?«

»Anscheinend nicht.«

»Er denkt, das Baby, das wir heute herausholten, sei

meins. Oder vielleicht deins. Oder vielleicht von uns beiden. Ich konnte praktisch sehen, wie sich in seinem Gehirn die Rädchen drehten. Er denkt, er sei endlich dahinter gekommen, warum du nicht den Verschluß geöffnet hast.«

»Gütiger Gott.« Er setzte an, noch einmal zurückzugehen.

»Nein, nein, laß nur«, sagte Cordelia. »Du machst es nur noch schlimmer, wenn du versuchst, es abzuleugnen. Ich weiß das. Mir wurde schon vorher die Schuld für Botharis Sünden zugeschoben. Laß ihn einfach sich weiter wundern.« Sie verfiel in Schweigen. Vorkosigan betrachtete ihr Profil.

»Was denkst du jetzt? Dein Funkeln ist verschwunden.«

»Ich frage mich nur, was mit ihrer Mutter geschehen ist. Ich bin sicher, daß ich ihr begegnet bin. Langes schwarzes Haar, der Name Elena, auf den Flaggschiff – da konnte nur eine gewesen sein. Unglaublich schön. Ich kann verstehen, warum sie Vorrutyers Augen auffiel. Aber so jung schon mit dieser Art von Horror zu tun zu haben …«

»Frauen sollten nicht an Kämpfen teilnehmen«, sagte Vorkosigan, grimmig und bedrückt.

»Männer auch nicht, meiner Meinung nach. Warum haben eure Leute versucht, die Erinnerungen dieses Mädchens zu tilgen? Hast du das befohlen?«

»Nein, das war die Idee des Sanitätsarztes. Er hatte Mitleid mit ihr.« Sein Gesicht war angespannt und seine Augen blickten in die Ferne.

»Das war die allerfurchtbarste Geschichte. Damals habe ich es nicht verstanden. Jetzt verstehe ich es, glaube ich. Als Vorrutyer mit ihr fertig war – und bei ihr hatte er sich selbst übertroffen, sogar nach seinen Maßstäben –, da befand sie sich in einem katatonischen Zustand. Ich … – es war zu spät für sie, aber das war der Augenblick, wo ich beschloß, ihn umzubringen, falls so etwas noch einmal passierte, und dann, zum Teufel, mit dem Drehbuch des Kaisers. Erst Vorrutyer, dann den Prinzen, dann mich. Das hätte Vorhalas aus der Sache draußen gelassen...

Wie dem auch sei, Bothari – erbettelte sozusagen ihren Körper von Vorrutyer und brachte sie in seine eigene Kabine. Vorrutyer nahm an, Bothari wolle sie weiter foltern und mißbrauchen und dabei ihn selbst nachahmen. In seiner Eitelkeit fühlte er sich geschmeichelt und ließ die beiden allein. Bothari manipulierte irgendwie seine Monitore. Niemand hatte die geringste Vorstellung, was er da drinnen trieb, jede Minute seiner dienstfreien Zeit. Aber er kam zu mir mit einer Liste von Medikamenten, die ich ihm heimlich besorgen sollte. Schmerzlindernde Salben, verschiedene Sachen für die Behandlung von Schocks, wirklich eine gut durchdachte Liste. Aufgrund seiner Kampferfahrung war er gut in Erster Hilfe. Da ging mir auf, daß er sie nicht folterte, er wollte nur, daß Vorrutyer das dachte. Er war verrückt, nicht dumm. Er war verliebt, auf eine seltsame Weise, und er hatte den Mutterwitz, Vorrutyer das nicht erraten zu lassen.«

»Das klingt unter diesen Umständen ganz und gar nicht verrückt«, bemerkte sie und erinnerte sich an die Pläne, die Vorrutyer mit Vorkosigan gehabt hatte.

»Nein, aber die Art und Weise, wie er es machte – ich bekam ein- oder zweimal einen kurzen Einblick.« Vorkosigan atmete heftig aus. »Er kümmerte sich um sie in seiner Kabine – fütterte sie, kleidete sie an, wusch sie –, und die ganze Zeit hielt er einen geflüsterten Dialog. Er stellte beide Seiten dar. Er hatte sich anscheinend eine wohldurchdachte Phantasie ausgearbeitet, in der sie in ihn verliebt war, tatsächlich verheiratet – ein normales, gesundes, glückliches Paar. Warum sollte ein Verrückter nicht davon träumen, geistig gesund zu sein? Es muß für sie während der Zeiten, wo sie bei Bewußtsein war, ein höllischer Schrecken gewesen sein.«

»Gott! Ich habe mit ihm fast soviel Mitleid wie mit ihr.«

»Nicht ganz. Er schlief auch mit ihr, und ich habe jeden Grund zu der Annahme, daß er diese Phantasie vom Verheiratetsein nicht bloß auf Worte beschränkte. Ich glaube, ich verstehe auch, warum. Kannst du dir vorstellen, daß Bothari unter normalen Umständen näher als hundert Kilometer an ein solches Mädchen herangekommen wäre?«

»Mm, wohl kaum. Die Escobaraner haben ihre Besten gegen euch in den Kampf geschickt.«

»Aber das ist die Sache, glaube ich, die er ausgewählt hat, um sie von dem ganzen Escobar-Krieg im Gedächtnis zu behalten. Es muß unglaubliche Willensstärke erfordert haben. Er war monatelang in Therapie.«

»Puh«, hauchte Cordelia, der die Bilder nicht mehr aus dem Kopf gehen wollten, die Vorkosigan mit seinen Worten heraufbeschworen hatte. Sie war froh, daß sie jetzt ein paar Stunden Zeit haben würde, um sich zu beruhigen, bevor sie Bothari wieder sah. »Also, jetzt gehen wir etwas trinken, okay?«

KAPITEL 15

Der Sommer war am Ausklingen, als Vorkosigan einen Ausflug nach Bonsanklar vorschlug. Sie hatten an dem für den Start vorgesehenen Morgen schon halb gepackt, als Cordelia aus ihrem Schlafzimmerfenster blickte und mit etwas Beklemmung sagte: »Aral? Ein Flieger ist gerade draußen auf der Vorderseite gelandet und sechs bewaffnete Männer steigen aus. Sie verteilen sich über das ganze Anwesen.«

Vorkosigan war sofort hellwach, kam an ihre Seite, um hinauszuschauen, und entspannte sich dann. »Das ist in Ordnung. Das sind die Leute von Graf Vortala. Er kommt gewiß, um meinen Vater zu besuchen. Ich bin überrascht, daß er gerade jetzt die Zeit gefunden hat, sich aus der Hauptstadt zu entfernen. Ich habe gehört, daß der Kaiser ihn in Trab gehalten hat.«

Ein paar Minuten später landete ein zweiter Flieger neben dem ersten, und Cordelia sah zum erstenmal den neuen Premierminister von Barrayar. Prinz Sergs Beschreibung von ihm als einem verschrumpelten Clown war eine Übertreibung, allerdings eine zutreffende: er war ein hagerer Mann, vom Alter gebeugt, bewegte sich aber noch lebhaft. Er hatte einen Stock dabei, aber nach der Art, wie er ihn herumschwang, vermutete Cordelia, daß er ihn nur zur Schau trug. Kurzgeschnittenes weißes Haar umrahmte eine mit Leberflecken übersäte Glatze, die im Sonnenschein schimmerte, als er und zwei weitere Männer (entweder Berater oder Leibwächter, Cordelia war sich nicht sicher) unter ihrem Blick zur Vordertür gingen.

Die beiden Grafen standen plaudernd im vorderen Flur, als Cordelia und Vorkosigan die Treppe herabkamen, und der General sagte: »Aha, hier kommt er schon.«

Vortala schaute sie mit einem hellen, durchdringenden Augenfunkeln an. »Aral, mein Junge. Gut zu sehen, daß du so gut aussiehst. Und das ist deine betanische Penthesilea? Meine Glückwünsche zu einem bemerkenswerten Fang. Mylady.« Er beugte sich über ihre Hand und küßte sie mit einer Art manischem Savoir-faire.

Cordelia blinzelte bei dieser Beschreibung ihrer Person, aber es gelang ihr ein »Guten Tag, Sir« als Antwort. Vortala blickte ihr abwägend in die Augen.

»Es ist schön, daß Sie sich für einen Besuch freimachen konnten, Sir«, sagte Vorkosigan. »Meine Frau und ich«, er betonte diese Worte, es klang, als hätte er einen Schluck von einem Wein mit superbem Bouquet getrunken, »hätten Sie fast verpaßt. Ich hatte ihr versprochen, sie heute ans Meer mitzunehmen.«

»Ganz recht… Aber wie es nun mal so geht, ist dies kein gesellschaftlicher Besuch. Ich spiele den Botenjungen für meinen Meister. Und meine Zeit ist leider begrenzt.«

Vorkosigan nickte. »Dann werde ich die Herren allein lassen.«

»Ha. Versuch dich nicht davonzustehlen, mein Junge. Die Botschaft ist für dich.«

Vorkosigan blickte argwöhnisch drein. »Ich habe nicht gedacht, daß der Kaiser und ich einander noch irgend etwas zu sagen hätten. Ich dachte, ich hätte das klargemacht, als ich meinen Abschied einreichte.«

»Ja, nun gut, er war vollkommen zufrieden damit, dich aus der Hauptstadt zu haben, während noch diese Drecksarbeit mit dem Ministerium für Politische Erziehung zu erledigen war. Aber ich wurde beauftragt, dich zu informieren«, er verbeugte sich leicht, »daß du aufgefordert und ersucht wirst, ihn zu besuchen. Heute nachmittag. Und deine Frau auch«, fügte er hinzu.

»Weshalb?« fragte Vorkosigan grob. »Ehrlich gesagt,

Ezar Vorbarra stand nicht auf meinem Plan für heute – und auch nicht für später.«

Vortala wurde ernst. »Er hat keine Zeit mehr zu warten, bis du des Landlebens überdrüssig wirst. Er liegt im Sterben, Aral.«

Vorkosigan atmete heftig aus. »Er liegt schon seit elf Monaten im Sterben. Kann er nicht ein bißchen länger sterben?«

Vortala lachte leise. »Fünf Monate«, korrigierte er gedankenverloren, dann runzelte er nachdenklich die Stirn und blickte Vorkosigan an. »Hm. Nun ja, es kam ihm sehr gelegen. Er hat in den letzten fünf Monaten mehr Ratten aus ihren Löchern gejagt als in den letzten zwanzig Jahren. Man konnte praktisch die Fortschritte der Säuberung der Ministerien nach seinen medizinischen Bulletins abhaken. In der einen Woche: Zustand sehr ernst. In der nächsten Woche: wieder ein stellvertretender Minister der Unterschlagung überführt.« Er wurde wieder ernst. »Aber diesmal ist es echt. Du mußt ihn heute besuchen. Morgen könnte es zu spät sein. In zwei Wochen ist es bestimmt zu spät.«

Vorkosigan preßte die Lippen zusammen. »Wofür will er mich haben? Hat er das gesagt?«

»Ach ... ich glaube, er hat einen Posten für dich in petto für die bevorstehende Regentschaftsregierung. Über den du bei eurem letzten Treffen nichts hören wolltest.«

Vorkosigan schüttelte den Kopf. »Ich glaube nicht, daß es einen Posten in der Regierung gibt, der mich verlocken könnte, diese Arena noch einmal zu betreten. Nun, vielleicht ... – nein. Nicht einmal das Kriegsministerium. Das ist verdammt noch mal zu gefährlich. Hier habe ich ein schönes, ruhiges Leben.« Sein Arm umfing schützend Cordelias Taille. »Wir werden eine Familie haben. Ich möchte sie nicht den Gefahren dieser Gladiatorenpolitik aussetzen.«

»Ja, ich kann dich mir richtig vorstellen, wie du deinen Lebensabend verbringst – im Alter von vierundvierzig. Ha! Trauben pflücken, mit deinem Boot segeln – dein Vater hat mir über dein Segelboot erzählt. Ich habe übrigens gehört, man wird zu deinen Ehren das Dorf in Vorkosigan Sousleau umbenennen ...«

Vorkosigan prustete, und sie verbeugten sich ironisch voreinander.

»Wie dem auch sei, du wirst es ihm selber sagen müssen.«

»Ich bin – neugierig, den Mann kennenzulernen«, murmelte Cordelia. »Wenn es wirklich die letzte Chance ist.«

Vortala lächelte ihr zu, und Vorkosigan gab widerstrebend nach. Sie kehrten in sein Schlafzimmer zurück, um sich fertigzumachen. Cordelia zog ihr formellstes Nachmittagskleid an, Vorkosigan seine grüne Ausgehuniform, die er seit ihrer Hochzeit nicht mehr getragen hatte.

»Warum so nervös?« fragte Cordelia. »Vielleicht möchte er nur von dir Abschied nehmen oder so.«

»Denk daran, wir reden über einen Mann, der sogar seinen eigenen Tod für seine politischen Absichten einsetzen kann. Und wenn es einen Weg gibt, Barrayar von jenseits des Grabes aus zu regieren, dann kannst du darauf wetten, daß er ihn gefunden hat. Wann immer ich mit ihm zu tun hatte, nie war ich ihm überlegen.«

In dieser Ungewißheit flogen sie mit dem Premierminister zurück nach Vorbarr Sultana.

Die kaiserliche Residenz war ein altes Bauwerk. Fast ein Museumsstück, dachte Cordelia, als sie die abgetretenen Granitstufen zum östlichen Säulengang hinaufstiegen. Die lange Fassade war mit vielen Steinplastiken verziert, mit jeder Figur als einem eigenständigen Kunstwerk, das ästhetische Gegenteil der modernen, gesichtslosen Gebäude der Ministerien, die ein, zwei Kilometer weiter östlich aufragten.

Man führte sie in einen Raum, der halb wie ein Hospital, halb wie eine Antiquitätenausstellung wirkte. Hohe Fenster gewährten einen Blick auf die architektonischen Garten- und Rasenanlagen auf der Nordseite der Residenz. Der eigentliche Bewohner dieses Raums lag in einem riesigen, aus Holz geschnitzten Bett, einem Erbstück eines prunkliebenden Vorfahren; an seinen Körper waren an einem Dutzend Stellen die hilfreichen Plastikschläuche angeschlossen, die ihn am Leben hielten.

Ezar Vorbarra war der bleichste Mann, den Cordelia je gesehen hatte, so weiß wie seine Bettlaken, so weiß wie sein Haar. Seine Haut war weiß und über seinen eingefallenen Wangen gerunzelt. Seine Augenlider waren weiß, schwer und zusammengekniffen über nußbraunen Augen; dergleichen Augen hatte sie einmal zuvor schon gesehen, undeutlich in einem Spiegel. Seine Hände waren weiß, auf den Handrücken traten die blauen Adern hervor. Wenn er sprach, dann hoben sich seine Zähne elfenbeingelb von ihrem blutlosen Hintergrund ab.

Vortala, Vorkosigan und – nach einem Augenblick der Unsicherheit – Cordelia beugten neben dem Bett ihr Knie. Der Kaiser bedeutete mit einem kurzen, mühevollen Rucken eines Fingers seinem betreuenden Arzt, er solle den Raum verlassen. Der Mann verbeugte sich und ging hinaus. Sie standen auf, Vortala war dabei ziemlich ungelenkig.

»Also, Aral«, sagte der Kaiser. »Sagen Sie mir, wie ich aussehe.«

»Sehr krank, Sir.«

Vorbarra lachte leise und hustete. »Erfrischend! Zum erstenmal seit Wochen, daß ich von jemand eine ehrliche Meinung gehört habe. Selbst Vortala geht wie eine Katze um den heißen Brei herum.« Seine Stimme schnappte über, und er räusperte sich, um seine Kehle vom Schleim zu befreien. »Habe in der letzten Woche mein letztes Melanin weggepinkelt. Dieser verfluchte Doktor läßt mich nicht mehr bei Tageslicht in meinen Garten hinaus.« Er schnaubte – zeigte er damit seine Mißbilligung oder rang er nach Atem? »Also das ist Ihre Betanerin, wie? Kommen Sie hierher, junge Frau.«

Cordelia trat an das Bett heran, und der weiße alte Mann blickte ihr mit seinen aufmerksamen nußbraunen Augen ins Gesicht. »Oberstleutnant Illyan hat mir von Ihnen erzählt. Oberst Negri ebenfalls. Ich habe alle Ihre Berichte aus dem Erkundungsdienst gelesen, wissen Sie. Und auch das erstaunliche Phantasieprodukt Ihrer Psychiaterin. Negri wollte sie engagieren, einfach um neue Ideen für seine Abteilung zu finden. Vorkosigan hat mir, da er Vorkosigan ist, viel weniger erzählt.« Er machte eine Pause, als müßte er erst wieder zu Atem kommen. »Sagen Sie mir jetzt ganz offen – was sehen Sie in ihm, einen gescheiterten … – ach, wie war noch die Formulierung? – angeheuerten Killer?«

»Aral hat Ihnen etwas erzählt, scheint es«, sagte sie, überrascht, ihre eigenen Worte aus seinem Mund zu hören. Sie erwiderte seinen Blick mit gleicher Neugier. Seine Frage schien nach einer ehrlichen Antwort zu verlangen, und sie rang um die richtige Formulierung.

»Ich denke – ich sehe mich selbst. Oder jemanden wie mich selbst. Wir suchen beide dasselbe. Wir benennen es mit unterschiedlichen Namen und suchen an unterschiedlichen Orten. Ich glaube, er nennt es Ehre. Ich würde es vielleicht Gottes Gnade nennen. Wir kommen beide mit leeren Händen zurück, meistens.«

»Ach ja, ich erinnere mich aus Ihrem Dossier, daß Sie eine Art Theistin sind«, sagte der Kaiser. »Ich selbst bin Atheist. Ein einfacher Glaube, aber ein großer Trost für mich in diesen letzten Tagen.«

»Ja, ich habe seine Anziehungskraft oft selbst gespürt.«

»Hm.« Er lächelte darüber. »Eine sehr interessante

Antwort, im Lichte dessen, was Vorkosigan über Sie gesagt hat.«

»Was war das, Sir?« fragte Cordelia; ihre Neugier war geweckt.

»Sie müssen ihn dazu bewegen, daß er es Ihnen sagt. Er hat es mir im Vertrauen mitgeteilt. Auch sehr poetisch. Ich war überrascht.« Er winkte sie weg, als sei er befriedigt, und bedeutete Vorkosigan, näher heranzutreten. Vorkosigan stand in einer Art aggressiver Rührteuch-Haltung. Sein Mund war spöttisch verzogen, aber seine Augen, sah Cordelia, waren gerührt.

»Wie lange haben Sie mir gedient, Aral?« fragte der Kaiser.

»Seit ich Offizier wurde, sechsundzwanzig Jahre. Oder meinen Sie mit Leib und Blut?«

»Mit Leib und Blut. Ich habe es immer von dem Tag an gezählt, als das Todeskommando des alten Yuri Ihre Mutter und Ihren Onkel umgebracht hat. Von jener Nacht an, als Ihr Vater und Prinz Xav zu mir ins Hauptquartier der Grünen Armee kamen, mit ihrem sonderbaren Vorschlag. Tag Eins von Yuri Vorbarras Bürgerkrieg. Warum wurde er nie Piotr Vorkosigans Bürgerkrieg genannt, frage ich mich. Ah, nun gut. Wie alt waren Sie damals?«

»Elf, Sir.«

»Elf. Ich war gerade so alt, wie Sie jetzt sind. Seltsam. Also haben Sie mir mit Leib und Blut gedient seit – verdammt, wissen Sie, dieses Ding fängt jetzt an, mein Gehirn zu beeinträchtigen …«

»Dreiunddreißig Jahre, Sir.«

»Gott! Danke. Nicht mehr viel Zeit übrig.«

Dem zynischen Ausdruck auf Vorkosigans Gesicht konnte Cordelia entnehmen, daß er nicht im geringsten von der zur Schau gestellten Senilität des Kaisers überzeugt war.

Der alte Mann räusperte sich wieder. »Ich hatte Sie immer fragen wollen, was Sie und der alte Yuri zueinander sagten, an jenem Tag zwei Jahre später, als wir ihn in dem alten Schloß niedermetzelten. In letzter Zeit habe ich ein besonderes Interesse für die letzten Worte von Kaisern entwickelt. Graf Vorhalas dachte, Sie hätten mit ihm gespielt.«

Vorkosigan schloß kurz die Augen, in schmerzlicher Erinnerung. »Kaum. Oh, ich dachte, ich wäre begierig auf den ersten Streich, bis er entblößt und gebunden vor mir stand. Dann – hatte ich diesen Impuls, plötzlich den Säbelhieb gegen seine Kehle zu führen und es sauber zu Ende zu bringen, einfach, damit ich mit allem fertig wäre.«

Der Kaiser lächelte säuerlich, mit geschlossenen Augen. »Was für einen Tumult hätte das ausgelöst.«

»Mm. Ich glaube, er erkannte an meinem Gesicht, daß ich Bammel hatte. Er grinste mich höhnisch an. ›Schlag zu, Kleiner. Wenn du es wagst, solange du *meine* Uniform trägst. Meine Uniform an einem Kind.‹ Das war alles, was er sagte. Ich sagte: ›Sie haben all die Kinder in dem Saal umgebracht‹, was töricht war, aber es war das beste, worauf ich damals kommen konnte, dann führte ich meinen Hieb gegen seinen Bauch. Später habe ich mir oft gewünscht, ich hätte gesagt ... – hätte etwas anderes gesagt. Aber am meisten habe ich mir gewünscht, ich hätte den Mumm gehabt, meinem ersten Impuls zu folgen.«

»Sie sahen ziemlich grün aus, draußen auf dem Wall im Regen.«

»Er hatte da schon zu schreien begonnen. Ich bedauerte es, daß mein Gehör wieder da war.«

Der Kaiser seufzte. »Ja, ich erinnere mich.«

»Sie haben es inszeniert.«

»Jemand mußte es tun.« Er machte eine Pause, ruhte sich aus, dann fügte er hinzu: »Nun, ich habe Sie nicht hierhergerufen, um über alte Zeiten zu plaudern. Hat mein Premierminister Ihnen meine Absicht gesagt?«

»Etwas über einen Posten. Ich habe ihm gesagt, ich

sei nicht interessiert, aber er hat es abgelehnt, mit dieser Botschaft zurückzukehren.«

Vorbarra schloß müde seine Augen und sprach anscheinend zur Decke. »Sagen Sie mir – Lord Vorkosigan –, wer sollte Regent von Barrayar werden?«

Vorkosigan sah aus, als hätte er gerade in etwas Scheußliches gebissen, wäre aber zu höflich, um es auszuspucken. »Vortala.«

»Zu alt. Er würde keine sechzehn Jahre mehr machen.«

»Dann die Prinzessin.«

»Der Generalstab würde sie bei lebendigem Leib verspeisen.«

»Vordarian?«

Der Kaiser riß die Augen auf. »Oh, um Gottes willen! Strengen Sie Ihren Verstand an, junger Mann.«

»Er hat militärische Erfahrung.«

»Wir werden seine Schattenseiten ausführlich besprechen – wenn mir der Doktor noch eine Woche zu leben gibt. Haben Sie noch andere Scherze, bevor wir zur Sache kommen?«

»Quintillian vom Innenministerium. Und das ist kein Scherz.«

Der Kaiser grinste mit seinen gelben Zähnen. »Also haben Sie schließlich doch etwas Gutes über meine Minister zu sagen. Jetzt kann ich sterben; ich habe alles gehört.«

»Sie würden nie ein zustimmendes Votum von den Grafen bekommen für jemanden ohne ein ›Vor‹ vor seinem Namen«, sagte Vortala. »Nicht einmal, wenn er auf dem Wasser wandeln könnte.«

»So machen Sie ihn doch zu einem Vor. Geben Sie ihm einen Rang, der zu dem Amt paßt.«

»Vorkosigan«, sagte Vortala entgeistert, »er gehört nicht zur Kriegerkaste!«

»Und auch viele unserer besten Soldaten gehören nicht dazu. Wir sind nur Vor, weil irgendein toter Kaiser einen unserer toten Vorfahren dazu erklärt hat. Warum soll man diese Sitte nicht wieder einführen, als eine Belohnung für Verdienste? Besser noch, erklärt alle zu Vor und dann habt ihr damit den ganzen verdammten Unsinn ein für allemal beendet.«

Der Kaiser lachte, dann würgte er und mußte husten und spucken. »Würde das nicht der Volksverteidigungsliga den Teppich unter den Füßen wegziehen? Was für ein attraktiver Gegenvorschlag gegenüber der Idee von der Ermordung der Aristokratie! Ich glaube, selbst diejenigen von ihnen, die am wildesten dreinschauen, könnten nicht mit einem radikaleren Vorschlag kommen. Sie sind ein gefährlicher Mann, Lord Vorkosigan.«

»Sie hatten mich nach meiner Meinung gefragt.«

»Ja, in der Tat. Und Sie sagen sie mir immer. Seltsam.« Der Kaiser seufzte. »Sie können aufhören, sich zu winden, Aral. Sie werden sich nicht aus dieser Sache herauswinden.

Erlauben Sie mir, es kurz zu umreißen. Was die Regentschaft erfordert, ist ein Mann von untadeligem Rang, von nicht mehr als mittlerem Alter, mit einem starken militärischen Hintergrund. Er sollte bei seinen Offizieren und Männern populär sein, der Öffentlichkeit wohlbekannt, und vor allem vom Generalstab respektiert. Hart genug, um sechzehn Jahre lang eine nahezu absolute Macht in diesem Irrenhaus zu behalten, und ehrlich genug, um diese Macht am Ende dieser sechzehn Jahre einem Jungen zu übergeben, der ohne Zweifel ein Idiot sein wird – ich war es auch, in diesem Alter, und wie ich mich erinnere, waren Sie es ebenfalls – und, oh ja, glücklich verheiratet sollte er sein. Das verringert die Versuchung, über die Prinzessin zu einem Schlafzimmerkaiser zu werden. Kurz gesagt, der Mann sind Sie selbst.«

Vortala grinste. Vorkosigan runzelte die Stirn. Cordelia wurde es flau im Magen.

»O nein«, sagte Vorkosigan, ganz bleich im Gesicht. »Sie werden mir das nicht aufbürden. Es wäre grotesk. Wenn von allen Männern ich in die Fußstapfen seines Vaters träte, zu ihm mit der Stimme seines Vaters spräche, der Berater seiner Mutter würde – das wäre noch schlimmer als grotesk. Das wäre obszön. Nein.«

Vortala reagierte verdutzt auf diesen heftigen Ausbruch. »Ein bißchen schickliche Zurückhaltung ist eine Sache, Aral, aber wir wollen doch nicht zu weit gehen. Wenn du beunruhigt bist wegen der Abstimmung, die haben wir schon im Sack. Jedermann kann sehen, daß du der Mann der Stunde bist.«

»Jedermann wird das ganz sicher nicht sehen. Vordarian wird auf der Stelle mein Feind werden, und ebenso der Minister des Westens. Und was die absolute Macht angeht, so wissen Sie, Sir, was für eine falsche Schimäre dieser Begriff ist. Eine zweifelhafte Illusion, beruhend auf ... – Gott weiß was. Magie. Taschenspielerei. Glauben an die eigene Propaganda.«

Der Kaiser zuckte vorsichtig die Achseln, wobei er acht gab, daß seine Schläuche nicht verschoben wurden. »Nun, das wird nicht mein Problem sein, sondern das von Prinz Gregor und seiner Mutter. Und das von – jeder Person, die davon überzeugt werden kann, in ihrer Stunde der Not ihnen beizustehen. Wie lange, meinen Sie, könnten sie aushalten, ohne Hilfe? Ein Jahr? Zwei?«

»Sechs Monate«, murmelte Vortala.

Vorkosigan schüttelte den Kopf. »Sie haben mich mit diesem Argument des ›was wäre, wenn‹ schon vor Escobar festgenagelt. Es war damals falsch – wenn ich auch einige Zeit brauchte, um das einzusehen –, und es ist jetzt auch falsch.«

»Nicht falsch«, widersprach der Kaiser. »Weder damals noch jetzt. Daran muß ich glauben.«

Vorkosigan gab ein wenig nach. »Ja. Ich kann verstehen, daß Sie das müssen.« Sein Gesicht verkrampfte sich frustriert, als er den Mann in dem Bett betrachtete. »Warum muß ich es sein? Vortala hat mehr politischen Scharfsinn. Die Prinzessin hat ein besseres Recht. Quintillian hat die Innenpolitik besser im Griff. Sie haben sogar bessere Militärstrategen. Vorlakial. Oder Kanzian.«

»Sie können jedoch keinen dritten nennen«, murmelte der Kaiser.

»Nun ja – vielleicht nicht. Aber Sie müssen mich verstehen. Ich bin nicht der unersetzbare Mann, den Sie aus irgendeinem Grund in mir sehen wollen.«

»Im Gegenteil. Sie haben zwei einzigartige Vorteile, von meinem Standpunkt aus gesehen. Ich habe sie seit dem Tag nicht vergessen, als wir den alten Yuri töteten. Ich wußte immer, daß ich nicht ewig leben würde – zu viele latente Gifte in meinen Chromosomen, die ich mir einverleibte, während ich als militärischer Lehrling Ihres Vaters gegen die Cetagandaner kämpfte und sorglos in meinen Reinigungstechniken war, da ich nicht erwartete, zu überleben und alt zu werden.« Der Kaiser lächelte wieder und fixierte Cordelias aufmerksames, unsicheres Gesicht. »Von den fünf Männern, die nach Blut und Gesetz ein besseres Anrecht auf das Kaisertum von Barrayar haben als ich, stehen Sie an der Spitze der Liste. Ha ...«, fügte er hinzu, »ich hatte recht. Ich dachte mir, daß Sie ihr das nicht gesagt hatten. Raffiniert, Aral.«

Cordelia blickte zaghaft mit weit aufgerissenen grauen Augen auf Vorkosigan. Er schüttelte gereizt den Kopf. »Das ist nicht wahr. Es gilt die Salische Erbfolge.«

»Eine Debatte, die wir hier nicht fortsetzen werden. Sei es, wie es mag, jeder, der Prinz Gregor mit dem Argument von Blut und Gesetz vom Thron entfernen möchte, muß zuerst entweder Sie beseitigen oder Ihnen das Kaisertum anbieten. Wir alle wissen, wie schwer Sie umzubringen sind. Und Sie sind der einzige Mann – der einzige Mann auf dieser Liste, dessen ich mir bei den zerstreuten Überresten von Yuri Vorbarra absolut sicher bin, daß er *wirklich* nicht Kaiser werden will. Andere mögen glauben, daß Sie bescheiden sind. Ich weiß es besser.«

»Dafür danke ich, Sir.« Vorkosigan blickte außerordentlich finster drein.

»Ich möchte auf einen Punkt hinweisen, der Sie bewegen sollte anzunehmen: Auf keinem Posten können Sie diese Eventualität besser verhindern als auf dem des Regenten. Gregor ist Ihre Rettungsleine, mein Junge. Gregor ist Ihre einzige Deckung. Ihre Hoffnung auf den Himmel.«

Graf Vortala wandte sich an Cordelia. »Lady Vorkosigan. Wollen Sie uns nicht Ihr Votum geben? Sie scheinen ihn sehr gut kennengelernt zu haben. Sagen Sie ihm, daß er der Mann für diese Aufgabe ist.«

»Als wir hierher fuhren«, sagte Cordelia langsam, »mit diesem vagen Gerede von einem Posten, da dachte ich, ich würde ihn dazu drängen, den Posten anzunehmen. Er braucht Arbeit. Er ist dafür geschaffen. Ich gestehe jedoch, dieses Angebot hatte ich nicht erwartet.« Sie starrte auf die gestickte Überdecke auf dem Bett des Kaisers, angezogen von den verschlungenen Mustern und Farben. »Aber ich habe immer gedacht – Prüfungen sind Geschenke. Und eine große Prüfung ist ein großes Geschenk. Die Prüfung nicht zu bestehen ist ein Mißgeschick. Aber die Prüfung abzulehnen bedeutet, das Geschenk abzulehnen, und somit etwas Schlimmeres, Unwiderruflicheres als ein Mißgeschick. Verstehen Sie, was ich sagen will?«

»Nein«, sagte Vortala.

»Ja«, sagte Vorkosigan.

»Ich habe immer den Eindruck gehabt, daß Theisten rücksichtsloser sind als Atheisten«, sagte Ezar Vorbarra.

»Wenn du meinst, daß es wirklich falsch ist«, sagte

Cordelia zu Vorkosigan. »dann ist das eine Sache. Vielleicht ist das die Prüfung. Aber wenn es nur die Furcht vor dem Versagen ist – dann hast du nicht das Recht, deshalb das Geschenk abzulehnen.«

»Es ist eine unmögliche Aufgabe.«

»Solche kommen manchmal vor.«

Er nahm sie ruhig beiseite, zu den hohen Fenstern. »Cordelia – du hast keine blasse Vorstellung davon, was für eine Art von Leben das wäre. Hast du gedacht, unsere Persönlichkeiten des öffentlichen Lebens umgäben sich mit livrierten Gefolgsleuten nur zur Dekoration? Wenn sie mal einen Augenblick Ruhe haben, dann um den Preis der Wachsamkeit von zwanzig Männern. Da wird kein Separatfrieden geduldet. Drei Generationen von Kaisern haben sich bei dem Versuch verausgabt, die Gewalttätigkeit in unserer Gesellschaft auszulöschen, und wir sind damit immer noch nicht zu einem Ende gekommen. Ich habe nicht die Hybris zu glauben, ich könnte Erfolg haben, wo *er* gescheitert ist.« Sein Blick streifte das große Bett.

Cordelia schüttelte den Kopf. »Mißerfolg macht mir jetzt nicht mehr soviel Angst wie früher. Aber wenn du willst, darf ich etwas zitieren: ›Ein Exil mit keinem anderen Motiv als einem angenehmen Leben wäre die letzte Niederlage ohne einen darin enthaltenen Samen für einen zukünftigen Sieg.‹ Ich dachte, der Mann, der das gesagt hatte, hätte die Bedeutung einer gewissen Sache erkannt.«

Vorkosigan wandte den Kopf ab und blickte in unbestimmte Fernen. »Es ist nicht das Verlangen nach einem angenehmen Leben, worüber ich jetzt spreche. Es ist Angst. Einfache, erbärmliche, schreckliche Angst.« Er lächelte sie wehmütig an. »Weißt du, ich hielt mich mal für einen ziemlichen Draufgänger, bis ich dich traf und wieder entdeckte, was Bammel haben heißt. Ich hatte vergessen, was es heißt, sein Herz in der Zukunft zu haben.«

»Ja, ich auch.«

»Ich muß das Angebot nicht annehmen. Ich kann es abweisen.«

»Kannst du?« Ihre Blicke begegneten sich.

»Das ist nicht das Leben, das du erwartet hast, als du von Kolonie Beta weggegangen bist.«

»Ich bin nicht wegen irgendeiner bestimmten Art Leben gekommen. Ich bin wegen dir gekommen. Willst du diese Aufgabe?«

Er lachte unsicher. »Gott, was für eine Frage. Es ist die Chance eines Lebens. Ja. Ich will sie. Aber sie ist Gift, Cordelia. Macht ist eine schlimme Droge. Schau, was sie mit *ihm* angerichtet hat. Er war einmal auch normal und glücklich. Ich glaube, ich könnte fast jedes andere Angebot ablehnen, ohne mit der Wimper zu zucken.«

Vortala stützte sich demonstrativ auf seinen Stock und rief durch den Raum: »Entscheide dich, Aral. Meine Beine fangen an, mir weh zu tun. Wenn nur dein wählerisches Wesen nicht wäre – das ist eine Aufgabe, um derentwillen eine Menge Männer, die ich kenne, einen Mord begehen würden. Und dir wird sie offen und ohne Gegenleistung angeboten.«

Nur Cordelia und der Kaiser wußten, warum Vorkosigan auf diese Worte hin ein kurzes Lachen ausstieß. Er seufzte, blickte seinen Herrn an und nickte.

»Also gut, Gebieter. Ich habe mir gedacht, daß Sie einen Weg finden würden, auch noch aus dem Grab zu regieren.«

»Ja. Ich habe vor, Sie immer wieder heimzusuchen.« Es herrschte eine Weile Schweigen, während der Kaiser seinen Sieg verdaute. »Sie werden sofort beginnen müssen, Ihren persönlichen Stab zusammenzustellen. Ich vermache Oberst Negri an meinen Enkel und die Prinzessin, zu deren Sicherheit. Aber ich dachte, vielleicht würden Sie Oberstleutnant Illyan für sich selbst haben wollen.«

»Ja. Ich denke, er und ich könnten sehr gut miteinander auskommen.« Ein angenehmer Gedanke schien ein Licht in Vorkosigans düsterem Gesicht zu entzünden. »Und ich kenne den Mann, der genau für den Posten des persönlichen Sekretärs geeignet ist. Er wird dafür eine Beförderung brauchen – einen Leutnantsrang.«

»Vortala wird sich für Sie darum kümmern.« Der Kaiser legte sich erschöpft zurück und räusperte sich erneut, mit bleigrauen Lippen, um seine Kehle vom Schleim zu befreien. »Kümmern Sie sich um alles. Ich glaube, Sie sollten besser den Doktor wieder herholen.« Mit einem müden Zucken seiner Hand scheuchte er sie hinaus.

Vorkosigan und Cordelia traten aus der Kaiserlichen Residenz hinaus in die warme Luft des späten Sommerabends, die mild und vom nahen Fluß feucht war. Ihnen folgten ihre neuen Leibwachen, tipptopp in den vertrauten schwarzen Uniformen. Es hatte eine längere Konferenz mit Vortala, Negri und Illyan gegeben. Cordelia brummte der Kopf von der Anzahl und den Details der besprochenen Themen. Vorkosigan schien ohne Schwierigkeiten mithalten zu können, wie sie neidvoll festgestellt hatte; tatsächlich war er es gewesen, der das Tempo bestimmte.

Sein Gesicht erschien konzentriert und energischer als je zuvor, seit sie nach Barrayar gekommen war, erfüllt mit einer ungeduldigen Spannung. Er ist wieder lebendig, dachte sie. Blickt hinaus, nicht nach innen; nach vorn, nicht zurück. Wie damals, als ich ihm zum erstenmal begegnete. Ich bin froh. Was immer auch das Risiko sein mag.

Vorkosigan schnalzte mit den Fingern und sagte laut: »Die Abzeichen!« Und nach diesen rätselhaften Worten: »Erster Halt Palais Vorkosigan.«

Sie waren bei ihrer letzten Reise nach Vorbarr Sultana an der offiziellen Residenz des Grafen vorbeigefahren, aber jetzt war Cordelia zum erstenmal in diesem Gebäude. Vorkosigan nahm auf der breiten, geschwungenen Treppe zwei Stufen auf einmal und strebte seinem eigenen Zimmer zu. Es war ein großer Raum, einfach möbliert, mit einem Blick auf den Garten. Wie in Cordelias eigenem Zimmer im Appartement ihrer Mutter herrschte hier eine Atmosphäre, die von häufiger und ausgedehnter Abwesenheit des Bewohners kündete, mit archäologischen Schichten vergangener Passionen, die in Schubladen und Wandschränke gestopft waren.

Es war keine Überraschung, daß es Beweise für ein Interesse an allen Arten von Strategiespielen und Staats- und Militärgeschichte gab. Überraschender war eine Mappe von vergilbenden Feder- und Tuschzeichnungen, auf die Vorkosigan stieß, als er eine Schublade voller Medaillen, Andenken und Plunder durchsuchte.

»Hast du das gezeichnet?« fragte Cordelia neugierig. »Das ist ziemlich gut.«

»Als ich ein Teenager war«, erklärte er, während er weitersuchte. »Einige später. In den Zwanzigerjahren gab ich es auf. War zu beschäftigt.«

Seine Sammlung an Medaillen und Kampagnenbändern wies eine eigenartige Geschichte auf. Die frühen, niedrigeren waren mit hinzugefügten Erläuterungen sorgfältig auf mit Samt verkleideten Karten arrangiert. Die späteren, höheren waren wahllos in ein Glas gestopft. Eine, die Cordelia als eine hohe barrayaranische Tapferkeitsauszeichnung erkannte, lag lose im hinteren Teil der Schublade, ihr Band war zerknittert und verwickelt.

Sie setzte sich auf sein Bett und schaute die Mappe durch. Es handelte sich meist um akribisch ausgeführte Architekturstudien, aber auch um einige Figurenstudien und Porträts, die in einem weniger sicheren Stil gezeichnet waren. Es gab einige von einer eindrucksvollen jungen Frau mit kurzen dunklen Locken, sowohl bekleidet wie auch nackt, und Cordelia erkannte mit einem Schock anhand der Anmerkungen auf den Blättern, daß sie auf Vorkosigans erste Frau schaute. Sie hatte nirgendwo andere Bilder von ihr unter seinen Sachen gesehen. Es gab auch drei Studien eines lachenden jungen Mannes, die mit ›Ges‹ gekennzeichnet waren und quälend vertraut wirkten. In Gedanken addierte sie vierzig Pfund und zwanzig Jahre zu der Gestalt, und das Zimmer schien zu schwanken, als sie Admiral Vorrutyer erkannte. Sie packte die Mappe still wieder zusammen.

Vorkosigan fand schließlich, was er gesucht hatte: ein Paar Sätze alter roter Leutnantsabzeichen. »Gut. Das ging schneller, als wenn wir ins Hauptquartier gefahren wären.«

Im Kaiserlichen Militärkrankenhaus wurden sie von einem Krankenpfleger angehalten. »Sir? Die Besuchszeiten sind schon vorbei, Sir.«

»Hat niemand vom Hauptquartier angerufen? Wo ist der Sanitätsoffizier?«

Koudelkas Arzt, der ihn bei Cordelias erstem Besuch mit dem Handtraktor bearbeitet hatte, wurde schließlich aufgestöbert.

»Admiral Vorkosigan, Sir. Nein, für ihn gelten natürlich die Besuchszeiten nicht. Danke, Sanitäter. Sie können gehen.«

»Ich komme diesmal nicht zu Besuch, Doktor. Offizielle Geschäfte. Ich möchte Sie heute abend von Ihrem Patienten befreien, falls das physisch möglich ist. Koudelka ist versetzt worden.«

»Versetzt? Er sollte in einer Woche aus den Streitkräften entlassen werden! Versetzt wohin? Hat niemand meine Berichte gelesen? Er kann kaum laufen.«

»Das wird er nicht müssen. Seine neue Aufgabe besteht ganz aus Schreibtischarbeit. Ich hoffe, Sie haben seine Handfunktionen wiederhergestellt?«

»Ziemlich gut.«

»Gibt es noch medizinische Arbeit, die getan werden muß?«

»Nichts Wichtiges. Ein paar letzte Tests. Ich wollte ihn einfach bis zum Ende des Monats hierbehalten, dann hätte er sein viertes Jahr vollendet. Dachte, das würde ihm ein bißchen bei seiner Pension helfen, so wie die Dinge liegen.«

Vorkosigan schaute die Papiere und Disketten durch und gab die relevanten an den Arzt weiter. »Hier. Füttern Sie das in Ihren Computer und sorgen Sie dafür, daß seine Entlassung aus dem Krankenhaus unterschrieben wird. Komm, Cordelia, überraschen wir ihn.« Er sah glücklicher aus als je zuvor an diesem Tag.

Sie betraten Koudelkas Zimmer und fanden ihn noch für den Tag gekleidet, in der schwarzen Arbeitsuniform; er kämpfte mit einer therapeutischen Übung zur Handkoordination und fluchte leise.

»Hallo, Sir«, begrüßte er Vorkosigan geistesabwesend. »Das Dumme an diesem verdammten Nervensystem aus Silberpapier ist, daß man ihm nichts *beibringen* kann. Übung hilft nur für die organischen Teile. Ich schwöre, eines Tages werde ich meinen Kopf gegen die Wand hauen.« Er gab die Übung mit einem Seufzer auf.

»Tun Sie das nicht! Sie werden ihn in den Tagen, die vor Ihnen liegen, noch brauchen.«

»Ich vermute es. Er war allerdings nie mein bester Körperteil.« Er starrte zerstreut und niedergeschlagen auf die Patiententafel, dann erinnert er sich, daß er sich seinem Kommandeur gegenüber fröhlich geben müßte. Er blickte auf und stellte fest, wie spät es schon war. »Was führt Sie zu dieser Stunde hierher, Sir?«

»Der Dienst. Was sind eigentlich Ihre Pläne für die nächsten paar Wochen, Fähnrich?«

»Nun ja, man wird mich nächste Woche aus den Streitkräften entlassen. Ich werde eine Weile nach

Hause gehen. Dann werde ich anfangen, mir Arbeit zu suchen, nehme ich an. Ich weiß allerdings noch nicht, was für eine.«

»Zu schade«, sagte Vorkosigan und behielt ein ernstes Gesicht bei. »Ich stifte Sie nur sehr ungern dazu an, Ihre Pläne zu ändern, Leutnant Koudelka, aber Sie sind versetzt worden.« Und er legte auf das Nachttischtablett der Reihe nach, wie ein prächtiges Spielkartenblatt, Koudelkas neu erstellten Marschbefehl, seine Beförderung und ein Paar roter Kragenabzeichen.

Cordelia hatte nie zuvor soviel Freude an Koudelkas ausdrucksvollem Gesicht gehabt. Es war eine Studie an Verblüffung und aufsteigender Hoffnung. Er nahm den Marschbefehl vorsichtig auf und las ihn durch.

»O Sir! Ich weiß, das ist kein Scherz, aber es muß ein Irrtum sein! Persönlicher Sekretär des designierten Regenten – ich weiß überhaupt nichts über diese Arbeit. Es ist eine unmögliche Aufgabe.«

»Wissen Sie, das ist fast genau das gleiche, was der designierte Regent zuerst über seine Aufgabe sagte, als man sie ihm anbot«, sagte Cordelia. »Ich nehme an, ihr beide müßt sie zusammen lernen.«

»Wie kam er darauf, mich auszuwählen? Haben Sie mich empfohlen, Sir? Da fällt mir ein …«, er drehte den Marschbefehl um und las ihn nochmals durch, »wer wird überhaupt Regent?« Er hob seinen Blick zu Vorkosigan und begriff endlich. »Mein Gott«, flüsterte er. Er lächelte und gratulierte nicht, wie Cordelia erwartet hatte, sondern schaute ganz ernst drein. »Es ist – ein höllischer Job, Sir. Aber ich glaube, die Regierung hat endlich etwas Richtiges getan. Ich bin stolz, wieder unter Ihnen dienen zu dürfen. Danke!«

Vorkosigan nickte zustimmend.

Koudelka lächelte endlich, als er den Beförderungsbescheid in die Hand nahm. »Danke auch hierfür, Sir.«

»Danken Sie mir nicht zu früh. Als Gegenleistung werde ich Sie Blut schwitzen lassen.«

Koudelka grinste breit. »Das ist nichts Neues.« Er fummelte unbeholfen mit den Kragenabzeichen herum.

»Darf ich das machen, Leutnant?« fragte Cordelia. Er schaute abwehrend auf. »Zu meinem Vergnügen«, fügte sie hinzu.

»Es wäre mir eine Ehre, Mylady.«

Cordelia befestigte sie mit der größten Sorgfalt ordentlich an seinem Kragen und trat zurück, um ihr Werk zu bewundern. »Meine Glückwünsche, Leutnant.«

»Sie können morgen neue, glänzende bekommen«, sagte Vorkosigan. »Aber ich dachte, diese würden für heute abend ausreichen. Ich werde Sie jetzt hier rausholen. Wir bringen Sie heute nacht in der Residenz meines Vaters, des Grafen, unter, weil die Arbeit morgen bei Tagesanbruch beginnt.«

Koudelka fingerte an den roten Rechtecken herum. »Waren das Ihre, Sir?«

»Ja, vor langer Zeit. Ich hoffe, Sie bringen Ihnen nicht mein Schicksal, das immer übel war, aber – tragen Sie sie immer bei guter Gesundheit.«

Koudelka nickte ihm zu und lächelte. Er empfand Vorkosigans Geste offensichtlich als tief bedeutsam, mehr, als er in Worten ausdrücken konnte. Aber die beiden Männer verstanden einander auch ohne Worte vollkommen. »Kommen Sie nicht auf den Gedanken, daß ich neue Abzeichen möchte, Sir. Die Leute würden ja geradezu denken, ich sei gestern noch ein Fähnrich gewesen.«

Später, als sie in der Dunkelheit in Vorkosigans Zimmer im Stadtpalais des Grafen lagen, erinnerte sich Cordelia an etwas, das sie hatte wissen wollen. »Was hast du dem Kaiser über mich gesagt?«

Er bewegte sich neben ihr und zog die Bettdecke zärtlich über ihre nackte Schulter hoch, so daß sie beide wie unter einem Zelt geborgen waren. »Hm? Ach, das.« Er zögerte. »Ezar hatte mich über dich ausgefragt, bei unserem Streit über Escobar. Hatte angedeutet, daß du dich negativ auf meine Nerven ausgewirkt hättest. Ich wußte damals nicht, ob ich dich jemals wiedersehen würde. Er wollte wissen, was ich in dir sah. Ich habe ihm gesagt ...«, er machte wieder ein Pause und fuhr dann fast schüchtern fort: »daß du Ehre ausströmst wie ein Brunnen, überall um dich herum.«

»Das ist sonderbar. Ich fühle mich nicht voll von Ehre oder von irgend etwas anderem, ausgenommen vielleicht Verwirrung.«

»Natürlich nicht. Brunnen behalten nichts für sich selbst zurück.«

EPILOG
SCHAURIGE ERNTE

Das zerstörte Schiff hing im All, ein schwarzer Koloß in der Finsternis. Es drehte sich noch, langsam, kaum wahrnehmbar; eine Kante verfinsterte, verschluckte den leuchtenden Punkt eines Sterns. Die Lichter der Bergungsmannschaft blinkten über dem Skelett. *Ameisen, die eine tote Motte zerlegen,* dachte Ferrell. *Aasfresser ...*

Er seufzte bedrückt vor seinem vorderen Beobachtungsschirm und stellte sich das Schiff vor, wie es noch vor wenigen Wochen ausgesehen hatte. Vor seinem geistigen Auge verschwand die Zerstörung – da war ein Kreuzer, belebt mit Mustern aus grell bunten Lichtern, die ihn immer an eine Party denken ließen, die man über nächtliche Gewässer hin erblickt. Wie ein Spiegel reagierte ein solches Schiff auf den Geist unter dem Steuerhelm seines Piloten, wo Mensch und Maschine die Schnittstelle überschritten und eins wurden. Schnell, glänzend, funktional ... Niemals mehr. Er warf einen Blick zu seiner Rechten und räusperte sich befangen.

»Nun, Medtech«, sagte er zu der Frau, die neben seinem Platz stand und auf den Schirm so lang und so schweigsam gestarrt hatte wie er. »Hier ist unser Ausgangspunkt. Da könnte ich gleich weitermachen und die Musterabtastung beginnen, nehme ich an.«

»Ja, bitte tun Sie das, Pilot.« Sie hatte eine rauhe Altstimme, die zu ihrem Alter paßte, das Ferrell auf etwa fünfundvierzig schätzte. Die Ansammlung von dünnen silbernen Winkeln für fünfjährigen Dienst an ihrem linken Ärmel glitzerte eindrucksvoll auf der dunkelroten Uniform des escobaranischen Militärsanitätsdienstes. Dunkles Haar mit grauen Fäden, kurz geschoren um der leichteren Pflege, nicht des Stiles willen; eine matronenhafte Schwere um die Hüften. Eine Veteranin, schien es. Auf Ferrells Ärmel war noch nicht einmal der Streifen für das vollendete erste Dienstjahr zu sehen, seine Hüften und sein übriger Körper bewahrten noch eine unausgefüllte jugendliche Zähigkeit.

Aber sie war nur eine Technikerin, erinnerte er sich, nicht einmal eine Ärztin. Er war ein richtiger Fliegerleutnant. Seine neurologischen Implantate und sein Biofeedback-Training waren ganz komplett. Er war geprüft, lizensiert und graduiert – genau drei frustrierende Tage zu spät, um noch an dem teilnehmen zu können, was jetzt der 120-Tage-Krieg genannt wurde, obwohl es tatsächlich nur 118 Tage und der Bruchteil einer Stunde gewesen waren zwischen dem Augenblick, als die Angriffsspitze der barrayaranischen Invasionsflotte in den escobaranischen Lokalraum eindrang, und jenem Zeitpunkt, als die letzten Überlebenden vor dem Gegenangriff flohen und sich durch den heimwärts führenden Wurmlochausgang drängten wie Kaninchen, die in ihren Bau flüchteten.

»Wollen Sie zusehen?« fragte er sie.

Sie schüttelte den Kopf. »Noch nicht. Dieses innere Gebiet wurde in den letzten drei Wochen ziemlich gut durchgearbeitet. Ich erwarte nicht, bei den ersten vier Runden irgend etwas zu finden, obwohl es natürlich gut ist, wenn wir gründlich sind. Ich muß noch ein paar Dinge in meinem Arbeitsbereich erledigen und werde mir dann wohl ein Nickerchen genehmigen. Meine Abteilung war in den letzten paar Monaten schrecklich beschäftigt«, fügte sie entschuldigend hinzu. »Zu wenig Personal, wissen Sie. Bitte rufen Sie mich aber, wenn Sie irgend etwas entdecken – ich ziehe es vor, den Traktor selbst zu bedienen, wann immer das möglich ist.«

»Ich habe nichts dagegen.« Er schwang sich in seinem Stuhl herum zu seiner Komkonsole. »Bei welcher

Mindestmasse wollen Sie angepiepst werde? Sagen wir mal etwa vierzig Kilo?«

»Ein Kilo ist mein bevorzugter Standard.«

»Ein Kilo!« Er starrte sie an. »Soll das ein Scherz sein?«

»Ein Scherz?« Sie erwiderte seinen Blick, dann schien ihr eine Erleuchtung zu kommen. »Ach, ich verstehe. Sie dachten im Sinn von ganzen ... – ich kann positive Identifikationen auch mit kleinen Stücken durchführen, wissen Sie. Es würde mir sogar nichts ausmachen, noch kleinere Stückchen aufzusammeln, aber wenn man weit unter ein Kilo geht, dann verwendet man zuviel Zeit auf falschen Alarm aufgrund von Mikrometeoren und anderem Müll. Ein Kilo scheint mir der beste praktische Kompromiß zu sein.«

»Pfff.« Aber er stellte seine Sonden auf die Mindestmasse ein Kilo ein und führte die Programmierung der Suchabtastung zu Ende.

Sie nickte ihm kurz zu und zog sich aus dem engen Navigations- und Steuerraum zurück. Das veraltete Kurierschiff war aus dem Schrottorbit geholt und hastig überholt worden, wobei man zuerst beabsichtigt hatte, es in einen Mannschaftstransporter für mittlere Ränge umzuwandeln – die neuen Schiffe waren ein Privileg höchster Offiziere, die es eilig hatten –, aber wie Ferrell selbst war das Schiff für eine Teilnahme am Krieg zu spät fertig geworden. So waren sie beide, er und sein erstes Kommando, zu dem langweiligen Dienst abgeordnet worden, den er insgeheim mit der Müllabfuhr oder Schlimmerem gleichsetzte.

Er blickte einen letzten Moment auf das Relikt des Kampfes auf seinem vorderen Schirm, wo die Trägerstreben des Rumpfes emporragten wie Knochen, die durch zerfetzte Haut stachen, und er schüttelte den Kopf angesichts dieser ganzen Verschwendung. Dann zog er mit einem sanften Seufzer des Vergnügens an seinem Steuerhelm, bis die Kontakte mit den silbrigen

Kreisen auf seinen Schläfen und seiner Stirnmitte hergestellt waren, schloß die Augen und glitt in die Kontrolle seines eigenen Schiffes.

Das All schien sich überall um ihn auszudehnen und ihn zu tragen wie ein Meer. Er war das Schiff, er war ein Fisch, er war ein Meermann: ohne Atmung, grenzenlos und ohne Schmerz. Er zündete seine Triebwerke, als sprängen Flammen aus seinen Fingerspitzen, und begann die langsame, schlingernde Spirale des Suchmusters.

»Medtech Boni?« Er rief sie über die Bordkommunikationsanlage in ihrer Kabine an. »Ich glaube, ich habe hier etwas für Sie.«

Sie rieb sich noch den Schlaf aus den Augen, als ihr Gesicht auf dem Schirm erschien. »Schon? Wie spät... oh. Ich muß müder gewesen sein, als ich dachte. Ich bin gleich bei Ihnen oben, Pilot.«

Ferrell streckte sich und begann automatisch eine Serie isometrischer Übungen auf seinem Sitz. Es war eine lange und ereignislose Wache gewesen. Eigentlich war er hungrig, aber was er jetzt durch die Sichtschirme betrachtete, dämpfte seinen Appetit.

Boni erschien prompt und glitt auf den Sitz neben ihm. »Oh, ganz recht, Pilot.« Sie klappte die Steuerung für den äußeren Traktorstrahl aus und ließ ihre Finger spielen, bevor sie den Steuerhebel mit einem sanften Griff umschloß.

»Ja, über den da gab es nicht viel Zweifel«, stimmte er ihr zu, lehnte sich zurück und beobachtete sie bei der Arbeit. »Warum so sanft mit den Traktoren?« fragte er neugierig, als er bemerkte, welch niedrige Energiestufe sie verwendete.

»Nun, sie sind durch und durch gefroren, wissen Sie«, erwiderte sie, ohne ihren Blick von ihren Anzeigen zu nehmen. »Ganz spröde. Wenn man mit ihnen Rakete spielt und sie herumstößt, können sie zerbrechen. Stoppen wir zuerst diesen üblen Drall«, fügte sie halb zu sich selbst hinzu. »Eine langsame Drehung ist in Ordnung. Ist schicklich. Aber dieses schnelle Trudeln, auf das man manchmal stößt – es muß sehr ungemütlich für sie sein, meinen Sie nicht?«

Seine Aufmerksamkeit wurde von dem Ding auf dem Schirm abgelenkt, und er starrte sie an. »Die sind *tot*, Lady!«

Sie lächelte bedächtig, als die durch den Druckverlust aufgeblähte Leiche, deren Gliedmaßen so verdreht waren, als wären sie im stroboskopischen Aufblitzen einer Konvulsion erstarrt, sanft in Richtung des Laderaums gezogen wurde. »Nun, das ist doch nicht deren Schuld, oder? – Es ist einer von unseren Leuten, ich seh's an der Uniform.«

»Pfff!« wiederholte er sich selbst, dann gab er ein verlegenes Lachen von sich. »Sie tun so, als ob Ihnen das Spaß machte.«

»Spaß? – Nein ... Aber ich bin jetzt schon neun Jahre in der Abteilung Vermißtensuche und -identifikation. Mir macht das nichts aus. Und natürlich ist die Arbeit im Vakuum immer etwas angenehmer als die Arbeit auf einem Planeten.«

»Angenehmer? Mit dieser gottverdammten Dekompression?«

»Ja, man muß dabei den Temperatureffekt in Betracht ziehen. Keine Verwesung.«

Er holte tief Luft und atmete behutsam aus. »Ich verstehe. Ich nehme an, daß man da – ziemlich abgestumpft wird mit der Zeit. Stimmt es, daß ihr Medtechs sie als Leichenzapfen bezeichnet?«

»Manche tun das«, gab sie zu. »Ich nicht.«

Sie manövrierte das verdrehte Ding sorgfältig durch die Türen des Laderaums und ließ sie schließen. »Die Temperatur auf langsames Auftauen eingestellt, und in ein paar Stunden ist er zur Behandlung bereit«, murmelte sie.

»Wie nennen Sie sie?« fragte er, als sie aufstand.
»Menschen.«
Sie belohnte seine Verwirrung mit einem feinen Lächeln, als würde sie vor ihm salutieren, und zog sich in die provisorische Leichenhalle zurück, die neben dem Laderaum eingerichtet war.

In seiner nächsten planmäßigen Pause ging Ferrell, von morbider Neugier getrieben, selbst hinunter. Er steckte seine Nase durch die Tür. Boni saß an ihrem Pult. Der Tisch in der Mitte des Raums war noch nicht belegt.
»Ah – hallo.«
Sie blickte mit ihrem wachen Lächeln auf. »Hallo, Pilot. Kommen Sie ruhig herein.«
»Ah, danke. Wissen Sie, Sie brauchen wirklich nicht so förmlich zu sein. Nennen Sie mich Falco, wenn Sie wollen«, sagte er, als er eintrat.
»Sicher, wenn Sie es wünschen. Ich heiße Tersa.«
»Ach ja? Ich habe eine Cousine, die Tersa heißt.«
»Es ist ein häufiger Name. In meiner Klasse in der Schule gab es immer mindestens drei.« Sie stand auf und blickte prüfend auf ein Meßgerät neben der Tür zum Laderaum. »Er dürfte jetzt gerade so weit sein, daß man sich mit ihm befassen kann. An Land gezogen, sozusagen.«
Ferrell schniefte und räusperte sich, während er sich fragte, ob er bleiben oder verschwinden sollte. »Eine groteske Art von Fischerei.« *Verschwinden, denke ich.*
Sie nahm die Steuerleine für die Schwebepalette auf und zog sie hinter sich her in den Laderaum. Es gab ein paar bumsende Geräusche, dann kehrte sie zurück, die Palette schwebte hinter ihr her. Die Leiche war in das dunkle Blau eines Decksoffiziers gekleidet und dick mit Reif bedeckt, der abblätterte und auf den Boden tropfte, während die Medizintechnikerin den Leichnam auf den Untersuchungstisch schob. Ferrell erschauderte vor Abscheu.

Unbedingt verschwinden. Aber er blieb weiter da und lehnte sich in sicherer Entfernung an den Türrahmen.

Sie zog aus dem vollgestopften Instrumentenhalter über dem Tisch ein Instrument, das durch eine Leitung mit den Computern verbunden war. Es hatte die Größe eines Schreibstifts und schickte einen dünnen blauen Lichtstrahl aus, als es auf die Augen der Leiche gerichtet wurde.

»Netzhautidentifikation«, erklärte Tersa. Sie zog ein polsterähnliches Objekt herab, das auf ähnliche Weise an die Computer angeschlossen war, und drückte es auf jede Hand des Monstrums. »Und Fingerabdrücke«, fuhr sie fort. »Ich mache immer beides und führe dann ein Cross-match durch. Die Augen sind manchmal schrecklich verdreht. Fehler bei der Identifikation können für die Familien brutal sein. Hm, hm.« Sie blickte prüfend auf die Ergebnisse auf ihrem Schirm. »Leutnant Marco Deleo. Neunundzwanzig Jahre alt. Also gut, Leutnant«, fuhr sie im Plauderton fort, »wollen wir mal sehen, was ich für Sie tun kann.«

Sie lockerte seine Gelenke mit Hilfe eines speziellen Geräts, dann begann sie, ihn seiner Kleider zu entledigen.

»Sprechen Sie oft mit – ihnen?« wollte Ferrell entnervt wissen.

»Immer. Aus Höflichkeit, wissen Sie. Einige der Dinge, die ich mit ihnen anstellen muß, sind ziemlich entwürdigend, aber sie können doch auf höfliche Weise getan werden.«

Ferrell schüttelte den Kopf. »Also ich denke, es ist widerlich.«

»Widerlich?«

»Dieser ganze Unfug, der da mit Leichen getrieben wird. All der Aufwand, den wir treiben, und die Kosten, um sie einzusammeln. Ich meine, was kümmert es sie? Fünfzig oder hundert Kilo faulendes Fleisch. Es wäre sauberer, sie im All zu lassen.«

Sie zuckte die Achseln, war nicht beleidigt und ließ sich nicht von ihrer Aufgabe ablenken. Sie faltete die Kleider zusammen und inventarisierte die Taschen, indem sie deren Inhalt der Reihe nach auf den Tisch legte.

»Mir gefällt es eigentlich, die Taschen zu durchsuchen«, bemerkte sie. »Es erinnert mich daran, als ich ein kleines Mädchen war und jemand anderen bei sich zu Hause besuchte. Wenn ich selbst nach oben ging, um die Toilette zu benutzen oder so, dann war es immer ein Vergnügen, in die anderen Zimmer zu gucken und zu sehen, was für Sachen die hatten und wie sie sie aufbewahrten. Wenn sie sehr ordentlich waren, dann war ich immer sehr beeindruckt – ich habe meine Sachen nie ordentlich aufräumen können. Wenn alles durcheinander war, dann empfand ich, ich hätte heimlich einen Gleichgesinnten gefunden. Die Habseligkeiten einer Person können eine Art äußerer Morphologie ihrer Denkweise darstellen – wie das Haus einer Schnecke oder so was. Ich stelle mir gern vor, was für Personen sie waren, nach den Dingen in ihren Taschen zu schließen. Ordentlich, oder unordentlich. Ganz den Vorschriften entsprechend oder voll mit persönlichen Gegenständen... Nehmen Sie zum Beispiel Leutnant Deleo hier. Er muß sehr gewissenhaft gewesen sein. Alles entspricht den Vorschriften, außer dieser kleinen Vid-Diskette von zu Hause. Von seiner Frau, würde ich mir vorstellen. Ich denke, es muß sehr nett gewesen sein, ihn zu kennen.«

Sie legte die gesammelten Gegenstände sorgfältig in den gekennzeichneten Beutel.

»Schauen Sie sich nicht die Diskette an?« fragte Ferrell.

»O nein. Das wäre indiskret.«

Er stieß ein Lachen hervor. »Ich sehe da keinen Unterschied.«

»Ach.« Sie beendete die medizinische Untersuchung, legte den Leichensack aus Plastik bereit und begann die Leiche zu waschen. Als sie schließlich zur sorgfältigen Reinigung des Genitalbereichs überging, die wegen der Erschlaffung der Schließmuskeln notwendig war, floh Ferrell.

Diese Frau spinnt, dachte er. Hat sie sich deshalb diesen Job ausgesucht? Oder ist sie erst durch diese Arbeit so geworden?

Es dauerte einen weiteren ganzen Tag, bis sie den nächsten Fisch an der Angel hatten. Während seines Schlafzyklus hatte Ferrell einen Traum: Er war auf einem Hochseeboot und holte Netze voller Leichen herauf. Sie waren feucht und glänzten, als wären sie mit schillernden Schuppen überzogen, und wurden im Frachtraum auf einen großen Haufen geworfen. Er erwachte schwitzend, aber mit sehr kalten Füßen. Mit großer Erleichterung kehrte er auf die Pilotenstation zurück und schlüpfte in die Haut seines Schiffes. Das Schiff war sauber, mechanisch und rein, unsterblich wie ein Gott; man konnte vergessen, daß man jemals einen Schließmuskel besessen hatte.

»Seltsame Flugbahn«, bemerkte er, als die Medizintechnikerin wieder ihren Platz an der Steuerung des Traktorstrahls einnahm.

»Ja ... Oh, ich verstehe. Er ist ein Barrayaraner. Er ist weit weg von zu Hause.«

»Oh, pfff! Schmeißen Sie ihn wieder zurück.«

»O nein. Wir haben Identifikationsdateien für alle ihre Vermißten. Teil der Friedensvereinbarung, wissen Sie, zusammen mit dem Gefangenenaustausch.«

»Wenn man bedenkt, was sie unseren Leuten angetan haben, die gefangen waren, dann denke ich nicht, daß wir ihnen irgend etwas schulden.«

Sie zuckte die Achseln.

Der barrayaranische Offizier war ein großer, breitschultriger Mann gewesen, ein Oberstleutnant, nach den

Rangabzeichen an seinem Kragen zu schließen. Die Medizintechnikerin behandelte ihn mit der gleichen Sorgfalt, die sie auf Leutnant Deleo verwendet hatte, und sogar noch mehr. Sie gab sich beträchtliche Mühe, ihn zu glätten und geradezustrecken und das gefleckte Gesicht mit ihren Fingerspitzen so zu massieren, daß es wieder dem Gesicht eines Menschen glich, ein Vorgang, den Ferrell mit zunehmendem Widerwillen beobachtete.

»Ich wünschte, seine Lippen wären nicht *ganz* so sehr geschürzt«, bemerkte sie während ihrer Arbeit. »Das gibt ihm nach meiner Vorstellung ein uncharakteristisch mürrisches Aussehen. Ich denke, er muß ziemlich gut ausgesehen haben.«

Einer der Gegenstände in seinen Taschen war ein kleines Medaillon. Es enthielt eine winzige Glasperle, die mit einer klaren Flüssigkeit gefüllt war. Auf der Innenseite des goldenen Deckels waren über und über Schriftzeichen in den kunstvollen Schnörkeln des barrayaranischen Alphabets eingraviert.

»Was ist das?« fragte Ferrell neugierig.

Sie hielt das Medaillon nachdenklich ans Licht. »Es ist eine Art Talisman oder Andenken. Ich habe in den letzten drei Monaten eine Menge über die Barrayaraner gelernt. Wenn man zehn von ihnen auf den Kopf stellt, dann fällt bei neun von ihnen eine Art Talisman oder Amulett oder Medaillon oder etwas anderes in der Art aus den Taschen. Die hohen Offiziere sind genauso schlimm wie die Unteroffiziere und die Mannschaften.«

»Törichter Aberglaube.«

»Ich bin mir nicht sicher, ob es Aberglaube ist oder nur Sitte. Wir haben einmal einen verletzten Gefangenen behandelt – er behauptete, es sei nur eine Sitte. Die Leute gäben sie den Soldaten als Geschenke, und niemand glaube wirklich daran. Aber als wir ihm seinen Talisman wegnahmen, um ihn für die Operation zu entkleiden, da versuchte er, mit uns darum zu raufen. Es waren drei unserer Leute nötig, um ihn für die Anästhesie niederzuhalten. Ich hielt es für eine ziemlich bemerkenswerte Leistung bei einem Mann, dem die Füße weggerissen worden waren. Er weinte... Natürlich stand er unter einem Schock.«

Ferrell ließ das Medaillon am Ende der kurzen Kette baumeln; gegen seinen Willen faszinierte es ihn. Daneben hing ein Pendant, eine Haarlocke, die in einen Plastikanhänger eingebettet war.

»Eine Art von heiligem Wasser, nicht wahr?« forschte er.

»Fast. Es ist ein ziemlich häufiger Typ. Man nennt es Muttertränen-Talisman. Mal sehen, ob ich es entziffern kann – er hat es schon eine Weile getragen, scheint es. Der Aufschrift nach – ich glaube, das hier heißt ›Fähnrich‹ und das ist das Datum – muß es ihm aus Anlaß seiner Ernennung zum Offizier geschenkt worden sein.«

»Das sind doch nicht wirklich Tränen seiner Mutter, oder?«

»O doch. Deshalb hat man ja geglaubt, daß es als Schutz funktioniert.«

»Scheint nicht sehr wirkungsvoll zu sein.«

»Nein, nun ja ... Nein.«

Ferrell schnaubte ironisch. »Ich hasse diese Kerle – aber ich glaube, seine Mutter tut mir irgendwie leid.«

Boni nahm die Kette und die Anhänger wieder an sich, hielt die in Plastik gefaßte Locke ans Licht und las die Aufschrift auf dem Aufhänger. »Nein, überhaupt nicht. Sie ist eine glückliche Frau.«

»Wieso?«

»Das ist ihre Todeslocke. Hier steht, daß sie vor drei Jahren gestorben ist.«

»Hält man die Locke auch für glückbringend?«

»Nein, nicht unbedingt. Nur ein Erinnerungsstück, soweit ich weiß. Ein schönes, wirklich. Der häßlichste

Talisman, auf den ich je gestoßen bin, und auch der ungewöhnlichste, war ein kleiner Lederbeutel, den ein Kerl um den Hals hängen hatte. Er war mit Erde und Blättern gefüllt, und mit etwas, das ich zuerst für das Skelett eines kleinen, froschartigen Tieres hielt, etwa zehn Zentimeter lang. Aber als ich es genauer anschaute, stellte sich heraus, daß es das Skelett eines menschlichen Fötus war. Sehr eigenartig. Ich nehme an, das war eine Art Schwarzer Magie. Es erschien seltsam, so etwas an einem Pionieroffizier zu finden.«

»Scheint bei keinem von ihnen zu funktionieren, nicht wahr?«

Sie lächelte bitter. »Nun, wenn es welche gibt, die funktionieren, so würde ich sie wohl kaum zu sehen bekommen, oder?«

Sie führte einen weiteren Schritt der Behandlung durch, indem sie die Kleider des Barrayaraners reinigte und ihn sorgfältig wieder anzog, bevor sie ihn in den Leichensack schob und wieder in die Kälte zurückbrachte.

»Die Barrayaraner sind alle so verrückt auf die Armee«, erklärte sie. »Ich stecke sie immer gern wieder in ihre Uniformen. Sie bedeuten ihnen so viel, ich bin sicher, sie fühlen sich wohler in den Uniformen.«

Ferrell runzelte irritiert die Stirn. »Ich meine immer noch, er sollte mit dem übrigen Müll verklappt werden.«

»Keineswegs«, sagte die Medizintechnikerin. »Denken Sie an all die Mühen von anderen Leuten, die er repräsentiert. Neun Monate Schwangerschaft, Geburt, zwei Jahre Windeln wechseln, und das ist erst der Anfang. Zehntausende von Mahlzeiten, Tausende von Gutenachtgeschichten, Jahre des Schulbesuchs. Dutzende von Lehrern. Und auch die ganze militärische Ausbildung. Eine Menge Leute haben an ihm zusammengearbeitet.«

Sie glättete eine Strähne des Haars der Leiche. »Dieser Kopf enthielt einst das ganze Universum. Für sein Alter hatte er schon einen hohen Rang«, fügte sie hinzu, nach einem Blick auf ihren Monitor. »Zweiunddreißig. Oberstleutnant Aristede Vorkalloner. Das klingt irgendwie ziemlich typisch. Sehr barrayaranisch, dieser Name. Noch dazu ein Vor, einer von den Burschen aus der Kriegerkaste.«

»Irrsinnige aus der Mörderkaste. Oder schlimmer«, sagte Ferrell automatisch. Aber seine Heftigkeit hatte irgendwie etwas von ihrem Schwung verloren.

Boni zuckte die Achseln. »Na ja, jetzt gehört er zur großen Demokratie. Und er hatte ordentliche Taschen.«

Drei volle Tage gingen vorbei ohne weiteren Alarm, abgesehen von vereinzeltem mechanischem Müll. Ferrell begann zu hoffen, daß der Barrayaraner ihr letzter Fund war. Sie näherten sich dem Ende ihres Suchmusters. Außerdem, so dachte er ärgerlich, untergrub dieser Dienst die Wirksamkeit seines Schlafzyklus. Doch die Medizintechnikerin hatte eine Bitte.

»Wenn es Ihnen nichts ausmacht, Falco«, sagte sie, »dann wäre ich Ihnen sehr dankbar, wenn wir am Ende des Musters noch ein paar extra Runden machen könnten. Der ursprüngliche Befehl beruht auf dieser geschätzten mittleren Fluggeschwindigkeit, wissen Sie, und wenn jemand zufällig ein bißchen extra Beschleunigung bekam, als das Schiff zerbrach, dann könnte er jetzt schon ein gutes Stück drüber hinaus sein.«

Ferrell war keineswegs begeistert, aber die Aussicht, einen zusätzlichen Tag als Pilot zu arbeiten, hatte auch etwas Verlockendes, und er stimmte widerwillig zu. Ihre Argumentation bewahrheitete sich: bevor der Tag halb um war, stießen sie auf ein weiteres grausiges Relikt.

»Oh«, murmelte Ferrell, als sie es näher anschauen konnten. Es war ein weiblicher Offizier gewesen. Boni holte sie mit außerordentlicher Zartheit herein. Er wollte diesmal wirklich nicht gehen, um zuzuschauen, aber die Medizintechnikerin schien seine Anwesenheit zu erwarten.

»Ich – möchte wirklich keine aufgeblähte Frau anschauen«, versuchte er sich zu entschuldigen.

»Mm«, sagte Tersa. »Ist es aber fair, eine Person nur deshalb zurückzuweisen, weil sie tot ist? Ihr Körper hätte Ihnen überhaupt nichts ausgemacht, wenn sie noch am Leben wäre.«

Er stieß ein leichtes, makabres Lachen aus. »Gleiche Rechte für die Toten?«

Sie lächelte nachsichtig. »Warum nicht? Einige meiner besten Freunde sind Leichen.«

Er schnaubte.

Sie wurde ernst. »Ich hätte gern – etwas Gesellschaft, bei dieser.« Also nahm er seinen gewohnten Platz an der Tür ein.

Die Medizintechnikerin legte das Ding, das einmal eine Frau gewesen war, auf ihren Tisch, entkleidete, inventarisierte, wusch und streckte es. Als sie damit zu Ende war, küßte sie die toten Lippen.

»O Gott«, schrie Ferrell, schockiert und angewidert. »Sie *sind* verrückt! Sie sind eine verdammte, verdammte Nekrophile! Und noch dazu eine *lesbische* Nekrophile!« Er wandte sich ab und wollte gehen.

»Sieht es so aus, für Sie?« Ihre Stimme war sanft und klang immer noch nicht beleidigt. Ihr Ton veranlaßte ihn stehenzubleiben, und er blickte über die Schulter. Sie schaute ihn so sanft an, als wäre er eine ihrer kostbaren Leichen. »In was für einer seltsamen Welt müssen Sie leben, drinnen in Ihrem Kopf.«

Sie öffnete einen Koffer und holte ein Kleid heraus, zarte Unterwäsche und ein Paar weißer, bestickter Slipper. Ein Hochzeitskleid, erkannte Ferrell. Diese Frau ist eine echte *Psychopathin* …

Sie kleidete die Leiche an und ordnete ihr weiches dunkles Haar mit großer Zärtlichkeit, bevor sie sie in den Sack schob.

»Ich glaube, ich werde sie neben diesem hübschen großen Barrayaraner plazieren«, sagte sie. »Ich denke, sie hätten sich sehr gern gehabt, wenn sie sich an einem anderen Ort und zu einer anderen Zeit hätten treffen können. Und Leutnant Deleo war sowieso verheiratet.«

Sie vervollständigte die Aufschrift. Ferrells angeschlagenes Gemüt schickte ihm kleine, unterschwellige Botschaften; er rang darum, seinen Schock und seine Verwirrung zu überwinden und ihnen Aufmerksamkeit zu schenken. Jäh platzte die Erkenntnis ins helle Licht seines Bewußtseins.

Sie hat diesmal keine Identitätsüberprüfung durchgeführt.

Du möchtest zur Tür hinausgehen, sagte er zu sich selbst, auf jeden Fall. Statt dessen trat er zaghaft zu der Leiche und las die Aufschrift.

Fähnrich Sylva Boni, stand da. *Alter: Zwanzig Jahre.* Sein eigenes Alter ...

Er zitterte, als wäre ihm kalt. Es *war* kalt in diesem Raum. Tersa Boni packte den Koffer zusammen und kam wieder mit der Schwebepalette.

»Ihre Tochter?« fragte er. Es war alles, was er sagen konnte.

Sie verzog die Lippen und nickte.

»Das ist – ja ein unglaublicher Zufall.«

»Überhaupt kein Zufall. Ich hatte um diesen Sektor gebeten.«

»Oh.« Er schluckte, wandte sich ab, wandte sich ihr wieder zu, mit flammend rotem Gesicht. »Es tut mir leid, daß ich gesagt habe ...«

Sie lächelte ihr zögerndes trauriges Lächeln. »Ist schon gut!«

Sie fanden noch ein anderes Stück mechanischen Mülls und kamen deshalb überein, noch einen Zyklus der Suchspirale abzufliegen, um sicher zu sein, daß sie alle Flugbahnen abgesucht hatten, die möglich waren. Und sie fanden noch eine Leiche, eine scheußliche Leiche.

Sie drehte sich heftig um die eigene Achse, ihr Unterleib war von einem gewaltigen Hieb aufgeschlitzt, und die Eingeweide hingen in einer erstarrten Kaskade heraus.

Die Gehilfin des Todes tat ihre schmutzige Arbeit, ohne auch nur einmal mit der Nase zu rümpfen. Als das Waschen dran war, diejenige ihrer Aufgaben, bei der die Technik die geringste Rolle spielte, sagte Ferrell plötzlich: »Darf ich helfen?«

»Sicher«, sagte die Medizintechnikerin und trat beiseite. »Eine Ehre wird nicht verringert, wenn man sie teilt.«

Und so übernahm er das Waschen, so scheu wie ein angehender Heiliger, der seinen ersten Leprakranken wusch.

»Haben Sie keine Angst«, sagte sie. »Die Toten können Sie nicht verletzen. Sie fügen Ihnen keinen Schmerz zu, außer daß Sie in ihren Gesichtern Ihren eigenen Tod sehen können. Und das kann man durchstehen, finde ich.«

Ja, dachte er, die Guten stehen den Schmerz durch. Aber die Großen – die umarmen ihn.